COLLECTION FOLIO

Ernest Hemingway

Paradis perdu

suivi de

La cinquième colonne

Traduit de l'anglais
par Henri Robillot
et Marcel Duhamel

Gallimard

PARADIS PERDU

ET AUTRES NOUVELLES

Toutes les nouvelles contenues dans le présent recueil ont été écrites de 1921 *à* 1938, *et sont tirées d'un volume paru aux États-Unis en* 1939 *sous le titre :* The fifth column and the first forty-nine stories, *dont on a déjà tiré deux livres en France :* Cinquante mille dollars *et* Dix Indiens.

PARADIS PERDU

De l'autre côté de la vallée de l'Èbre, les montagnes blanches s'allongeaient sur l'horizon.

Sur l'autre versant orienté au midi, il n'y avait pas un arbre et la gare se dressait en plein soleil entre deux voies de chemin de fer.

Contre le mur de la gare, se projetait l'ombre étroite du bâtiment ; un rideau de perles de bambou, pour les mouches, pendait devant la porte ouverte du café. L'Américain et la jeune femme étaient installés à une table, dehors à l'ombre.

Il faisait étouffant. L'express de Barcelone arriverait dans quarante minutes. Il s'arrêtait deux minutes à cet embranchement et continuait vers Madrid.

— Qu'est-ce qu'on pourrait boire ? demanda la jeune femme.

Elle avait enlevé son chapeau et l'avait posé sur la table.

— On crève de chaud, dit l'homme.

— Prenons de la bière.

— Dos cervezas, dit l'homme à travers le rideau.

— Des grands ? demanda une femme à la porte.

— Oui, deux grands.

La femme apporta deux verres de bière et deux tampons de feutre.

Elle posa les tampons de feutre et les verres sur la table et regarda le couple. La jeune femme contemplait la ligne des montagnes. Elles étaient blanches sous le soleil et la campagne était brune et desséchée.

— On dirait des éléphants blancs, dit-elle.

— Je n'en ai jamais vu.

L'homme avala sa bière.

— Je l'aurais parié.

— J'aurais pu, dit l'homme. Dire que tu l'aurais parié ne prouve rien.

La jeune femme regarda le rideau de perles.

— On a peint quelque chose dessus, dit-elle, qu'est-ce que ça veut dire ?

— Anis del Toro. C'est un truc qui se boit.

— Si on essayait ?

— S'il vous plaît ! cria l'homme à travers le rideau.

La femme sortit du café.

— Quatre reales, dit-elle.

— Donnez-nous deux Anis del Toro.

— A l'eau ?

— Tu le veux à l'eau ?

— Je ne sais pas, dit la jeune femme. C'est bon à l'eau ?

— Pas mauvais, répondit l'homme.

— Vous le voulez à l'eau ? demanda la femme.

— Oui, à l'eau.

— Ça a un goût de réglisse, dit la jeune femme en reposant son verre.

— C'est toujours la même chose.

— Oui, dit la jeune femme. Tout a le goût de réglisse. En particulier, tout ce qu'on a attendu si longtemps... l'absinthe par exemple.

— Oh, ça va !

— C'est toi qui as commencé, dit la jeune femme. Je m'amusais bien. J'étais très contente...

— Bon. Eh bien, tâchons de nous amuser.

— Entendu. Moi j'essayais. Je disais que les montagnes ressemblaient à des éléphants blancs. C'était bien trouvé, non ?

— Oui, bien sûr.

— Je voulais goûter cette nouvelle boisson. C'est bien tout ce qu'on fait, n'est-ce pas. Regarder autour de soi et goûter de nouvelles boissons.

— Oui, je suppose...

La jeune femme leva les yeux vers les montagnes.

— Quelles jolies montagnes, dit-elle. Elles n'ont pas vraiment l'air d'éléphants blancs. Je voulais seulement parler de la teinte de leur épiderme telle qu'elle apparaît à travers les arbres.

— Est-ce qu'on boit autre chose ?

— Si tu veux.

Le vent chaud fit osciller le rideau de perles contre leur table.

— La bière est bonne et fraîche, dit l'homme.

— Comme c'est joli ! fit la jeune femme.

— Écoute, Jig, dit l'homme. C'est vraiment une opération tout ce qu'il y a de plus simple. Ça n'est même pas une opération du tout.

La jeune femme baissa les yeux vers le sol où s'enfonçaient les pieds de la table.

— Je savais bien que ça ne te ferait rien, Jig. Ce n'est vraiment rien du tout. Il n'y a qu'à faire entrer l'air.

La jeune femme ne dit rien.

— J'irai avec toi et je resterai tout le temps avec toi ; on souffle l'air à l'intérieur et ensuite ça se passe tout naturellement.

— Et puis après, qu'est-ce qu'on fera ?

— Après, tout ira bien. Exactement comme avant.

— Qu'est-ce qui te fait croire ça ?

— C'est la seule chose qui nous tracasse, non ? C'est bien la seule chose qui nous rende malheureux ?

La jeune femme regarda le rideau de perles, tendit la main et saisit deux des fils du rideau.

— Alors tu penses que tout ira bien et que nous serons heureux ?

— J'en suis sûr. Tu ne dois pas avoir peur. J'en connais des tas qui l'ont fait.

— Moi aussi, dit la jeune femme. Et après ils étaient tous enchantés.

— Écoute, dit l'homme. Si tu ne veux pas, tu n'y es pas forcée. Je ne veux pas t'y obliger si tu refuses. Mais je sais que c'est tout à fait simple.

— Et tu le veux vraiment ?

— Je crois que c'est la meilleure chose à faire. Mais je ne veux pas que tu le fasses si tu n'en as pas vraiment envie.

— Et si je le fais, tu seras content, rien ne sera changé, et tu m'aimeras de nouveau ?

— Mais je t'aime. Tu sais bien que je t'aime.

— Je sais. Mais si je le fais, aimeras-tu que je te dise que les choses ressemblent à des éléphants blancs ?

— J'adorerai ça. J'adore déjà ça maintenant, mais je n'arrive pas à y penser. Tu sais comment je suis quand je me fais de la bile.

— Si je le fais, tu ne te feras plus jamais de bile ?

— Je ne me ferai pas de bile pour ça parce que c'est absolument simple.

— Bon, alors je le ferai. Parce que moi, ça m'est égal.

— Qu'est-ce que tu veux dire ?

— Tout ce qui peut m'arriver m'est égal.

— Mais pas à moi.

— Je sais, mais moi ça m'est égal. Je le ferai et alors tout sera parfait.

— Je ne veux pas que tu le fasses si tu le prends comme ça.

La jeune femme se leva et s'avança jusqu'à l'extrémité du quai.

De l'autre côté de la voie, s'étendaient des champs de blé ; des arbres bordaient les rives de l'Èbre.

Au-delà du fleuve, dans le lointain, se dressaient les montagnes.

L'ombre d'un nuage passa sur les champs tandis qu'elle regardait le fleuve à travers les arbres.

— Dire que tout cela pourrait être à nous, fit-elle. Dire que tout pourrait nous appartenir et que nous rendons cela plus impossible tous les jours.

— Qu'est-ce que tu racontes ?

— Je dis que tout pourrait être à nous.

— Tout *peut* être à nous.

— Non. C'est impossible.

— Le monde entier peut être à nous.

— Non.

— Nous pouvons aller n'importe où.

— Non. Rien ne nous appartient plus.

— Mais si.

— Non, plus maintenant. Et une fois que cela vous a été enlevé, on ne le retrouve jamais.

— Mais rien ne nous a été enlevé.

— Attendons et nous verrons.

— Reviens à l'ombre, dit-il. Il ne faut pas prendre les choses comme ça.

— Je ne prends rien du tout, dit la jeune femme. Je sais simplement les choses.

— Je ne veux pas que tu fasses quoi que ce soit que tu regrettes après...

— Ou qui puisse me faire du mal, coupa-t-elle. Je sais. Est-ce qu'on pourrait demander une autre bière ?

— Bien sûr. Mais rends-toi compte...

— Je me rends compte, dit la jeune femme. On ne pourrait pas s'arrêter un peu de parler ?

Ils s'assirent devant la table et la jeune femme se mit à regarder le versant aride des montagnes. L'homme l'observait puis il regarda la table.

— Rends-toi compte, dit-il, que je ne veux pas que tu le fasses si tu n'en as pas envie. Je suis absolument disposé à prendre cette responsabilité si cela a le moindre sens pour toi.

— Est-ce que ça n'a pas de sens pour toi? Nous pourrions très bien nous en tirer.

— Bien sûr. Mais je ne veux personne d'autre que toi. Je ne veux personne entre nous. Et je sais que c'est tellement simple.

— Oui. Tu sais que c'est tellement simple.

— Tu peux bien dire ce que tu veux, mais je le sais, pertinemment.

— Pourrais-tu faire quelque chose pour moi?

— Je ferais n'importe quoi pour toi.

— Alors, tais-toi. Je t'en supplie! Je t'en supplie! Je t'en supplie! Je t'en supplie! Je t'en supplie!

Il se tut et se mit à regarder les bagages posés contre le mur de la gare. Ils étaient constellés d'étiquettes d'hôtel où ils avaient passé la nuit.

— Mais je ne veux pas que tu le fasses, dit-il. Ça m'est complètement égal.

— Je vais hurler, dit la jeune femme.

La patronne écarta le rideau et apparut avec deux verres de bière qu'elle posa sur les tampons de feutre humides.

— Le train sera là dans cinq minutes, dit-elle en italien.

— Qu'est-ce qu'elle a dit? demanda la jeune femme.

— Que le train arrivera dans cinq minutes.

Elle fit un radieux sourire à la femme pour la remercier.

— Je ferais bien de transporter les bagages de l'autre côté de la voie, dit l'homme.

Elle lui sourit.

— C'est ça. Ensuite, reviens et nous finirons notre bière.

Il ramassa les deux grosses valises, fit le tour de la gare et alla les déposer sur l'autre quai. Puis il examina la voie mais le train était invisible.

En revenant, il passa par le café où les voyageurs buvaient en attendant le train. Il but un anis au bar et regarda les voyageurs. Ils attendaient tous paisiblement le train. Il sortit, écartant le rideau de perles. Elle était toujours assise à la table et lui sourit.

— Ça va mieux? demanda-t-il.

— Ça va, dit-elle. Tout va bien. Ça va parfaitement.

HISTOIRE NATURELLE DES MORTS

Il m'a toujours semblé que la guerre avait été négligée en tant que champ d'observations pour le naturaliste. Nous possédons de charmantes et solides relations sur la flore et la faune de Patagonie, du regretté W. H. Hudson ; le Révérend Gilbert White a écrit des pages fort attachantes sur le Hoopoe, à l'occasion de ses quelques visites fortuites et jamais banales à Selborne ; l'évêque Stanley nous a donné une « Histoire familière des oiseaux », estimable bien que populaire.

Ne peut-on pas espérer réunir pour le lecteur quelques notations rationnelles et intéressantes sur les morts ? J'incline à le penser.

Quand Mungo Park, cet infatigable voyageur, se trouva un jour, au cours d'une expédition, près de défaillir dans l'immensité sauvage d'un désert africain, nu et seul alors qu'il considérait ses jours comme comptés, sans autre alternative, lui semblait-il, que de se coucher et de mourir, une petite mousse fleurie d'une extraordinaire beauté, attira son regard.

« La plante tout entière, écrit-il, n'excédait pas la taille d'un doigt et pourtant je ne pouvais contempler la structure délicate de ses racines sans émerveillement. Celui qui planta, nourrit et porta à un tel degré de perfection dans cette région ignorée du monde une parcelle de matière aussi insignifiante, peut-il rester indifférent à la situation et à l'affliction des êtres créés à son image ? »

« De telles réflexions m'interdisaient le désespoir. Je me relevai donc, et, indifférent à la faim et à la fatigue, je poursuivis ma route, assuré de trouver du secours ; mon espoir ne fut pas déçu. »

Avec un penchant identique à l'émerveillement et à l'adoration, comme dit l'évêque Stanley, toute branche de l'histoire naturelle peut-elle être étudiée sans que s'augmente cette foi nécessaire à chacun d'entre nous dans son voyage à travers le désert de l'existence ? Voyons donc quelles pensées exaltantes peuvent nous inspirer les morts.

A la guerre, les morts sont généralement des spécimens du genre masculin, quoique ceci cesse d'être valable pour les animaux ; j'ai souvent vu des juments mortes parmi les chevaux. Autre aspect intéressant de la guerre : elle constitue l'unique occasion pour le naturaliste d'observer la mort des mules. En vingt ans de vie civile, je n'avais jamais vu de mule morte et j'avais commencé à douter que ces animaux fussent mortels. Il m'était arrivé parfois de me croire en présence de mules mortes, mais de plus près, ces animaux s'avéraient bien vivants et ne devaient leur aspect de cadavre qu'à leur état de repos absolu. Mais à la guerre, ces animaux succombent exactement comme les plus communs et les moins robustes des chevaux.

La plupart des mules que j'ai vues mortes gisaient sur des routes de montagne ou au pied de pentes escarpées où on les avait précipitées pour dégager la route. Elles formaient un tableau assez adéquat dans ce cadre de montagnes où l'on était habitué à leur présence et y semblaient moins incongrues que plus tard à Smyrne, où les Grecs, après avoir brisé les pattes de toutes leurs bêtes de somme, les poussaient du quai dans l'eau peu profonde pour les noyer. Cette masse de chevaux et de mules aux pattes cassées, en train de se noyer, appelait le pinceau d'un Goya. Bien qu'à vrai dire, on puisse difficilement prétendre qu'elles appelaient le pinceau de Goya, car il n'y a qu'un seul Goya, mort depuis longtemps par surcroît et il est fort douteux que ces bêtes, si elles avaient pu parler, eussent réclamé une représentation picturale de leur agonie au lieu d'appeler quelqu'un qui pût adoucir leur sort.

En ce qui concerne le sexe des morts, il est certain qu'on s'habitue tellement à voir des cadavres d'hommes que la vue d'une femme morte est tout à fait choquante. J'ai constaté pour la première fois cette interversion du sexe habituel des morts après l'explosion d'une fabrique de munitions dans la campagne, aux environs de Milan. Nous nous étions rendus sur les lieux du sinistre en camion, le long des routes plantées de peupliers et bordées de fossés grouillant d'une vie animale éphémère, que les nuages de poussière soulevés par le camion m'empêchaient de bien observer.

Arrivés à ce qui avait été la fabrique, on envoya une partie des hommes patrouiller les énormes stocks de munitions qui, pour une raison ou une autre, n'avaient pas explosé tandis que le reste avait pour tâche d'éteindre le feu qui avait pris dans une prairie voisine ; ceci fait, on nous ordonna de fouiller le voisinage immédiat et les champs environnants à la recherche des cadavres. Nous en trouvâmes et transportâmes un bon nombre dans une morgue improvisée, et je dois bien admettre que ce fut un choc de constater que la plupart des morts étaient des femmes. A cette époque-là, les femmes ne portaient pas encore les cheveux courts, comme ce fut la mode plus tard, en Europe et en Amérique pendant plusieurs années, et l'impression la plus gênante — sans doute parce que c'était un cas exceptionnel — était la présence et, peut-être plus troublante encore, l'*absence* de ces longs cheveux. Je me rappelle qu'après avoir ramassé tous les cadavres entiers, nous commençâmes à recueillir les morceaux épars. Nous en détachâmes beaucoup de l'épais grillage de barbelés qui avait entouré l'usine, et sur les restes duquel nous ramassions des lambeaux de chair qui n'illustraient que trop bien la terrifiante énergie des explosifs à grande puissance. Certains fragments, emportés par leur propre poids, furent retrouvés dans des champs à une distance considérable. En rentrant à Milan, je me rappelle avoir discuté de l'événement avec deux ou trois camarades. Finalement, nous en vînmes à conclure que son irréalité et le fait qu'il n'y avait pas de blessés avaient contribué à masquer singulièrement le caractère horrible de cette catastrophe. En outre, l'événement venait de se produire, et le transport des morts en était d'autant moins pénible et ne rappelait guère notre expérience habituelle des champs de bataille.

Malgré la poussière, le retour à travers la belle campagne lombarde était une compensation à cette épouvantable corvée et, tout en échangeant nos impressions, nous nous félicitions de ce que le feu, qui s'était déclaré juste avant notre arrivée, eût été maîtrisé avant d'avoir atteint les énormes stocks de munitions intacts. Nous pensions tous que le ramassage des fragments de cadavre avait été une expérience extraordinaire ; il est stupéfiant de voir le corps humain se déchiqueter, sans tenir compte des divisions anatomiques, mais en morceaux aussi imprévisibles que les éclats d'un obus de rupture.

Pour assurer plus de précision à ses observations, le naturaliste peut limiter celles-ci à une période donnée ; je commencerai donc par celle qui suivit l'offensive autrichienne de juin 1918, en Italie, où le nombre des morts atteignit un maximum. Il y avait eu un repli forcé suivi d'une contre-offensive destinée à regagner le terrain perdu, si bien qu'après la bataille les positions s'étaient retrouvées identiques, la présence des morts mise à part. Jusqu'à leur mise en terre, les morts changent d'aspect tous les jours. Les Caucasiens passent du blanc au jaune, au jaune vert, puis au noir. Si la chair séjourne assez longtemps à la chaleur, elle prend la couleur du goudron, tout spécialement autour des blessures, avec des reflets irisés bien visibles.

Tous les jours, les cadavres enflent et deviennent trop gros pour leur uniforme qui se tend sur les corps soufflés et menace de craquer. Les membres peuvent augmenter de volume dans des proportions incroyables et les visages se transforment en boules rondes et tendues comme des ballons. Outre cette bouffissure progressive, il est surprenant de voir la quantité de papier éparpillé autour des cadavres. Leur position dernière, avant toute espèce de mise en terre, varie selon la place des poches. Dans l'armée autrichienne, les poches étant placées à l'arrière des culottes, les cadavres se retournent en peu de temps sur le ventre, face contre terre, les deux poches retournées et tous les papiers qu'elles contenaient se répandent sur le sol. La chaleur, les mouches, la position des cadavres dans l'herbe et la quantité des papiers répandus, sont des impressions qui restent gravées. Mais il est impossible de se souvenir de l'odeur d'un champ de bataille, sous un soleil brûlant. On sait qu'elle existe et qu'on l'a sentie, mais rien ne peut jamais vous la rappeler. Ce n'est pas comme l'odeur d'un régiment que l'on reconnaît soudain dans un tramway : un regard jeté autour de vous vous permet d'identifier celui dont elle émane. Mais l'autre impression s'est évanouie aussi totalement que le souvenir d'un amour passé. On se souvient de ce qui est arrivé, mais les sensations sont à jamais oubliées.

On se demande bien ce que cet infatigable voyageur, Mungo Park, aurait vu sur un champ de bataille en plein soleil, pour lui rendre confiance ; à partir de la fin juin et en juillet, il y avait toujours des coquelicots dans les champs de blé et les mûriers étaient couverts de feuilles à travers lesquelles on voyait vibrer l'air chaud le long des canons de fusils qui brillaient au soleil ; la terre tournait au jaune vif autour des entonnoirs creusés par les obus à ypérite ; il vaut mieux voir une maison tombée en ruine qu'une maison bombardée, mais peu de voyageurs, après avoir respiré à pleins poumons l'atmosphère de ce début d'été, auraient agité les mêmes pensées que Mungo Park au sujet de « créatures formées à Son image ».

La première découverte qu'on fait à propos des morts, c'est que, blessés grièvement, ils meurent comme des animaux. Quelques-uns très vite d'une petite blessure qu'on jugerait insuffisante pour tuer un lapin ; ils meurent de blessures minimes comme les lapins touchés par trois ou quatre petits plombs qui semblent leur avoir à peine écorché la peau. D'autres meurent comme des chats : le crâne défoncé, un morceau d'acier dans la cervelle ; ils vivent deux jours comme des matous qui se traînent dans le charbon avec une balle dans la tête et ne meurent pas avant qu'on les ait égorgés. Peut-être les chats ne meurent-ils pas ; on leur prête neuf vies. Je l'ignore, mais la plupart des hommes meurent comme des animaux, non comme des hommes.

Je n'avais jamais assisté à une mort naturelle, comme on dit, je tenais la guerre pour responsable de ce fait et, comme l'infatigable voyageur, Mungo Park, je savais qu'il existait autre chose, cet « autre chose », toujours absent. Puis, je finis par en voir une. La seule mort naturelle à laquelle j'aie assité, sans parler des hémorragies — qui n'ont rien de terribles en elles-mêmes — fut causée par la grippe espagnole. On voit le malade étouffer et se noyer dans ses glaires, et l'on sait qu'il meurt quand tout en conservant ses forces d'homme, il redevient comme un petit enfant et remplit ses draps ainsi que des langes, d'un énorme flot de liquide jaune qui jaillit et s'écoule encore après la mort.

Alors, maintenant, je veux assister à la mort d'un de ces prétendus « Humanistes [1] » parce qu'un infatigable voyageur comme Mungo Park ou moi vit, et vivra peut-être assez pour assister à la vraie mort des membres de cette secte littéraire et observer les nobles fins qu'ils feront. Au cours de mes réflexions de naturaliste, l'idée m'est venue que si le décorum est une excellente chose, il faut parfois s'en passer si l'on veut perpétuer la race, puisque la position requise pour la procréation en manque au suprême degré, et j'ai songé que ces gens-là sont, ou étaient les produits d'une « pompeuse cohabitation ». Mais quel qu'ait pu être leur commencement, j'espère en voir finir un certain nombre et je songe à la façon dont les vers attaqueront cette précieuse stérilité longtemps confite ; alors que leurs délicates brochures seront parties à tous les diables et leur vie passionnelle résumée en quelques renvois de bas de page.

Peut-être est-il légitime de tenir compte, dans une histoire naturelle des morts, de ces citoyens auto-désignés, qui s'appellent eux-mêmes « humanistes », même si cette désignation a perdu tout sens à la publication du présent ouvrage, mais c'est injuste cependant pour les autres morts ; ceux qui n'ont pas choisi de mourir dans la fleur de l'âge, qui n'ont jamais possédé de magazines, n'ont même, pour la plupart, jamais ouvert une revue et que nous avons vus en plein soleil avec un paquet d'asticots grouillant dans ce qui fut leur bouche.

Mais les cadavres n'étaient pas constamment exposés à la chaleur. Ils étaient bien souvent lavés par la pluie

1. Je demande l'indulgence du lecteur pour cette mention d'un spécimen d'une espèce disparue. Cette allusion, comme toutes les références à des modes passées, fait dater le récit, mais je la maintiens pour son léger intérêt historique et parce que sa suppression romprait le rythme de l'histoire.

qui ramollissait la terre où on les enterrait et qui finissait parfois par faire du sol une boue d'où ils émergeaient peu à peu, si bien qu'il fallait les ensevelir à nouveau. L'hiver, dans la montagne, il fallait les mettre dans la neige et à la fonte des neiges, au printemps, d'autres devaient les enterrer à leur tour. Il y avait dans la montagne des sites splendides. Nulle guerre n'est plus spectaculaire que la guerre en montagne. C'est là qu'à un endroit nommé Pocol fut enterré un général qui avait reçu dans la tête une balle tirée par un franc-tireur. Et ceci met en évidence l'erreur des auteurs de livres intitulés : « Les généraux meurent dans leur lit », car ce général est bel et bien mort en pleine montagne, au fond d'une tranchée creusée dans la neige, coiffé du feutre à plume d'aigle des alpins, avec un trou dans le front où l'on n'aurait pas mis le petit doigt, et un autre dans la nuque où l'on aurait pu enfoncer un poing de grosseur moyenne — en admettant que l'idée vous en prît — avec, tout autour de lui, la neige ensanglantée. C'était un fameux général et tel était aussi le général Von Behr qui commandait le corps alpin bavarois à la bataille de Caporetto et qui fut tué dans sa voiture par l'arrière-garde italienne, en entrant dans Udine à la tête de ses troupes.

Et si l'on tient à faire preuve d'exactitude en ces matières, il vaudrait mieux intituler des ouvrages de ce genre : « Les généraux meurent souvent dans leur lit. »

Il arrivait aussi en montagne que la neige tombât sur les cadavres alignés le long du mur du poste de secours, à l'abri des bombardements. On les transportait dans un abri creusé à flanc de montagne avant l'arrivée du gel. C'était dans cet abri qu'un homme, dont la tête était brisée comme peut l'être un pot de fleurs — maintenue cependant par quelques membranes et un pansement savant transformé en éponge durcie —, était resté allongé pendant deux jours et une nuit avec un éclat d'obus qui se promenait dans sa cervelle. Les brancardiers demandèrent au médecin de venir jeter un coup d'œil sur lui. Ils le voyaient à chacune de leurs allées et venues, et même quand ils ne le regardaient pas, ils l'entendaient respirer. Le docteur avait les paupières gonflées et les yeux rouges, presque fermés à cause des gaz lacrymogènes. Il regarda l'homme deux fois, une fois en plein jour, l'autre à la lueur d'une lampe de poche. Encore une belle eau-forte pour Goya ; je parle de la visite avec la lampe de poche. Après le deuxième examen, le médecin crut les brancardiers qui lui assurèrent que le soldat vivait encore.

— Que voulez-vous que j'y fasse ? demanda-t-il.

Ils ne voulaient pas qu'on fît quoi que ce soit. Mais, peu après, ils demandèrent la permission de le sortir et de le mettre avec les blessés graves.

— Non ! Non ! Non ! dit le docteur qui était débordé. Et pourquoi ça ! Vous avez peur de lui ?

— On n'aime pas l'entendre là, avec les morts.

— Eh bien, ne l'écoutez pas. Si vous le sortez d'ici, vous serez obligés de le ramener tout de suite après.

— Ça nous est bien égal, mon capitaine.

— Non, dit le docteur. Non, vous avez compris !

— Pourquoi ne lui faites-vous pas une bonne piqûre de morphine ? demanda un officier d'artillerie qui attendait qu'on lui fasse un pansement au bras.

— Croyez-vous que je n'ai rien d'autre à faire avec ma morphine ? Me voyez-vous opérer sans morphine ? Vous avez un revolver, allez-y et tirez vous-même.

— On lui a déjà assez tiré dessus, dit l'officier. Si ça vous arrivait quelquefois, vous les médecins, d'être blessés, vous changeriez d'attitude.

— Merci beaucoup, dit le docteur en brandissant un forceps, merci mille fois. Et des yeux comme les miens, hein ? fit-il en les désignant avec son forceps. Vous aimeriez ça ? Le gaz lacrymogène... Pour nous c'est de la chance, les lacrymogènes.

— Parce qu'on vous emmène à l'arrière, parce que vous vous précipitez ici avec vos gaz lacrymogènes, pour vous faire évacuer. Vous vous frottez des oignons dans les yeux.

— Vous perdez la tête. Je refuse d'écouter vos insultes. Vous êtes complètement fou.

Les brancardiers entrèrent.

— Mon capitaine ! dit l'un.

— Foutez le camp ! cria le docteur.

Ils sortirent.

— Je vais achever ce pauvre type, dit l'officier, je suis un être humain, moi, je n'admets pas qu'on le laisse souffrir.

— Bon, allez-y, tuez-le, dit le docteur, tuez-le mais prenez-en la responsabilité. Je ferai un rapport : mortellement blessé par un lieutenant d'artillerie au poste de première urgence. Tuez-le, mais allez-y, tuez-le donc !

— Vous n'êtes pas un être humain.

— Mon travail est de prendre soin des blessés et non pas de les tuer. Ça, c'est réservé à ces messieurs de l'artillerie.

— Alors pourquoi ne vous occupez-vous pas de lui ?

— Je l'ai fait. J'ai fait tout ce qu'on pouvait faire.

— Pourquoi ne le faites-vous pas descendre par le téléphérique ?

— De quel droit me posez-vous des questions ? Êtes-vous mon supérieur ? Commandez-vous ce poste de secours ? Pourriez-vous avoir l'obligeance de me répondre ?

Le lieutenant d'artillerie se tut. Dans la pièce, il n'y avait que des soldats. Ils étaient les seuls officiers en présence.

— Mais répondez donc, dit le docteur tout en s'affairant avec le forceps. Répondez.

— Espèce d'enc... dit l'officier d'artillerie.

— Ah! fit le docteur. Ah! vous avez dit ça! Parfait, parfait, nous allons voir!

Le lieutenant d'artillerie se leva et s'avança vers lui :

— Espèce d'enc... dit-il. Enc...

Le docteur lui lança le flacon de teinture d'iode en pleine figure. En marchant sur lui, aveuglé, le lieutenant essayait de trouver son revolver. Le docteur se faufila derrière lui et lui fit un croc-en-jambe. Puis, il lui assena quelques coups de pied et saisit le revolver avec ses gants de caoutchouc. Le lieutenant s'assit sur le sol, sa main valide appuyée sur les yeux :

— Je vous tuerai, dit-il, je vous tuerai dès que je pourrai voir.

— C'est moi qui commande ici, dit le docteur. Tout sera oublié si vous vous souvenez que je commande. Vous ne pouvez pas me tuer parce que c'est moi qui ai votre revolver. Sergent! Adjudant! Adjudant!

— L'adjudant est au téléphérique, répondit le sergent

— Lavez les yeux de cet officier avec de l'eau et de l'alcool. Ils sont pleins de teinture d'iode. Apportez-moi la cuvette que je me lave les mains. Ensuite, je m'occupe de cet officier.

— Vous ne me toucherez pas.

— Tenez-le bien, il délire un peu.

L'un des brancardiers entra.

— Mon capitaine.

— Qu'est-ce que tu veux ?

— L'homme du charnier...

— Fous le camp.

— Il est mort, mon capitaine. J'ai pensé que vous seriez content de le savoir.

— Vous voyez mon pauvre vieux ? Nous nous battons pour rien. En temps de guerre on ne se bat pas pour rien.

— Espèce d'enc... dit le lieutenant d'artillerie, qui ne voyait toujours pas. Je suis aveugle, maintenant.

— Ce n'est rien, dit le docteur. Ne vous en faites pas pour vos yeux, il n'y a pas de danger. Ce n'est rien. Une dispute pour rien.

— Aïe. Aïe. Aïe... hurla soudain le lieutenant. Je suis aveugle! Je suis aveugle!

— Tenez-le bien, dit le docteur. Il souffre beaucoup. Tenez-le solidement.

COURSE POURSUITE

William Campbell faisait, depuis Pittsburg, une course poursuite avec un music-hall ambulant. Dans une course poursuite, vélocipédiquement parlant, le départ est donné à intervalles réguliers, et c'est à qui rattrapera le précédent. Le rythme est très rapide, parce que la course se dispute généralement sur une courte distance, et si les coureurs ralentissent leur allure celui qui maintient sa cadence les aura bientôt rattrapés. Dès qu'un coureur est dépassé, il est « hors course », il doit descendre de bicyclette et abandonner la piste. Si aucun des coureurs n'est rattrapé, le vainqueur est celui qui a gagné le plus de terrain. Dans la plupart des courses poursuite, lorsqu'il n'y a que deux coureurs, l'un d'eux est généralement rattrapé sur un parcours de 10 kilomètres. Le music-hall ambulant rattrapa William Campbell à Kansas City.

William Campbell avait espéré maintenir une légère avance sur le music-hall ambulant jusqu'à la côte du Pacifique. Tant qu'il précédait le music-hall comme administrateur de tournée, il était payé. Quand le music-hall ambulant le rattrapa, il était encore couché. Il était encore couché quand le directeur de la troupe entra dans sa chambre, et, après son départ, il se dit qu'au fond il pouvait aussi bien rester au lit. Il faisait très froid à Kansas City, et il n'avait pas grande envie de sortir. Il n'aimait pas Kansas City. Il se pencha, saisit une bouteille sous le lit et se mit à boire. Ça lui mit un baume sur l'estomac. M. Turner, le directeur du music-hall, avait refusé de trinquer.

L'entrevue de William Campbell et de M. Turner avait eu un caractère assez insolite. M. Turner avait frappé à la porte. Campbell avait dit : « Entrez. » Quand M. Turner était entré dans la chambre, il avait vu des vêtements sur une chaise, une valise ouverte, la bouteille sur une chaise près du lit, et dans le lit, une forme allongée, complètement enfouie sous les draps.

— Monsieur Campbell, dit M. Turner.

— Vous ne pouvez pas me sacquer, dit William Campbell, de dessous les couvertures. — Il faisait chaud, blanc et intime sous les couvertures. — Vous ne pouvez pas me sacquer parce que j'suis tombé de bicyclette.

— Vous êtes ivre, dit M. Turner.

— Oh! oui, fit William Campbell, parlant tout contre le drap dont il effleurait la trame de ses lèvres.

— Vous êtes un imbécile, dit M. Turner. — Il éteignit la lampe ; l'électricité avait brûlé toute la nuit. Il était maintenant 10 heures du matin. — Vous êtes un ivrogne et un crétin. Quand êtes-vous arrivé en ville ?

— Je suis arrivé hier soir, répondit William Campbell, à travers le drap. — Il s'aperçut que c'était très agréable de parler à travers un drap. — Vous avez déjà parlé à travers un drap ?

— N'essayez donc pas de faire le rigolo... Vous n'êtes pas drôle !

— Je ne cherche pas à être drôle. Je parle seulement à travers un drap.

— Ça, on ne peut pas dire le contraire.

— Maintenant, vous pouvez vous en aller, monsieur Turner, dit Campbell. Je ne travaille plus pour vous.

— Voilà au moins une chose que vous savez.

— J'en sais long, dit William Campbell. — Il rejeta le drap et regarda M. Turner. — J'en sais assez pour vous regarder sans que ça me fasse ni chaud ni froid. Vous voulez entendre ce que je sais?

— Non.

— Tant mieux, dit William, parce qu'en réalité je ne sais rien du tout. C'est juste histoire de parler.

De nouveau il tira le drap sur sa figure. Après quoi il dit :

— On est bien sous un drap, j'adore ça.

M. Turner se tenait près du lit. C'était un homme entre deux âges, bedonnant, chauve et toujours très affairé. Il dit :

— Vous devriez vous en tenir là, Billy, et suivre une cure de désintoxication. Si vous vous décidez, je ferai le nécessaire.

— J'veux pas suivre de cure, dit William Campbell. Je n'en ai pas la moindre envie. Je suis parfaitement heureux. Toute ma vie j'ai été parfaitement heureux.

— Depuis combien de temps êtes-vous dans cet état?

— En voilà une question! William Campbell respira et expira profondément à travers le drap.

— Il y a combien de temps que vous êtes noir comme ça, Billy?

— Est-ce que j'ai pas fait mon travail?

— Mais si. Je vous ai seulement demandé depuis combien de temps vous étiez noir, Billy?

— Ça, j'sais pas. Mais mon loup est revenu. — Il toucha le drap avec sa langue. — Y a une semaine qu'il est revenu.

— Et comment, qu'il est revenu!

— Oh! Ça oui! Mon petit loup! Chaque fois que je bois un verre, il s'en va. Y peut pas supporter l'alcool, le pauvre petit chou! — Il tourna sa langue en rond contre le drap. — C'est un amour de loup! Il est exactement comme avant.

William Campbell ferma les yeux et respira profondément.

— Il faut suivre une cure de désintoxication, Billy, dit M. Turner. Vous vous plairez au Keeley, ce n'est pas si mal.

— Le Keeley, dit William Campbell, ce n'est pas loin de Londres. — Il fermait les yeux et les ouvrait, battant des cils contre le drap. — Hmm!... J'adore les draps.

Il regarda M. Turner.

— Écoutez, vous me croyez saoul.

— Et comment!

— Non, je ne le suis pas!

— Vous êtes ivre, et vous avez eu le delirium tremens.

— Non. — William Campbell s'enroula la tête dans le drap. — Mon drap chéri. — Il respira doucement à travers. — Mon joli drap, tu m'aimes, hein, mon cher drap? Et c'est compris dans le prix de la chambre... Comme au Japon. Non, dit-il. Écoute, Billy, mon cher Billy-le-verni, j'ai une surprise pour toi. Je ne suis pas ivre. Je suis dopé jusqu'à la moelle.

— Non, dit M. Turner.

— Regardez. — William Campbell remonta la manche droite de la veste de son pyjama sous le drap, puis il sortit son avant-bras droit. — Tenez, regardez ça.

Sur l'avant-bras, du poignet jusqu'au coude, il y avait de petits cercles bleuâtres autour de tout petits points bleu foncé. Les cercles se touchaient presque.

— Voilà où ça en est maintenant, dit William Campbell. Je bois un petit coup de temps en temps juste pour chasser le loup de la chambre.

— Il y a un traitement pour ça, fit Turner, dit Billy-le-verni.

— Non, y a de traitements pour rien du tout.

— Mais il ne faut pas rester comme ça, Billy, dit Turner en s'asseyant sur le lit.

— Faites attention à mes draps, dit William Campbell.

— Vous n'allez pas rester comme ça à votre âge, et vous farcir de cette saleté sous prétexte que vous êtes dans la mouise.

— Y a une loi contre ça. C'est ça que vous voulez dire ?

— Non, je veux dire qu'il faut que vous vous en sortiez.

Billy Campbell caressa le drap avec ses lèvres et sa langue.

— Mon drap chéri ! dit-il. Vous vous rendez compte ! Je peux embrasser ce drap et voir à travers en même temps.

— Oh ! La barbe avec votre drap. Il ne faut pas continuer comme ça, Billy.

William Campbell ferma les yeux. Il sentait venir une légère nausée, il savait qu'elle augmenterait progressivement sans aucune chance de soulagement, tant qu'il ne ferait rien pour l'arrêter. C'est alors qu'il suggéra à M. Turner de prendre un verre. M. Turner refusa. William Campbell but un coup à la bouteille. C'était un remède provisoire. M. Turner le regardait. M. Turner était resté dans cette chambre beaucoup plus qu'il n'aurait dû ; il avait beaucoup de choses à faire. Bien que vivant tous les jours avec des intoxiqués, il avait les drogues en horreur, et il aimait beaucoup William Campbell. Il n'avait pas envie de le quitter. Il était navré pour lui et il sentait qu'une cure pourrait lui faire du bien. Il connaissait de bons établissements à Kansas City. Mais il fallait qu'il s'en aille... Il se leva.

— Écoutez, Billy, dit William Campbell. J'ai quelque chose à vous dire. On vous appelle « Billy-le-verni », c'est parce que vous êtes verni. Moi, on m'appelle Billy tout court. C'est parce que je n'ai jamais été verni. Je ne suis pas verni, Billy. Je ne le serai jamais. Je louperai toujours tout. J'ai beau essayer, ça loupe toujours. — Il ferma les yeux. — Je ne suis pas verni, Billy. C'est affreux de ne pas être verni.

— Oui, dit Turner « Billy-le-verni ».

— Quoi ? Oui.

William Campbell le regarda.

— Vous disiez... ?

— Non, dit William Campbell, je ne disais rien. Vous avez dû vous tromper.

— Vous parliez d'être verni.

— Non, c'est pas possible, pas d'être verni. Mais, écoutez, Billy, je vais vous dire un secret : tenez-vous en aux draps, Billy. Fuyez les femmes et les chevaux et les — il s'interrompit — aigles... Billy. Si vous aimez les chevaux, vous attraperez de la m... de cheval, si vous aimez les aigles, vous attraperez de la m... d'aigle.

Il s'arrêta et enfouit sa tête sous le drap.

— Il faut que je m'en aille, dit Turner.

— Si vous aimez les femmes, vous attraperez la chaude-pisse. Si vous aimez les chevaux...

— Oui. Vous avez déjà dit ça.

— Dit quoi ?

— Pour les chevaux et les aigles.

— Oh, oui, et si vous aimez les draps... — Il respira à travers le drap et le caressa du nez. — Pour les draps, j'sais pas. J'aime celui-là depuis tout à l'heure seulement.

— Il faut que je m'en aille, dit M. Turner. J'ai beaucoup à faire.

— D'accord, dit William Campbell, tout le monde doit s'en aller.

— Il vaut mieux que je m'en aille.

— Bon, bon, allez-vous-en.

— Comment vous sentez-vous, Billy ?

— Je n'ai jamais été si heureux de ma vie.

— Et vous vous sentez bien ?

— Très bien. Allez-vous-en. Je resterai étendu ici un moment et vers midi, je me lèverai.

Mais quand M. Turner entra dans la chambre de William Campbell, à midi, William Campbell dormait et comme M. Turner était un homme averti des choses importantes de l'existence, il ne le réveilla pas.

APRÈS LA TEMPÊTE

Si je me souviens bien, il s'était d'abord agi d'une recette pour la préparation du punch ; puis nous avons commencé à nous battre. J'ai glissé et je me suis retrouvé par terre ; il était à genoux sur ma poitrine, les deux mains crispées autour de mon cou comme s'il voulait me tuer. De mon côté, j'essayais de sortir mon couteau de ma poche pour le faire lâcher. Mais ils étaient tous bien trop saouls pour songer à le maîtriser. Il m'étranglait et me cognait la tête sur le sol. J'ai enfin réussi à sortir mon couteau et je l'ai ouvert. Je lui ai entaillé le bras et il a lâché prise. Il était hors de combat. Alors il a roulé de côté en se tenant le bras et s'est mis à pleurer.

— Bon Dieu, qu'est-ce qui t'a pris de vouloir m'étrangler comme ça ? j'ai fait.

Je l'aurais tué. J'en avais pour une semaine à ne pas pouvoir avaler. Il m'avait vraiment fait mal.

Alors, j'ai vidé les lieux. Toute une bande de types avait pris son parti. Quelques-uns se sont mis à me courser, mais je les ai semés et j'ai dégringolé jusqu'aux docks où je suis tombé sur un gars qui m'a dit qu'on avait tué un homme là-haut.

— Qui l'a tué ? lui ai-je demandé, et il a répondu :

— Je ne sais pas qui l'a tué, en tout cas il est bien crevé.

Il faisait noir, la rue sans lumière, à moitié inondée, était jonchée de carreaux cassés, d'arbres arrachés et de débris de toute espèce. Des embarcations s'étaient échouées jusqu'au milieu de la ville. J'ai sauté dans un canot et je suis parti à la recherche de mon bateau. Il était toujours à son mouillage, dans la baie de Mango Key, intact mais rempli d'eau. Je me suis mis à l'écoper et à le vider. La lune était levée mais une masse de nuages orageux roulait encore dans le ciel quand j'ai levé l'ancre. Au petit jour, j'étais au large d'Eastern Harbour.

Ça, mes enfants, c'était un coup de tabac! Mon bateau était le premier sorti. Jamais je n'avais vu une mer pareille ; aussi blanche qu'un baquet de lessive et d'Eastern Harbour à Southwest Key, il était impossible de reconnaître la côte. Un énorme chenal s'était creusé en plein milieu de la plage, couverte de débris et d'arbres arrachés ; un chenal qui coupait la plage en deux. Et sur la mer blanche comme du lait de chaux flottaient pêle-mêle des branches, des arbres entiers, des oiseaux crevés et toutes sortes d'épaves.

Derrière les récifs coralliens tournoyaient tous les pélicans du monde, et tous les oiseaux de la création. Ils avaient dû s'y réfugier quand ils avaient senti l'imminence du cyclone.

J'ai mouillé à Southwest Key toute une journée et personne n'est venu m'y rechercher. Mon bateau était le premier sorti. J'ai aperçu un espar flottant qui indiquait la présence d'une épave. J'ai mis le cap dessus. C'était un trois mâts goélette dont on ne voyait émerger que l'extrémité des mâts. Il avait coulé en eau peu profonde et je ne pouvais rien en tirer. Alors, je me suis remis en chasse. J'avais une priorité absolue et il fallait à tout prix que je mette la main sur une épave quelle qu'elle fût. J'ai longé le banc de sable où j'avais laissé la goélette jusqu'à son extrémité sans rien trouver; j'ai continué à naviguer un bon moment. J'approchais des sables mouvants et j'étais toujours bredouille. J'ai poursuivi ma route. Arrivé en vue du phare de Rebecca, j'ai aperçu toutes sortes d'oiseaux tournoyant à ras de l'eau. J'ai poussé une pointe dans cette direction. Il y avait une véritable nuée d'oiseaux.

Un objet ressemblant à un espar émergeait de l'eau. A mon approche, tous les oiseaux se sont élevés en décrivant des cercles autour de moi. L'eau était claire et je voyais ponter l'espar à la surface. De près, j'ai aperçu une sorte de grande ombre noire qui s'allongeait sous l'eau. Arrivé dessus, j'ai vu que c'était un paquebot; il s'étalait dans l'eau, vaste comme le monde. Je me suis laissé dériver au-dessus de lui. Il était couché sur le côté, la poupe enfoncée vers les profondeurs, mais j'en devinais la masse entière. On voyait briller dans l'eau le verre des hublots hermétiquement fermés.

Je n'avais jamais vu de ma vie un aussi grand bateau. Je l'ai suivi sur toute sa longueur et suis revenu jeter l'ancre. Mon canot était sur la plage avant. Je l'ai poussé à l'eau et, environné d'oiseaux, me suis mis à godiller.

J'avais des lunettes sous-marines du genre de celles qu'on emploie pour la pêche à l'éponge, mais ma main tremblait si fort que j'arrivais à peine à les ajuster. Tous les hublots visibles étaient fermés, mais, très bas vers le fond, la coque devait être éventrée. Ainsi s'expliquaient tous ces débris flottants qui avaient attiré les oiseaux.

Jamais je n'en avais vu une telle multitude. Ils tourbillonnaient tous autour de moi, en criant comme des fous. Je voyais clairement tous les détails du navire retourné sous l'eau, il semblait long d'un kilomètre. Il reposait sur un banc de sable et l'espar en question n'était autre qu'une sorte de mât ou un palan que sa position faisait pointer obliquement hors de l'eau. La proue n'était pas loin de la surface. Je parvenais à tenir debout sur les lettres de son nom avec la tête au ras de l'eau. Mais le hublot le plus proche était à 4 mètres de profondeur. Je l'atteignais tout juste avec ma gaffe et j'ai tenté, sans succès, de le briser avec l'extrémité. Le verre était trop épais. Je suis alors revenu au bateau et j'ai pris une clef anglaise que j'ai ficelée au bout de la gaffe, mais le verre était solide. J'étais là à regarder à travers mes lunettes ce paquebot et tout ce qu'il contenait. J'étais arrivé dessus le premier et il m'était impossible d'y pénétrer. Il devait bien y avoir pour 5 millions de dollars à l'intérieur.

Je vacillais à la seule pensée de toutes les richesses enfermées dans ses flancs. Derrière le hublot le plus proche, je devinais quelque chose, mais le verre m'empêchait d'y voir distinctement. N'arrivant à aucun résultat avec la gaffe, je me suis déshabillé, j'ai pris deux profondes inspirations et j'ai plongé, la clef anglaise à la main ; j'ai nagé vers le fond et j'ai réussi à m'accrocher une seconde au bord du hublot. J'ai aperçu à l'intérieur une femme avec de longs cheveux qui flottaient autour d'elle. Je la voyais clairement flotter elle-même ; deux fois j'ai violemment frappé le verre avec la clef anglaise ; les coups me tintaient aux oreilles, mais le verre résistait et j'ai dû remonter.

J'ai repris mon souffle accroché au canot, et me suis hissé dedans, puis j'ai refait deux inspirations et j'ai replongé. J'ai nagé et, cramponné au bord du hublot, j'ai frappé de toutes mes forces avec la clef anglaise. Derrière la vitre, je voyais la femme flotter dans l'eau. Ses cheveux, qui avaient dû être serrés en bandeaux, étaient épars autour d'elle. J'apercevais l'une de ses mains chargée de bagues. Elle était là, tout près du hublot. J'ai frappé le verre deux fois, il ne s'est même pas fêlé. En remontant, je croyais bien que je n'arriverais pas à retenir ma respiration.

J'ai fait une nouvelle plongée. Cette fois le verre s'est fêlé. Mais il n'a fait que se fêler et quand je suis remonté à la surface, je saignais du nez. Je suis resté debout sur le flanc du bateau, les pieds nus sur les lettres de son nom, la tête à fleur d'eau. Là, je me suis reposé, puis j'ai rejoint le canot à la nage, j'ai grimpé dedans et me suis assis en attendant que mon mal de tête se passe. Je saignais tellement du nez que j'ai dû ôter mes lunettes pour les rincer.

Puis je me suis renversé en arrière dans le canot en me pressant le nez d'une main pour arrêter le sang et je suis resté sans bouger, les yeux au ciel, regardant tourbillonner au-dessus de moi un million d'oiseaux.

Quand le sang s'est arrêté, j'ai de nouveau inspecté le fond à travers mes lunettes et j'ai godillé jusqu'au bateau dans l'espoir d'y dénicher quelque chose de plus lourd que la clef anglaise, mais je n'ai rien trouvé, pas même une foëne à éponges. Je suis revenu au paquebot ; l'eau était de plus en plus claire, et on pouvait voir tout ce qui reposait sur le banc de sable. J'ai guetté autour de moi. Pas le moindre requin en vue. On les aurait aperçus de très loin avec une eau si claire et un sable aussi blanc.

Il y avait un grappin en guise d'ancre sur le canot ; je l'ai détaché et j'ai sauté à l'eau avec. Il m'a entraîné vers le fond au-delà du hublot. J'ai essayé de m'accrocher au passage, mais je n'avais aucune prise et j'ai continué à couler, en glissant le long des flancs du navire.

J'ai dû laisser aller le grappin et je l'ai entendu cogner la coque une fois. Il m'a semblé qu'une année s'écoulait pendant ma remontée.

La marée avait entraîné le canot et j'ai dû le rejoindre à la nage en saignant du nez. Je pensais que c'était une sacrée veine de ne pas rencontrer de requins, mais j'étais surtout épuisé. J'avais l'impression que ma tête allait éclater. Je me suis allongé dans le canot pour récupérer, puis j'ai repris les rames. L'après-midi s'avançait. Une fois de plus, j'ai plongé avec une clef anglaise, mais toujours sans succès. L'outil était trop léger. Il était inutile de continuer à moins d'avoir un gros marteau ou un objet assez lourd pour arriver à quelque chose. Alors de nouveau, j'ai lié la clef anglaise à la gaffe, et j'ai martelé le hublot jusqu'à ce que la clef lâche. Les lunettes m'ont permis de la voir très nettement glisser le long de la coque et couler jusqu'au banc de sable où elle s'est enfoncée. La clef anglaise et le grappin disparus, je ne pouvais plus rien faire. Je suis retourné à mon bateau. J'étais trop éreinté pour hisser le canot à bord, et le soleil était très bas. Les oiseaux se dispersaient et abandonnaient le bateau. J'ai mis le cap sur Southwest Key avec le canot en remorque, environné par une escorte d'oiseaux. J'étais absolument crevé.

Cette nuit-là, le vent s'était mis à souffler ; il souffla sans discontinuer pendant une semaine. Il était impossible d'approcher l'épave. On vint de la ville me dire que, son bras mis à part, le type que j'avais tailladé allait bien. Alors je suis rentré à la ville, où l'on m'a fait verser une caution de 500 dollars. Je m'en tirais bien grâce à quelques camarades qui avaient juré que j'avais été attaqué à coups de hache. Mais quand nous avons refait une sortie jusqu'au paquebot, les Grecs l'avaient déjà éventré et nettoyé. Ils avaient eu le coffre-fort à la dynamite. Personne n'a jamais su combien ils en avaient tiré. Le bateau transportait de l'or et ils avaient tout raflé. Ils l'avaient complètement ratissé. J'ai retrouvé l'épave et n'ai pas pu en sortir un sou.

C'était une horrible histoire. On raconta que le bateau se trouvait juste devant le port de Havana quand la tornade l'atteignit et qu'il n'avait pu y entrer ou que les propriétaires n'avaient pas permis au capitaine de risquer le coup ; il voulait, paraît-il, essayer. Il a donc dû continuer dans la tempête et dans l'obscurité. Ils tentaient de traverser le golfe entre Rebecca et Tortugas, quand le bateau s'est enfoncé dans les sables mouvants. Peut-être le gouvernail avait-il été emporté. Peut-être même ne gouvernaient-ils pas. En tout cas, ils ne pouvaient connaître l'existence des sables mouvants et quand il s'est enfoncé, le capitaine a dû donner l'ordre d'ouvrir les water-ballasts pour lui donner de l'assise. Mais il s'était engagé à l'instant même de l'ouverture des ballasts, l'arrière s'est enfoncé et il s'est couché sur le côté.

Il y avait à bord quatre cent cinquante passagers plus l'équipage et ils devaient encore y être tous quand je l'ai découvert. Ils avaient dû ouvrir les ballasts dès qu'il avait touché, les sables mouvants avaient dû l'entraîner immédiatement vers le fond. Ensuite les chaudières avaient probablement fait explosion et c'est sans doute de là que venaient tous les débris flottants. C'était quand même bizarre qu'il n'y eût pas de requins. Il n'y avait pas un seul poisson. Je les aurais facilement repérés sur ce sable blanc.

Et pourtant, l'endroit grouille de poissons, maintenant ; d'énormes requins marteaux. La plus grande partie du bateau est enlisée, mais ils vivent à l'intérieur. Certains pèsent de 3 à 400 livres. Quelquefois nous faisons une sortie et nous en prenons quelques-uns. On a depuis mouillé une bouée au-dessus de l'épave qui se trouve juste à l'extrémité des sables mouvants, au bord du golfe. Le phare Rebecca est nettement visible de ce point. A cent mètres près, ils s'en tiraient. Dans la tempête et la nuit, ils ont juste manqué la passe et sous la pluie torrentielle le phare Rebecca devait être invisible. Et puis ils n'étaient pas parés pour ce genre d'aventure. Le capitaine d'un paquebot n'est pas habitué à louvoyer dans de pareilles conditions. Ils ont une route à suivre et on m'a dit qu'ils règlent une sorte de compas et que le bateau se pilote ensuite tout seul. Ils ne savaient probablement pas où ils étaient dans ce coup de chien, et pourtant ils ont bien failli s'en sortir. Peut-être avaient-ils perdu le gouvernail ? En tout cas, c'était l'unique obstacle qu'ils pouvaient rencontrer jusqu'au Mexique, une fois arrivés dans le golfe.

Qu'est-ce que ça a dû être quand ils ont touché dans la pluie et l'ouragan et qu'il a donné l'ordre d'ouvrir les ballasts. Le pont était sûrement désert avec cette pluie et cette tempête. Tout le monde devait être dedans. Personne n'aurait pu tenir sur le pont. Il a dû y avoir des drôles de scènes à l'intérieur, parce qu'il s'est enfoncé rudement vite, aucun doute là-dessus. J'ai vu cette clef anglaise disparaître dans le sable. Si le capitaine ne connaissait pas ces eaux-là, il ne pouvait pas savoir que c'étaient des sables mouvants quand le navire a touché. Il savait seulement que ce n'était pas un récif. Il a dû tout voir de sa passerelle. Il a dû se rendre compte de ce qui se passait quand le bateau s'est enfoncé. Je me demande avec quelle rapidité ça s'est fait et si le second était avec lui. Croyez-vous qu'ils soient restés à l'intérieur de l'habitacle, ou qu'ils soient sortis sur la passerelle ? On n'a jamais retrouvé aucun cadavre. Pas un seul. Personne à la surface, et pourtant ils flottent longtemps avec des bouées de sauvetage. Ils ont dû rester dedans. Oui.

Et finalement les Grecs ont tout raflé, absolument tout. Ils n'ont pas dû perdre de temps. Ils l'ont vraiment ratissé. D'abord, sont venus les oiseaux, puis moi, puis les Grecs ; et les oiseaux eux-mêmes en ont tiré plus que moi.

UN ENDROIT PROPRE ET BIEN ÉCLAIRÉ

Il était tard et il ne restait plus dans le café qu'un vieil homme assis à l'ombre d'un arbre. Au milieu de la journée, la rue était pleine de poussière, mais le soir, la rosée rabattait la poussière et le vieillard aimait à s'attarder car il était sourd et d'autant plus sensible au calme de la nuit.

Dans la salle, les deux garçons savaient que le vieux était un peu saoul, et bien qu'il fût bon client, ils savaient que s'il buvait trop, il partirait sans payer. Ils le surveillèrent donc.

— La semaine dernière, il a essayé de se suicider, dit l'un des garçons.

— Pourquoi ?

— Par désespoir.

— Pour quelle raison ?

— Pour rien.

— Comment sais-tu que c'était pour rien ?

— Il est riche.

Ils étaient assis à une table contre le mur près de la porte du café et regardaient la terrasse aux tables désertes à l'exception de celle où le vieil homme s'était assis, à l'ombre des feuilles doucement agitées par le vent. Une fille et un soldat passèrent dans la rue. La lumière du lampadaire fit scintiller sur son col le numéro de cuivre de son unité. La fille était nu-tête et pressait le pas à ses côtés.

— Il va se faire ramasser par la patrouille, dit un des garçons.

— Qu'est-ce que ça peut faire, s'il obtient ce qu'il veut ?

— Il ferait bien de ne pas rester dans la rue. La patrouille va lui tomber dessus. Y a pas cinq minutes qu'elle est passée.

Le vieil homme assis dans l'ombre tapa sur sa soucoupe avec son verre. Le plus jeune des garçons s'approcha.

— Vous désirez ?

Le vieux leva les yeux sur lui.

— Un autre cognac, dit-il.

— Vous allez être soûl, dit le garçon.

Le vieux le regarda fixement. Le garçon s'éloigna.

— Il va passer toute la nuit ici, dit-il à son collègue.

— Je crève de sommeil, moi. J'arrive jamais à me coucher avant trois heures du matin. S'il avait seulement pu se tuer la semaine dernière.

Le garçon prit sur le comptoir du café la bouteille de cognac et une autre soucoupe et se dirigea vers la table du vieux. Il posa la soucoupe et remplit le verre.

— Malheureux que vous ne vous soyez pas tué la semaine dernière, dit-il. — Le vieil homme agita le doigt. — Encore un petit peu, dit-il.

Le garçon remplit le verre et continua à verser ; le cognac déborda, coula le long du verre et s'étala dans la dernière soucoupe de la pile.

— Merci bien, dit le vieux.

Le garçon remporta la bouteille et se rassit à côté de son collègue.

— Il est noir, maintenant, dit-il.

— Il est noir tous les soirs.

— Pourquoi a-t-il voulu se tuer?
— Je n'en sais rien, moi.
— Comment a-t-il fait?
— Il s'est pendu avec une corde.
— Qui l'a dépendu?
— Sa nièce.
— Pourquoi ont-ils fait ça?
— Pour sauver son âme.
— Il est riche?
— Tu parles.
— Il doit avoir près de quatre-vingts ans.
— En tout cas, il les porte bien.
— Quand va-t-il se décider à rentrer chez lui. Jamais je ne me couche avant trois heures du matin. C'est pas une heure pour se mettre au lit.
— S'il reste là, c'est qu'il s'y trouve bien.
— Il s'ennuie. Pas moi. Moi, j'ai une femme qui m'attend dans mon lit.
— Lui aussi, il avait une femme.
— A quoi une femme lui servirait-elle, maintenant?
— On ne sait jamais. Ça lui ferait peut-être beaucoup de bien.
— Il a sa nièce pour s'occuper de lui.
— Je sais. Tu m'as dit qu'elle l'avait dépendu.
— Ça ne me plairait pas de devenir aussi vieux. Un vieux, c'est répugnant.
— Pas toujours. Il est propre, ce vieux-là. Il boit sans renverser une goutte. Même quand il est saoul. Regarde-le.
— Ça ne m'intéresse pas. Tout ce que je veux, c'est qu'il rentre chez lui. Il se fout pas mal des types qui travaillent.

Le vieil homme leva le nez de son verre, regarda vers la place puis se tourna vers les garçons.

— Un autre cognac, dit-il en montrant son verre.

Le garçon qui était pressé vint vers lui.

— Fini, dit-il en négligeant volontairement la syntaxe comme le font les imbéciles en s'adressant aux ivrognes ou aux étrangers. Plus rien ce soir. Fermé maintenant.

— Un autre, répéta le vieil homme.

Le garçon essuya le bord de la table avec son torchon en secouant la tête.

— Non. Fini, dit-il.

Le vieil homme se leva, compta lentement les soucoupes, tira de sa poche une bourse de cuir et paya, laissant une demi-peseta de pourboire.

Le garçon regarda s'éloigner le long de la rue le vieillard à la démarche incertaine, mais digne.

— Pourquoi ne l'as-tu pas laissé rester ? demanda le garçon qui avait tout son temps. — Ils étaient en train de baisser les rideaux de fer. — Il n'est même pas deux heures et demie.

— Je veux aller me coucher.

— Une heure de plus ou de moins, est-ce que ça compte ?

— Plus pour moi que pour lui.

— Une heure, c'est toujours une heure.

— Tu parles comme un vieux toi-même. Il n'a qu'à se payer une bouteille et boire chez lui.

— Ce n'est pas la même chose.

— Non, évidemment, admit le garçon marié.

Il ne voulait pas être injuste. Il était seulement pressé.

— Et toi ? Tu n'as pas peur de rentrer chez toi plus tôt que d'habitude ?

— Tu veux m'insulter ou quoi ?

— Non, hombre, c'était seulement pour rigoler.

— Non, fit le garçon pressé en lâchant le rideau de fer. J'ai confiance — absolument confiance.

— Tu as la jeunesse, tu as confiance et tu as un boulot, dit le plus âgé des garçons. Que te faut-il de plus ?

— Et toi, il te manque quelque chose ?

— Tout, sauf du travail.

— Tu as tout ce que j'ai.

— Non. Je n'ai jamais connu la confiance et je ne suis plus jeune.

— Oh! Ça va. Assez de bêtises comme ça. Fermons la boîte.

— Je suis de ceux qui aiment bien rester tard au café, reprit le plus âgé, de ceux qui n'ont pas envie d'aller se coucher et qui ont besoin de lumière la nuit.

— Moi je veux rentrer en vitesse et me fourrer au lit.

— Nous ne sommes pas de la même espèce, dit le vieux garçon. — Il était en train de s'habiller pour partir. — Ce n'est pas seulement une question de jeunesse et de confiance — bien que ce soient deux très belles choses. Mais toutes les nuits, j'hésite à fermer en pensant au client qui pourrait espérer trouver le café ouvert.

— Hombre, il y a des bodegas ouvertes toute la nuit.

— Tu ne comprends pas. Ce café-ci est propre, agréable et bien éclairé. La lumière est jolie, sans parler de l'ombre des feuilles.

— Bonsoir, dit le plus jeune.

— Bonsoir, fit l'autre.

En éteignant l'électricité, il continuait à marmonner tout seul.

« Bien entendu, c'est la question de la lumière, mais il faut aussi que l'endroit soit propre et agréable. Pas besoin de musique. Pour ça, il est certain qu'on n'a pas besoin de musique. Et il est impossible de conserver sa dignité en restant planté devant un bar, bien qu'il n'y ait plus d'autres endroits ouverts à ces heures-là. »

Que craignait-il donc ? Il ne s'agissait ni de crainte ni de peur, mais de ce rien qu'il ne connaissait que trop bien. Car tout était rien, vide et l'homme aussi était du vide. Ce n'était que cela et pas autre chose et la lumière était tout ce qu'il lui fallait, plus un minimum d'ordre et de propreté. Quelques-uns vivaient dedans sans s'en apercevoir, mais il savait que tout n'était que nada y pues nada y nada y pues nada. Notre nada qui êtes au nada, que votre nom soit nada, que votre règne nada, que votre volonté soit nada sur la nada comme au nada. Donnez-nous aujourd'hui notre nada quotidien. Pardonnez-nous nos nadas, comme nous pardonnons aux nadas qui nous ont nada. Ne nous laissez pas nada à la nada et délivrez-nous du nada, pues nada. Je te salue néant, plein de néant, le néant est avec toi. Il se tenait souriant devant le bar à côté d'un percolateur étincelant.

— Vous désirez ? demanda le barman.

— Nada.

— Otro loco mas, dit le barman, et là-dessus, il lui tourna le dos.

— Une petite tasse, dit le garçon.

Le barman le servit.

— C'est bien éclairé et agréable, dit le garçon, mais le bar a besoin d'être astiqué.

Le barman le regarda sans répondre. Il était trop tard pour amorcer une conversation.

— Voulez-vous une autre copita ? demanda le barman.

— Non, merci, répondit le garçon et il sortit.

Il n'aimait ni les bars ni les bodegas.

Un café propre et bien éclairé, c'était tout à fait différent. Maintenant, sans plus réfléchir, il allait regagner sa chambre. Il s'étendrait sur son lit et finalement, à l'aube, il s'endormirait. Après tout, se disait-il, ce n'est peut-être que de l'insomnie. Cela arrive à bien des gens.

SUR LE QUAI A SMYRNE

Le plus étrange, disait-il, c'était cette façon qu'ils avaient de hurler tous les soirs à minuit. J'ignore pourquoi ils hurlaient à cette heure-là. Nous étions dans le port, ils étaient entassés sur la jetée, et à minuit ils se mettaient tous à brailler. Généralement, nous braquions le projecteur sur eux pour les calmer. Ça ne ratait jamais. Quand le faisceau du projecteur les avait balayés deux ou trois fois, ils s'arrêtaient. Un jour que j'étais officier de service sur la jetée, un officier turc m'aborda ; il écumait de rage parce qu'un de nos matelots l'avait grossièrement insulté. Je lui affirmai que le gaillard serait renvoyé à bord et très sévèrement puni, et lui demandai de me le désigner. Il me montra un deuxième canonnier, le garçon le plus inoffensif du monde. Il me redit qu'il avait été ignoblement injurié à plusieurs reprises ; il me parlait par l'intermédiaire d'un interprète.

Je n'arrivais pas à imaginer ce deuxième canonnier connaissant assez de turc pour se montrer insultant. Je le fis venir et lui dis :

— Avez-vous, par hasard, adressé la parole à un officier turc ?

— Je n'ai parlé à aucun, mon Commandant.

— J'en suis convaincu, mais je vous conseille de monter à bord et de ne pas revenir à terre aujourd'hui.

Puis je prévins le Turc que l'homme avait été renvoyé à bord, et qu'il serait très sévèrement traité, oh, mais, avec la plus extrême rigueur!

Il parut transporté. Nous étions de grands amis. Le pire, disait-il, c'étaient les femmes avec leurs bébés morts. On ne pouvait pas les décider à lâcher leurs bébés morts. Certaines avaient conservé le leur durant six jours, et ne voulaient pas le lâcher. Il n'y avait rien à faire. Finalement, il avait fallu les emmener.

Il y avait encore le cas, tout à fait extraordinaire, d'une vieille femme. Je l'ai raconté à un docteur, il m'a traité de menteur. Nous étions en train de les expulser de la jetée, il fallait bien déblayer les morts, et cette vieille femme était couchée sur une espèce de civière.

Ils me dirent : « Vous ne voudriez pas l'examiner, Commandant ? » Je me penchai sur elle et, à ce moment précis, elle mourut et son corps prit une raideur totale. Ses jambes et son torse s'étirèrent et elle devint complètement rigide. Exactement comme si sa mort remontait à la veille. Elle était tout à fait morte et absolument rigide. J'en ai parlé à un toubib et il m'a dit que c'était impossible.

Ils étaient tous là sur la jetée et on n'avait pas du tout l'impression d'un tremblement de terre ou d'un cataclysme similaire, car ils ne savaient rien des intentions des Turcs. Ils ignoraient tout à fait ce que le vieux Turc était capable de faire. Vous rappelez-vous quand on donna l'ordre de cesser les évacuations ?

Je n'en menais pas large quand nous sommes entrés, ce matin-là. Il disposait de je ne sais combien de batteries et il aurait pu nous pulvériser. Nous allions entrer en serrant la jetée de près, mouiller les ancres et bombarder le quartier turc de la ville. Ils nous auraient pulvérisés, mais nous aurions bel et bien expédié la ville aux quatre cents diables. Ils se contentèrent de tirer quelques coups à blanc à notre arrivée. Kemal descendit et cassa le commandant turc, pour avoir outrepassé ses fonctions ou quelqu'autre motif semblable ; s'il s'était monté la tête, ç'aurait fait un carnage effroyable. Vous vous souvenez du port. Il y avait toutes sortes d'objets charmants qui flottaient à la dérive. C'est l'unique occasion de ma vie où je me suis surpris à rêver des choses. Les femmes qui accouchaient ne vous impressionnaient pas autant que les autres, avec leurs enfants morts. Elles s'arrangeaient très bien pour les avoir. Curieux comme il en mourait peu. Il suffisait de les couvrir avec n'importe quoi et de les laisser se débrouiller... Elles choisissaient toujours pour accoucher les coins les plus obscurs. Tout leur était égal une fois qu'elles avaient quitté la jetée.

Les Grecs aussi étaient de bien braves types. Quand ils évacuèrent, ils avaient avec eux toutes leurs bêtes de somme qu'ils étaient forcés d'abandonner. Alors, ils leur cassèrent simplement les pattes de devant et les précipitèrent dans les eaux basses. Tous ces mulets, avec les pattes brisées, poussés dans cette eau peu profonde... Tout cela était vraiment charmant... Je vous assure, tout à fait charmant.

LE DOCTEUR ET LA FEMME DU DOCTEUR

Dick Boulton vint au camp indien couper des bûches pour le père de Nick. Il amenait avec lui son fils Eddy et un autre Indien nommé Billy Tabeshaw. En sortant du bois, ils entrèrent par la porte de derrière, Eddy, portant la grande scie passe-partout qui se balançait sur son épaule avec un son musical. Billy Tabeshaw portait deux gros grappins. Dick avait trois haches sous le bras.

Il se retourna et ferma la porte. Les autres poursuivirent leur route en direction du bord du lac où les troncs étaient enfouis dans le sable.

Les troncs s'étaient échappés des trains de flottage que le vapeur *Magic* remorquait vers la scierie. Ils avaient dérivé jusqu'à la plage et si l'on ne faisait rien, tôt ou tard, des hommes du *Magic* longeraient la rive en barque, repéreraient les troncs, enfonceraient dedans des pitons d'acier munis d'anneaux, puis les haleraient vers le large pour constituer un nouveau train de bois. Mais peut-être ne viendraient-ils jamais car quelques troncs ne valaient pas les frais d'une équipe supplémentaire. S'ils restaient là, ils se gonfleraient d'eau et pourriraient sur place.

Selon le père de Nick, les choses ne finiraient pas autrement et il engagea les Indiens du camp pour scier les bûches avec le passe-partout, et les fendre avec un coin pour en faire des bûchettes et de grosses billes qu'il ferait brûler dans l'âtre. Dick Boulton descendit vers le lac en contournant la maison. Quatre grands troncs de hêtres étaient à demi enterrés dans le sable. Eddy suspendit la scie par une de ses poignées à la fourche d'un arbre. Dick posa les trois haches sur le petit embarcadère. Dick était métis et bien des fermiers des environs le prenaient pour un Blanc. Il était paresseux comme une couleuvre, mais quand il s'y mettait, il abattait de la bonne besogne. Il sortit une carotte de tabac de sa poche, arracha une chique d'un coup de dent et parla en Ojibway à Eddy et à Billy Tabeshaw. Ils enfoncèrent leurs grappins dans l'un des troncs et le firent osciller pour lui donner du jeu. Ils pesaient de tout leur poids sur les manches de leurs grappins. Le tronc remuait dans le sable. Dick Boulton se tourna vers le père de Nick.

— Eh ben, Doc, dit-il, un chouette lot de bois que vous avez barbotté!

— Je te défends de dire ça, Dick, dit le docteur, c'est tout simplement du bois échoué.

Eddy et Billy Tabeshaw avaient arraché le tronc à son lit de sable humide et le roulaient vers le lac.

— Allez-y, fourrez-le dedans! cria Dick Boulton.

— Pourquoi faites-vous ça? demanda le docteur.

— Lavez-le. Enlevez le sable, qu'on puisse le scier. Je veux voir à qui ça appartient, ordonna Dick.

Le tronc était juste à fleur d'eau. Appuyés sur leurs grappins, Eddy et Billy Tabeshaw transpiraient sous le soleil ardent. Dick s'agenouilla sur le sable, regarda l'entaille du ciseau à l'extrémité du tronc.

— Ça appartient à White et Mac Nally, dit-il en se redressant et en brossant les genoux de son pantalon.

Le docteur paraissait mal à l'aise.

— Alors il vaut mieux ne pas le scier, Dick, dit-il d'un ton bref.

— Vous montez pas la tête, Doc, vous montez pas la tête. Moi, je m'en balance... volez qui vous voulez, c'est pas mes oignons.

— Si vous pensez que ces troncs sont volés, laissez-les là, et remportez vos outils au camp, dit le docteur.

Il était tout rouge.

— Faut pas vous arrêter en si bon chemin, Doc, dit Dick. — Il lança sur le tronc un jet de jus de chique qui glissa et se dilua dans l'eau. — Vous savez aussi bien qu'moi qu'c'est du vol. Mais moi, je m'en balance.

— Très bien, si vous pensez que c'est du vol, ramassez vos affaires et foutez le camp.

— Mais, Doc...

— Ramassez vos affaires et foutez le camp!

— Écoutez, Doc...

— Si vous m'appelez encore une fois, Doc, je vous flanque mon poing sur la figure.

— Oh! ça m'étonnerait, Doc.

Dick Boulton regarda le docteur. Dick était grand et fort. Il ne l'ignorait pas. Il aimait bien la bagarre. Ça lui plaisait. Eddy et Billy Tabeshaw, appuyés sur leurs grappins, regardaient le docteur. Le docteur mordillait sa barbe sous sa lèvre inférieure et regardait Dick Boulton. Puis il tourna le dos et remonta vers la maison. On voyait à son dos qu'il était furieux. Ils le regardèrent tous les trois remonter et entrer dans la maison.

Dick dit quelque chose en Ojibway. Eddy se mit à rire, mais Billy Tabeshaw gardait son air grave. Il ne comprenait pas l'anglais, mais il avait transpiré tout au long de la discussion. Il était gras et sa moustache clairsemée lui donnait l'air d'un Chinois. Il prit les deux gaffes, Dick ramassa les deux haches, et Eddy décrocha la scie de l'arbre. Ils se mirent en route, passèrent devant la maison, sortirent par la porte de derrière et entrèrent dans le bois; Dick avait laissé la barrière ouverte. Billy

Tabeshaw revint sur ses pas pour la fermer. Puis ils disparurent sous les arbres.

Dans la maison, le docteur, assis sur son lit dans sa chambre, remarqua une pile de journaux médicaux par terre, près du bureau. Ils avaient encore tous leur bande. Il eut un geste d'irritation.

— Tu ne retournes pas travailler ? demanda la femme du docteur, de sa chambre aux stores baissés où elle était étendue.

— Non.

— Qu'est-ce qui est arrivé ?

— J'ai eu une discussion avec Dick Boulton.

— Oh! fit sa femme. J'espère que tu ne t'es pas mis en colère, Henry ?

— Non, répondit le docteur.

— Rappelle-toi que celui qui sait dominer son esprit est plus grand que celui qui conquiert une cité.

Elle faisait partie de la « Science Chrétienne » (Christian Scientists). Sa bible, un numéro de « Science et Santé » et le dernier exemplaire de la revue de son ordre, étaient posés sur une table à côté de son lit, dans la chambre obscure.

Son mari ne répondit pas. Il s'était assis sur son lit et nettoyait un fusil de chasse. Il remplit le magasin de grosses douilles jaunes et les éjecta de nouveau ; elles s'éparpillèrent sur le lit.

— Henry! cria sa femme. — Puis un moment après : — Henry.

— Oui, fit le docteur.

— Tu n'a rien dit à Dick Boulton pour le mettre en colère, n'est-ce pas ?

— Non.

— Qu'est-ce qui s'est donc passé, mon ami ?

— Oh! rien.

— Voyons, parle-moi, Henry. N'essaie pas de me cacher quelque chose. Qu'est-ce qui s'est passé ?

— Eh bien voilà : Dick me doit beaucoup d'argent pour avoir tiré d'affaire sa femme quand elle avait une pneumonie, et j'ai l'impression qu'il m'a cherché une histoire pour ne pas me rembourser par son travail.

Sa femme se taisait. Le docteur essuyait soigneusement son fusil avec un chiffon. Il remit les cartouches et poussa le ressort du magasin. Il s'assit, le fusil en travers des genoux. Il aimait beaucoup son fusil. Puis il entendit la voix de sa femme dans la chambre sombre :

— Mon ami, je ne crois pas, vraiment je ne crois pas que quelqu'un puisse faire une chose pareille de sang-froid.

Le docteur se leva et posa le fusil dans un coin derrière la commode.

— Tu sors, mon ami ?

— Je crois que je vais faire un petit tour.

— Si tu vois Nick, mon ami, veux-tu lui dire que sa mère aimerait le voir ?

Le docteur sortit sur le perron. La moustiquaire claqua derrière lui. Il entendit sa femme reprendre son souffle quand la porte claqua.

— Je m'excuse, fit-il, devant la fenêtre aux stores tirés.

— Ce n'est rien, mon ami.

Sous la chaleur accablante, il poussa la barrière et prit le sentier menant au bois de sapins. Il faisait frais dans le bois, même par une journée aussi étouffante. Il trouva Nick en train de lire, adossé à un arbre.

— Ta mère voudrait que tu ailles la voir, dit le docteur.

— Je veux aller avec toi.

Son père baissa les yeux sur lui.

— Bon, eh bien, viens, dit-il. Donne-moi ton livre, je le mettrai dans ma poche.

— Je sais où il y a des écureuils noirs, papa, dit Nick.

— Bon, dit son père, eh bien, allons-y.

UNE TRÈS COURTE HISTOIRE

Par une soirée brûlante, à Padoue, on le transporta sur le toit d'où il pouvait découvrir toute la ville. Des martinets rayaient le ciel. La nuit tomba et les projecteurs s'allumèrent. Les autres descendirent et emportèrent les bouteilles. Luz et lui les entendaient en dessous, sur le balcon. Luz s'assit sur le lit. Elle était fraîche et douce dans la nuit chaude.

Luz avait pris le service de nuit depuis trois mois à la satisfaction générale. Quand on l'opéra, elle lui fit sa toilette pour la table d'opération. Ils plaisantèrent à propos de mystère et de clystère. Quand on l'endormit, il se concentra pour ne rien dire au moment ridicule où on raconte des histoires. Quand il put marcher avec des béquilles, il prit les températures pour éviter à Luz de se lever. Il n'y avait que quelques malades; tous étaient au courant et tous aimaient bien Luz. Quand il revenait, en longeant les couloirs, il pensait à Luz dans son lit.

Avant son retour au front, ils allèrent prier au Duomo. Dans l'église sombre et paisible, d'autres personnes étaient agenouillées. Ils voulaient se marier, mais il n'y avait pas assez de temps pour la publication des bans, et ni l'un ni l'autre n'avaient d'extrait de naissance. Ils se considéraient eux-mêmes comme mariés, mais ils voulaient que tout le monde le sache, pour être plus sûrs de ne pas se perdre.

Luz lui écrivit beaucoup de lettres qu'il ne reçut qu'après l'armistice. Quinze arrivèrent en paquet au front ; il les classa d'après les dates et les lut à la file. Elles parlaient toutes de l'hôpital, disaient combien elle l'aimait, comme c'était impossible de vivre sans lui et comme il lui manquait affreusement la nuit.

Après l'armistice, ils décidèrent qu'il devait rentrer en Amérique et trouver du travail pour qu'ils puissent se marier. Luz ne le rejoindrait que lorsqu'il aurait une bonne situation et pourrait venir la chercher à New York. Il était entendu qu'il ne boirait pas et ne verrait ni ses amis ni personne aux États-Unis. Trouver une situation et se marier. Rien d'autre. Dans le train, de Padoue à Milan, ils se chamaillèrent parce qu'elle refusait de partir pour l'Amérique sans attendre. Au moment de se séparer à la gare de Milan, ils s'embrassèrent mais leur querelle n'était pas éteinte. Il était malade de la quitter comme ça.

Il embarqua pour l'Amérique à Gênes. Luz retourna à Padoue où allait s'ouvrir un hôpital. C'était un endroit isolé et pluvieux. Un bataillon s'y trouvait cantonné. L'hiver, dans la petite ville bourbeuse et humide, le major fit la cour à Luz ; elle n'avait encore jamais connu d'Italiens. Finalement, elle écrivit aux États-Unis que leur liaison n'avait été qu'une aventure de gamins. Elle était désolée, elle savait qu'il ne comprendrait probablement pas, mais peut-être un jour lui pardonnerait-il et lui serait-il reconnaissant... Contre toute attente, elle allait se marier au printemps. Elle l'aimait toujours, mais elle s'était rendu compte que ça n'avait été qu'une amourette. Elle espérait qu'il ferait une brillante carrière et lui faisait entière confiance. Elle savait que c'était très bien ainsi.

Le major ne l'épousa ni au printemps ni à aucune autre saison. Luz ne reçut jamais de réponse de Chicago. Peu de temps après, il attrapa la chaude-pisse avec une vendeuse du rayon de mercerie d'un grand magasin, en traversant Lincoln Park en taxi.

UN SOLDAT CHEZ LUI

Krebs partit pour la guerre à sa sortie d'un collège Méthodiste du Kansas. Une photo le montre parmi ses compagnons de séminaire portant tous le même col montant. Il s'engagea dans les Fusiliers marins en 1917 et ne rentra aux États-Unis que lorsque la deuxième division fut revenue du Rhin au cours de l'année 1919.

Un second cliché le montre sur le Rhin en compagnie de deux jeunes Allemandes et d'un autre caporal. Krebs et le caporal semblent trop grands pour leurs uniformes. Les Allemandes ne sont pas jolies. Le Rhin est invisible sur la photo.

Au moment où Krebs revint dans sa ville natale en Oklahoma, l'accueil enthousiaste réservé aux héros n'était plus qu'un souvenir. Il rentrait beaucoup trop tard. Ses concitoyens, qui avait été enrôlés, avaient tous été chaleureusement reçus à leur retour. Il y avait eu une grande vague d'hystérie. La réaction ne s'était pas fait attendre. On semblait trouver Krebs un peu ridicule de revenir si tard, des années après la fin de la guerre.

Tout d'abord, Krebs, qui avait été au bois Belleau, à Soissons, en Champagne et à Saint-Mihiel et en Argonne, se refusait à parler de la guerre.

Plus tard, il en éprouva le besoin, mais personne ne voulait l'écouter. Les gens avaient entendu trop d'histoires d'atrocités pour être émus par les faits réels. Krebs s'aperçut que pour se faire écouter, il lui fallait mentir. Et quand il l'eut fait deux fois, lui aussi prit la guerre et les récits de guerre en aversion. Un dégoût de tout ce qui lui était arrivé pendant la guerre l'envahit, à cause de ses mensonges. Toutes les circonstances qui avaient pu lui donner un sentiment de calme et de dignité — ces circonstances, maintenant lointaines où il avait accompli, simplement et naturellement, le seul geste possible pour un homme, alors que rien ne l'y forçait — avaient perdu leur sens et leur valeur et s'étaient perdues elles-mêmes.

En fait, ses mensonges étaient bénins ; ils consistaient à s'attribuer des choses que d'autres avaient vues, faites ou entendues et à rapporter comme certains des incidents apocryphes familiers à tous les soldats. Ses mensonges mêmes ne causaient aucune sensation dans la salle de billard. Ses amis et connaissances, qui avaient entendu des récits détaillés sur les Allemands trouvés enchaînés aux mitrailleuses dans les forêts d'Argonne, et qui ne pouvaient concevoir, aveuglés par leur chauvinisme, les mitrailleurs allemands autrement qu'enchaînés, n'étaient plus touchés par ses histoires.

L'expérience acquise par le mensonge et l'exagération écœura Krebs et, quand de temps en temps, il rencontrait un autre homme qui avait vraiment fait la guerre, et qu'ils bavardaient quelques minutes dans le vestiaire, au cours d'une soirée par exemple, il prenait d'instinct l'attitude du vieux soldat parmi d'autres soldats : celle de l'homme qui a passé son temps à avoir peur, horriblement peur. Et c'est ainsi qu'il perdit tout.

A ce moment-là, c'était la fin de l'été. Il dormait tard, se levait pour descendre en ville et chercher un livre à la bibliothèque, déjeunait à la maison, lisait sur le perron jusqu'à ce qu'il en eût assez, puis redescendait en ville pour aller passer les heures les plus chaudes de la journée dans la salle de billard, sombre et fraîche. Il aimait jouer au billard.

Le soir, il étudiait la clarinette, allait flâner en ville, lisait et se couchait. Pour ses deux jeunes sœurs, il était toujours un héros. Sa mère lui aurait servi son petit déjeuner au lit, s'il l'avait voulu. Elle entrait souvent quand il était couché et lui demandait de raconter des histoires de guerre, mais son attention se dispersait toujours. Son père, lui, se désintéressait de tout cela.

Avant son départ pour la guerre, Krebs n'avait jamais été autorisé à conduire la voiture de la famille. Son père travaillait dans une agence immobilière et il voulait toujours avoir la voiture sous la main au cas où il aurait des clients à emmener à la campagne pour leur montrer un domaine ou une ferme. La voiture stationnait toujours devant l'immeuble de la First National Bank où son père avait un bureau, au deuxième étage. Maintenant, la guerre finie, c'était toujours la même voiture.

Rien n'avait changé dans la ville, à l'exception des petites filles qui avaient grandi. Mais elles vivaient dans un monde si compliqué d'alliances déjà définies et de rivalités inextricables, que Krebs ne se sentait ni la force ni le courage d'y pénétrer. Pourtant, il aimait les regarder. Il y avait tant de jolies jeunes filles. Elles avaient presque toutes les cheveux courts. Avant son départ, seules les petites filles ou les filles faciles étaient coiffées comme ça. Elles mettaient toutes des pull-overs et des chemisiers à cols ronds. C'était presque un uniforme. Du perron, il aimait les voir passer de l'autre côté de la rue. Il aimait les voir marcher à l'ombre des arbres. Il aimait leurs cols ronds par-dessus leurs pull-overs. Il aimait leurs bas de soie et leurs chaussures à talons plats. Il aimait leurs cheveux coupés court et leur démarche.

Quand il était en ville, elles ne l'attiraient guère. Elles ne lui plaisaient pas quand il les apercevait au salon de thé grec. En fait, il ne les désirait pas. En elles-mêmes, elles étaient trop compliquées. Il s'agissait d'autre chose. Il désirait vaguement une amie, mais il ne voulait pas se donner de mal pour l'obtenir. Il aurait aimé en avoir une, mais il ne voulait pas passer trop de temps à la conquérir. Il ne voulait pas s'empêtrer dans les intrigues et la diplomatie. Il ne voulait à aucun prix faire la cour. Il ne voulait pas faire un mensonge de plus. Ça n'en valait pas la peine.

Il refusait également les conséquences. Il les refusait à jamais. Il voulait vivre sans conséquences. D'ailleurs, il n'éprouvait pas réellement le besoin d'une amie. L'armée lui avait appris cela. C'était bien porté de laisser entendre qu'on ne pouvait pas se passer d'une fille. Presque tout le monde faisait cela. Mais c'était faux. Nul n'avait besoin de femme.

C'était bien là le plus drôle. D'abord un garçon proclamait que les filles ne signifiaient rien pour lui, qu'il n'y pensait jamais et qu'elles le laissaient absolument froid. Puis un autre se vantait de ne pas pouvoir s'en passer, affirmant qu'il en avait besoin tout le temps et qu'il lui fallait une fille dans son lit toutes les nuits.

Tout cela n'était que mensonge. Mensonge dans l'un et l'autre cas. On n'avait pas besoin de filles si on n'y pensait pas. Il avait appris ça dans l'armée. Puis, tôt ou tard, on finissait par en avoir une. Quand on était vraiment mûr pour une fille, on en dénichait toujours une. Tôt ou tard, ça venait, sans qu'il fût besoin d'y penser. Il avait appris tout ça dans l'armée.

Maintenant, il aurait bien aimé avoir une fille, si elle était venue à lui, sans parler. Mais ici, chez lui, c'était bien trop compliqué. Il savait que l'expérience passée ne se renouvellerait pas ; il était inutile d'y compter. Voilà pourquoi les Françaises et les Allemandes avaient du bon : avec elles, tous ces discours étaient inutiles. On ne pouvait guère parler et on n'en avait pas besoin. Tout était simple et on s'entendait bien. Il pensa d'abord à la France, puis à l'Allemagne. Tout compte fait, il avait préféré l'Allemagne. Il ne voulait pas quitter l'Allemagne. Il ne voulait pas rentrer chez lui. Et pourtant, il avait fini par revenir. Et il se retrouvait là, assis sur le perron.

Il aimait les filles qui passaient sur le trottoir d'en face. Mais le monde dans lequel elles vivaient n'était pas le sien. Il les préférait de beaucoup aux Françaises et aux Allemandes. Il aimerait bien en avoir une. Mais ça ne valait pas la peine d'essayer. Elles faisaient un si bel ensemble. Il aimait cet ensemble. C'était attrayant. Mais il n'irait pas se lancer dans les boniments. Il n'y en avait pas une qu'il désirait assez pour cela. Cependant, il avait du plaisir à les regarder toutes. Non, ça n'en valait pas la peine. Pas au moment où la vie redevenait supportable.

Il était assis sur le perron et lisait un livre sur la guerre. C'était un ouvrage historique où il retrouvait le récit de tous les engagements auxquels il avait pris part. Aucune lecture ne l'avait jamais passionné à ce point. Il aurait pourtant souhaité y trouver plus de cartes. Il feuilletait son bouquin, heureux de lire des histoires d'un intérêt réel que rehaussaient des cartes détaillées. Maintenant, il apprenait ce qu'était effectivement la guerre. Il avait été un bon soldat. Toute la différence était là.

Un matin, environ un mois après son retour, sa mère entra dans sa chambre et s'assit sur le lit en tortillant son tablier.

— J'ai parlé avec ton père, hier soir, Harold, dit-elle. Il ne demande pas mieux que tu prennes la voiture pour sortir le soir.

— Hein ? fit Krebs mal réveillé. Prendre la voiture ?... Ah oui ?

— Oui. Ton père pense depuis quelque temps déjà que tu pourrais prendre la voiture pour sortir le soir, quand ça te fait plaisir, mais nous n'en avons parlé qu'hier soir.

— Je parie que c'est toi qui l'as tanné pour obtenir ça, dit Krebs.

— Pas du tout, c'est ton père lui-même qui a mis la question sur le tapis.

— Vraiment ? Mais je parie bien que c'est toi qui l'as asticoté.

Krebs s'assit dans son lit.

— Veux-tu descendre déjeuner, Harold ? demanda sa mère.

— Dès que je serai habillé, répondit Krebs.

Sa mère s'en alla. Pendant qu'il se lavait, se rasait et s'habillait pour descendre à la salle à manger prendre son petit déjeuner, il entendit un bruit de friture venant de la cuisine. Quand il se fut mis à table, sa sœur lui apporta le courrier.

— Eh bien, Hare, dit-elle, vieille marmotte, pourquoi donc t'es-tu levé ?

Krebs la regarda. Il l'aimait bien. C'était sa préférée.

— Tu as le journal ?

Elle lui tendit *l'Étoile de Kansas City ;* il arracha la bande et l'ouvrit à la page sportive. Puis il plia le journal et l'appuya contre la cruche à eau en le calant avec son assiette de porridge, de façon à pouvoir lire en mangeant.

Sa mère apparut à la porte de la cuisine :

— Harold, Harold, dit-elle, je t'en prie, ne chiffonne pas le journal. Ton père ne pourra pas le lire s'il est chiffonné.

— Je ne le chiffonnerai pas, dit Krebs.

Sa sœur s'assit à la table et le regarda lire.

— On joue au base-ball sous le préau de l'école cet après-midi. C'est moi le lanceur.

— Épatant! dit Krebs. Tu te sens en forme?

— Je lance mieux qu'un tas de garçons. Je leur dis tout ce que tu m'as appris. Les autres filles ne valent pas grand-chose.

— Ah ouais? fit Krebs.

— Je leur dis que tu es mon flirt. N'est-ce pas que tu es mon flirt, Hare?

— Et comment!

— Tu crois qu'on ne peut pas prendre son frère comme flirt, simplement parce que c'est votre frère?

— Je n'sais pas.

— Mais si, tu sais. Dis-moi, Hare, tu ne pourrais pas être mon flirt, si j'étais plus vieille et si tu voulais bien?

— Mais si, tu es déjà ma copine maintenant.

— Vraiment, je suis ta copine?

— Bien sûr.

— Tu m'aimes?

— Heu...

— Tu m'aimeras toujours?

— Bien sûr.

— Est-ce que tu viendras me voir jouer au base-ball?

— Peut-être.

— Oh! Hare, tu ne m'aimes pas. Si tu m'aimais, tu aurais envie de venir me voir jouer au base-ball.

La mère de Krebs sortit de la cuisine et entra dans la salle à manger. Elle apportait une assiette avec deux œufs au bacon et une autre avec des crêpes.

— Laisse-nous un instant, Helen, dit-elle. Je veux dire un mot à Harold.

Elle posa les œufs devant lui et apporta un pichet de sirop d'érable pour les crêpes. Puis, elle s'assit en face de Krebs.

— Je voudrais bien que tu laisses ce journal une minute, Harold, dit-elle.

Krebs baissa le journal et le replia.

— As-tu décidé ce que tu allais faire, Harold? demanda sa mère en enlevant ses lunettes.

— Non, fit Krebs.

— Ne crois-tu pas qu'il est temps?

Elle disait cela gentiment. Elle paraissait inquiète.

— Je n'y ai pas encore pensé, dit Krebs.

— Dieu réserve une tâche à chacun de nous sur la terre, dit sa mère. Il n'y a pas de place pour les oisifs dans Son Royaume.

— Je ne suis pas de Son Royaume, dit Krebs.

— Nous sommes tous de Son Royaume.

Krebs se sentit gêné et rétif comme toujours.

— Je me suis tellement tracassée pour toi, Harold, poursuivit sa mère. Je sais que tu as été exposé à bien des tentations, et je sais combien les hommes sont faibles. Je sais ce que ton cher grand-père, mon propre père, nous a raconté sur la guerre civile et j'ai prié pour toi. Je prie toute la journée pour toi, Harold.

Krebs regardait le gras du bacon se figer sur son assiette.

— Ton père aussi est anxieux, continua la mère. Il croit que tu n'as plus d'ambitions, que tu n'as pas de but précis dans la vie. Charley Simmons, qui est du même âge que toi, a trouvé une très bonne situation et va se marier. Tous les jeunes se sont casés ; ils veulent tous arriver à quelque chose. On peut déjà se rendre compte que des garçons comme Charley Simmons seront bientôt utiles à la communauté.

Krebs ne dit rien.

— Ne fais pas cette tête, Harold, lui dit sa mère. Tu sais que nous t'aimons et que c'est uniquement pour ton bien que je te dis ce qu'il en est exactement. Ton père ne veut pas empiéter sur ta liberté. Il pense que tu dois avoir la permission de conduire la voiture. Si tu veux emmener une de nos charmantes jeunes filles faire une promenade, nous en serons ravis. Nous voulons que tu t'amuses. Mais il va falloir que tu te mettes au travail, Harold. A ce sujet, ton père te laisse libre de choisir. Tous les métiers sont honorables, comme il dit. Mais il faut que tu t'y mettes. Il m'a demandé de te parler ce matin ; maintenant tu pourrais passer le voir à son bureau.

— C'est tout ?... fit Krebs.

— Oui. Tu n'aimes pas ta mère, mon enfant chéri ?

— Non, dit Krebs.

Assise à l'autre bout de la table, sa mère le regardait ; ses yeux brillèrent, elle se mit à pleurer.

— Je n'aime personne, dit Krebs.

Mais à quoi bon lui avoir fait cette réponse. Il ne pouvait pas lui expliquer, il ne pouvait pas lui faire comprendre.

C'était stupide de sa part. Il avait simplement réussi à la blesser. Il s'approcha d'elle et la prit par le bras. Elle pleurait, la tête dans les mains.

— Je ne voulais pas dire ça, dit-il. J'étais hors de moi, voilà tout. Je ne voulais pas dire que je ne t'aimais pas.

Sa mère pleurait toujours.

Krebs posa le bras sur son épaule.

— Tu ne peux pas me croire, dis, maman ?

Sa mère hocha la tête.

— Voyons, maman, je t'en prie, crois-moi !

— Oui, dit la mère, d'une voix entrecoupée. — Elle leva les yeux vers lui : — Je te crois, Harold.

Krebs lui embrassa les cheveux. Elle tourna son visage vers lui.

— Je suis ta mère, lui dit-elle. Je t'ai porté tout contre mon cœur quand tu étais un tout petit bébé.

Krebs éprouva un malaise et une sorte de nausée.

— Je sais, maman. J'essaierai d'être un bon fils.

— Veux-tu t'agenouiller et prier avec moi, Harold? demanda sa mère.

Ils s'agenouillèrent à côté de la table de la salle à manger et la mère de Krebs se mit à prier.

— A toi maintenant, Harold.

— Je ne peux pas, fit Krebs.

— Essaie, Harold.

— Je ne peux pas.

— Veux-tu que je prie pour toi?

— Oui.

Alors sa mère pria pour lui, puis ils se relevèrent. Krebs embrassa sa mère et sortit de la maison. Il avait tant essayé de ne pas se compliquer la vie. Néanmoins, cette scène ne l'avait pas le moins du monde ébranlé. Il avait simplement eu pitié de sa mère qui l'avait forcé à mentir. Il partirait pour Kansas City, il y trouverait du travail, et elle serait contente. Peut-être n'éviterait-il pas une dernière scène avant son départ. Mais il n'irait pas au bureau de son père. Cette fois, il se défilerait. Il voulait une vie sans histoire. Il avait bien fallu en passer par là, mais, en tout cas, tout était fini maintenant. Il irait voir Helen jouer au base-ball sous le préau de l'école.

LE RÉVOLUTIONNAIRE

En 1919, il voyageait sur les chemins de fer italiens, porteur d'un carré de toile cirée provenant du bureau central du parti et où il était écrit, au crayon à encre, que c'était là un camarade qui avait beaucoup souffert sous les Blancs à Budapest et demandant aux camarades de l'aider par tous les moyens. Cela lui servait de billet. Il était très timide et encore très jeune, et les employés des chemins de fer se le repassaient d'une équipe à l'autre. Il n'avait pas d'argent, alors ils lui donnaient à manger derrière le comptoir des restaurants de gare.

L'Italie l'enchantait. C'est un pays magnifique, disait-il. Les gens sont tous très gentils. Il avait visité de nombreuses villes, beaucoup marché, et vu beaucoup de tableaux. Il avait acheté, de Giotto, de Masaccio et de Piero Della Francesca, des reproductions qu'il transportait, enveloppées dans un numéro du journal *Avanti*. Il n'aimait pas Mantegna.

Il vint se présenter à Bologne et je l'emmenai avec moi jusqu'à Romagne, où j'avais quelqu'un à voir. Nous fîmes ensemble un voyage très agréable. On était au début de septembre, et la campagne était belle. C'était un Magyar, un très gentil garçon, très timide. Les hommes de Horthy lui avaient fait les pires choses.

Il en parlait un petit peu. Malgré la Hongrie, il croyait fermement à la révolution mondiale.

— Et comment marche le mouvement en Italie? demanda-t-il.

— Très mal, répondis-je.

— Mais ça ira mieux, fit-il. Vous avez tout ici. C'est le pays dont tout le monde est le plus sûr... C'est de là que tout partira.

Je ne fis pas de commentaires.

A Bologne, il nous fit ses adieux, pour prendre le train de Milan et de là jusqu'à Aoste, pour franchir le col qui le mènerait en Suisse. Je lui parlai des Mantegnas de Milan. « Non », dit-il très timidement, il n'aimait pas Mantegna. Je lui indiquai par écrit les endroits où il pourrait manger à Milan et des adresses de camarades. Il me remercia avec effusion, mais son esprit était tout à la prochaine traversée du col. Il était très anxieux de le franchir à pied pendant que le temps restait au beau. Il aimait beaucoup la montagne en automne.

Aux dernières nouvelles que j'eus de lui, les Suisses le gardaient en prison à Sion.

MONSIEUR ET MADAME ELLIOT

Monsieur et madame Elliot se donnaient un mal énorme pour faire un enfant. Ils essayaient aussi souvent que madame Elliot le pouvait. Ils essayèrent à Boston après leur mariage, et sur le bateau, pendant la traversée. Ils n'essayèrent pas très souvent sur le bateau parce que madame Elliot était affreusement malade, et quand elle était malade, elle l'était comme les femmes du Sud peuvent l'être. C'est-à-dire les femmes du Sud des États-Unis...

Comme toutes les femmes du Sud, madame Elliot était profondément affectée par le mal de mer, les voyages de nuit et les réveils trop matinaux. Sur le bateau, beaucoup de gens la prenaient pour la mère d'Elliot. Ceux qui les savaient mariés croyaient qu'elle attendait un enfant. En réalité, elle avait 40 ans. Elle avait subitement vieilli quand elle avait commencé à voyager.

Elle avait paru beaucoup plus jeune, en fait, elle semblait sans âge quand Elliot l'avait épousée, après lui avoir fait la cour quelques semaines. Il connaissait son salon de thé depuis longtemps et avait fini, un soir, par l'embrasser.

Hubert Elliot faisait son doctorat en droit à Harvard quand il se maria. Il était poète et jouissait d'environ

10 000 dollars de revenus par an. Il écrivait, très vite, des poèmes interminables. Il avait 25 ans et n'avait jamais couché avec une femme avant son mariage. Il voulait rester chaste pour apporter à sa femme la même pureté d'âme et de corps qu'il attendait d'elle. Il appelait ça mener une vie droite. Il avait été amoureux de diverses jeunes filles avant d'embrasser madame Elliot, et, tôt ou tard, leur avait toujours déclaré qu'il avait mené une vie irréprochable. Presque toutes s'étaient désintéressées de lui. Il était choqué et même profondément horrifié de voir des jeunes filles se fiancer et épouser des hommes qui, elles ne pouvaient l'ignorer, s'étaient traînés dans le ruisseau.

Il s'efforça une fois de mettre en garde une jeune fille de sa connaissance contre un personnage qui s'était fait une réputation de vaurien à l'Université. Il en avait pratiquement la preuve. Un incident très désagréable en était résulté.

Madame Elliot s'appelait Cornelia. Elle lui avait appris à l'appeler Calutina ; c'était le surnom que lui donnaient ses parents dans le Sud.

Sa mère pleura quand il ramena Cornelia chez lui après leur mariage, mais elle se réjouit beaucoup quand elle apprit qu'ils allaient vivre à l'étranger.

Cornelia avait dit : « Oh ! mon tendre chéri », et l'avait serré entre ses bras plus étoitement que jamais quand il lui avait dit s'être gardé pur pour elle. Cornelia, elle aussi, était pure. « Embrasse-moi encore, comme ça », dit-elle.

Hubert lui expliqua qu'il avait appris cette façon d'embrasser en écoutant un camarade raconter une histoire. Il était enchanté de son expérience et ils la poussèrent jusqu'aux limites du possible. Quelquefois quand ils s'étaient embrassés bien longtemps, Cornelia lui faisait répéter qu'il s'était gardé absolument pur pour elle. Et cette déclaration la mettait toujours en émoi.

Tout d'abord, Hubert ne pensait pas épouser Cornelia. Il ne l'avait jamais imaginée sous cet angle. Elle avait été pour lui une si bonne amie. Puis un jour, dans l'arrière-salle, ils avaient dansé au son du phonographe, pendant que son amie tenait le magasin, elle l'avait regardé dans les yeux et il l'avait embrassée. Il ne pouvait jamais se rappeler exactement quand ils avaient décidé de se marier. Mais ils s'étaient mariés.

Ils passèrent leur nuit de noces dans un hôtel de Boston. Ils furent tous les deux déçus, mais finalement Cornelia s'endormit. Hubert ne pouvait pas dormir; il sortit plusieurs fois de la chambre et marcha de long en large dans le couloir de l'hôtel avec la nouvelle robe de chambre de chez Jaeger qu'il avait achetée pour son voyage de noces. Le long du corridor, il voyait toutes les paires de chaussures, petites et grandes, aux portes des chambres. Son cœur se mit à battre très fort, il se précipita dans la chambre mais Cornelia dormait. Il craignit de la réveiller, et bientôt tout redevint normal et il s'endormit paisiblement.

Le lendemain, ils rendirent visite à la mère d'Hubert et, le jour suivant, embarquèrent pour l'Europe. On pouvait tenter de faire un enfant, mais Cornelia était rarement en état d'essayer, bien que ce fût leur plus cher désir. Ils débarquèrent à Cherbourg et vinrent à Paris où ils firent une nouvelle tentative. Puis ils décidèrent d'aller à Dijon où avaient lieu des cours de vacances, et où s'étaient rendus la plupart de leurs compagnons de voyage. Ils ne trouvèrent rien d'intéressant à faire à Dijon.

Cependant, Hubert écrivait de nombreux poèmes et Cornelia les tapait à la machine. Tous ces poèmes étaient très longs. Il était très sévère pour les fautes et lui faisait retaper une page entière pour une seule faute de frappe. Elle pleurait beaucoup et plusieurs fois ils essayèrent de faire un enfant, avant de quitter Dijon.

Ils rentrèrent à Paris, ainsi que la plupart de leurs compagnons de traversée. Ils étaient las de Dijon, et après tout, ils pourraient dire, qu'après Harvard, Columbia ou Wabash, ils avaient étudié à l'Université de Dijon, dans la Côte-d'Or. Beaucoup d'entre eux auraient préféré aller dans le Languedoc, à Montpellier ou Perpignan, s'il y a là-bas, comme on le dit, des Universités. Mais toutes ces villes étaient trop loin. Dijon n'est qu'à 4 heures et demie de Paris et il y a un wagon-restaurant dans le train.

Ils firent du Café du Dôme leur quartier général, évitant la Rotonde juste en face, toujours si bondée d'étrangers de passage. Puis les Elliot louèrent un château en Touraine dont ils avaient lu l'annonce dans le *New York Herald.* Elliot avait maintenant de nombreux amis qui admiraient tous sa poésie, et madame Elliot l'avait persuadé de faire venir de Boston son amie du salon de thé. L'état de madame Elliot s'améliora beaucoup après l'arrivée de son amie. Et elles eurent ensemble de bonnes crises de larmes. L'amie avait plusieurs années de plus que Cornelia et elle l'appelait son chou. Elle aussi appartenait à une vieille famille du Sud.

Puis ils allèrent s'installer tous les trois dans le château de Touraine avec plusieurs amis d'Elliot qui l'appelaient Hubie. Ils trouvèrent la Touraine plate et étouffante et très semblable au Kansas.

Elliot avait écrit maintenant presque assez de poèmes pour faire un livre. Il voulait le publier à Boston et il avait déjà envoyé un chèque à l'éditeur et signé son contrat. Les invités repartirent très vite pour Paris. La Touraine ne s'était pas révélée aussi agréable qu'elle avait paru au début. Et bientôt tous les amis se furent éclipsés à la suite d'un riche et jeune poète, célibataire, dans une station balnéaire des environs de Trouville. Ils y étaient tous très heureux.

Elliot resta dans son château de Touraine parce qu'il l'avait loué pour tout l'été... Madame Elliot et lui se donnèrent énormément de mal pour faire un enfant dans le grand lit dur de l'immense chambre étouffante.

Madame Elliot se familiarisait avec le clavier de la machine, mais elle constata que les erreurs augmentaient avec la vitesse. Son amie tapait pratiquement tous les manuscrits. Elle travaillait bien et vite, et semblait y prendre plaisir.

Elliot s'était mis à boire du vin et vivait à part dans une chambre. Il écrivait beaucoup de poèmes durant la nuit, et, le matin, paraissait épuisé. Madame Elliot et son amie dormaient dans le grand lit médiéval. Elles avaient ensemble de bonnes crises de larmes. Le soir, ils se réunissaient pour dîner dans le jardin sous un platane ; un vent chaud se levait ; Elliot buvait du vin blanc ; madame Elliot et son amie conversaient, et tout le monde était heureux.

UN CHAT SOUS LA PLUIE

Il n'y avait que deux Américains descendus à l'hôtel. Ils ne connaissaient aucun des clients qu'ils croisaient dans l'escalier en allant à leur chambre ou en la quittant. Leur chambre était au deuxième et donnait sur la mer. Elle avait vue aussi sur le Jardin public et le Monument aux Morts. Il y avait de grands palmiers et des bancs verts dans le Jardin public, et, par beau temps, on y voyait toujours un artiste avec son chevalet.

Les artistes aimaient la forme de ces palmiers, et les couleurs éclatantes des hôtels qui donnent sur le jardin et sur la mer. Les Italiens venaient de loin voir le Monument aux Morts. Il était en bronze et luisait sous la pluie. Il pleuvait. L'eau gouttait des palmiers et des flaques se formaient dans les allées de gravier. La mer roulait tout le long de la plage, puis se retirait pour revenir se briser sur le sable derrière le rideau de pluie.

Les voitures avaient déserté la place près du Monument aux Morts. De l'autre côté, un garçon planté à l'entrée du café, contemplait la place déserte.

L'Américaine, debout devant la vitre, regardait au-dehors. Dans le jardin, juste sous leur fenêtre, un chat était tapi sous l'une des tables vertes, dégoulinante de pluie. Il se recroquevillait pour éviter les gouttes d'eau :

— Je vais descendre chercher ce minet, dit l'Américaine.

— Je vais y aller, proposa le mari, de son lit.

— Non, j'irai. Le pauvre petit qui essaie de s'abriter sous une table!

Le mari reprit sa lecture. Il était allongé, la tête sur les deux oreillers au pied du lit.

— Ne te fais pas mouiller.

Elle descendit ; le propriétaire se leva et la salua au passage. Sa table était tout au fond de son bureau. C'était un vieux monsieur, très grand.

— Piove, dit-elle.

Elle aimait bien l'hôtelier.

— Si, si, Signora, brutto tempo. Il fait très mauvais.

Il était debout derrière son bureau, au fond de la pièce sombre. La jeune femme l'aimait bien. Elle aimait la calme froideur avec laquelle il recevait toutes les réclamations. Elle aimait sa dignité. Elle aimait sa serviabilité et sa façon de comprendre sa profession. Elle aimait son vieux visage lourd et ses grandes mains.

Sur ces impressions, elle ouvrit la porte et jeta un coup d'œil au-dehors. Il pleuvait très fort. Un homme avec une pèlerine caoutchoutée traversait la place déserte en direction du café. Le chat devait être quelque part à droite. Peut-être pourrait-elle suivre le mur à l'abri du toit. Comme elle attendait sur le seuil, un parapluie s'ouvrit derrière elle. C'était la femme de chambre de leur étage.

— Il ne faut pas vous faire mouiller, dit-elle en italien.

Elle souriait ; naturellement, c'était l'hôtelier qui l'avait envoyée. Abritée par le parapluie que tenait la femme de chambre, elle suivit l'allée de gravier jusque sous leur fenêtre. La table était là, toute verte et brillante sous la pluie, mais le chat était parti. Elle éprouva une déception soudaine. La femme de chambre la regarda.

— Ha perduto qualche cosa, Signora?

— Il y avait un chat, dit l'Américaine.

— Un chat?

— Si, il gatto!

— Un chat? dit la femme de chambre en riant. Un chat sous la pluie.

— Oui, sous la table. Oh! j'en avais tellement envie; je voulais un minet.

Quand elle parlait anglais, le visage de la femme de chambre se concentrait.

— Venez, Signora, il faut rentrer, vous allez vous faire mouiller.

— Oui... sans doute, dit l'Américaine.

Elles reprirent l'allée et franchirent la porte. La femme de chambre resta dehors pour fermer le parapluie. Quand l'Américaine passa devant le bureau, le patron la salua de sa table. Sa gorge se serra. Elle se sentait toute petite devant le padrone et en même temps très importante. Un instant, elle eut le sentiment d'être extraordinairement importante. Puis, elle gravit l'escalier et ouvrit la porte de la chambre. George lisait, allongé sur le lit.

— As-tu trouvé ce chat? demanda-t-il en posant son livre.

— Il était parti.

— Où a-t-il bien pu aller? fit-il en levant les yeux de son livre.

Elle s'assit sur le lit.

— J'en avais tellement envie, dit-elle. Je ne sais pas pourquoi je le voulais tellement. Je voulais ce pauvre minet. Ce n'est pas drôle d'être un pauvre petit chat dehors sous la pluie.

George s'était remis à lire.

Elle alla s'asseoir en face du miroir de la coiffeuse et se regarda dans la glace à main. Elle étudia son profil, d'abord d'un côté, puis de l'autre. Ensuite, elle étudia sa nuque et son cou.

— Ne crois-tu pas que ce serait une bonne idée de laisser pousser mes cheveux ? demanda-t-elle en inspectant de nouveau son profil.

George regarda sa nuque dégagée comme celle d'un garçon.

— Je les aime bien comme ça.

— Moi, j'en ai assez, dit-elle ; j'en ai assez d'avoir l'air d'un garçon.

George changea de position dans le lit. Il ne l'avait pas quittée des yeux depuis qu'elle avait commencé à parler.

— Tu es rudement jolie, dit-il.

Elle posa la glace sur la coiffeuse, alla à la fenêtre et regarda dehors. Le soir tombait.

— Je veux tirer mes cheveux en arrière et les avoir bien lisses avec un gros chignon dans le cou que je puisse sentir, dit-elle. Je veux avoir un minet sur les genoux qui ronronne quand je le caresse.

— Ah oui ? fit George de son lit.

— Et je veux manger à table avec mon couvert, et je veux des bougies. Je veux que ce soit le printemps et je veux brosser mes cheveux devant une glace ; je veux un petit minou et je veux de nouvelles robes.

— Oh, tais-toi et prends un bouquin! dit George. Il se remit à lire.

Sa femme regardait par la fenêtre. Il faisait complètement noir maintenant et il continuait à pleuvoir sur les palmiers.

— En tout cas, je veux un chat ; je veux un chat, je veux un chat tout de suite! Si je ne peux pas avoir des cheveux longs, et si je ne peux pas m'amuser, je peux au moins avoir un chat.

George n'écoutait pas. Il lisait son livre. Par la fenêtre, sa femme regardait la place qui venait de s'éclairer.

Quelqu'un frappa à la porte.

— Avanti, fit George, en levant les yeux.

La femme de chambre était à la porte. Elle serrait entre ses bras un gros chat, gris comme une carapace de tortue.

— Excusez-moi, dit-elle, le padrone m'a demandé d'apporter ceci pour la Signora.

HORS DE SAISON

Avec les quatre lires qu'il avait gagnées en bêchant le jardin de l'hôtel, Peduzzi était soûl. Il rencontra le jeune monsieur dans l'allée du jardin et lui parla d'un air mystérieux. Le jeune monsieur lui dit qu'il n'avait pas mangé, mais qu'il serait prêt à partir dès qu'il aurait déjeuné. Dans trois quarts d'heure, une heure.

A la cantine, près du pont, on voulut bien lui servir à crédit trois « grappa » de plus tant il semblait assuré de son travail pour l'après-midi et tant il l'entourait de mystère. Le vent soufflait et les trouées du soleil à travers les nuages alternaient avec les averses. Une journée magnifique pour pêcher la truite.

Le jeune monsieur sortit de l'hôtel et l'interrogea à propos des cannes à pêche. Sa femme pourrait-elle suivre en les transportant ? « C'est ça, dit Peduzzi, qu'elle nous suive. » Le jeune monsieur rentra à l'hôtel prévenir sa femme. Puis, Peduzzi et lui partirent sur la route. Le jeune monsieur portait une musette sur le dos. Peduzzi vit la jeune femme, des chaussures de montagne aux pieds et un béret bleu sur la tête, se mettre en route derrière eux, une canne à pêche démontée dans chaque main. Elle semblait aussi jeune que son mari. Peduzzi n'était pas satisfait de la voir loin en arrière. « Signorina », cria-t-il, en clignant de l'œil vers le jeune monsieur. « Venez, marchez avec nous ; Signorina, venez! Marchons tous ensemble. » Peduzzi voulait qu'ils descendent la rue de Cortina tous les trois de front.

Toujours en arrière, la jeune femme les suivait sans enthousiasme. « Signorina », Peduzzi se fit plus tendre. « Venez donc avec nous. » Le jeune monsieur se retourna et cria quelque chose. Sa femme cessa de traîner et se rapprocha.

A tous ceux qu'il rencontrait dans la rue principale, Peduzzi accordait de larges saluts. « Buon'di Arturo! » en touchant le bord de son chapeau. L'employé de banque le regarda de la porte du café fasciste. Des groupes de trois ou quatre personnes, sur le seuil des boutiques, les contemplaient tous les trois. Les ouvriers aux vestes couvertes de poussière, qui travaillaient aux fondations du nouvel hôtel, levèrent les yeux quand ils passèrent. Personne ne leur parla ni ne leur fit le moindre signe, excepté le mendiant du village, maigre et vieux avec sa barbe empesée de salive, qui leva son chapeau sur leur passage.

Peduzzi s'arrêta devant une vitrine remplie de bouteilles et sortit de la poche de sa vieille vareuse militaire sa bouteille de grappa vide. « Un peu à boire, un petit coup de Marsala pour la Signora. Quelque chose, un petit quelque chose à boire. » Il commença à gesticuler avec la bouteille. C'était une journée magnifique. « Marsala. Vous aimez le Marsala, Signorina ? Un peu de Marsala. »

La jeune femme attendait, l'air maussade. « Tu ferais mieux de t'arranger avec lui », fit-elle. « Je ne comprends pas un traître mot de ce qu'il dit. Il est soûl, n'est-ce pas ? »

Le jeune monsieur ne semblait pas entendre Peduzzi. « Pourquoi diable parle-t-il de Marsala », se demandait-il. C'est le vin préféré de Max Beerbohm. « Geld », dit finalement Peduzzi, en tirant le jeune homme par la manche.

« Lire. » Il sourit, désolé d'insister sur ce sujet, mais forcé de pousser le jeune monsieur à l'action.

Le jeune monsieur sortit son portefeuille et lui tendit un billet de 10 lires. Peduzzi monta les marches de la boutique « Spécialités de vins étrangers et du pays ». C'était fermé.

— C'est fermé jusqu'à deux heures, dit un passant avec mépris.

Peduzzi, mortifié, descendit les marches.

— Tant pis! fit-il, on pourra en avoir à la Concordia.

Ils suivirent la route de la Concordia, tous les trois de front. Sur le seuil de la Concordia, où s'empilaient les luges rouillées, le jeune monsieur dit : « Was wollen Sie ? » Peduzzi lui tendit le billet de dix lires plié et replié : « Rien », dit-il. « N'importe quoi. » Il était mal à l'aise. « Un Marsala, peut-être, je n'sais pas. Un Marsala ? »

La porte de la Concordia se ferma sur le jeune monsieur et sa femme. « Trois Marsalas », dit le jeune monsieur à la jeune fille qui se tenait derrière le comptoir aux pâtisseries. « Vous voulez dire deux ? » demanda-t-elle. « Non », dit-il, « un pour un vecchio ». « Oh, fit-elle, un vecchio », et elle rit, en prenant la bouteille. Elle remplit les trois verres d'un liquide trouble. La femme s'était assise sous les journaux accrochés au mur le long d'une tringle. Son mari posa devant elle un verre de Marsala. « Bois toujours ça, dit-il. Ça ne peut pas te faire de mal. » Elle s'assit et regarda le verre. Le jeune monsieur sortit avec un verre pour Peduzzi, mais il ne vit personne.

— Je ne sais pas où il a disparu, fit-il en rentrant le verre à la main.

— Il en voulait un quart, dit sa femme.

— Combien coûte le quart de litre, demanda le jeune monsieur à la jeune fille.

— Du Bianco ? Uno lira.

— Non, de Marsala. Mettez-y aussi ces deux-là, dit-il en lui tendant son verre et celui de Peduzzi. — Elle remplit la mesure d'un quart de litre avec un entonnoir.

— Auriez-vous une bouteille pour le transporter ? dit le jeune monsieur.

Elle partit chercher une bouteille, l'air amusé par cette scène.

— Je suis navré de te voir dans cet état, mon chou, dit-il. Je suis désolé de t'avoir parlé comme ça au déjeuner. Nos points de vue différaient au départ, mais au fond, nous étions du même avis.

— C'est sans importance, dit-elle, rien de tout cela n'a d'importance.

— As-tu froid ? demanda-t-il. Tu aurais dû mettre un pull-over de plus.

— J'en ai déjà trois.

La jeune fille revint avec une bouteille brune très étroite et y versa le Marsala. Le jeune monsieur donna cinq lires de plus. Ils sortirent. La jeune fille souriait toujours. Peduzzi faisait les cent pas de l'autre côté, à l'abri du vent, les cannes à pêche à la main.

— Allons, dit-il. Je vais porter les cannes, qu'est-ce que ça peut bien faire si quelqu'un les voit ? Personne ne nous dérangera. Personne ne me fera d'ennuis à Cortina. Je les connais au Municipio. J'ai été soldat. Tout le monde m'aime bien ici. Je vends des grenouilles. Et puis après, si c'est interdit de pêcher ? Rien, absolument rien. Pas de pétard ! Des truites comme ça, je vous dis. Des tas de grosses truites.

Ils descendaient la colline vers la rivière, tournant le dos à la ville. Le soleil s'était caché et il pleuvait. « Là » fit Peduzzi, en montrant sur le seuil d'une maison une jeune fille qui rentra au même instant, « mon filleul ». « Son filleul, dit la jeune femme, pourquoi nous montre-t-il son filleul[1] ?. » « Il a dit sa fille », précisa le jeune monsieur.

1. Jeu de mots sur « my daughter » et « my doctor ».

Ils descendirent à travers champs et firent un crochet pour suivre la rive. Peduzzi parlait vite, à grand renfort de clins d'œil et de sous-entendus.

Comme ils marchaient tous les trois de front et que le vent soufflait, la jeune femme recevait son haleine en pleine figure. Une fois, il lui enfonça le coude dans les côtes. De temps en temps, il parlait le dialecte d'Ampezzo et quelquefois le patois allemand du Tyrol. Il ne parvenait pas à savoir lequel des deux, l'homme ou la femme, comprenait le mieux, alors il alternait. Mais comme le jeune monsieur disait : « Ja, Ja », Peduzzi se décida pour le patois tyrolien. Le jeune monsieur et sa femme ne comprenaient pas un mot.

— Tout le monde en ville nous a vus passer avec les cannes à pêche. Nous devons déjà avoir la gendarmerie à nos trousses. Pourquoi s'est-on fourré dans cette situation stupide! Et ce vieil imbécile qui est complètement noir.

— Et, bien entendu, pour rien au monde tu ne reviendrais sur tes pas... dit la femme.

— Il faut, évidemment, que tu continues. Pourquoi ne rentres-tu pas? Rentre donc, mon chou, dit-il.

— Je veux rester avec toi. Si tu vas en prison, qu'on y aille ensemble.

Un crochet brusque les amena sur la berge et Peduzzi, sa vareuse gonflée par le vent, se mit à gesticuler en montrant la rivière. Elle était jaune et boueuse. Sur la route, à proximité, s'élevait un tas de détritus.

— Dites-moi ça en italien, demanda le mari.

— Un mezz'ora. Piu d'un mezz'ora.

— Il dit qu'il y en a encore au moins pour une demi-heure.

— Rentre, mon chou. Tu es sûrement gelée dans

ce vent. C'est une affreuse journée et de toute façon ce ne sera guère amusant.

— Très bien, dit-elle, et elle se mit à remonter la berge.

Peduzzi s'affairait en bas près de la rivière et elle était presque hors de vue quand il s'aperçut de son départ.

— Frau, cria-t-il. Frau, Fraulein! Ne partez pas!

Elle disparut derrière la crête de la colline

— Elle est partie, dit Peduzzi. Il était suffoqué.

Il ôta les bandes élastiques maintenant les différentes parties des cannes à pêche et commença à en monter une.

— Mais vous aviez dit que c'était encore à une demi-heure d'ici.

— Oh! Oui! C'est très bon à une demi-heure d'ici, mais c'est bon ici aussi.

— Vraiment?

— Bien sûr, c'est bien ici, et c'est bien là-bas aussi.

Le jeune monsieur s'assit sur la rive et monta l'autre canne. Il posa le moulinet et fit passer le fil dans les bagues. Il ne se sentait pas tranquille et craignait, à chaque instant, de voir arriver un garde-chasse ou une forte délégation d'habitants de la ville dont on apercevait les maisons et le campanile derrière la colline. Il ouvrit sa boîte à appâts. Peduzzi se pencha, y enfonça son grand pouce plat et son index, et fourragea dans les asticots humides.

— Avez-vous du plomb?

— Non.

— Il vous faut un peu de plomb. — Peduzzi était très agité. — Il vous faut du piombo. Piombo. Un peu de piombo juste ici, juste au-dessus de l'hameçon ou bien votre appât flottera sur l'eau. Il vous en faut. Juste un peu de piombo.

— Vous en avez un peu?

— Non.

Il fouilla désespérément ses poches, gratta la saleté dans les doublures des poches intérieures de sa vareuse.

— Je n'en ai pas. Il nous faut du plomb.

— On ne peut pas pêcher, alors, dit le jeune monsieur et il se mit à démonter sa canne à pêche, en faisant coulisser le fil dans les bagues. On achètera du piombo et on pêchera demain.

— Mais, écoutez-moi, Caro, il nous faut du piombo, ou le fil va traîner sur l'eau.

Peduzzi voyait tous ses projets s'effondrer.

— Il nous faut du plomb, un petit peu suffirait. Votre attirail est tout propre, tout neuf mais vous n'avez pas de plomb. Je vous en aurais apporté un peu. Mais vous m'aviez dit que vous aviez tout ce qu'il fallait.

Le jeune monsieur regardait le torrent décoloré par la neige fondante.

— Je sais, dit-il, nous allons acheter du piombo, et nous pêcherons demain.

— A quelle heure demain matin? Dites-moi?

— A 7 heures.

Le soleil apparut. Il faisait chaud et doux. Le jeune monsieur se sentait soulagé. Maintenant, il était en règle avec la loi. Assis sur la rive, il tira la bouteille de Marsala de sa poche et la passa à Peduzzi. Peduzzi la lui rendit. Le jeune monsieur but une gorgée et la repassa à Peduzzi. Peduzzi la lui rendit de nouveau. « Buvez », dit-il. « Buvez, c'est votre Marsala. » Le jeune monsieur but encore un petit coup et tendit la bouteille à Peduzzi. Peduzzi avait surveillé ses mouvements de très près. Il empoigna la bouteille d'un geste vif et la souleva. Dans les plis de son cou, les poils gris s'agitaient pendant qu'il buvait, les yeux fixés sur le fond de l'étroite bouteille brune. Il but jusqu'à la dernière goutte. Le soleil brillait quand il buvait. C'était magnifique. C'était une très belle journée après tout. Une journée parfaite.

— Santa Caro! Demain à 7 heures.

Il avait appelé le jeune homme Caro, plusieurs fois, et rien ne s'était produit. C'était du bon Marsala. Ses yeux brillaient. Il voyait quantité de journées semblables en perspective. On commencerait demain à 7 heures du matin.

Ils se mirent à remonter vers la ville. Le jeune monsieur marchait en avant. Il était déjà presque en haut de la colline, quand Peduzzi l'appela.

— Écoutez, Caro. Vous ne voudriez pas me donner 5 lires de plus pour me faire plaisir ?

— Pour aujourd'hui ? demanda le jeune monsieur en fronçant les sourcils.

— Non. Pas pour aujourd'hui. Donnez-les-moi aujourd'hui pour demain. J'achèterai tout ce qu'il faudra pour demain. Pane, salami, formaggio, un bon casse-croûte pour tout le monde. Vous et moi et la Signora : des appâts, des petits vairons, pas seulement des asticots. Je pourrai peut-être avoir un peu de Marsala. Tout ça pour 5 lires. Cinq lires pour me faire plaisir.

Le jeune monsieur chercha dans son portefeuille, en sortit un billet de deux lires et deux d'une lire.

— Merci, Caro, merci, dit Peduzzi, sur le ton d'un membre du Carlton Club recevant le *Morning Post* des mains d'un autre.

Ça, c'était la vie. Fini le jardin de l'hôtel. Fini de fendre le fumier gelé avec une fourche à purin. La vie s'annonçait belle.

— A demain 7 heures, alors, Caro, dit-il, en donnant une tape dans le dos du jeune monsieur. Sept heures juste.

— Je ne viendrai peut-être pas, dit le jeune homme en empochant son portefeuille.

— Quoi ? dit Peduzzi. Mais j'aurai des petits vairons, Signor, du salami, de tout. Vous et moi et la Signora. Tous les trois.

— Je ne viendrai peut-être pas, dit le jeune monsieur. Très probablement pas. Je laisserai un message au padrone au bureau de l'hôtel.

LA NEIGE SUR LES CHAMPS

Le wagon du funiculaire eut un dernier à-coup puis s'arrêta. Un amas compact de neige barrait la voie. Impossible d'aller plus loin.

La bise avait fouetté la surface éventée de la montagne et la neige soufflée par le vent avait croûté.

Nick avait farté ses skis dans le fourgon. Il engagea ses souliers dans les étriers et ferma le ressort de la fixation.

Puis, il sauta de côté sur la neige croûteuse, fit un saut tournant, s'accroupit et, les bâtons dans le dos, piqua schuss vers la vallée

Plus bas, sur la neige, George, avalé par la pente, apparaissait par intermittences, puis il disparut.

Au passage d'une bosse très raide, Nick plongea brusquement et son esprit quitta la terre. Il ne lui restait qu'une merveilleuse sensation de vol et de vitesse. Une contre-pente le freina. Puis la neige sembla s'escamoter sous lui. Il avait pris le dernier schuss et fonçait de plus en plus vite.

Accroupi, presque assis sur ses skis, il s'efforçait de maintenir son centre de gravité le plus bas possible. La neige volait comme une tempête de sable. Il savait qu'il allait trop vite, mais il soutenait l'allure. Il ne se laisserait pas prendre de vitesse et ne bûcherait pas.

Soudain, il piqua dans une plaque de neige molle, oubliée dans un creux par le vent, fit un soleil, se mit à rouler dans un grand entrechoquement de skis, comme un lapin foudroyé, puis s'immobilisa, les jambes croisées, les planches fichées droites dans la piste, le nez et les oreilles pleins de neige.

George attendait un peu plus bas, s'administrant de larges claques pour débarrasser son windjack de la neige.

— Quelle gamelle splendide, Mike! dit-il à Nick.

— Saleté de neige molle. J'ai été possédé exactement comme toi.

— Comment est le couloir? demanda Nick, couché sur le dos, en rassemblant ses skis au-dessus de sa tête.

Puis, il se remit sur pied.

— Il faut le prendre sur la gauche. Ça file pas mal et tu fais un christiania en bas à cause de la clôture.

— Attends une seconde, on va le prendre ensemble.

— Non, vas-y le premier. J'aimerais te voir passer les bosses.

Nick Adams descendit à la hauteur de George, son large dos et sa tête blonde encore saupoudrés de neige ; puis ses skis se mirent à glisser et il fila avec un doux crissement dans la neige poudreuse. Il avait l'air posé sur une vague, flottant et coulant tour à tour, descendant le couloir bosselé.

A la fin, en piquant sur la clôture, il serra sur la gauche, les genoux collés l'un à l'autre, puis se vissant sur lui-même, il fit pivoter ses skis vers la droite dans une grande gerbe de neige, dérapa en ralentissant et s'immobilisa, parallèle à la pente et à la clôture.

Il regarda vers le haut. George arrivait, agenouillé en position de telemark, une jambe pliée en avant, l'autre allongée vers l'arrière ; ses bâtons pendaient comme les pattes minces d'un insecte, faisant voler des petits nuages de neige en effleurant la pente. Alors, il s'agenouilla complètement et dessina une belle courbe très pure, accroupi et fendu à l'extrême, le corps penché à l'intérieur du virage, les bâtons accusant la figure, comme deux traînées brillantes dans un immense tourbillon de neige.

— J'ai eu peur de faire un christiania, dit George.

— La neige était trop profonde. Tu as fait un arrêt formidable.

— Je ne peux pas faire de telemark avec ma jambe, dit Nick.

Nick pesa avec son ski sur le fil de fer de la clôture et George glissa par-dessus. Nick le suivit jusqu'à la route.

Penchés sur les skis, ils longèrent la route qui pénétrait dans une forêt de sapins.

Le sol verglassé était strié de traînées orange et brunes laissées par les attelages qui charriaient les troncs. Les traces suivaient la bande neigeuse du bas-côté. La route descendait en pente raide jusqu'à un torrent, puis au-delà, remontait tout droit.

A travers les bois, on apercevait un long bâtiment au toit très bas, rongé par les intempéries. On distinguait, derrière les arbres, le jaune fané de ses murs. De plus près, apparaissait le vert du châssis des fenêtres. La peinture était tout écaillée.

Nick fit sauter le ressort de ses fixations avec un de ses bâtons et dégagea ses souliers d'un coup sec.

— Autant déchausser ici, dit-il.

Et il commença à grimper la côte, les skis sur l'épaule, enfonçant ses talons cloutés dans le sol glacé. Il entendait George souffler et taper des talons juste derrière lui.

Ils appuyèrent les skis contre le mur de l'auberge, secouèrent la neige de leurs pantalons, tapèrent leurs souliers avec soin et entrèrent.

A l'intérieur, on n'y voyait presque pas. Un gros poêle de porcelaine luisait dans un coin de la pièce. Le plafond était bas. De chaque côté de la salle, étaient installées des tables noires tachées de vin, devant des bancs polis par l'usure.

Près du poêle étaient assis deux Suisses, la pipe à la bouche, penchés sur deux chopines de vin nouveau et trouble.

Ils enlevèrent leurs windjacks et s'assirent le dos au mur, de l'autre côté du poêle. Dans la pièce voisine, une voix s'arrêta de chanter et une jeune fille en tablier bleu entra et vint leur demander ce qu'ils voulaient boire.

— Une bouteille de Sion, dit Nick. Ça te va, Gidge?

— Tu parles, dit George. Tu en sais plus long que moi sur le vin. Moi j'aime toujours ça.

La jeune fille sortit.

— Y a vraiment rien qui vaille le ski, hein? dit Nick. C'est vraiment formidable quand tu commences à te lancer dans un grand schuss!

— Hmm! fit George. C'est bien trop épatant pour pouvoir s'exprimer par des mots.

La jeune fille apporta le vin. Ils eurent des ennuis avec le bouchon. Finalement, Nick réussit à l'ouvrir. La jeune fille sortit et ils l'entendirent chanter en allemand dans la pièce voisine.

— Ces petits morceaux de bouchon que tu vois dedans, dit Nick, ça ne fait rien.

— Je me demande si elle a des gâteaux.

— Demandons-lui.

La jeune fille revint et Nick remarqua que son tablier s'arrondissait sur sa grossesse.

« Je me demande comment je n'ai pas remarqué ça du premier coup », se dit-il.

— Qu'est-ce que vous chantiez? lui demanda-t-il.

— Un opéra. Un opéra allemand. Elle ne montrait aucun désir de s'étendre sur ce sujet.

— Nous avons des chaussons aux pommes, si vous voulez.

— Elle n'est pas très causante, hein? dit George.

— Oh! mon vieux, elle ne nous connaît pas et elle pensait peut-être que nous allions la faire marcher avec ses chansons. Elle doit être de là-haut où on parle allemand et ça la vexe d'être ici. Et puis, elle attend ce gosse sans être mariée. Ça la rend chatouilleuse.

— Comment sais-tu qu'elle n'est pas mariée?

— Pas d'alliance. Bon Dieu, les filles ne se marient pas par ici avant de s'être fait engrosser.

La porte s'ouvrit et un groupe de bûcherons arrivant du haut de la route, entra. Leurs vêtements fumaient dans la pièce tandis qu'ils tapaient leurs souliers contre les marches.

La servante apporta trois litres de vin nouveau pour toute la bande et ils s'installèrent à deux tables. Ils avaient enlevé leurs chapeaux et fumaient tranquillement, adossés au mur ou accoudés sur la table.

Dehors, les chevaux attelés aux traîneaux de bois lançaient de temps en temps un carillon discordant de clochettes lorsqu'ils secouaient la tête.

George et Nick se sentaient heureux. Ils s'aimaient bien. Ils savaient qu'ils avaient encore le chemin du retour à faire ensemble.

— Quand dois-tu rentrer en boîte? demanda Nick.

— Ce soir, répondit George. Je dois prendre le train qui part à dix heures quarante de Montreux.

— Je voudrais bien que tu puisses sécher. On ferait la dent du Lys demain.

— Je dois reprendre le cours de mes chères études. Dis donc, Nick, qu'est-ce que tu dirais de filer tous les deux? On emmène les skis; on prend le train jusqu'à ces champs de neige où ça gazait si bien. On continue, on crèche dans les bistros, on traverse l'Oberland, on arrive au Valais et on fait toute l'Engadine. On prend seulement une trousse de réparation, un chandail et un pyjama de rechange dans le sac et on envoie promener le bahut et tout le reste!

— Oui. Et on traverse le Schwartz Wald, avec ça. Tu te rends compte,- quels coins formidables!

— C'est là que tu as été pêcher l'été dernier?

— Oui.

Ils finirent les chaussons et burent le reste du vin. George se pencha en arrière, s'appuya au mur et ferma les yeux.

— Le vin me fait toujours cet effet-là, dit-il.

— Tu te sens mal, demanda Nick.

— Non, ça va, mais je me sens drôle.

— Je sais, dit Nick.

— Évidemment, dit George.

— On prend une autre bouteille?

— Pas pour moi, dit George.

Ils étaient assis. Nick avait les coudes sur la table. George était affalé contre le mur.

— Est-ce qu'Hélène va avoir un gosse? demanda George en se repoussant vers la table.

— Oui.

— Quand?

— A la fin de l'été prochain.

— Ça te fait plaisir?

— Oui... maintenant.

— Tu retourneras en Amérique?

— Je pense.

— Tu en as envie?

— Non.

— Et Helen?

— Non plus.

George se tut. Il contemplait la bouteille et les verres vides.

— C'est la poisse, hein ? dit-il.

— Non, pas tout à fait, dit Nick.

— Pourquoi non ?

— Je ne sais pas.

— Est-ce que vous skierez ensemble aux États-Unis ?

— Je ne sais pas.

— Il n'y a pas beaucoup de montagnes.

— Non. Il y a trop de rochers ou trop de forêts. Et elles sont trop loin.

— Oui, dit George. En Californie, c'est comme ça.

— Oui. C'est comme ça partout où j'ai été là-bas.

— Oui. C'est comme ça.

Les Suisses se levèrent, payèrent et sortirent.

— Si on pouvait être Suisses, dit George.

— Ils sont tous goitreux.

— Ça n'est pas vrai.

— Je le sais bien.

Ils se mirent à rire.

— Peut-être qu'on ne refera jamais de ski, Nick ?

— Il faut qu'on en refasse, dit Nick. Ça ne vaut vraiment plus le coup si tu ne peux pas.

— On en refera, t'en fais pas.

— Il le faut, appuya Nick.

— Si on se promettait de se retrouver, proposa George.

Nick se leva. Il ajusta sa windjack, se pencha au-dessus de George et prit ses bâtons de ski posés contre le mur.

Puis il en ficha un dans le plancher.

— Ça ne vaut rien de promettre, dit-il.

Ils ouvrirent la porte et sortirent. Il faisait très

froid. La neige était gelée. La route grimpait et s'enfonçait dans les sapins.

Ils reprirent leurs skis appuyés contre le mur de l'auberge. Nick mit ses gants ; George était déjà parti en avant, les skis sur l'épaule. Maintenant, ils avaient tout le chemin de retour à faire ensemble.

LA GRANDE RIVIÈRE AU CŒUR DOUBLE

Le train continua de grimper le long de la voie, disparut derrière une colline couverte de souches calcinées. Nick s'assit sur le ballot de toile et de couvertures que le préposé aux bagages avait balancé par la porte du fourgon. Il n'y avait pas de ville, rien que les rails et la campagne brûlée. Des treize *saloons* [1] qui jalonnaient autrefois l'unique rue de Seney, il ne restait nul vestige. Les fondations de l'Hôtel de la Résidence se dressaient toutes droites sur le paysage dévasté. Le feu avait écaillé et fait éclater la pierre. C'était tout ce qui restait de la ville de Seney. Même la surface avait été rasée par le feu.

Nick considéra la partie brûlée du flanc de la colline, où il s'était attendu à trouver les habitations disséminées de la petite ville, puis il s'achemina le long de la voie jusqu'au pont qui enjambait la rivière. La rivière était là. Elle tourbillonnait contre les troncs d'arbres formant pilotis. Nick regarda l'eau claire teintée de brun par les galets qui en tapissaient le fond, observant les truites qui se maintenaient en équilibre dans le courant en ondulant des nageoires. Tandis qu'il les regardait, elles changèrent de position, par brusques obliques, pour se

1. *Saloon* : Cabaret, tripot.

retrouver de nouveau fermement postées dans l'eau vive. Nick resta longtemps à les observer.

Il les regardait se maintenir le nez dans le courant ; il y en avait une quantité, dans l'eau profonde et rapide, toutes légèrement déformées sous son regard qui sondait profondément à travers la surface transparente et convexe du trou d'eau formé par la résistance des pilotis. C'est au fond du trou d'eau que se tenaient les grosses truites. Tout d'abord, Nick ne les vit pas. Ensuite il aperçut dans le fond de grosses truites attentives à se maintenir sur le lit de rocaille dans une poussière changeante de sable et de gravier que le courant soulevait par brusques à-coups. Nick regarda le plat du haut du pont. La journée était chaude. Un martin-pêcheur remonta le courant. Il y avait longtemps que Nick n'avait vu des truites dans un torrent. Elles étaient très satisfaisantes. Comme l'ombre du martin-pêcheur courait à la surface de l'eau, une grosse truite surgit en amont, dans un long saut oblique — son ombre seule témoignant du mouvement —, perdit son ombre au moment où elle traversa la surface de l'eau et s'exposa au soleil, puis, alors qu'elle rentrait dans le courant, son ombre parut flotter au fil de l'eau, docilement, jusqu'à ce qu'elle eût regagné son poste sous le pont où elle se raidit face au courant.

Nick ressentit un petit coup au cœur quand la truite bougea. Il était repris.

Il fit demi-tour et regarda vers l'aval. La rivière s'étalait au loin, tapissée de graviers, avec des hauts-fonds et de grosses roches et un trou d'eau très profond à l'endroit où elle contournait le pied d'un escarpement rocheux.

Nick refit le chemin à pied par les traverses jusqu'à ses affaires qu'il avait laissées dans les escarbilles, à côté de la voie. Il était heureux. Il ajusta l'armature autour du ballot, serrant à bloc les courroies, jeta le sac sur ses épaules, passa les bras dans les bretelles et soulagea quelque peu ses épaules en poussant son front contre la ligne des mamelons qui se profilaient au loin. Malgré cela, c'était encore trop lourd. Beaucoup trop lourd. Il tenait à la main l'étui en cuir de sa canne à pêche et, courbé en deux pour faire porter le poids du sac le plus haut possible, il suivit la route qui courait parallèlement à la voie, laissant la ville brûlée derrière lui dans la chaleur ; puis il contourna un mamelon flanqué de deux hautes collines ravagées par le feu et s'engagea dans un chemin qui repartait à travers la campagne. La traction du sac lui faisait mal aux épaules en marchant. Le chemin grimpait sans discontinuer. La montée était dure. Ses muscles lui faisaient mal et la journée était chaude, mais Nick se sentait heureux. Il sentait qu'il avait tout laissé derrière lui, la nécessité de penser, la nécessité d'écrire et d'autres nécessités. Tout cela était loin.

A partir de l'instant où il était descendu du train et où le préposé aux bagages avait jeté son ballot par la porte ouverte du fourgon, les choses avaient pris un tout autre aspect. Seney était brûlé, le pays était rasé et transformé mais cela n'importait pas. Il était impossible que tout fût brûlé. Il le savait. Il peinait et suait sous le soleil, gravissant la pente pour traverser la chaîne de collines qui séparait le chemin de fer des plaines boisées.

Le chemin se déroulait interminablement, plongeant de temps à autre, mais toujours ascendant. Nick montait sans relâche. Finalement, le chemin, qui n'avait cessé de grimper parallèlement au versant brûlé de la colline, atteignit le sommet. Nick s'adossa à une souche d'arbre et se coula hors de l'armature du sac. Devant lui, la plaine couverte de pins s'étendait à perte de vue. Le paysage brûlé était arrêté, à sa gauche, par la rangée de collines. Plus loin en avant, des îlots de sapins émergeaient sur la plaine. Très loin sur sa gauche, il distinguait le tracé de la rivière. Nick le suivit des yeux et perçut des reflets de soleil sur l'eau.

Il n'y avait devant lui rien d'autre que la plaine couverte de sapins, rien d'autre jusqu'aux lointaines montagnes bleues du Lac Supérieur. C'est à peine s'il les distinguait, lointaines et presque imperceptibles dans cette lumière imprégnée d'une buée de chaleur qui montait de la plaine. Qu'il les fixât avec un peu d'intensité et elles étaient parties, mais quand il les regardait à peine, elles étaient là, les lointaines montagnes de la ligne de partage des eaux.

Nick s'assit contre la souche calcinée et grilla une cigarette. Son sac était posé en équilibre sur le haut de la souche, bretelles prêtes, un creux moulé à la place du dos. Nick était assis et fumait et son regard se portait au loin, à travers tout le paysage. Il n'avait pas besoin de sortir sa carte. D'après la position de la rivière, il savait où il était.

Tandis qu'il était là à fumer, étirant ses jambes devant lui, il vit une sauterelle se déplacer sur le sol et grimper sur sa chaussette de laine. La sauterelle était noire.

Au cours de la montée, il avait levé beaucoup de sauterelles dans la poussière du chemin. Toutes étaient noires. Ce n'étaient pas les grosses sauterelles aux ailes jaunes et noires ou rouges et noires jaillissant toutes bruissantes de leur gaine noire au moment qu'elles s'envolaient. Celles-ci étaient simplement des sauterelles communes, mais toutes d'un noir de suie. Nick s'en était vaguement étonné, tout en marchant, mais sans y penser vraiment. A présent, observant la sauterelle noire qui grignotait la laine de sa chaussette avec ses mandibules quadruples, il se rendit compte qu'elles étaient toutes devenues noires à force de vivre dans cette campagne dévastée par le feu. Il comprit que le feu devait dater de l'année précédente, mais maintenant toutes les sauterelles étaient noires. Il se demanda combien de temps elles le resteraient.

Prudemment, il abaissa la main et saisit la sauterelle par ses ailes. Il la retourna, toutes ses petites pattes gigotant dans le vide, et examina son abdomen articulé. Oui, il était noir aussi, d'un noir chatoyant, alors que le dos et le cou étaient d'un noir terne.

— Allez, trotte sauterelle, dit Nick, parlant tout haut pour la première fois. Va-t'en voler où tu veux.

Il lança la sauterelle en l'air et la regarda piquer vers une souche calcinée, de l'autre côté du chemin.

Nick se leva. Il appuya son dos contre le poids du sac qui était planté tout droit sur la souche et passa ses bras dans les bretelles. Il se redressa, sac au dos ; du haut de la crête, il considéra le paysage avec la rivière au loin, puis, s'écartant du chemin, il descendit à pic le versant de la colline. Le sol était doux aux pieds. A deux cents mètres du sommet, sur le versant de la colline, la ligne de feu s'interrompait.

Il marchait maintenant dans de la fougère qui lui montait aux chevilles, avec çà et là des bouquets de petits sapins. Une vaste étendue de terrain onduleux, de consistance sablonneuse, fréquemment coupée de montées et de descentes abruptes, tout un paysage qui redevenait vivant.

Nick se guidait d'après le soleil. Il savait où il voulait atteindre la rivière et continuait sa route à travers la plaine couverte de sapins, gravissant de petites éminences, et parfois, en haut d'une montée, il voyait un îlot compact de sapins sur sa droite ou sur sa gauche. Il cassa quelques brindilles de fougère naine et les glissa sous les bretelles de son sac. Le frottement les écrasa contre ses épaules et tout en marchant il humait leur parfum.

Il était fatigué, et cette longue marche à travers la

plaine accidentée et dépourvue d'ombre lui avait donné très chaud. Il savait qu'il pouvait à n'importe quel moment rencontrer la rivière en obliquant à gauche. Elle ne pouvait pas être distante de plus d'un mille. Mais il continuait sa route vers le nord afin de la remonter le plus loin possible en une journée de marche.

Depuis un moment, Nick était en vue d'un îlot de sapins qui émergeait du plateau accidenté qu'il traversait. Il s'engagea brusquement dans une descente, remonta lentement de l'autre côté et lorsqu'il eut atteint le haut de la crête, il obliqua et se dirigea vers les sapins.

Il n'y avait pas de sous-bois dans le bosquet. Les troncs de sapins s'élançaient en flèche ou s'inclinaient les uns vers les autres. Les troncs étaient droits, bruns et nus. Les branches commençaient tout en haut. Certaines s'entrelaçaient pour former des ombres compactes sur le sol roux. Autour d'un bouquet d'arbres, il y avait un espace libre. Le sol était brun et doux aux pieds, lorsque Nick s'y aventura. C'était le tapis d'aiguilles de pin qui débordait au-delà de l'ombre des hautes branches. Les arbres avaient grandi et les branches s'étaient déplacées en hauteur, laissant exposé au soleil cet espace nu que leur ombre avait autrefois recouvert. Immédiatement à la lisière de ce prolongement du sol forestier, commençait la fougère naine.

Nick se dégagea de son sac et s'étendit à l'ombre. Couché sur le dos, il contemplait les hautes cimes des sapins. Ainsi allongé, il reposait sa nuque, son dos et ses reins. La terre était douce à son dos. Il regarda le ciel à travers les branches, puis il ferma les yeux. Il les rouvrit et regarda de nouveau. Il y avait du vent là-haut dans les branches. Il referma les yeux et s'endormit.

Nick se réveilla, raidi et courbatu. Le soleil était

maintenant presque sur l'horizon. Son sac lui parut pesant et les courroies douloureuses quand il les passa. Il se pencha, sac au dos, ramassa l'étui de cuir de sa canne à pêche et, quittant le bosquet de sapins, à travers la bande de terrain marécageux couverte de fougère naine, il s'achemina vers la rivière. Il savait qu'elle ne pouvait pas être distante de plus d'un mille.

Il suivit un versant de colline parsemé de souches d'arbres et descendit dans une prairie. A la lisière de la prairie coulait la rivière. Nick était content d'avoir atteint la rivière. A travers les herbes, il se dirigea vers l'amont. La rosée trempait le bas de son pantalon. Après la chaleur de la journée, la rosée était tombée, subite et dense. La rivière ne faisait pas le moindre bruit, elle était trop rapide et trop étale. Du bord de la prairie, avant de gravir une petite butte pour y camper, Nick regarda monter la truite dans la rivière. Elle montait aux insectes venus du marais qui bordait l'autre rive, au soleil couchant. Les truites sautaient hors de l'eau pour attraper les insectes. Tandis que Nick traversait le bout de prairie menant à la rivière, les truites avaient sauté très haut dans le courant. Maintenant qu'il avait vue sur la rivière, les insectes devaient se poser à la surface car les truites étaient en chasse tout le long du courant. Sur toute l'étendue du bras de rivière qu'il avait sous les yeux, les truites montaient, faisant des cercles sur toute la surface et l'on aurait dit qu'il commençait à pleuvoir.

Le terrain s'élevait, sablonneux et boisé, pour dominer la prairie, le bras de rivière et le marais. Nick lâcha son sac et son étui de canne à pêche pour chercher un coin de sol uni. Il avait très faim et voulait monter sa tente avant de commencer à cuisiner. Entre deux jeunes sapins, le sol était parfaitement plat. Il tira la hache du sac et décapita deux grosses racines saillantes. Cela nivela une place suffisante pour y dormir. Il étala avec ses mains la terre sablonneuse et déracina toutes les fougères. Ses mains sentaient bon la fougère. Il aplanit soigneusement le sol retourné. Il ne tenait pas à avoir des bosses sous la couverture. Quand il eut aplani le sol, il étala trois couvertures par terre. Il étendit la première pliée en deux, à même le sol. Les deux autres vinrent s'étaler dessus.

Avec la hache, il tailla dans une souche de jeune sapin, fendit l'éclat frais et lisse pour en faire deux piquets de tente. Il les voulait longs et robustes pour tenir solidement dans le sol. Une fois la tente déballée et étalée à terre, le sac, posé contre un sapin, paraissait beaucoup moins volumineux. Nick attacha la corde qui servait de support de toit à un tronc de sapin et souleva la tente en tirant sur l'autre bout de la corde, qu'il attacha ensuite à l'autre sapin. La tente pendait sur la corde comme une couverture de toile sur une corde à linge. Nick passa un pieu qu'il venait d'ébrancher sous le sommet arrière de la toile et en fit une tente en déployant les côtés. Il tendit la toile en enfonçant profondément les piquets avec le talon de la hache jusqu'à ce que les boucles fussent enterrées dans le sol et la toile tendue comme une peau de tambour.

A travers l'ouverture de la tente, Nick installa un carré de gaze contre les moustiques. Il se coula à l'intérieur en rampant sous la gaze, muni d'objets divers qu'il avait tirés du sac pour les placer à la tête du lit, sous le rebord intérieur de la toile. La lumière parvenait à l'intérieur de la tente à travers la toile kaki. Cela sentait la toile et c'était une odeur agréable. Déjà, il y avait quelque chose de mystérieux et d'intime. Nick se sentait heureux en se glissant sous la tente. Il n'avait pas été malheureux de toute la journée. Mais maintenant c'était autre chose. Maintenant il y avait de l'ouvrage de fait. Il y avait eu cela à faire. C'était maintenant chose faite. Le voyage avait été pénible.

Il était très fatigué. Maintenant c'était fait. Il avait monté sa tente. Il était installé. Rien ne pouvait l'atteindre. C'était un bon coin. Il était chez lui dans sa maison, là où il l'avait construite. Maintenant il avait faim.

Il sortit en rampant sous le rideau de gaze. Il faisait noir comme tout dehors. On y voyait mieux sous la tente.

Nick retourna au sac ; en tâtonnant du bout des doigts, il trouva tout au fond un long clou dans un paquet de clous. Il l'enfonça dans le sapin, le tenant tout près de la tête et tapant à petits coups du plat de la hache. Il suspendit le sac après le clou. Toutes ses provisions étaient dans le sac. Désormais, elles étaient hors d'atteinte et à l'abri.

Nick avait faim. Il croyait bien n'avoir jamais eu faim à ce point. Il ouvrit et vida dans la poêle une boîte de porc aux haricots et une boîte de spaghetti.

— C'est mon droit de manger des trucs de ce genre du moment que je me donne la peine de les porter, fit Nick. Sa voix résonna étrangement dans le bois qu'envahissait l'obscurité. Il ne parla plus.

Il fit du feu avec des copeaux de sapin qu'il détacha d'une souche à coups de hache. Il plaqua un gril sur le feu, l'enfonçant dans le sol avec son pied. Nick posa la poêle sur le gril, au-dessus des flammes. Il avait de plus en plus faim. Les haricots et les spaghetti se réchauffèrent. Nick les touilla séparément, puis les mélangea. Ils commencèrent à bouillir avec de petites bulles qui montaient péniblement à la surface. Cela sentait bon. Nick tira du sac une bouteille de sauce tomate et coupa quatre tranches de pain. Les petites bulles montaient plus vite, maintenant. Nick s'assit près du feu et ôta la poêle de dessus le gril. Il versa à peu près la moitié de son contenu dans l'assiette de fer. Cela se répandit lentement dans l'assiette. Nick savait que c'était trop chaud. Il versa de la sauce tomate dessus. Il savait que les haricots et les spaghetti étaient encore trop chauds. Il considéra le feu, puis la tente. Il n'allait pas tout gâcher en commençant par se brûler la langue. Cela faisait des années qu'il n'avait pu apprécier convenablement les bananes frites, parce qu'il n'avait jamais eu la patience d'attendre qu'elles refroidissent. Il avait la langue très sensible. Il était affamé. De l'autre côté de la rivière, sur le marais, dans l'obscurité presque complète, il vit le brouillard se lever. Il considéra encore une fois la tente. Allons-y. Il plongea sa cuiller dans l'assiette et l'en retira pleine à ras-bord.

— Oh, bon Dieu, fit Nick. Nom de Dieu de bon Dieu! fit-il tout heureux.

Nick mangea la pleine assiettée avant d'avoir eu le temps de penser au pain. Il termina la seconde assiette avec le pain et la nettoya consciencieusement, la laissant nette et parfaitement astiquée. Il n'avait rien mangé depuis la tasse de café et le sandwich pris à la gare de Saint-Ignace. Ç'avait été une expérience remarquable. Il lui était arrivé d'avoir aussi faim, mais sans pouvoir se rassasier. Il aurait pu s'arrêter des heures auparavant pour camper s'il l'avait voulu. Il ne manquait pas de bons coins où planter sa tente, le long de la rivière. Mais celui-là était épatant.

Nick fourra deux gros éclats de pin sous le gril. Le feu s'activa. Il avait oublié d'aller chercher de l'eau pour le café. Du sac, il tira un seau de toile et descendit la petite pente en direction de la rivière, à travers la prairie. La rive opposée était perdue dans le brouillard blanc. L'herbe était humide et froide, lorsqu'il s'agenouilla sur la berge et plongea le seau de toile dans l'eau. Le seau enfla et tira fortement dans le courant. L'eau était glacée. À peine arrachée au courant, elle était moins froide.

Nick planta un autre clou et accrocha le seau plein

d'eau. Il y plongea la cafetière, la remplit à moitié, remit des copeaux dans le feu, sous le gril, et posa la cafetière dessus. Il n'arrivait pas à se rappeler comment on faisait le café. Il se rappelait bien une discussion qu'il avait eue à ce sujet avec Hopkins, mais pas le parti qu'il avait pris. Il décida de le faire bouillir. Maintenant il se rappelait que c'était la manière Hopkins. A une époque, il avait eu des discussions à propos de tout avec Hopkins.

En attendant que le café se décide à bouillir, il ouvrit une petite boîte d'abricots. Il adorait ouvrir des boîtes de conserves. Il vida la boîte d'abricots dans un quart en métal. Tout en surveillant le café sur le feu, il but le jus sirupeux des abricots, avec précaution d'abord, afin de ne pas en répandre, puis d'un air méditatif, suçant les abricots un à un. Ils étaient meilleurs que les abricots frais.

Par l'ouverture de la tente, il contemplait la lueur du feu, lorsque le vent soufflait dessus. La nuit était calme. Le marais était parfaitement silencieux. Nick s'allongea confortablement sous la couverture. Un moustique vint chantonner à son oreille. Nick se mit sur son séant et craqua une allumette. Le moustique s'était posé sur la toile, au-dessus de sa tête. D'un geste vif, Nick tendit l'allumette vers le moustique. Il fit à la flamme un petit grésillement satisfaisant. L'allumette s'éteignit. Nick se recoucha sur la couverture. Il se tourna sur le côté et ferma les yeux. Il avait sommeil. Il sentit venir le sommeil. Il se recroquevilla sous la couverture et s'endormit.

Le lendemain matin, le soleil était levé et la tente commençait à chauffer. Nick se coula sous le pan de gaze qui en fermait l'ouverture pour voir le matin. L'herbe lui mouilla les mains quand il sortit. Il tenait ses chaussures et son pantalon sous son bras. Le soleil venait de se montrer sur la colline. La prairie, la rivière et le marécage étaient là. Il y avait des bouleaux dans le vert du marais, de l'autre côté de la rivière.

La rivière était claire, rapide et lisse à cette heure matinale. Quelque deux cents mètres plus bas, trois troncs d'arbres coupaient le courant sur toute sa largeur. Ils rendaient l'eau profonde et plate à l'amont, juste au-dessus. Tandis que Nick regardait, une loutre traversa la rivière sur les troncs et disparut dans le marais. Nick était tout excité. C'étaient l'heure matinale et la rivière qui le mettaient dans cet état. A vrai dire, il était trop pressé pour avoir envie de manger, mais il savait qu'il le fallait. Il fit un petit feu et mit la cafetière sur le gril.

Pendant que l'eau chauffait, il prit une bouteille vide, escalada le sommet de la petite butte et descendit dans le pré. Le pré était humide de rosée et Nick voulait attraper des sauterelles comme appât avant que le soleil n'eût séché l'herbe. Il trouva beaucoup de belles sauterelles. Elles se tenaient au pied des pousses d'herbe. Parfois elles étaient suspendues aux lames d'herbe. Elles étaient froides et mouillées par la rosée et étaient incapables de sauter avant que le soleil ne les eût séchées. Nick les ramassait, ne choisissant que les brunes, pas trop grosses, et les introduisait dans la bouteille. Il retourna une souche et là, dissimulées sous le bord de l'écorce, il en trouva des centaines. C'était l'hôtel garni des sauterelles. Nick fourra une cinquantaine de brunes moyennes dans la bouteille. Pendant qu'il était occupé à en ramasser, les autres se réchauffaient au soleil et commençaient à partir en sautillant. Elles voletaient en sautant. Au premier vol, elles restaient engourdies après s'être posées comme mortes.

Nick savait que le temps d'avaler son petit déjeuner elles auraient retrouvé toute leur vitalité. Sans la rosée, il lui faudrait toute une journée pour attraper une pleine bouteille de sauterelles convenables, sans compter qu'il en écraserait un grand nombre en tapant dessus à grands coups de chapeau. Il se lava les mains à la rivière. De la sentir là, si près, il exultait. Ensuite, il remonta jusqu'à la tente. Déjà les sauterelles s'exerçaient à des bonds engourdis dans l'herbe. A l'intérieur de la bouteille, réchauffées par le soleil, elles sautaient en masse compacte. Nick y adapta un bouchon de sapin. Cela obstruait le goulot suffisamment pour les empêcher de s'envoler, tout en laissant passer beaucoup l'air.

Il avait remis la souche en place et savait maintenant où trouver des sauterelles tous les matins.

Nick tira la canne à pêche de son étui de cuir, la monta, et repoussa l'étui sous la tente. Il fixa le moulinet et passa le fil dans les anneaux. Pendant qu'il l'enroulait d'une main, il lui fallait le retenir de l'autre, sinon le fil retombait, emporté par son propre poids. C'était une ligne à fouetter, en queue de rat, très lourde. Nick l'avait payée huit dollars, il y avait longtemps. Elle avait été faite lourde pour bien fouetter en arrière et retomber en avant, bien à plat, lourde et droite, ce qui permettait de lancer loin une mouche, qui ne pèse pas. Nick ouvrit la boîte en aluminium contenant les bas de ligne. Ils étaient enroulés entre les tampons de flanelle humide. Nick avait mouillé les tampons à un réfrigérateur dans le train qui montait à Saint-Ignace. Entre les tampons humides, le crin s'était ramolli. Nick déroula un bas de ligne, fit un nœud coulant à un bout et l'attacha à la lourde ligne. Il fixa un hameçon à l'extrémité du bas de ligne. C'était un petit hameçon, très mince et très flexible.

Nick l'avait tiré de sa boîte à mouches, tandis qu'il était assis, la canne sur les genoux. Il éprouva la solidité du nœud et l'élasticité de la canne en tendant fortement la ligne. C'était une sensation très agréable. Il prit soin de ne pas s'entrer l'hameçon dans le doigt.

Il se mit en route, descendant le courant, la canne à pêche à la main, la bouteille de sauterelles suspendue à son cou par un lacet de cuir noué en demi-clé autour du goulot. Son épuisette pendait à un crochet de sa ceinture. Il portait sur l'épaule un long sac à farine aux coins ficelés en oreilles de lapins. La ficelle passait par-dessus son épaule. Le sac lui battait sur les cuisses.

Nick se sentait un peu empêtré, mais il ressentait aussi un certain orgueil professionnel dans cet attirail qui lui pendait de tous les côtés. La bouteille à sauterelles ballottait sur sa poitrine. Les sandwiches et la boîte à mouches faisaient bomber les poches de sa chemise contre sa peau.

Il pénétra dans le courant. Le choc le saisit. Son pantalon collait fortement à ses jambes. Ses souliers tâtaient le gravier. La tenaille de glace mordait de plus en plus haut.

Le courant impétueux faisait ventouse autour de ses jambes. A l'endroit où il était entré, l'eau lui montait au-dessous des genoux. Il pénétra plus avant. Le gravier glissait sous ses chaussures. Il regarda les petits remous qu'il avait sous chaque jambe et bascula la bouteille pour prendre une sauterelle.

La première sauterelle fit un bond dans le goulot et tomba dans l'eau. Elle fut aspirée dans le tourbillon près de la jambe droite de Nick et revint à la surface un peu plus bas. Elle dérivait rapidement, gigotant des pattes. Dans un cercle fugitif qui brisa la surface unie de l'eau, elle disparut. Une truite l'avait happée.

Une autre sauterelle passa la tête hors de la bouteille. Ses antennes oscillaient, tâtant l'air. Elle sortait ses pattes de devant de la bouteille pour sauter. Nick la saisit par la tête et la tint dans ses doigts, lui passant le mince crochet de l'hameçon sous le menton, à travers le thorax et jusque dans les dernières sections de l'abdomen. La sauterelle saisit l'hameçon dans ses pattes de devant et se mit à cracher du jus de chique dessus. Nick la laissa retomber à l'eau.

Tenant la canne de la main droite, il laissa filer pour répondre à la traction de la sauterelle dans le courant. De la main gauche, il déroula du fil du moulinet et le laissa courir. Il distinguait la sauterelle parmi les petites vagues du courant. Elle fut bientôt hors de vue.

Il y eut une secousse. Nick maintint ferme la ligne tendue. Sa première touche. Tenant la canne maintenant vivante en travers du courant, il reprit du fil de la main gauche. La canne se courbait par saccades, la truite pompant à contre-courant. Nick savait qu'elle était petite. Il leva la canne très haut en l'air. Elle plia sous la tension.

Il vit dans l'eau la truite qui luttait par brusque secousse de la tête et du corps contre la mouvante tangente de la ligne dans le courant.

Nick saisit le fil de la main gauche et ramena à la surface la truite qui se démenait inlassablement, avec de violents coups de queue contre le courant. Son dos moucheté avait la teinte claire de l'eau sur fond de rocaille, et son flanc étincelait au soleil. La canne sous son bras, Nick se baissa et trempa sa main droite dans l'eau vive. Il tint la truite qui frétillait sans arrêt dans sa main humide, tandis que de l'autre il décrochait l'hameçon de la bouche, puis il la rejeta à l'eau.

Un instant, elle flotta en vacillant dans le courant, puis elle se posa au fond, contre une pierre. Nick abaissa la main pour la toucher, enfonçant son bras jusqu'au coude dans l'eau. La truite avait repris son équilibre dans la fuite du courant et se reposait sur le gravier, près d'une pierre. A peine Nick l'eut-il touchée, à peine ses doigts furent-ils entrés en contact avec cette sensation fraîche, souple et lisse sous l'eau, qu'en un éclair, elle avait franchi le fond de la rivière et s'était évanouie comme une ombre.

Elle n'a pas mal, songea Nick. Elle était seulement fatiguée.

Il s'était mouillé la main avant de toucher la truite afin de ne pas altérer le mucus délicat qui la recouvrait. Lorsqu'une truite était touchée par une main sèche, une moisissure blanche attaquait l'endroit découvert. Des années auparavant, pêchant dans des rivières encombrées avec des pêcheurs à la mouche au-dessus et au-dessous de lui, Nick était mainte et mainte fois tombé sur des truites mortes dans leur fourrure de moisissure blanche, échouées contre une roche ou flottant, le ventre en l'air, dans quelque trou d'eau. Nick n'aimait pas pêcher en rivière avec d'autres gens. A moins qu'ils ne fissent partie de votre groupe, ils gâchaient tout.

Il continua d'avancer, les genoux sous l'eau et franchit les cinquante mètres de petits fonds en amont des troncs d'arbres tombés en travers du courant. Il ne réamorça pas, mais tint l'hameçon à la main tout en évoluant dans l'eau. Il était sûr de pouvoir attraper de la petite truite dans les petits fonds, mais il n'en voulait pas. A cette heure de la journée, les grosses truites ne se tenaient pas dans les petits fonds.

A présent, l'eau glacée escaladait rapidement ses cuisses. Il avait devant lui la surface étale du trou d'eau formé par le barrage de troncs d'arbres. L'eau était calme et sombre ; à gauche, le bord inférieur du pré ; à droite, le marais.

Nick se laissa aller en arrière, s'arc-boutant contre le courant et tira une sauterelle de la bouteille. Il l'enfila dans l'hameçon et lui cracha dessus, par superstition. Ensuite, il dévida plusieurs mètres de fil du moulinet et projeta la sauterelle loin sur l'eau rapide et sombre. Elle flotta vers les troncs d'arbres, puis le poids de la ligne tira l'amorce sous la surface. Nick tenait la canne de la main droite, laissant filer la ligne entre ses doigts.

Il y eut une longue secousse. Nick ferra et la canne s'anima dangereusement, complètement recourbée, la ligne se tendant, sortant de l'eau, se tendant de plus en plus, le tout sous l'effet d'une traction violente, dangereuse et constante. Nick sentit que le bas de la ligne allait casser si la tension augmentait, alors il laissa filer.

Le moulinet émit un cri strident, tandis que le fil partait à toute vitesse. Trop vite. Nick était incapable de contenir la course effrénée du fil, la chanson de plus en plus aiguë du moulinet à mesure que se déroulait la ligne.

Quand apparut le noyau de la bobine, son cœur se vida, tant était grande sa surexcitation. Arc-bouté en arrière contre le courant glacial qui grimpait autour de ses cuisses, il freina du pouce gauche sur la bobine, de toutes ses forces. Il eut de la difficulté à passer le pouce à l'intérieur de l'armature du moulinet.

Alors qu'il accentuait la pression, la ligne se tendit et durcit soudain, et de l'autre côté des troncs d'arbres une énorme truite jaillit très haut hors de l'eau. La voyant sauter, Nick abaissa l'extrémité de la canne. Mais à un moment donné, baissant la canne pour alléger la tension, il sentit que la tension était trop forte ; la rigidité trop grande. Naturellement, le bas de ligne avait cassé. Cette impression que la ligne n'avait plus de ressort et devenait sèche et raide, ne trompait pas. Ensuite elle mollit.

La bouche sèche, le cœur effondré, Nick moulina. Il n'avait jamais vu de truite aussi grosse. Il y avait là un poids, une puissance impossibles à tenir, et puis cette masse quand elle avait sauté. On eût dit un saumon.

La main de Nick tremblait. Il moulinait lentement. L'émotion avait été trop forte. Il sentit une vague nausée l'envahir et eut envie de s'asseoir.

Le bas de ligne avait cédé à l'endroit où il était attaché à l'hameçon. Nick le prit dans sa main. Il songea à la truite, quelque part dans le fond, se maintenant en équilibre au-dessus du gravier, sous les troncs d'arbres, loin de la lumière, l'hameçon dans la mâchoire. Nick savait que les dents de la truite couperaient le crin de l'hameçon, l'hameçon lui-même resterait implanté dans sa mâchoire. Il aurait parié que la truite était en colère. N'importe quoi de cette taille serait en colère. Ça, c'était une truite. Elle avait été fermement accrochée. Ferme comme un roc. On eût dit un roc, d'ailleurs, avant qu'elle n'eût démarré. Bon Dieu, qu'elle était grosse. La plus grosse que j'aie jamais vue, bon Dieu.

Nick escalada la rive et resta planté debout dans le pré, l'eau coulant le long de ses jambes de pantalon dans ses souliers ; ses souliers faisaient un floc à chaque pas. Il alla s'asseoir sur les troncs d'arbres. Il ne tenait pas à brusquer ses sensations.

Il frétilla des orteils dans l'eau, à l'intérieur de ses souliers, et tira une cigarette de la poche de sa chemise. Il l'alluma et jeta l'allumette dans l'eau rapide, plus bas que les troncs d'arbres. Une minuscule truite monta à l'allumette qui tourbillonnait dans le courant. Nick se mit à rire. Il avait tout le temps de finir sa cigarette.

Assis sur les troncs d'arbres, il fumait et se séchait au soleil, et le soleil lui chauffait le dos. Devant lui, la rivière maintenant peu profonde, pénétrait dans le bois, s'incurvait dans les bois, petits fonds, reflets de lumière, grosses roches polies par l'eau, cèdres le long des rives, bouleaux blancs, troncs d'arbres tièdes au soleil, lisses et agréables pour s'y asseoir, sans écorce, gris au toucher ; lentement, le sentiment de déception s'en alla. Il s'en alla lentement, le sentiment de déception venu brusquement après la secousse émotive qui l'avait laissé fourbu, endolori de partout. Maintenant ça allait. Sa canne à pêche posée sur les troncs d'arbres, Nick fixa un nouvel hameçon au bas de ligne, serrant fortement le crin pour qu'il morde bien et forme un nœud résistant.

Il amorça, puis il ramassa la ligne et poussa jusqu'au bout des troncs d'arbres pour se mettre à l'eau, là où le courant n'était pas trop profond. En dessous et un peu au-delà des troncs d'arbres, il y avait un trou profond. Nick suivit le contour du petit banc marécageux qui bordait le trou jusqu'à ce qu'il eût regagné de l'autre côté le lit peu profond de la rivière.

Nick projeta la canne en fouettant derrière l'épaule, puis la lança en avant, et la ligne, se courbant en avant, déposa la sauterelle sur une des coulées d'eau profonde, parmi les herbes. Une truite mordit et Nick l'accrocha.

Tendant la canne à bout de bras vers l'arbre déraciné, et pataugeant à reculons dans le courant, Nick manœuvra la truite, hissant la canne recourbée et vibrante hors des algues dangereuses et la guidant vers l'eau libre. Tenant ferme la canne, maintenant vivante dans ses mains et agitée de soubresauts réguliers, il amena la truite. Elle repartait furieusement, mais perdait du champ peu à peu, la flexibilité de la canne cédant à chaque départ, agitée parfois de brusques saccades sous l'eau, mais l'amenant toujours. Nick cédait un peu de terrain à chaque échappée. La canne droite au-dessus de sa tête, il conduisit la truite au-dessus de l'épuisette, puis souleva.

La truite pesait lourd dans l'épuisette..., dos de truite mouchetée aux flancs argentés dans les mailles du filet. Nick la décrocha... flancs lourds, agréable à tenir en mains, grosses mâchoires en galoche... et la fourra, palpitante et glissante énormément, dans le long sac qui pendait de ses épaules dans l'eau.

Nick déploya la gueule du sac face au courant. Le sac se remplit et se gonfla lourdement. Il le souleva, laissant tremper le fond dans la rivière, et l'eau jaillit à travers la toile. Dedans, tout au fond, la grosse truite était vivante dans l'eau.

Nick continua de descendre avec le courant. En avant de lui, le sac plongeait lourdement dans l'eau et lui tirait les épaules.

Il commençait à faire chaud, le soleil lui brûlait la nuque.

Nick avait une belle pièce. Il ne tenait pas à prendre beaucoup de truites. A présent, la rivière était large et peu profonde. Il y avait des arbres sur les deux rives. Les arbres qui bordaient la rive gauche projetaient sur le courant des ombres courtes au soleil du matin. Nick savait que chaque ombre cachait des truites. Dans l'après-midi, dès que le soleil aurait baissé vers les collines, les truites se tiendraient dans les ombres fraîches, de l'autre côté de la rivière.

Les très grosses se tiendraient immobiles tout contre la berge. Il y avait toujours moyen de les repérer, là-haut sur la Noire. Quand le soleil était couché, elles rentraient toutes dans le courant ; juste avant que le soleil fît scintiller à la surface de l'eau l'éclat aveuglant de ses dernières lueurs on avait une chance de ferrer une grosse pièce n'importe où. Il était presque impossible de pêcher à cette heure-là, car l'eau vous aveuglait comme un miroir au soleil. Naturellement, on pouvait toujours pêcher à contre-fil, mais dans un torrent comme la Noire, ou celui-ci, il fallait avancer tant bien que mal contre le courant, et aux endroits profonds, l'eau vous grimpait vite après. Avec un courant pareil, ce n'était pas amusant de pêcher en amont.

Nick suivait les petits fonds tout en cherchant les trous d'eau le long des berges. Tout près du bord, un hêtre laissait pendre ses branches dans l'eau. Le courant refluait sous l'abri des feuilles ; il y avait toujours de la truite dans ces endroits-là.

Nick ne tenait pas à pêcher dans ce trou. Il était sûr de s'accrocher aux branches.

Cela avait l'air profond, tout de même. Il laissa tomber la sauterelle pour que le courant l'entraîne sous l'eau et la ramène à la surface sous les branches qui surplombaient le trou. La ligne se tendit violemment et Nick ferra. Le moulinet peinait sous la tension du fil qui sortait de l'eau parmi les feuilles et les branches. La ligne était accrochée. Nick tira brusquement à lui et la truite fila. Il moulina puis, tenant l'hameçon à la main, il reprit sa marche vers l'aval.

Devant lui, tout contre la rive gauche, il y avait une grosse souche. Nick se rendit compte qu'elle était creuse; braqué vers l'amont, le courant y pénétrait sans heurts, ne faisant qu'un minuscule clapotis de chaque côté de la souche. L'eau devenait plus profonde. Le haut de la souche creuse était gris et sec. Il était en partie dans l'ombre.

Nick déboucha la bouteille aux sauterelles ; l'une d'elles resta accrochée au bouchon. Il l'attrapa, l'amorça et la lança. Il tint la canne loin de lui afin que la sauterelle, entraînée par le courant, descende jusque dans le creux de la souche. Nick abaissa la canne et la sauterelle flottante pénétra dans la souche. Il y eut une forte secousse. Nick tira sa ligne en amont pour résister à la traction. On eût dit qu'il avait accroché la souche, n'était l'impression que la ligne était vivante.

Il essaya d'amener le poisson dans le courant. Il vint lentement, pesamment.

La ligne mollit, et Nick crut que la truite était partie. C'est alors qu'il l'aperçut, tout près, dans le courant, qui secouait sa tête pour essayer de se décrocher. Elle avait la bouche hermétiquement close. Elle se débattait contre l'hameçon dans l'onde vive et limpide.

Reprenant du fil et l'enroulant dans le creux de sa main gauche, Nick lança la canne en amont pour tendre la ligne et s'efforça de conduire la truite au-dessus de l'épuisette, mais de nouveau elle avait filé, hors de vue, la ligne pompant sans arrêt. Nick la travailla à contre-courant, la laissant frapper l'eau et lutter contre l'élasticité de la canne. Il fit passer la canne dans sa main gauche, amena peu à peu la truite, retenant son poids, luttant avec la canne seule, et finalement la lâcha dans l'épuisette. Il la souleva hors de l'eau — lourd demi-cercle dans l'épuisette, l'épuisette ruisselante —, la décrocha et la glissa dans le sac.

Il déploya la gueule du sac et regarda tout au fond les deux grosses truites vivantes dans l'eau.

Nick se fraya un chemin dans l'eau montante en direction de la souche creuse. Il ôta le sac de ses épaules, le passant par-dessus sa tête et le tint de manière à laisser les truites plongées profondément dans l'eau. Ensuite, il se hissa sur la souche et s'assit, laissant couler l'eau de son pantalon et de ses souliers dans le courant.

Il regrettait de n'avoir rien apporté à lire. Il avait envie de lire. Il n'avait aucun désir de pousser à travers le marais. Il regarda vers l'aval. Un grand cèdre s'inclinait sur toute la largeur de la rivière. Au-delà, la rivière pénétrait dans le marais.

Nick n'avait pas envie d'aller là-dedans maintenant. Il éprouvait de la répugnance à l'idée d'aller patauger dans l'eau profonde, de sentir l'eau lui monter sous les aisselles, pour accrocher de grosses truites dans des endroits où il était ensuite impossible de les amener à terre. Dans le marécage, les berges étaient nues, les grands cèdres se rejoignaient en l'air, le soleil ne passait pas, sauf par plaques. Dans l'eau rapide et profonde, la pêche deviendrait tragique. La pêche dans les marais était une aventure tragique. Nick n'en voulait pas.

Il ne voulait pas pousser plus avant ce jour-là.

Il prit son couteau, l'ouvrit et le planta dans la souche. Ensuite il tira le sac à lui, y plongea le bras et sortit une truite. La serrant par la queue, difficile à tenir, vivante, dans sa main, il la cogna violemment contre le bois. La truite frémit, rigide, Nick l'étendit sur la souche, à l'ombre, et cassa les reins de l'autre de la même manière. Il les étendit côte à côte sur la souche. C'étaient de belles pièces.

Nick les vida, les fendant de la queue à la pointe de la mâchoire. Tous les boyaux, les ouïes et la langue vinrent d'un seul morceau. C'étaient deux mâles; longs filets gris-blanc de laitance, lisse et propre. Toutes les entrailles propres et compactes sortant d'un seul bloc. Nick jeta les déchets pour les loutres.

Nick se tint debout sur la souche, la ligne à la main, l'épuisette lourde à sa ceinture, puis il descendit dans l'eau et regagna la rive en pataugeant. Il escalada la berge et prit à travers bois, en direction de la petite butte. Il rentrait au camp. Il regarda derrière lui. La rivière se montrait par endroits, à travers les arbres. Il avait de longues journées devant lui, où il pourrait tout à loisir pêcher dans le marais.

Traduit par Marcel Duhamel.

DANS UN AUTRE PAYS

A l'automne, la guerre durait toujours, mais nous ne la faisions plus. La saison était froide à Milan et la nuit tombait très tôt. Alors les lampes électriques s'allumaient, et c'était agréable de flâner dans les rues en regardant les vitrines.

Il y avait beaucoup de gibier suspendu aux devantures des boutiques et la neige saupoudrait la fourrure des renards dont le vent agitait les queues. Les daims, vidés, pendaient, raides et lourds, et les petits oiseaux se balançaient dans le vent qui rebroussait leurs plumes. Le vent descendait des montagnes et l'automne était froid.

Nous allions à l'hôpital tous les après-midi et nous avions divers itinéraires pour nous y rendre en traversant la ville au crépuscule. Deux de ces chemins suivaient les canaux, mais ils étaient longs. Cependant, on finissait toujours par traverser un pont sur le canal avant d'entrer à l'hôpital. Il y avait le choix entre trois ponts. Sur l'un des trois, une femme vendait des marrons grillés. Il faisait bon devant son fourneau à charbon de bois et les marrons conservaient leur chaleur au fond des poches.

L'hôpital était très vieux et très beau. On y pénétrait par une grande porte cochère. Puis, on traversait une cour et l'on ressortait de l'autre côté par une autre porte. Souvent, des cortèges funèbres se formaient dans la cour. Derrière le vieil hôpital étaient installés les nouveaux pavillons en briques. Nous nous y retrouvions tous les après-midi. Tous très polis, intéressés par ce qui se passait, nous nous asseyions dans ces appareils qui devaient transformer notre existence.

Le docteur s'approcha de celui sur lequel j'étais assis et me dit :

— Quelle était votre activité préférée avant la guerre ? Vous pratiquiez un sport ?

Je répondis :

— Oui, le rugby.

— Bon, dit-il. Eh bien, vous pourrez rejouer au rugby et mieux que jamais.

Mon genou était raide, ma jambe pendait toute droite, du genou à la cheville, et je n'avais plus de mollet. La machine était supposée lui rendre sa souplesse en la faisant travailler comme sur un tricycle. Mais il ne pliait pas encore, bien au contraire, la machine avait des à-coups au moment de faire fonctionner l'articulation. Le docteur disait :

— Tout ça va passer. Vous êtes un veinard. Vous rejouerez au rugby comme un champion.

Sur l'appareil voisin, se trouvait un major qui avait une main petite comme celle d'un bébé. Il me lança un clin d'œil quand le docteur examina sa main, placée entre deux courroies de cuir qui rebondissaient de haut en bas, en frappant les doigts raides.

— Et moi, est-ce que je jouerai aussi au rugby, capitaine-docteur ? demanda-t-il au médecin.

Ç'avait été un très grand escrimeur avant la guerre ; le premier escrimeur d'Italie.

Le docteur alla chercher dans son cabinet une photographie qui montrait une main desséchée, presque aussi petite que celle du major, et une autre un peu plus grande après traitement. Le major prit la photographie de sa main valide et l'examina avec beaucoup d'attention.

— Une blessure? demanda-t-il.

— Un accident de travail, répondit le docteur.

— Très intéressant, très intéressant, fit le major et il la rendit au docteur.

— Avez-vous confiance?

— Aucune, répondit le major.

Il y avait encore trois garçons à peu près de mon âge qui venaient tous les jours. Ils étaient tous les trois de Milan; l'un d'eux voulait être avocat, l'autre peintre, et le troisième avait voulu entrer dans l'armée. Quand nous en avions fini avec les machines, nous allions quelquefois ensemble au café Cova, à côté de la Scala. Nous prenions le raccourci par le quartier communiste, parce que nous étions quatre. Les gens nous détestaient parce que nous étions officiers et sur notre passage quelqu'un cria, une fois, d'un bistrot : « A basso gli ufficioli! »

Un autre garçon se joignait de temps en temps à nous quatre. Il portait un mouchoir de soie noire sur le visage, parce qu'il n'avait plus de nez et qu'on devait lui refaire la figure. Il était parti pour le front en sortant de l'école militaire et avait été blessé une heure après être monté en ligne. On lui refit sa figure, mais il sortait d'une très vieille et noble famille et on ne parvint jamais à réussir parfaitement son nez. Il partit plus tard pour l'Amérique du Sud travailler dans une banque.

Mais tout cela se passait longtemps auparavant, et aucun de nous ne savait alors quelle tournure prendraient les événements. Nous savions seulement que la guerre durait toujours mais que nous n'y retournerions plus.

Nous avions tous les mêmes décorations, excepté le garçon au bandeau de soie noire qui n'était pas resté au front assez longtemps pour être décoré. Le grand garçon à la figure pâle, qui voulait être avocat, avait été lieutenant d'Arditi, et il arborait trois décorations de l'ordre dont nous ne portions qu'une chacun. Il avait vécu longtemps au contact de la mort et il était un peu détaché du monde. Nous l'étions tous plus ou moins, et rien ne créait de liens entre nous, à l'exception de nos rencontres quotidiennes à l'hôpital. Cependant, quand nous nous rendions au Cova la nuit par le quartier mal famé de la ville, au milieu des lumières et des chansons qui sortaient des bistrots, et marchant sur la chaussée pour éviter de bousculer les hommes et les femmes qui s'amassaient volontairement sur les trottoirs à notre passage, alors nous nous sentions liés par notre destinée commune que ces gens, qui ne nous aimaient pas, ne pouvaient comprendre.

Nous apprécions tous le Cova pour ses éclairages discrets ; et son ambiance était riche et animée, parfois bruyante et enfumée, on y trouvait toujours des filles aux tables et des magazines sur les étagères. Les filles du Cova étaient très patriotes. C'est ainsi que je m'aperçus que les plus patriotes des Italiens étaient les entraîneuses et je suis convaincu qu'elles le sont toujours restées.

Tout d'abord, mes camarades considéraient mes décorations avec déférence ; puis ils me demandèrent comment je les avais gagnées. Je leur montrai les papiers rédigés dans une langue très noble et bourrés de « fratelanza » et d'« abengazione », mais qui signifiaient, en réalité — les adjectifs mis à part — que j'avais été décoré parce que j'étais Américain.

Je restais de leur côté contre les étrangers, mais leur attitude à mon égard changea alors légèrement. J'étais un ami, mais ne pus jamais être vraiment des leurs, une fois qu'ils eurent lu mes citations, car leurs expériences avaient été différentes et ils avaient gagné leurs décorations pour de tout autres motifs que moi. J'avais été blessé, il est vrai, mais nous savions tous qu'être blessé, après tout, n'était, en fait qu'un accident. Cependant, je n'eus jamais honte de mes décorations et parfois, après l'heure du cocktail, je m'imaginais avoir accompli moi-même les actions d'éclat qui leur avaient valu leurs décorations. Mais en rentrant le soir, dans le vent froid, par les rues vides aux boutiques fermées, m'efforçant de m'éloigner le moins possible des réverbères, je savais que je n'aurais jamais accompli de semblables hauts faits et j'avais très peur de mourir. Et le soir, seul dans mon lit et livré à moi-même, l'idée de la mort me hantait et je me demandais comment je me comporterais à mon retour au front.

Les trois garçons décorés ressemblaient à des fauves en chasse ; j'aurais pu moi-même passer pour l'un des leurs aux yeux de ceux qui ne savaient rien de cette forme de chasse, mais ce n'était qu'une apparence — les trois homme, eux, ne pouvaient s'y tromper et nous finîmes par nous séparer.

Mais je restai bon camarade avec le garçon qui avait été blessé à son premier jour de combat, car il ne pourrait jamais savoir ce qu'il serait devenu par la suite ; les autres le tenaient aussi à l'écart et je l'aimais bien, pensant qu'il ne se serait peut-être pas transformé en bête fauve.

Le major, qui avait été un grand escrimeur, ne croyait pas à la bravoure, et quand nous étions assis sur les appareils, il passait une grande partie de son temps à corriger ma grammaire. Il m'avait fait des compliments pour mon italien, et nous nous comprenions sans effort. Je lui avais déclaré, un jour, que l'italien me semblait une langue si simple que je ne parvenais pas à m'y intéresser. Tout était si facile à dire.

— Vraiment, avait répliqué le major. Essayez donc de respecter la grammaire. Nous nous sommes mis alors à l'étude de la grammaire. Et l'italien devint bientôt une langue si difficile que je n'osais plus lui adresser la parole, jusqu'au jour où je possédai la grammaire par cœur.

Le major venait très régulièrement à l'hôpital. Je

pense qu'il ne manquait pas un jour, et, pourtant, je suis sûr qu'il ne croyait pas aux appareils.

Il fut un temps où nul d'entre nous n'y croyait, et le major avait même affirmé un jour que toutes ces machines n'étaient que de la foutaise. Les appareils étaient neufs à l'époque, et nous devions faire les cobayes. C'était une idée ridicule, disait-il. « Une théorie sans fondement. »

Je n'avais pas appris ma grammaire ce jour-là. Il me traita d'incurable idiot et me dit qu'il était bien bête de perdre son temps avec moi. C'était un homme de petite taille. Il se tenait assis très raide sur sa chaise, la main droite enfoncée dans la machine et les yeux fixés devant lui sur le mur, pendant que les courroies faisaient tressauter ses doigts.

— Que ferez-vous quand la guerre sera finie, si elle finit? me demanda-t-il. Et attention à la grammaire!

— Je rentrerai aux États-Unis.

— Êtes-vous marié?

— Non. Mais j'espère l'être un jour.

— Vous êtes d'autant plus stupide, dit-il.

Il avait l'air très en colère.

— Un homme ne doit pas se marier.

— Pourquoi, signor Maggiore?

— Ne m'appelez pas signor Maggiore.

— Pourquoi un homme ne doit-il pas se marier?

— Il ne peut pas se marier. Il ne peut pas, répétait-il, furieux. S'il doit tout perdre, il ne doit pas se mettre en position de perdre une femme. Il ne doit jamais se mettre en position de perdre. Il doit découvrir des choses impossibles à perdre.

Il avait un ton excédé et amer et regardait droit devant lui en parlant.

— Pourquoi la perdrait-il nécessairement? demandai-je.

— Il ne peut que la perdre, répliqua le major, les yeux fixés sur le mur.

Puis, son regard tomba sur la machine, il retira sa petite main des courroies et la tapa vigoureusement sur sa cuisse.

— Il ne peut que la perdre. — Il criait presque. — Ne discutez pas!

Puis, il appela l'assistant chargé des appareils :

— Venez arrêter ce sacré truc!

Ensuite il passa dans l'autre salle pour le traitement électrique et le massage. Je l'entendis demander au docteur s'il pouvait se servir de son téléphone, et il ferma la porte. Quand il revint, j'étais installé devant un autre appareil. Il avait mis sa cape et son képi. Il vint droit vers moi et me posa une main sur l'épaule.

— Je suis désolé, dit-il, et de sa main valide, il me tapota l'épaule. Je ne voulais pas être grossier. Ma femme vient de mourir. Il faut me pardonner.

— Oh! dis-je profondément peiné. Comme je regrette.

Il restait là, debout, mordant sa lèvre inférieure :

— C'est très difficile, fit-il. Je n'arrive pas à me résigner.

Il regardait droit devant lui à travers la fenêtre. Puis, il commença à pleurer :

— Je suis absolument incapable de me résigner, dit-il avec un sanglot.

Alors, se mordant la lèvre et pleurant, les yeux dans le vide, les larmes coulant sur ses joues, la tête haute, la démarche raide et martiale, il passa devant les appareils et sortit.

Le docteur me raconta que la femme du major, qui était très jeune, et qu'il n'avait épousée qu'une fois définitivement réformé, était morte d'une pneumonie, après quelques jours de maladie. Personne ne s'attendait à la voir mourir. Durant trois jours, le major n'était pas venu à l'hôpital. Puis, il arriva à l'heure habituelle, un brassard noir à la manche de son uniforme. A son retour, il trouva de grandes photos encadrées de toutes sortes de blessures — avant et après le traitement mécanographique — accrochées au mur dans leurs cadres. Devant l'appareil du major étaient pendues trois photographies de mains comme la sienne, complètement rétablies. Je ne sais pas où le docteur les avait dénichées. J'avais toujours compris que nous étions les premiers à expérimenter les appareils. Mais les photographies ne faisaient guère d'effet sur le major, car il avait toujours les yeux fixés sur la fenêtre.

CHE TI DICE LA PATRIA?

Aux premières heures du matin, la route du col n'était pas encore poussiéreuse, mais dure et lisse. En contrebas, ondulaient des collines couvertes de chênes et de noisetiers et sur l'horizon lointain s'étalait la mer. De l'autre côté, s'élevaient les montagnes neigeuses.

Nous descendions du col à travers la forêt. Sur le bord de la route étaient empilés des sacs de charbon de bois, et, derrière les arbres, on apercevait les huttes des charbonniers. C'était dimanche et la route, en montagnes russes, perdait peu à peu de l'altitude en traversant maquis et villages.

Autour des villages, s'étendaient des champs de vigne. La terre était brune et les vignes mal plantées et broussailleuses. Les maisons étaient blanches et dans les rues, les hommes en habits du dimanche jouaient aux boules. Sur les façades de quelques maisons, grimpaient des poiriers en espaliers appliqués comme des candélabres sur la blancheur des murs. Les poiriers avaient été sulfatés et le sulfate vaporisé avait laissé sur le crépi des taches d'un bleu vert métallique.

Les vignes poussaient dans des petites clairières autour des villages. Au-delà commençaient les bois.

Dans un village, à 20 kilomètres au-dessus de la Spezia, nous tombâmes sur un rassemblement au milieu de la place. Un jeune homme s'en détacha, une valise à la main, s'approcha de la voiture et nous demanda de l'emmener à la Spezia.

— Il y a seulement deux places et elles sont occupées, dis-je.

Nous avions un vieux cabriolet Ford.

— Je resterai dehors.

— Vous ne serez pas bien.

— Ça ne fait rien ; il faut que j'aille à la Spezia.

Je demandai à Guy :

— On le prend ?

— Il a l'air bien décidé, de toute façon, dit Guy.

Le jeune homme tendait un paquet par la portière.

— Faites attention à ça, dit-il.

Deux hommes attachèrent sa valise à l'arrière de la voiture, au-dessus des nôtres. Il serra la main à tout le monde, et expliqua que pour un fasciste et un homme habitué à voyager comme lui, l'inconfort n'existait pas.

Il grimpa sur le marchepied du côté gauche de la voiture, et s'agrippa à l'intérieur le bras droit passé par la glace baissée.

— Vous pouvez démarrer, dit-il.

Des bras s'agitèrent dans la foule. Il répondit de sa main libre.

— Qu'est-ce qu'il a dit ? me demanda Guy.

— Qu'on pouvait démarrer.

— Charmant ! dit Guy.

La route suivait une rivière. De l'autre côté de la rivière grimpaient les montagnes. Le soleil faisait fondre la gelée blanche dans l'herbe. Il faisait froid et lumineux et l'air vif entrait par le pare-brise ouvert.

— Tu crois qu'il est à son aise dehors ?

Guy regardait la route. De son côté, la vue était bouchée par notre passager dont la silhouette se détachait de la voiture comme une figure de proue. Il avait remonté le col de son veston, enfoncé son chapeau et son nez semblait à moitié gelé par le vent.

— Il en aura peut-être bientôt assez, dit Guy. C'est le côté du mauvais pneu arrière.

— Oh! si jamais on éclate, il nous plaquera. Il ne voudrait pas risquer de salir son costume de voyage.

— Il ne me dérange pas, fit Guy, mais je n'aime pas sa façon de se pencher dans les virages.

Les bois avaient cessé ; la route, s'écartant de la rivière s'était mise à grimper ; le radiateur bouillait et le jeune homme examinait d'un air ennuyé et méfiant le jet de vapeur et d'eau rouillée ; le moteur cognait ; la rampe s'accentuait, on était en première ; Guy écrasait des deux pieds la pédale de l'accélérateur ; enfin, nous atteignîmes le plat.

Le cliquetis cessa et, dans le calme soudain, le radiateur se mit à bouillonner à grand bruit. Nous avions atteint le sommet du dernier col qui dominait la Spezia et la mer. La route descendait en épingle à cheveux. Notre passager se penchait dans tous les virages et la voiture, avec son toit trop lourd, manquait chaque fois de se retourner.

— Pas moyen de lui demander de cesser, dis-je à Guy. C'est son instinct de conservation.

— Le grand instinct italien, fit Guy.

— Le plus grand instinct italien.

Nous descendions la route sinueuse, dans une épaisse poussière qui poudrait les oliviers. La Spezia s'étalait à nos pieds le long de la mer. Aux approches de la ville, la rampe diminua. Notre passager mit la tête à la portière.

— Je veux m'arrêter.

— Arrête, dis-je à Guy.

On stoppa sur le bord de la route. Le jeune homme descendit, passa derrière la voiture et détacha sa valise.

— Je m'arrête ici, comme ça vous n'aurez pas

d'ennuis pour m'avoir ramassé, dit-il. Mon paquet.

Je lui tendis son paquet. Il mit la main dans sa poche.

— Qu'est-ce que je vous dois?

— Rien.

— Et pourquoi?

— Je n'en sais rien, répondis-je.

— Alors merci, dit le jeune homme.

Il ne dit pas « Je vous remercie », ou « je vous remercie beaucoup » ou « je vous remercie infiniment », comme on dit en Italie à tout homme qui vous eût simplement prêté l'horaire de chemin de fer ou qui vous eût indiqué votre chemin. Il se fendit tout bonnement du plus plat « merci » et nous jeta un coup d'œil méfiant quand Guy remit en marche. Je lui dis adieu de la main. Il ne daigna pas répondre. Nous continuâmes la route vers la Spezia.

— Voilà un jeune homme qui ira loin en Italie, dis-je à Guy.

— En tout cas, repartit Guy, il a toujours fait 20 kilomètres avec nous.

UN REPAS A LA SPEZIA

Nous entrâmes dans la Spezia, à la recherche d'un endroit où manger. La rue était large et bordée de hautes maisons jaunes. Nous suivîmes les rails du tram jusqu'au centre de la ville. Sur les façades des maisons étaient collés des Mussolini ronéotypés, aux yeux globuleux, avec des « Vivas » peints à la main, dont le double « VV » de peinture noire avait bavé sur les murs. Les rues latérales conduisaient au port. Il faisait beau et tous les habitants passaient leur dimanche dehors. La rue pavée avait été arrosée et des traînées humides étaient restées dans la poussière.

Nous évitâmes un tram de justesse en nous collant au trottoir.

— Tâchons de dénicher un petit coin bien simple, dit Guy.

Nous nous arrêtâmes en face de deux enseignes de restaurant, de l'autre côté de la rue. J'achetai les journaux. Les deux restaurants étaient contigus, et sur le seuil de l'un d'eux, se tenait une femme qui nous souriait... Nous traversâmes la rue et nous entrâmes.

Il faisait sombre à l'intérieur et au fond de la pièce, trois jeunes filles et une vieille femme étaient assises à une table. Dans un autre coin, était installé un marin. Il était assis là, sans boire ni manger. Plus loin, vers le fond, un jeune homme vêtu d'un costume bleu ultra chic écrivait à une table. Il avait les cheveux pommadés et luisants et l'air d'un parfait gommeux.

La lumière entrait par la porte et par la fenêtre où étaient exposés dans un casier, des fruits, des légumes, des beefsteaks et des côtelettes. Une jeune fille vint prendre la commande, tandis qu'une autre se plantait sur le seuil. Nous constatâmes alors qu'elle était nue sous sa robe. La fille mit un bras autour du cou de Guy pendant que nous examinions le menu. Elles étaient trois en tout et se relayaient tour à tour pour aller se poster à la porte. La vieille qui était à la table du fond leur dit quelque chose, et elles retournèrent s'asseoir près d'elle.

La porte de la cuisine, masquée par un rideau, était l'unique ouverture de la pièce.

Notre serveuse réapparut avec des spaghetti. Elle posa le plat sur la table, alla chercher une bouteille de vin rouge et s'assit avec nous.

— Eh bien, dis-je à Guy, toi qui voulais manger dans un endroit simple.

— Je ne trouve pas ça simple, mais compliqué, dit-il.

— Qu'est-ce que vous dites? demanda la jeune fille. Êtes-vous Allemands?

— Allemands du Sud, dis-je. Les Allemands du Sud sont des gens doux et aimables.

— Comprends pas, fit-elle.

— Quelle est la technique locale? demanda Guy. Dois-je la laisser me mettre le bras autour du cou?

— Bien entendu, lui dis-je.

— Mussolini a supprimé les bordels. Nous sommes dans un restaurant.

La fille portait une robe d'une seule pièce. Elle se pencha au-dessus de la table, mit ses mains sur ses seins et sourit. Elle souriait mieux d'un côté que de l'autre et nous montrait le bon côté. Le charme de ce bon côté était rehaussé par je ne sais quel phénomène qui avait entraîné une dépression polie de l'aile opposée du nez, lisse comme de la cire molle. Son nez, toutefois, ne ressemblait pas exactement à de la cire molle ; il était froid et ferme et simplement un peu enfoncé et poli.

— Tu m'aimes? demanda-t-elle à Guy.

— Il vous adore, lui dis-je, mais il ne parle pas italien.

— Ich spreche Deutsch, dit-elle, et elle caressa les cheveux de Guy.

— Parle à Madame dans ta langue maternelle, Guy.

— D'où venez-vous? demanda la fille.

— Potsdam.

— Et vous allez rester ici quelque temps?

— Dans cette charmante Spezia? demandai-je.

— Dis-lui qu'on doit partir, fit Guy. Dis-lui qu'on est très malade et qu'on n'a pas le rond.

— Mon ami est misogyne, dis-je, un vieux misogyne allemand.

— Dites-lui que je l'aime.

Je le lui dis.

— Ferme-la et sortons d'ici! dit Guy.

Madame lui avait mis son autre bras autour du cou.

— Dites-lui qu'il est à moi.

J'obéis.

— Est-ce qu'on va foutre le camp?

— Vous vous disputez, dit la fille. Vous ne vous aimez pas...

— Nous sommes Allemands, dis-je fièrement, de vieux Allemands du Sud.

— Dites-lui qu'il est joli garçon, dit Madame.

— Guy a 38 ans et il éprouve une certaine fierté à être pris en France pour un voyageur de commerce. Tu es joli garçon, dis-je.

— Qui dit ça? demanda Guy. Toi ou elle?

— Elle, je ne suis que ton interprète. Est-ce que tu ne m'as pas emmené pour ça?

— Tant mieux si c'est elle, dit Guy. Ça m'aurait ennuyé de te plaquer ici, aussi.

— Je ne sais pas, la Spezia est un endroit délicieux!

— Spezia? dit Madame. Vous parlez de la Spezia?

— Charmant endroit, dis-je.

— C'est mon pays, dit-elle. La Spezia c'est chez moi, l'Italie est ma patrie.

— Elle dit que l'Italie est sa patrie.

— Dis-lui que ça ne se voit que trop, fit Guy.

— Qu'est-ce que vous avez comme dessert? demandai-je.

— Des fruits, nous avons des bananes.

— Des bananes, ça me va, dit Guy. Il y a de la peau dessus.

— Oh! Il prend des bananes, dit Madame en embrassant Guy.

— Qu'est-ce qu'elle dit? demanda-t-il en détournant son visage.

— Elle est ravie que tu prennes des bananes.

— Dis-lui que je n'en prends pas.

— Le signor ne prend pas de bananes.

— Ah! dit Madame désolée. Il ne prend pas de bananes!

— Dis-lui que je prends un bain froid tous les matins.

— Le signor dit qu'il prend un bain froid tous les matins.

— Pas compris, fit Madame.

En face de nous, le marin n'avait pas fait un mouvement, et personne ne s'était soucié de lui.

— Nous voulons l'addition, dis-je.

— Oh! non, il faut rester.

— Écoute... dit le jeune homme de la table où il écrivait. Laisse-les partir. Ces deux types ne sont pas intéressants.

La fille me prit par la main.

— Vous ne voulez pas rester un peu ? Vous ne voulez pas lui demander de rester ?

— Nous devons partir, dis-je. Nous devons être à Pise ou si possible à Florence, ce soir. On peut s'amuser dans ces villes en fin de journée. Maintenant, c'est le jour et le jour nous avons des kilomètres à faire.

— C'est agréable de rester un petit peu.

— Il faut rouler quand il fait jour.

— Écoute donc, dit le gommeux : Ne perds pas ton temps avec ces deux types. Je te dis qu'ils ne sont pas intéressants et je m'y connais.

— Apportez-nous l'addition, dis-je.

Elle apporta l'addition préparée par la vieille et retourna s'asseoir à la table. Une autre fille sortit de la cuisine, traversa la salle et alla s'installer sur le seuil.

— Laisse tomber ces deux types, dit le gommeux, d'une voix lasse. Viens bouffer. Il n'y a rien à en tirer.

Nous réglâmes l'addition et nous levâmes. Toutes

les filles, la vieille et le gommeux étaient assis à la même table. Le marin avait la tête dans ses mains. Personne ne lui avait adressé la parole durant tout le temps de notre repas. La fille nous rapporta la monnaie comptée par la vieille et retourna prendre sa place à la table. Nous laissâmes un pourboire sur la table et prîmes la porte. Une fois dans la voiture et prêts à partir, la fille vint se poster sur le seuil. La voiture démarra et je lui fis signe de la main. Elle ne répondit pas, mais resta plantée là à nous suivre des yeux.

APRÈS LA PLUIE

Il pleuvait à torrents quand nous traversâmes les faubourgs de Gênes, et même en roulant très lentement derrière les trams et les camions, la boue éclaboussait les trottoirs, si bien que les gens se réfugiaient sous les portes cochères en voyant la voiture approcher. A San Pier d'Arena, la banlieue industrielle de Gênes, il y a une rue très large avec une double piste pour les voitures, et nous tâchions de garder le milieu de la chaussée pour ne pas asperger les ouvriers rentrant du travail. A notre gauche, il y avait la Méditerranée. La mer était grosse et agitée, les vagues s'écrasaient sur la grève et la voiture était fouettée d'embruns soufflés par le vent. Le lit d'une rivière que nous avions trouvé à sec et plein de cailloux en le traversant à notre entrée en Italie, s'était transformé en fleuve brunâtre, prêt à déborder. Cette eau brune décolorait la mer, et au moment où les vagues s'amincissaient en se brisant et devenaient transparentes, la lumière traversait l'eau jaunâtre et l'écume détachée par le vent volait jusqu'à la route.

Une grosse voiture nous doubla à toute allure ; un

jet d'eau boueuse s'éleva et se plaqua contre le pare-brise et le radiateur. Le va-et-vient de l'essuie-glace automatique étala la couche de boue sur la vitre. Nous fîmes un arrêt pour déjeuner à Sestri. Le restaurant n'était pas chauffé et nous dûmes garder nos chapeaux et nos manteaux. Par la fenêtre, on voyait la voiture arrêtée près de bateaux qui avaient été halés sur le sable à l'abri des vagues. Elle était couverte de boue. Dans le restaurant, notre haleine était nettement visible.

La Pasta Asciuta était bonne, le vin avait goût d'alun et nous le coupâmes d'eau. Puis le garçon apporta un beefsteak et des frites. Tout au fond du restaurant, un couple était assis. L'homme pouvait avoir 40 ans ; la femme était jeune et vêtue de noir. Durant tout le repas, elle s'amusa à souffler son haleine dans l'air froid et humide. L'homme regardait en hochant la tête. Ils mangèrent sans parler et l'homme lui tenait la main sous la table. Elle était jolie et tous deux paraissaient très tristes. Un sac de voyage était posé à côté d'eux.

Nous avions apporté les journaux et à voix haute je lus à Guy le compte rendu du combat de Changhaï. Après le repas, il partit avec le garçon à la recherche d'un endroit qui n'existait pas dans le restaurant. De mon côté, je me mis à nettoyer avec un chiffon le pare-brise, les phares et le numéro. Guy revint. Nous fîmes marche arrière et partîmes. Le garçon l'avait emmené dans une vieille maison de l'autre côté de la rue. Ses habitants avaient l'air méfiant et le garçon n'avait pas quitté Guy d'une semelle pour veiller à ce que rien ne soit volé.

— Je ne comprends pas pourquoi ils craignaient que je vole quelque chose, me dit Guy. Enfin quoi! Je ne suis pas plombier!

En arrivant au sommet d'une côte, au-delà de la

ville, une rafale s'abattit contre la voiture et faillit la renverser.

— Parfait, dit Guy. Avec un vent pareil, nous ne risquons pas de tomber à la mer.

— Au fait, dis-je, c'est quelque part par ici que Shelley a été noyé.

— Dans les environs de Viareggio, précisa Guy. Te rappelles-tu pourquoi nous sommes venus dans son pays ?

— Oui, répondis-je, mais nous n'avons rien trouvé.

— Nous en serons loin ce soir.

— Oui, si on peut dépasser Vintimille.

— On verra. Ça ne me dit rien de conduire le long de cette côte la nuit.

C'était le début de l'après-midi et le soleil était caché. En bas, la mer bleue était mouchetée de moutons blancs qui couraient vers Savona. Plus loin, audelà du cap, les eaux brunâtres et bleues se rejoignaient. Au large, en face de nous, un caboteur approchait de la côte.

— Tu aperçois encore Gênes ? demanda Guy.

— Oh oui !

— Le grand cap qui vient devrait la cacher.

— On la verra encore longtemps. Je vois toujours le cap Portofino à l'horizon.

Finalement, Gênes disparut. Arrivés sur le plateau, je regardai en arrière et ne vis que la mer ; puis, juste en dessous de nous, dans la baie, une plage avec des barques de pêche ; plus haut, à mi-pente, une ville et tout le long de la côte des caps à perte de vue.

— On ne la voit plus maintenant, dis-je à Guy.

— Il y a déjà longtemps, fit-il.

— Mais il fallait attendre d'être arrivé assez loin.

Un poteau indicateur portait le signe S avec les mots Svalta Pericolosa. La route s'incurvait autour de la colline et le vent soufflait par la fente du pare-brise. A nos pieds, la langue aplatie du cap s'allongeait dans la mer. Le vent avait séché la boue et les roues commençaient à soulever la poussière. Sur la route plate, nous dépassâmes un fasciste à bicyclette qui portait sur le dos un gros revolver dans un étui. Il ne lâchait pas le milieu de la route et nous força à faire un détour. Il nous regarda quand nous le dépassâmes. Devant nous, un passage à niveau se ferma à notre arrivée.

Pendant que nous attendions, le fasciste nous rejoignit sur sa bicyclette. Le train passa et Guy mit le moteur en marche.

— Attendez ! cria le cycliste, derrière la voiture. Votre numéro est sale.

Je sortis avec un chiffon. La plaque avait été nettoyée au déjeuner.

— Vous pouvez lire le numéro, dis-je.

— Vous croyez ça ?

— Lisez-le.

— Impossible. C'est trop sale.

Je passai le chiffon sur la plaque.

— Et maintenant, ça va !

— 25 lires.

— Quoi ! dis-je, vous pouviez très bien lire. Si c'est sale, c'est à cause de l'état des routes.

— Vous n'aimez pas les routes italiennes ?

— Elles sont sales.

— Cinquante lires. — Il cracha sur la route. — C'est votre voiture qui est sale, et vous aussi.

— Parfait. Voulez-vous me donner un reçu avec votre nom.

Il prit un carnet à souches à feuillets doubles et perforés, permettant de détacher une feuille tandis que l'autre restait au talon. Mais le carbone duplicateur manquait.

— Donnez-moi cinquante lires, dit-il.

Il griffonna quelque chose avec un crayon à l'aniline, arracha la feuille et me la tendit. J'y jetai un coup d'œil. ,

— Je lis 25 lires.

— Je me suis trompé, dit-il, et il transforma le 25 en 50.

— Et maintenant, le double. Voulez-vous inscrire 50 sur le feuillet que vous conservez.

Il sourit, d'un magnifique sourire italien et écrivit quelque chose sur la souche, en m'empêchant de voir.

— Allez, dit-il, avant que votre numéro soit de nouveau sale.

Nous roulâmes encore deux heures, après la tombée de la nuit et nous couchâmes à Menton. La ville avait l'air gaie, propre, bien entretenue et charmante. Nous avions été de Vintimille à Pise et Florence en traversant la Romagna par Rimini, et nous étions revenus par Forli, Imola, Bologne, Parme, Pisence et Gênes pour nous retrouver à Vintimille. Notre voyage n'avait duré que dix jours. Et bien entendu, en si peu de temps, nous n'avions guère eu l'occasion de juger des choses et des gens dans ce pays.

LE VIN DE WYOMING

C'était par un après-midi brûlant en Wyoming ; les montagnes se profilaient sur l'horizon lointain. On distinguait leurs sommets enneigés, mais dans la vallée, sans ombre, où s'étendaient les champs de blé dorés, les voitures soulevaient la poussière de la route, et toutes les petites maisons de bois des abords de la ville rôtissaient au soleil. J'étais assis à une table sous la tonnelle derrière la maison des Fontan et madame Fontan m'avait monté de la cave une bouteille de bière fraîche. Une voiture déboucha de la grand-route, tourna dans le chemin, et s'arrêta devant la maison. Deux hommes en descendirent et franchirent le seuil. Je mis la bouteille sous la table. Madame Fontan se leva.

— Où est Sam ? demanda l'un des hommes derrière la moustiquaire.

— Il n'est pas ici. Il est à la mine.

— Vous avez de la bière ?

— Non. Pas de bière. Ça, c'est ma dernière bouteille. Tout est parti.

— Qu'est-ce qu'il boit, lui ?

— C'est la dernière bouteille. Je n'en ai plus du tout.

— Servez-nous de la bière. Voyons, vous me connaissez bien.

— Il n'y en a plus une goutte, je vous dis. C'est la dernière bouteille.

— Allez, amène-toi. On va tâcher de dénicher un coin où il y ait de la vraie bière, dit l'un d'eux, et ils retournèrent à leur voiture.

L'un des deux titubait légèrement. La voiture démarra en tressautant, vira sur la route en crissant et disparut.

— Posez la bière sur la table, dit madame Fontan. Eh bien, qu'est-ce qui vous arrive ? Enfin, voyons, qu'est-ce qui vous prend ? Vous n'allez pas boire sous la table.

— Je ne les connaissais pas, ceux-là, dis-je.

— Ils sont soûls, dit-elle. C'est des gens comme ça qui nous attirent des ennuis. Après ils vont ailleurs en racontant qu'ils se sont cuités ici. Peut-être ne s'en souviennent-ils même pas.

Elle parlait français, mais seulement de temps à autre, avec beaucoup de mots anglais et quelques anglicismes.

— Où est Fontan ?

— *Il fait de la vendange. Oh, my god, celui-là, il est crazy pour le vin*[1].

— Mais vous, vous aimez la bière ?

— *Oui, j'aime la bière, mais Fontan, il est crazy pour le vin.*

C'était une vieille dame replète, au teint agréablement fleuri, sous ses cheveux blancs. Elle était d'une extrême propreté et sa maison remarquablement bien tenue. Elle venait de Lens.

— Où avez-vous mangé ?

— A l'hôtel.

— *Mangez ici. Il ne faut pas manger à l'hôtel ou au restaurant. Mangez ici.*

— Je ne veux pas vous déranger. D'ailleurs, ils mangent tous à l'hôtel.

1. Les mots ou phrases en italique sont en français dans le texte.

— Je n'ai jamais mangé à l'hôtel. Peut-être bien qu'ils y mangent tous, moi je n'ai mangé qu'une seule fois dans un restaurant en Amérique. Et savez-vous ce qu'on m'a servi ? On m'a donné du porc qui était cru.

— Non... Vraiment ?

— Je ne vous mens pas. Ce porc n'était pas cuit. *Et mon fils est marié avec une Américaine et tout le temps il a mangé les « beans » en « can ».*

— Depuis combien de temps est-il marié ?

— Oh ! Mon Dieu, je ne sais pas. Sa femme pèse cent kilos. Elle ne travaille pas. Elle ne fait pas la cuisine. Elle lui donne des « beans » en « can ».

— Et que fait-elle ?

— Elle n'arrête pas de lire. *Rien que des « books » tout le temps elle* reste au lit, et elle lit des livres. Elle ne peut déjà plus avoir d'autre enfant. Elle est trop grosse. Il n'y a pas de place.

— Qu'est-ce qu'elle a donc ?

— Elle lit des livres tout le temps. Lui, c'est un brave garçon. Et un rude travailleur. Il travaillait à la mine. Maintenant il est dans un ranch. Il n'avait pas encore travaillé dans un ranch, et le propriétaire a dit à Fontan qu'il n'avait jamais vu quelqu'un en mettre un coup comme ce garçon-là. Et quand il rentre chez lui, elle ne lui donne rien à se mettre sous la dent.

— Pourquoi ne divorce-t-il pas ?

— Il n'a pas d'argent pour payer le divorce. Et, de plus, *il est crazy pour elle.*

— Est-elle jolie ?

— Il le croit. Quand il l'a amenée ici, j'ai cru mourir. C'est un si bon garçon et il travaille tellement dur. Il ne fait jamais la noce, il n'a jamais d'histoires. Et voilà qu'il s'en va travailler dans les puits de pétrole et qu'il ramène ici cette *Indienne* qui pesait déjà au moins quatre-vingts kilos.

— Elle est *Indienne ?*

— Ma foi, oui, c'est une Indienne. Elle dit merde toute la sainte journée et n'en fiche pas une rame.

— Où est-elle maintenant ?

— Au Show. Au Show. Cinéma... C'est tout ce qu'elle fait : lire et aller au cinéma.

— Vous avez encore de la bière ?

— Mais oui, bien sûr. Venez donc souper avec nous ce soir.

— D'accord. Que puis-je apporter ?

— N'apportez rien. Rien du tout. Peut-être Fontan ramènera-t-il du vin.

Ce soir-là, j'ai dîné chez les Fontan. Nous avons mangé dans la salle à manger sur une nappe immaculée. On a goûté le vin nouveau. C'était un bon petit vin clair et léger qui avait encore le goût de la treille. A table, il y avait Fontan, Madame et André, leur petit garçon.

— Qu'avez-vous fait aujourd'hui ? demanda Fontan.

C'était un vieil homme à la carcasse frêle usée par le travail de la mine, avec une moustache grise tombante et des yeux brillants. Il était du Centre, des environs de Saint-Étienne.

— J'ai travaillé à mon livre.

— Et vos livres sont intéressants ? demanda Madame.

— Il veut dire qu'il écrit un livre, comme un écrivain.

— *Un roman*, expliqua Fontan.

— Papa, je peux aller au cinéma ? demanda André.

— Bien sûr, dit Fontan. André se tourna vers moi.

— Quel âge vous me donnez ? Est-ce que j'ai l'air d'avoir quatorze ans ?

C'était un gamin, tout mince, mais il avait les traits d'un garçon de 16 ans.

— Oui, tu parais 14 ans.

— Quand je vais au cinéma, je me ratatine comme je peux pour paraître plus petit.

Sa voix était aiguë et cassée.

— Si je leur donne 25 cents, il les gardent, mais si je ne leur en donne que 15, ils me laissent entrer tout pareil.

— Alors, je ne te donne que 15 cents, dit Fontan.

— Non, donne-moi 25 cents. Je ferai de la monnaie en y allant.

— *Il faut revenir tout de suite après* « le show », ajouta madame Fontan.

— Je rentrerai tout de suite, répondit André en sortant.

Dehors, la nuit fraîchissait. Il laissa la porte ouverte et un courant d'air froid entra dans la pièce.

— *Mangez*, dit madame Fontan. Vous n'avez rien mangé.

J'avais mangé deux assiettées de poulet et de pommes de terre frites, trois épis de maïs, des concombres en tranches, et deux assiettées de salade.

— Il voudrait peut-être du « kek », dit Fontan.

— J'aurais dû en prendre pour lui, dit madame Fontan.

— *Mangez du fromage, mangez du fromage à la crème, vous n'avez rien mangé. J'aurais dû prendre du* « kek ». Les Américains mangent toujours du « kek ».

— *Mais j'ai rudement bien mangé.*

— *Mangez. Vous n'avez rien mangé.* Allez, mangez, mangez tout. Il ne faut rien laisser. Avalez tout.

— Reprenez de la salade, fit Fontan.

— Je vais aller rechercher de la bière, dit madame Fontan.

— Si vous travaillez tous les jours dans une fabrique de livres, vous devez avoir faim.

— *Elle ne comprend pas que vous êtes écrivain*, dit Fontan.

C'était un vieil homme à l'esprit délicat qui parlait argot et connaissait les chansons populaires du temps de son service militaire vers 1890. « C'est lui qui écrit les livres », expliqua-t-il à Madame.

— C'est vous qui écrivez les livres? demanda Madame.

— Quelquefois.

— Oh! dit-elle, oh! c'est vous qui les écrivez. Oh! eh bien, vous devez tout aussi avoir faim si vous faites ça. *Mangez! Je vais chercher de la bière.*

Nous l'entendîmes descendre l'escalier de la cave. Fontan me sourit. Il était plein d'indulgence pour ceux qui n'avaient ni son expérience ni ses vastes connaissances.

Quand André rentra du cinéma, nous étions toujours assis dans la cuisine et nous parlions de chasse.

— Le jour de la fête du travail, nous sommes tous allés à Clear Creek, dit Madame. Oh! vous n'auriez pas dû manquer ça. Nous avons tous pris le camion. *Tout le monde est allé dans le « truck ». Nous sommes partis le dimanche, c'est le truck de Charley.*

— *On a mangé, on a bu du vin, de la bière, et il y avait aussi un Français qui a apporté de l'absinthe*, dit Fontan.

— *Un Français de la Californie.*

— *My God nous avons chanté*, il y a un fermier qui est venu voir ce qui se passait, on lui a donné un verre et il est resté un bout de temps. Des Italiens sont venus aussi et ils voulaient rester. On a chanté une chanson sur les Italiens, mais ils n'ont rien compris. Ils ne savaient pas qu'on ne voulait pas d'eux, mais on ne s'est absolument pas occupé d'eux, et ils sont partis.

— Vous avez pris beaucoup de poissons?

— *Très peu.* Nous avons pêché un peu, puis nous sommes revenus chanter. *Nous avons chanté, vous savez.*

— La nuit, dit Madame, *toutes les femmes dort dans le « truck ». Les hommes à côté du feu.* La nuit, j'ai entendu Fontan qui allait encore chercher du vin et je lui ai dit : « Fontan, grand Dieu, laisses-en pour demain. Demain, ils n'auront plus rien à boire, et ils le regretteront. »

— *Mais nous avons tout bu*, dit Fontan. *Et le lendemain, il ne reste rien.*

— Qu'est-ce que vous avez fait ?

— *Nous avons pêché sérieusement.*

— Il y avait de sacrées truites, ma foi. Toutes les mêmes : une bonne demi-livre.

— Des grosses ?

— Une bonne demi-livre. Justes bonnes à manger. Toutes la même taille : une bonne demi-livre.

— Vous aimez bien l'Amérique, demanda Fontan.

— C'est mon pays, voyez-vous. Et je l'aime parce que c'est mon pays. *Mais on ne mange pas très bien. D'antan oui, mais maintenant*, non.

— Non, dit Madame, *on ne mange pas très bien.* Elle hocha la tête.

— *Et aussi, il y a trop de Polaks. Quand j'étais petite, ma mère m'a dit : « vous mangez comme les Polaks. » Je n'ai jamais compris ce que c'est qu'un Polak. Mais maintenant, en Amérique, je comprends. Il y a trop de Polaks. Et, « My God » ils sont sales, les Polaks.*

— Ici, c'est fameux pour la chasse et la pêche.

— *Oui, ça c'est le meilleur. La chasse et la pêche*, dit Fontan.

— *Qu'est-ce que vous avez comme fusil ?*

— Un 12 à chargeur tubulaire.

— Il est bon, le chargeur, ajouta Fontan en hochant la tête.

— *Je veux aller à la chasse moi-même*, dit André de sa voix haute et enfantine.

— Tu ne peux pas, répondit Fontan, et en se tournant vers moi :

— *Ils sont des sauvages, les* « boys », *vous savez, ils sont des sauvages. Ils veulent se* « shooter » *les uns les autres.*

— *Je veux aller tout seul !* s'écria André d'un ton surexcité.

— Mais non, tu ne peux pas y aller, dit madame Fontan. Tu es trop jeune.

— *Je veux aller tout seul*, répéta André de sa voix suraiguë.

— *Je veux shooter* [1] *les rats d'eau.*

— Qu'appelez-vous *les rats d'eau?*

— Vous ne le savez pas ? Mais si, vous en avez sûrement déjà vu. C'est ce qu'on appelle rats musqués.

André avait sorti le Winchester du placard et il le tenait à la lumière.

— *Ils sont des sauvages*, répéta Fontan. *Ils veulent se* « shooter » *les uns les autres.*

— *Je veux aller tout seul ! cria André.* — Il couvait le fusil des yeux. — *Je veux shooter les rats d'eau. Je connais beaucoup de rats d'eau.*

— Donne-moi ce fusil, ordonna Fontan, et il recommença ses explications.

— Ce sont de vrais sauvages. Ils se tireraient dessus.

André se cramponnait au fusil.

— *On peut looker. On ne fait pas de mal. On peut looker.*

— *Il est* crazy *pour la* chasse, dit madame Fontan. *Mais il est trop jeune.*

André remit le fusil dans le placard.

— Quand je serai grand, je chasserai les rats musqués et aussi les lapins, dit-il en anglais. Une fois je suis allé avec papa, il a tiré un lapin et c'est tout juste s'il l'a touché, moi j'ai tiré et je l'ai eu.

— *C'est vrai*, admit Fontan, il a tué le lapin.

— Mais il l'a touché le premier, dit André. Moi, je veux aller chasser tout seul. L'année prochaine, je pourrai le faire.

Puis il alla s'installer dans un coin et ouvrit un livre que j'avais emmené à la cuisine pour le feuilleter après

1. Tirer un coup de fusil.

le dîner. (C'était un livre en location : « *Les aventures de Frank en canonnière.* »)

— *Il aime les books*, dit madame Fontan, mais ça vaut mieux que d'aller traîner le soir avec les autres gamins et de chaparder.

— Y a rien à redire contre les livres, dit Fontan. *Monsieur il fait les* books.

— Oui, sûrement ! Mais trop de livres ça ne vaut rien, fit madame Fontan. *Ici c'est une maladie, les books. C'est comme les churches, ici il y a trop de churches. En France, il y a seulement les catholiques et les protestants et très peu de protestants. Mais ici rien que des churches. Quand j'étais venue ici je disais :* — Bonté divine, pourquoi toutes ces églises ?

— C'est *vrai*, dit Fontan. *Il y a trop* de churches.

— L'autre jour, reprit madame Fontan. Une petite Française est venue ici, avec sa mère, la cousine de Fontan, et elle m'a dit :

— *En Amérique, il ne faut pas être catholique.* C'est un mauvais point d'être catholique. Les Américains n'aiment pas ça. C'est comme le régime sec.

Je lui ai répondu : — Alors, qu'est-ce que tu vas être ? Hein ? Il vaut mieux pratiquer si on est catholique. Mais elle a dit : « Non, ça n'est jamais une bonne chose d'être catholique en Amérique. » Mais moi, je pense qu'il vaut mieux pratiquer si on l'est. *Ce n'est pas bon de changer de religion.* Ma foi non.

— Allez-vous à la messe ici ?

— Non, en Amérique, je n'y vais pas, seulement une fois de temps en temps. *Mais je reste catholique.* Ce n'est pas bien de changer de religion.

— *On dit que Schmidt est catholique*, dit Fontan.

— *On dit, mais on ne sait jamais*, fit madame Fontan.

— Moi, je ne le crois pas. Il y a très peu de catholiques en Amérique.

— Nous sommes bien catholiques, dis-je.

— Oui, mais vous vivez en France, répliqua madame Fontan.

— *Je ne crois pas que Schmidt est catholique.* A-t-il jamais vécu en France ?

— *Les Polaks sont catholiques*, dit Fontan.

— C'est vrai, dit madame Fontan. Ils vont à l'église, et en rentrant chez eux, ils commencent à se battre à coups de couteaux et ils passent tout le dimanche à s'entretuer. Mais ce ne sont pas de vrais catholiques. Ce sont des catholiques polaks.

— Tous les catholiques sont pareils, dit Fontan. Un catholique en vaut un autre.

— Je ne crois pas que Schmidt soit catholique, répéta madame Fontan. Ce serait bien drôle qu'il soit catholique. *Moi je ne crois pas.*

— *Il est catholique*, dis-je.

— Schmidt... catholique, répéta madame Fontan pensive. Je ne l'aurais jamais cru. My God, *il est catholique.*

— *Marie va chercher de la bière*, dit Fontan. *Monsieur a soif — moi aussi.*

— Tout de suite, répondit madame Fontan de la pièce voisine.

Elle descendit l'escalier en faisant craquer les marches. Assis dans un coin, André lisait. Fontan et moi étions installés à la table, il vida la dernière bouteille de bière dans nos verres, à l'exception d'un petit fond.

— *C'est un bon pays pour la chasse*, dit Fontan. *J'aime beaucoup shooter les canards.*

— *Mais il y a de très bonnes chasses aussi en France.*

— *C'est vrai, nous avons beaucoup de gibier là-bas.*

Madame Fontan remonta avec les bouteilles de bière.

— *Il est catholique*, dit-elle. *My God, Schmidt est catholique.*

— Pensez-vous qu'il sera nommé Président ? me demanda Fontan.

— Non, dis-je.

Le lendemain après-midi, je revins chez les Fontan, en roulant à l'ombre des maisons de la ville, puis sur la route poussiéreuse. Je pris le chemin latéral et garai la voiture le long de la barrière. C'était encore une journée étouffante. Luisante de propreté, madame Fontan apparut à la porte de derrière, en se dandinant. Avec son visage rose et ses cheveux blancs, on aurait dit la femme du père Noël.

— Vous voilà, s'écria-t-elle. Bonté Divine! qu'il fait chaud.

Elle rentra chercher de la bière. Je m'assis sur le seuil, contemplant à travers l'écran des feuilles l'air embrasé et les montagnes lointaines. C'étaient des montagnes brunes sillonnées de rides, dominées par trois pics et un glacier blanc de neige qu'on devinait à travers les arbres. La neige si pure dans sa blancheur éclatante semblait irréelle. Madame Fontan réapparut. posa les bouteilles sur la table.

Elle s'installa sur une chaise à côté de moi.

— Qu'est-ce que vous regardez là-bas?

— La neige.

— *C'est joli la neige.*

— Prenez un verre aussi.

— Avec plaisir.

Elle s'installa sur une chaise à côté de moi.

— Ce Schmidt, dit-elle, si on le nomme Président, croyez-vous qu'on nous fournira notre vin et notre bière?

— Bien sûr, dis-je, faites confiance à Schmidt.

— Nous avons déjà payé 750 dollars d'amende quand Fontan a été arrêté. Deux fois la police nous a arrêtés et une fois les fédéraux. Tout l'argent qu'on avait gagné pendant que Fontan travaillait à la mine et que je faisais des lessives. On a tout payé. Ils ont mis Fontan en prison. *Il n'a jamais fait de mal à personne.*

— C'est une honte, dis-je, Fontan est un très brave homme.

Nos prix sont raisonnables. Le vin, un dollar le litre. La bière, 10 cents la bouteille et on ne vend jamais de mauvaise bière. Il y a des tas d'endroits où on vend la bière juste quand elle vient d'être faite, et ça donne mal à la tête à tout le monde. Alors qu'est-ce qui leur prend. Ils mettent Fontan en tôle, et nous prennent 755 dollars.

— C'est dégoûtant, dis-je. Mais où est Fontan ?

— Il s'occupe du vin. Il faut qu'il le surveille maintenant pour le tirer à temps, dit-elle en souriant. — Elle avait oublié les histoires d'argent. — *Vous savez, il est crazy pour le vin.* Hier soir, il en a rapporté un peu à la maison, celui que vous avez bu, et un peu de nouveau. Le dernier vin doux. Il n'est pas encore fait mais il en a quand même bu une goutte et, ce matin, il en a versé dans son café. *Dans son café, vous savez ! Il est crazy pour le vin ! Il est comme ça. Son pays est comme ça.* Chez moi, dans le Nord, personne ne boit de vin. Tout le monde boit de la bière. Tout près de chez nous, il y avait une grande brasserie. Quand j'étais petite, je n'aimais pas l'odeur des houblons dans les charrettes, ni dans les champs. *Je n'aime pas les houblons.* Non, ma foi, pas du tout. Et puis, le propriétaire de la brasserie nous a dit, à ma sœur et à moi, de venir goûter la bière à la brasserie et qu'après nous aimerions le houblon. C'est vrai. On s'est mis à l'aimer. Il nous a fait donner de la bière et nous avons aimé ça. Mais Fontan, *il est crazy pour le vin.* Un jour, il a tué un lapin et il m'a demandé de le préparer avec une sauce au vin, une sauce noire, avec du vin, du beurre, des champignons, des oignons et tout ce qu'il fallait. Et, ma foi, je lui ai fait sa sauce, et il a tout mangé en disant : « *La sauce est meilleure que le* jack [1] ». *Dans son pays c'est comme ça, il y a beaucoup*

1. Jack-jack rabbit. Lapin de garenne.

de gibier et de vin. Moi, j'aime les pommes de terre, le saucisson et la bière. C'est bon la bière. C'est très bon pour la santé.

— Oui, c'est bon, dis-je, mais le vin aussi.

— Vous êtes comme Fontan. Mais j'ai vu ici quelque chose que je n'avais jamais vu avant et je ne pense pas que vous l'ayez jamais vu non plus. Des Américains sont venus ici et ils ont mis du whisky dans la bière.

— Non...

— Ma foi, oui, c'est la vérité. *Et aussi une femme qui a vomi sur la table.*

— *Comment ?*

— *C'est vrai. Elle a vomi sur la table et après elle a vomi dans ses shoes.* Puis ils sont revenus et ils ont dit qu'ils voulaient revenir s'amuser, le samedi suivant, et j'ai dit non, grands dieux. Quand ils sont arrivés, j'ai fermé la porte à clef.

— Ils sont mauvais, quand ils sont soûls.

— En hiver, quand les jeunes vont au bal, ils viennent en voiture, attendent dehors et ils disent à Fontan : « Eh! Sam! vends-nous une bouteille de vin », ou ils achètent de la bière, sortent une bouteille de gnole de leur poche, en versent dans leur bière et boivent. Grands Dieux, c'est la première fois de ma vie j'ai vu ça, mettre du whisky dans la bière. Ma foi, je ne peux pas comprendre ça.

— Ils veulent se rendre malades, pour être plus sûrs d'être soûls.

— Un jour, un garçon est venu me demander de préparer un bon dîner, avec une ou deux bouteilles de vin. Il a dit que leurs petites amies viendraient aussi et qu'ils iraient danser. Et je leur ai préparé un bon dîner. Quand ils sont arrivés, ils avaient déjà beaucoup bu. Puis ils ont mis du whisky dans leur vin. Ma foi. Yes. J'ai dit à Fontan : « *On va être malade.* » « *Oui* », il dit. C'étaient de jolies filles comme il faut et elles ont commencé à être malades, en plein sur la table. Fontan a essayé de les prendre par le bras et de les conduire au cabinet où elles pourraient être malades tout à leur aise, mais les garçons ont refusé. Ils trouvaient ça très bien de les voir malades à leur table.

Fontan était rentré.

— S'ils reviennent, je bouclerai la porte. Ah! non, fit-il. Pas pour 150 dollars. Bon Dieu, non. En français, il y a un mot pour les gens de cette espèce.

Il était là, debout, très vieilli et abattu par la chaleur.

— Quel mot?

— Cochon, fit-il doucement, hésitant à prononcer un mot aussi fort. Ils étaient comme des *cochons. C'est un mot très fort*, s'excusa-t-il. *Mais vomir sur la table*, et il hocha la tête avec tristesse.

— *Cochons*, répéta-t-il, voilà ce qu'ils sont — *cochons, salauds.*

La grossièreté de ces mots lui répugnait. Il fut soulagé de changer de sujet.

— *Il y a des gens très gentils, très convenables, qui viennent aussi*, dit-il. Il y a des officiers du fort. Des messieurs qui sont allés en France viennent boire du vin. Ils aiment bien le vin.

— Il y a un homme, raconta madame Fontan, que sa femme ne laisse jamais sortir. Alors il lui dit qu'il est fatigué, et va se coucher, et quand elle part au cinéma, il se précipite ici, quelquefois en pyjama, avec juste son pardessus sur le dos, et il me demande : « Maria, un demi, pour l'amour du Ciel. » Il s'assied, en pyjama, boit sa bière et retourne au fort. Quand sa femme revient du cinéma, il est déjà recouché.

— *C'est un original*, dit Fontan. *Mais vraiment gentil.* C'est un brave garçon.

— Ma foi, oui, un bien brave garçon, appuya madame Fontan.

— Il est toujours couché quand sa femme revient du cinéma.

— Il faut que je parte demain, dis-je, pour la Crow Reservation. On y fait l'ouverture au coq de bruyère.

— Oui ? Mais vous reviendrez avant de partir pour de bon ? Vous reviendrez, c'est entendu ?

— Absolument.

— A ce moment le vin sera fait, dit Fontan. On en boira une bouteille ensemble.

— Trois bouteilles, dit madame Fontan.

— Je reviendrai.

— Nous comptons sur vous, fit Fontan.

— Bonne nuit, dis-je.

Nous rentrâmes de la chasse tôt dans l'après-midi. Nous étions levés depuis cinq heures du matin. La veille, nous avions fait un joli tableau, mais, ce matin-là, nous n'avions pas vu un seul coq de bruyère. Nous roulions dans la voiture découverte et nous avions très chaud. Nous nous arrêtâmes pour déjeuner au bord de la route, à l'ombre d'un arbre. Le soleil était très haut et la tache d'ombre minuscule. Nous mangeâmes des sandwiches et des biscuits tartinés de pâté ; nous crevions de soif et nous étions très fatigués et contents d'avoir fini et de nous retrouver sur la grande route. Puis nous aperçûmes une horde de coyotes et nous arrêtâmes la voiture pour les tirer au pistolet. Nous en abattîmes deux, mais nous dûmes nous arrêter à cause des balles perdues qui ricochaient sur les rochers et sifflaient au-dessus des champs. Il y avait, à proximité, un bouquet d'arbres près d'un ruisseau, et une maison, et nous ne voulions pas risquer d'atteindre la maison avec des balles perdues. Nous continuâmes donc à rouler et finalement nous arrivâmes à la descente qui mène aux faubourgs de la ville. Au-delà de la plaine, on voyait les montagnes. Elles étaient bleues ce jour-là et la neige des hauts sommets brillait comme du verre. L'été finissait, mais la neige fraîche n'était pas encore tombée sur les sommets. Ce n'étaient que de vieux névés durcis par la fonte qui, de loin, brillaient intensément.

Nous rêvions d'ombre et de boissons glacées. Nous étions couverts de coups de soleil ; nos lèvres, brûlées par la poussière alcaline et la sécheresse, étaient couvertes de cloques. Nous tournâmes vers chez les Fontan, arrêtâmes la voiture devant la maison et entrâmes dans la maison. Il faisait frais dans la salle à manger. Madame Fontan était seule.

— Il ne me reste que deux bouteilles de bière, dit-elle. Tout est parti. Et la bière nouvelle n'est pas encore bonne.

Je lui donnai quelques oiseaux.

— C'est gentil, fit-elle. Ça c'est vraiment gentil, merci beaucoup.

Elle sortit pour aller mettre les oiseaux au frais. La bière finie, je me suis levé en disant :

— Il faut que nous partions.

— Vous reviendrez, ce soir, n'est-ce pas ? Fontan aura le vin.

— Nous reviendrons avant de partir, vous pouvez être tranquille.

— Vous vous en allez ?

— Oui. Nous devons partir demain dans la matinée.

— C'est bien dommage que vous partiez. Mais venez ce soir... Fontan aura le vin. Nous ferons une *fête* avant votre départ.

— Soyez tranquille, nous viendrons.

Mais, l'après-midi, il fallait envoyer des télégrammes et faire reviser la voiture — un pneu avait été coupé par une pierre et devait être vulcanisé. Privé de voiture je restai en ville, et je fis, à pied, toutes les courses nécessaires avant le départ. A l'heure du dîner, j'étais trop fatigué pour sortir. Nous n'avions guère envie d'entendre une langue étrangère. Nous ne souhaitions qu'une chose : nous mettre au lit. Avant de m'endormir au milieu des affaires d'été empilées et prêtes à être emballées, je sentis le vent frais des montagnes entrer par la fenêtre ouverte. Je pensais que c'était une honte de n'avoir pas été voir les Fontan — mais je m'endormis très vite. Nous passâmes toute la matinée du lendemain à boucler tout ensemble les bagages et l'été, puis nous déjeunâmes ; à deux heures, nous étions prêts à partir.

— Il faut aller dire au revoir aux Fontan, dis-je.

— Absolument.

— Je crains qu'ils ne nous aient attendus hier soir.

— Nous aurions vraiment bien pu y aller.

— Je regrette de ne pas y avoir été.

Nous dîmes au revoir au portier de l'Hôtel, à Larry, et à tous les amis que nous avions en ville et nous avons filé chez les Fontan. Monsieur et Madame étaient là tous les deux. Ils étaient contents de nous voir. Fontan avait l'air vieux et fatigué.

— Nous pensions que vous viendriez hier soir, dit madame Fontan. Fontan avait trois bouteilles de vin. Quand il a vu que vous ne veniez pas, il a tout bu.

— Nous ne pouvons rester qu'une minute, dis-je, nous sommes juste venus vous dire au revoir. Nous voulions venir, hier soir, nous en avions la ferme intention, mais nous étions trop exténués par notre tournée de chasse.

— Va chercher du vin, demanda Fontan.

— Il n'y a plus de vin. Tu as tout bu.

Fontan semblait très ennuyé.

— Je vais aller en chercher, dit-il. J'en ai pour cinq minutes ; j'ai tout bu hier soir. On l'avait préparé pour vous. Je me doutais bien que vous étiez fatigués. Je me suis dit :

— Ma foi, ils sont bien trop fatigués pour venir.

— Va chercher du vin, Fontan, dit madame Fontan.

— Je vais vous conduire en voiture, dis-je.

— D'accord, fit Fontan. Comme ça, on ira plus vite.

Nous fîmes environ quinze cents mètres et puis nous tournâmes.

— Vous m'en direz des nouvelles de ce vin-là. Il s'annonce fameux. Vous pourrez en boire ce soir à dîner.

Nous nous arrêtâmes en face d'une maison de bois. Fontan frappa à la porte. Pas de réponse. Nous fîmes le tour de la maison. La porte de derrière était fermée aussi. A côté, traînaient de vieilles boîtes de conserves. Nous regardâmes par la fenêtre. Il n'y avait personne à l'intérieur. La cuisine était sale et en désordre, mais toutes les portes et fenêtres étaient absolument fermées.

— La vieille garce!... Où a-t-elle pu aller? dit Fontan. Il était désespéré.

— Je sais où je peux avoir une clef, dit-il. Restez ici.

Je l'ai regardé marcher jusqu'à la première maison voisine, frapper à la porte, parler à une femme qui apparut sur le seuil, et finalement revenir avec une clef. Nous l'essayâmes à la porte de devant, et à celle de derrière, mais sans succès.

— Cette vieille garce, dit Fontan. Elle est partie Dieu sait où.

Par la fenêtre, je voyais le cellier. Tout contre la fenêtre on sentait l'odeur qui régnait à l'intérieur. C'était ce même parfum écœurant et sucré des maisons indiennes. Soudain, Fontan s'empara d'une planche qui traînait et commença à creuser la terre à côté de la porte de derrière.

— J'entrerai, dit-il. Nom de Dieu, j'entrerai!

Dans la cour de la maison d'à côté, un homme réparait une des roues avant d'une vieille Ford.

— Vous feriez mieux d'y renoncer, dis-je, cet homme va vous voir, il vous regarde.

Fontan se redressa.

— Essayons la clef encore une fois, dit-il.

On l'essaya, mais toujours sans succès. Elle ne tournait ni dans un sens ni dans l'autre.

— Il n'y a pas moyen, dis-je, il vaudrait mieux repartir.

— Je vais creuser un trou derrière, proposa Fontan.

— Non, je ne vous laisserai pas faire.

— Mais si.

— Non, dis-je, cet homme vous verrait. Et ensuite, votre vin serait saisi.

Nous regagnâmes la voiture, et reprîmes le chemin de la maison en arrêtant, au passage, pour déposer la clef. Fontan ne disait rien, mais il jurait en anglais. Il était hors de lui et accablé.

En entrant dans la maison, il s'écria :

— Sacrée vieille salope! Nous n'avons pas pu prendre le vin. Mon propre vin, fait de mes mains.

Toute gaieté s'évanouit sur le visage de madame Fontan. Fontan s'assit dans un coin, la tête dans les mains.

— Il faut que nous partions, dis-je, ne vous faites pas de bile pour le vin, ça n'a pas d'importance, vous boirez à notre santé quand nous serons partis.

— Où est-ce qu'elle est partie, cette folle? demanda madame Fontan.

— Je ne sais pas, moi. Est-ce que je sais où elle est allée. Et maintenant, vous allez partir sans vin.

— Ça n'a pas d'importance, lui dis-je.

— Ça c'est triste, soupira madame Fontan en hochant la tête.

— Nous devons partir, dis-je. Au revoir et bonne chance. Et merci pour les bons moments que nous avons passés chez vous.

Fontan hocha la tête. Madame Fontan avait l'air effondrée.

— Ne vous faites pas de bile pour le vin, dis-je.

— Il voulait tant que vous goûtiez son vin, dit madame Fontan.

— Reviendrez-vous l'année prochaine ?

— Non. Peut-être l'année suivante.

— Tu vois ? lui dit Fontan.

— Au revoir, dis-je, ne pensez plus au vin. Buvez-en un peu à notre santé quand nous serons partis.

Fontan hocha la tête. Il ne souriait pas. Il savait quand il était battu.

— La garce ! se murmura-t-il à lui-même.

— Hier soir, il avait trois bouteilles, dit madame Fontant pour le réconforter. Il hocha la tête.

— Au revoir, dit-il.

Madame Fontan avait les larmes aux yeux.

— Au revoir, dit-elle.

Elle souffrait pour Fontan. Nous avons répondu :

— Au revoir.

Nous étions tous très tristes. Ils se tenaient sur le seuil. Nous montâmes dans la voiture, et je mis le moteur en marche. Nous fîmes de la main des signes d'adieux. Ils restaient plantés devant la porte. Fontan avait l'air très vieux et madame Fontan, très triste. Elle nous rendit notre salut et Fontan rentra dans la maison. Nous nous engageâmes sur la grand-route.

— Ils avaient l'air vraiment navrés, surtout Fontan.

— Nous aurions dû y aller hier soir.

— Oui, nous aurions dû.

Nous avions traversé la ville et défilions sur la route lisse au milieu des chaumes. A droite, à l'horizon, se profilaient les montagnes. On aurait dit l'Espagne mais c'était le Wyoming.

— J'espère que leurs affaires marcheront.

— Elles ne marcheront pas, dis-je. Et Schmidt ne sera pas nommé président.

Le ciment s'interrompit sur la route qui devint caillouteuse et se mit à grimper, en lacets, entre deux collines. La terre était rouge, semée de touffes grises de sauge et, au fur et à mesure de notre ascension, nous pouvions voir par-dessus les collines et au-delà de la vallée jusqu'aux montagnes. Elles s'éloignaient maintenant et le paysage rappelait de plus en plus l'Espagne. La route grimpait toujours en spirale et nous aperçûmes soudain devant nous des grouses mussées dans la poussière de la route. Ils s'envolèrent à notre approche avec des battements d'ailes rapides ; après un long vol plané, ils se posèrent sur la colline en contrebas.

— Ils sont vraiment gros et magnifiques... Nettement plus gros que les perdreaux d'Europe.

— C'est un pays épatant pour *la chasse*, disait Fontan.

— Et quand il n'y aura plus de chasse ?

— A ce moment-là, ils seront morts.

— Pas le fils, en tout cas.

— Rien ne le prouve, dis-je.

— On aurait vraiment dû y aller, hier soir.

— Évidemment, dis-je, on aurait dû y aller.

LE JOUEUR, LA RELIGIEUSE ET LA RADIO

On les avait amenés vers minuit, et, pendant tout le reste de la nuit, les cris du Russe résonnèrent dans les couloirs.

— Où a-t-il été blessé ? demanda Frazer à l'infirmière de garde.

— A la cuisse, je crois.

— Et l'autre ?

— Oh ! J'ai bien peur qu'il n'en ait plus pour longtemps.

— Où a-t-il été touché ?

— Il a reçu deux balles dans le ventre. Mais on n en a encore trouvé qu'une.

Ils étaient tous les deux ramasseurs de betteraves, l'un Mexicain, l'autre Russe, et ils étaient assis à une table en train de boire du café dans un restaurant de nuit, quand un homme apparut sur le seuil et se mit à tirer sur le Mexicain. Le Russe s'était accroupi sous la table et, finalement, une balle perdue tirée sur le Mexicain, déjà étendu à terre avec deux projectiles dans le ventre, l'avait atteint. C'était, du moins, la version du journal.

Le Mexicain dit à la police qu'il ignorait totalement qui avait tiré sur lui. Selon lui, c'était un accident.

— Un accident... avoir tiré huit fois sur vous et vous avoir touché deux fois là ?

— Si, senor, dit le Mexicain, qui s'appelait Cayetano Ruiz.

— C'est pur accident s'il m'a touché, dit-il à l'interprète.

— Que dit-il ? demanda l'inspecteur en regardant l'interprète de l'autre côté du lit.

— Il dit que c'est un accident.

— Dites-lui de dire la vérité, qu'il va mourir, ordonna le policier.

— Na, dit Cayetano, mais dites-lui que je suis très malade et que je préférerais ne pas tant parler.

— Il affirme qu'il dit la vérité, dit l'interprète, puis s'adressant à l'inspecteur d'un ton assuré : il ne sait pas qui a tiré, dit-il. Ils ont tiré par-derrière.

— Oui, dit le policier, je comprends ça, mais pourquoi toutes les balles ont-elles pénétré par-devant ?

— Peut-être s'était-il retourné ? dit l'interprète.

— Écoutez, fit le détective en agitant l'index sous le nez cireux de Cayetano, qui saillait dans son visage de moribond où seuls vivaient ses yeux d'épervier. Je me fous pas mal de savoir qui a tiré sur vous. Mais il faut que je tire cette affaire au clair. Vous ne voulez donc pas que le type qui vous a tiré dessus soit puni ? Dites-lui ça, demanda-t-il à l'interprète.

— Il vous demande de dire qui a tiré ?

— Mandarlo al carajo, dit Cayetano, qui était épuisé.

— Il dit qu'il ne l'a pas vu du tout, traduisit l'interprète.

— Je vous répète qu'ils ont tiré par-derrière.

— Demandez-lui qui a tiré sur le Russe.

— Pauvre Russe, dit Cayetano. Il était par terre, il se tenait la tête dans les bras. Il a commencé à crier quand ils ont tiré sur lui et depuis il n'a pas arrêté. Pauvre Russe.

— Il dit que c'est un type qu'il ne connaît pas. Peut-être que c'est le même qui a tiré sur lui.

— Écoute bien, dit le détective. Ici on n'est pas à Chicago. Tu n'es pas un gangster. Tu n'as pas besoin de faire comme dans les films. C'est normal de nous dire qui a tiré sur toi. N'importe qui le ferait. C'est normal. Suppose que tu te taises et qu'il recommence. Suppose que cette fois, il descende une femme ou un enfant. On ne peut pas le laisser filer comme ça. Dites-lui ça... demanda-t-il à M. Frazer. Je n'ai aucune confiance dans ce fichu interprète.

— Je suis tout à fait digne de confiance, dit l'interprète. Cayetano lança un coup d'œil à M. Frazer.

— Écoutez bien, amigo, dit M. Frazer. Le policier dit que nous ne sommes pas à Chicago, mais à Hailey, Montana. Que vous n'êtes pas un bandit, que cette histoire-là n'a rien à faire avec le cinéma.

— Je le crois, dit Cayetano doucement. Yo lo creo.

— Il n'est pas déshonorant de dénoncer son agresseur, il dit que tout le monde le fait ici. Et il demande aussi ce qui arrivera si après vous avoir tiré dessus il tire sur une femme ou un enfant ?

— Je ne suis pas marié, dit Cayetano.

— Il veut dire, n'importe quelle femme ou n'importe quel enfant.

— Le type n'est pas fou, fit Cayetano.

— Il dit que vous devriez le dénoncer, termina Frazer.

— Merci bien, dit Cayetano. Vous êtes un fameux traducteur. Je parle assez mal l'anglais. Mais je le comprends très bien. Comment vous êtes-vous cassé la jambe?

— Une chute de cheval.

— Quelle malchance. Je suis désolé. Vous souffrez beaucoup ?

— Plus maintenant. Au début, oui.

— Écoute, Amigo, commença Cayetano, je suis très faible. Vous m'excuserez. De plus, j'ai très mal : en tout cas, assez mal. Il est très possible que je meure. Je vous en prie, faites sortir ce policier parce que je suis très fatigué.

Il se tourna sur le côté, puis resta immobile.

— Je lui ai répété exactement vos paroles et il m'a prié de vous dire que, sincèrement, il ne sait pas qui l'a blessé, qu'il est très faible et qu'il voudrait bien que vous l'interrogiez plus tard, dit M. Frazer.

— Plus tard, il sera probablement mort.

— C'est tout à fait possible.

— C'est bien pourquoi je veux l'interroger maintenant.

— Quelqu'un lui a tiré dans le dos, je vous dis, fit l'interprète.

— Oh, ça va! dit l'inspecteur, et il remit son carnet dans sa poche.

Le détective et l'interprète étaient debout dans le couloir près du fauteuil roulant de M. Frazer.

— Je suppose que vous pensez aussi qu'on lui a tiré dans le dos?

— Oui, répondit Frazer. Quelqu'un lui a tiré dans le dos. Qu'est-ce que ça peut vous faire?

— Ne vous fâchez pas, dit le détective. Si seulement je savais l'espingouin.

— Pourquoi n'apprenez-vous pas?

— C'est pas la peine de vous fâcher. Si vous croyez que ça m'amuse de poser ces questions en espingouin. Si je savais l'espingouin, ça serait différent.

— Vous n'avez pas besoin de parler espagnol, dit l'interprète. Je suis un interprète tout à fait digne de confiance.

— Oh, ça va! dit l'inspecteur. Bon. Au revoir. Je repasserai vous voir.

— Merci, je ne sors pas d'ici.

— J'espère que vous serez bientôt tiré d'affaire. Vous n'avez vraiment pas eu de chance.

— Oh! Ça va s'arranger, maintenant que la fracture est réduite.

— Oui, mais c'est long. Très, très long.

— Faites attention que personne ne vous tire dans le dos.

— C'est juste, dit-il, j'y veillerai. Bon, eh bien, je suis content de ne plus vous voir en colère.

— A bientôt, dit M. Frazer.

M. Frazer resta longtemps sans voir Cayetano, mais chaque matin, Sœur Cecilia lui donnait de ses nouvelles. Il ne se plaignait jamais, disait-elle, et il était au plus mal maintenant. Il avait une péritonite et on croyait qu'il ne s'en tirerait pas. Pauvre Cayetano, disait-elle. Il a de si belles mains, une si jolie figure, et il ne se plaint jamais. L'odeur était devenue vraiment abominable. Il désignait son nez du doigt et hochait la tête en souriant. Il détestait cette odeur. Ça le gênait, disait Sœur Cecilia. Oh! c'était un malade si agréable. Il souriait toujours. Il ne voulait pas se confesser à l'aumônier, mais il avait promis de dire ses prières... Et pas un Mexicain n'était venu le voir depuis qu'on l'avait amené. Le Russe, lui, allait sortir à la fin de la semaine. Ça, pour le Russe, je n'ai jamais pu éprouver de sympathie, disait Sœur Cecilia. Pauvre diable, il a souffert aussi ; c'était une balle graisseuse et sale et la blessure s'était infectée, mais il faisait tant de bruit, et puis j'ai toujours bien aimé les vauriens. Ce Cayetano, c'est un vaurien. Oh! ça c'est sûr, c'est un vaurien complet ; il est si beau et si délicatement fait ; il n'a jamais travaillé de ses mains. Ce n'est pas un ramasseur de betteraves, ça j'en suis sûre. Ses mains sont si douces, sans le moindre cal. En tout cas, je sais bien que c'est un vaurien. Je vais descendre prier pour lui maintenant. Pauvre Cayetano, il souffre le martyre, et il ne dit pas un mot. Pourquoi ont-ils tiré sur lui ? Oh! le pauvre Cayetano, je descends tout de suite prier pour lui.

Et elle descendait tout de suite prier pour lui.

Dans cet hôpital, la radio marchait très mal jusqu'à la tombée de la nuit. On prétendait que la surabondance du minerai dans le sol, ou bien les montagnes, en étaient responsables. En tout cas, ça ne marchait pas bien du tout avant la nuit noire. Mais jusqu'à l'aube, elle marchait magnifiquement et quand une station s'arrêtait, il suffisait d'en prendre une autre plus à l'ouest. La dernière était Seattle Washington et, par suite du décalage de l'heure, quand l'émission était suspendue à quatre heures du matin, il en était 5 à l'hôpital, et à 6 heures on pouvait prendre les « Revellers » à Minneapolis et M. Frazer se plaisait à imaginer l'arrivée au studio des Revellers descendant du tramway avant l'aube, leurs instruments sous le bras. Peut-être se trompait-il, peut-être les laissaient-ils au studio, mais il les voyait toujours avec leurs instruments. Il n'avait jamais été à Minneapolis et pensait bien n'y jamais aller, mais il connaissait exactement l'aspect de la ville à cette heure-là du matin.

Par la fenêtre de l'hôpital, on voyait un champ où l'herbe émergeait de la neige et un tertre argileux et nu. Un matin, le docteur voulut montrer à M. Frazer deux faisans qui s'étaient posés dans la neige, et en tirant le lit vers la fenêtre, il fit tomber la lampe de chevet fixée au montant du lit, sur la tête de M. Frazer.

Cela ne semble pas très drôle après coup, mais ça l'était sur le moment. Tout le monde regardait par la fenêtre et le docteur qui était un excellent praticien, montrait les faisans, tout en tirant le lit. Et alors, exactement comme dans un burlesque, M. Frazer reçut l'embrasse plombée de la lampe sur le sommet du crâne. Cela semblait être l'antithèse absolue de la guérison ou de tout ce qu'on pouvait attendre d'un hôpital et tout le monde y vit une excellente farce pour M. Frazer et pour le docteur. Tout est beaucoup plus simple dans un hôpital, y compris les plaisanteries. Si l'on tournait le lit vers l'autre fenêtre, on voyait la ville, sous son voile de fumée, et les monts Dawson auxquels la neige hivernale donnait l'allure de véritables montagnes. C'étaient les deux spectacles uniques depuis que le fauteuil roulant s'était avéré prématuré. A l'hôpital, c'est encore dans un lit qu'on est le mieux. Il vaut bien mieux étudier à loisir deux panoramas d'une pièce dont on peut régler la température que d'en entrevoir des quantités d'une chambre vide et étouffante, attendant d'être occupée ou simplement abandonnée et où l'on vous roule dans un fauteuil.

Si on reste longtemps dans la même chambre, la vue, quelle qu'elle soit, prend une valeur et une importance considérables ; et l'on se refuserait à la voir changer, fût-ce de quelques degrés. De même, avec la radio, on se met à aimer certains airs qu'on est heureux de réentendre et l'on ignore les nouveaux succès. Les meilleures chansons de l'hiver étaient : « Sing Something simple », — « Singsong girl » et « Little white Lies ». Aucune autre ne les valait, pensait M. Frazer. « Betty Co-ed » était également une bonne chanson, mais sa parodie qui lui venait inévitablement à l'esprit, devenait peu à peu d'une obscénité telle que, seul à l'apprécier, il finit par revenir à son thème normal : le base-ball.

Vers 9 heures du matin, on commençait à utiliser les rayons X et le poste, qui ne transmettait plus que la station d'Hailey, devenait inaudible. De nombreux habitants de Hailey, propriétaires de radios, protestèrent contre l'appareil à rayons X de l'hôpital, qui sabotait la réception du matin, mais on ne prit jamais aucune mesure pour y remédier et pourtant nombreux étaient ceux qui s'indignaient de voir l'hôpital incapable d'utiliser ses appareils à une heure où les gens n'écoutaient pas la radio.

A peu près au moment où l'on était contraint de fermer la radio, Sœur Cecilia entra.

— Comment va Cayetano, Sœur Cecilia? demanda M. Frazer.

— Oh! très mal.

— Est-il dans le coma?

— Non, mais il est sur le point de mourir, j'en ai peur.

— Et vous, comment allez-vous?

— Je suis très inquiète pour lui. Savez-vous qu'il n'est venu absolument personne pour le voir? Il pourrait bien mourir comme un chien s'il ne tenait qu'à ces Mexicains. Ils sont vraiment horribles.

— Voulez-vous monter cet après-midi écouter le match?

— Oh! non, dit-elle. Je serais trop excitée. J'irai prier à la chapelle.

— L'émission devrait être bonne, ajouta M. Frazer. Ils jouent sur la côte et avec la différence d'heure, il sera assez tard pour qu'on puisse les recevoir parfaitement.

— Oh! non, je ne pourrais pas. L'autre fois, les finales m'ont presque épuisée. Quand les Athletics tenaient la batte, je priais tout haut. Oh! Seigneur, donnez-leur un œil infaillible. Oh! Seigneur, faites qu'ils n'en ratent pas une. Et puis, vous vous souvenez quand, à la troisième reprise, ils ont occupé toutes les bases, c'en était trop pour moi. Faites qu'il l'envoie par-dessus la clôture! Oh! Seigneur, faites qu'il l'envoie au diable. Et puis, quand ce fut aux Cardinals d'être à la batte, cela devint terrible! Oh! Seigneur, faites qu'ils ne la voient pas. Oh! Seigneur, faites-lui manquer les trois coups! Oh! Seigneur, faites qu'ils la ratent trois fois! Et ce match-là, c'est encore pire. C'est l'équipe de « Notre-Dame ». « Notre-Dame ». Non, j'irai à la chapelle. Pour Notre-Dame. Ils jouent pour Notre-Dame. Je voudrais qu'un jour vous écriviez quelque chose pour Notre-Dame. Vous pourriez le faire. Vous savez que vous pourriez le faire, monsieur Frazer, si vous vouliez.

— Je ne sais rien à son sujet que je puisse écrire. On a déjà presque tout écrit, dit M. Frazer. Vous n'aimeriez pas ma façon d'écrire. Et elle non plus.

— Vous écrirez un jour quelque chose sur elle, dit la Sœur. Vous le ferez, je le sais. Il faut que vous écriviez quelque chose sur Notre-Dame.

— Je vous assure que vous feriez mieux de monter écouter le match.

— Oh! Je ne le supporterais pas. Non, j'irai à la chapelle, faire tout mon possible.

Cet après-midi-là, le match n'était pas commencé depuis cinq minutes, qu'un stagiaire entra dans la chambre et demanda :

— Sœur Cecilia veut savoir où en est le match.

— Dites-lui qu'ils ont déjà marqué un essai.

Un petit moment après le stagiaire revint.

— Dites-lui qu'ils font ce qu'ils veulent, fit M. Frazer.

Un peu plus tard, il sonna l'infirmière de service.

— Voudriez-vous descendre à la chapelle ou faire dire à Sœur Cecilia que Notre-Dame mène par 14 à 0 à la fin de la première mi-temps, et que tout va bien. Elle peut cesser de prier.

Sœur Cecilia arriva quelques minutes plus tard au comble de l'agitation.

— Que veut dire 14 à 0 ? Je ne connais rien à ce jeu-là. C'est une très bonne avance au base-ball. Mais je ne connais rien au rugby. Peut-être que ça ne signifie rien. Je redescends tout de suite à la chapelle prier jusqu'à la fin.

— Ils les ont écrasés, dit Frazer. Je vous le jure. Restez et écoutez avec moi.

— Non. Non. Non. Non. Non. Non. Non, dit-elle ; je redescends tout de suite prier à la chapelle.

M. Frazer fit annoncer à Sœur Cecilia chaque but marqué par Notre-Dame et, finalement, longtemps après la tombée de la nuit, le résultat définitif.

— Comment va Sœur Cecilia ?

— Ils sont tous à la chapelle, répondit l'infirmière.

Le lendemain matin, Sœur Cecilia entra, le visage rayonnant.

— Je savais bien qu'ils ne pouvaient pas battre Notre-Dame, dit-elle. C'était impossible. Et Cayetano va mieux. Il va bien mieux. Et il va avoir des visites. Il ne peut encore voir personne, mais ils vont venir et ça lui fera du bien de savoir que ses compatriotes ne l'oublient pas. Je suis descendue voir cet O'Brien au commissariat et je lui ai dit qu'il fallait envoyer quelques Mexicains pour rendre visite à ce pauvre Cayetano. Il va en envoyer cet après-midi. Et cela fera grand bien à ce pauvre garçon. C'est honteux de penser que personne n'est encore venu le voir.

Cet après-midi-là, vers 5 heures, trois Mexicains entrèrent dans la chambre.

— On peut... ? demanda le glus grand, un gros type aux lèvres très épaisses.

— Mais oui, fit M. Frazer. Asseyez-vous, Messieurs. Voulez-vous prendre quelque chose ?

— Merci beaucoup, fit le grand.

— Merci, dit le plus petit qui était aussi le plus basané.

— Non, merci, dit le maigre. Ça me monte à la tête, ajouta-t-il en se tapotant le crâne.

L'infirmière apporta des verres.

— Voulez-vous leur donner la bouteille, dit Frazer. C'est du « Red Lodge », expliqua-t-il.

— Le Red Lodge est fameux, dit le grand. Bien meilleur que le « Big Timber! »

— Pas de doute, dit le plus petit, mais il coûte plus cher aussi.

— Du Red Lodge, il y en a à tous les prix, fit le grand.

— Elle a combien de lampes, votre radio ? demanda celui qui ne buvait pas.

— Sept.

— Elle est très belle. Combien vaut-elle ?

— Je ne sais pas, dit Frazer. Je la joue.

— Êtes-vous des amis de Cayetano ?

— Non, répondit le grand. Nous sommes des amis de celui qui l'a blessé.

— C'est la police qui nous envoie ici, précisa le plus petit.

— Nous avons une petite maison, lui et moi, dit le grand, en montrant celui qui ne buvait pas. Il a une petite maison aussi, ajouta-t-il en montrant le petit noiraud. La police nous a dit de venir, alors nous voilà.

— Je suis très heureux que vous soyez venus.

— Nous aussi, dit le grand.

— Voulez-vous encore un petit verre ?

— Pourquoi pas ? fit le grand.

— Avec votre permission, dit le plus petit.

— Pas moi, fit le maigre. Ça me monte à la tête.

— Il est très bon, affirma le plus petit.

— Vous ne voulez pas essayer ? demanda M. Frazer au mince. Allez-y et que ça vous monte un peu à la tête.

— Oui, mais après on a la migraine, répondit le maigre.

— Est-ce que vous ne pouvez pas demander à des amis de Cayetano de venir le voir ? demanda Frazer.

— Il n'a pas d'amis.

— Tout le monde a des amis.

— Lui, non.

— Qu'est-ce qu'il fait ?

— Il joue aux cartes.

— Bien ?

— Je crois.

— Moi, il m'a gagné 180 dollars, dit le plus petit. Et maintenant, il n'y a plus 180 dollars au monde.

— Et moi, il m'a pris 211 dollars, dit le maigre. Ça vous donne une idée.

— Je n'ai jamais joué avec lui, dit le gros.

— Il doit être très riche, suggéra M. Frazer.

— Il est plus pauvre que nous, dit le petit Mexicain.

— Il n'a rien d'autre que sa chemise.

— Et encore ne vaut-elle plus grand-chose maintenant, dit M. Frazer, maintenant qu'elle est transformée en passoire.

— Pas de doute.

— Celui qui l'a blessé joue aux cartes aussi ?

— Non, c'est un ramasseur de betteraves, il a dû quitter la ville.

— Et rendez-vous compte, dit le plus petit, c'était le meilleur guitariste de la ville. Le meilleur.

— Quel dommage !

— Je vous crois, dit le plus grand. Formidable ce qu'il pouvait tirer d'une guitare.

— Il n'y a plus de bons guitaristes maintenant ?

— Pas l'ombre d'un.

— Il y a un accordéoniste qui n'est pas mauvais, dit le maigre.

— Il y a quelques types qui jouent d'autres instruments, dit le grand.

— Vous aimez la musique ?

— Comment ne l'aimerais-je pas ?

— Un soir, on viendra faire de la musique ? Vous croyez que la Sœur le permettrait ? Elle a l'air très gentille.

— Je suis sûr qu'elle permettra quand Cayetano pourra l'écouter.

— Est-ce qu'elle n'en est pas un peu folle ? demanda le maigre ?

— Qui ?

— Cette Sœur.

— Non, dit Frazer. C'est une femme très intelligente et sympathique.

— Je n'ai confiance en aucun prêtre, moine ou bonne sœur, dit le maigre.

— Il a eu des mésaventures quand il était gosse, expliqua le plus petit.

— J'étais enfant de chœur, dit le maigre fièrement. Maintenant je ne crois à rien. Et je ne vais pas à la messe.

— Pourquoi ? Est-ce que ça vous monte à la tête ?

— Non, dit le maigre. C'est l'alcool qui me monte à la tête. La religion c'est l'opium du pauvre.

— Je pensais que la marijuana était l'opium du pauvre, dit Frazer.

— Avez-vous déjà fumé l'opium ? demanda le grand.

— Non.

— Moi non plus, dit-il. Il paraît que c'est très mauvais. On commence et on ne peut plus s'arrêter. C'est un vice.

— Comme la religion, dit le maigre.

— Celui-ci, dit le plus petit Mexicain, est très monté contre la religion.

— Il faut toujours être contre quelque chose, dit M. Frazer poliment.

— Je respecte ceux qui ont la foi, bien qu'ils soient ignorants, dit le maigre.

— Bien, dit M. Frazer.

— Qu'est-ce qu'on peut vous apporter ? demanda le grand Mexicain. Qu'est-ce qui vous manque ?

— Je serais content d'avoir de la bière, s'il y en a de la bonne.

— Nous vous apporterons de la bière.

— Une autre copita avant de partir ?

— C'est très bon.

— On ne va rien vous laisser.

— Non, merci... vraiment pas. Ça me monte à la tête. Et après j'ai la migraine et mal au cœur.

— Au revoir, Messieurs.

— Au revoir et merci.

— Ils s'en allèrent. On servit le dîner et la radio se mit à marcher en sourdine, juste assez fort pour qu'on l'entende. Puis, un à un, les postes cessèrent leurs émissions. Denver, Salt Lake City, puis Seattle. M. Frazer était incapable de s'imaginer Denver d'après ses émissions. Il s'en faisait une idée en lisant le « Denver Post » et corrigeait le tableau d'après les « Rocky Mountain City News ». Il ne s'imaginait pas plus Salt Lake City ou Los Angeles d'après leurs émissions. Tout ce qu'il savait, c'est que Salt Lake était une ville propre, mais ennuyeuse, et qu'il y avait trop de dancings dans de grands hôtels pour qu'il puisse se représenter Los Angeles. Il détestait les dancings. Mais il était arrivé à connaître très bien Seattle et sa compagnie de taxis avec ses grands taxis blancs — chaque voiture était équipée d'une radio — dans lesquels il roulait toutes les nuits sur la route jusqu'à l'auberge située en territoire canadien où il écoutait l'émission consacrée aux chansons réclamées par téléphone. Il vivait chaque nuit à partir de deux heures, en écoutant les morceaux réclamés par des auditeurs inconnus et ce moment-là prenait pour lui autant de réalité que Minneapolis, où chaque matin, les musiciens sortaient de leur lit pour se rendre au studio. M. Frazer se mit beaucoup à aimer Seattle (Washington).

Les Mexicains revinrent avec de la bière, mais elle ne valait pas grand-chose. M. Frazer les reçut, mais il n'avait pas envie de parler, et quand ils s'en allèrent, il savait qu'ils ne reviendraient pas. Ses nerfs étaient devenus très sensibles et il détestait voir du monde quand il était dans cet état ; ses nerfs avaient commencé à flancher au bout de cinq semaines, et il était à la fois content de les avoir vus tenir longtemps et écœuré d'avoir à refaire une expérience dont il connaissait déjà le résultat. M. Frazer était déjà passé par là. La seule nouveauté pour lui, c'était la radio. Il la faisait marcher toute la nuit, si doucement qu'il l'entendait à peine, et il apprenait à l'écouter sans y penser.

Ce jour-là, Sœur Cecilia entra dans la chambre avec

le courrier, vers dix heures du matin. Elle était en beauté et M. Frazer était content de la voir et de l'entendre parler, mais le courrier, censé venir d'un autre monde, était plus important. Cependant, il ne contenait rien d'intéressant.

— Vous avez l'air tellement mieux, dit-elle. Vous allez bientôt nous quitter.

— Oui, répondit M. Frazer. Vous avez l'air très contente ce matin.

— Oh! Ça c'est vrai. Ce matin, je suis capable de devenir une sainte.

M. Frazer parut un peu interloqué.

— Oui, continua Sœur Cecilia. C'est ce que je veux être. Une sainte. Depuis que je suis toute petite, je veux être une sainte. Quand j'étais enfant, je pensais qu'en renonçant au monde et en entrant au couvent, je serais une sainte. C'était ce que je voulais, et je pensais que c'était ce qu'il fallait faire pour être une sainte. Je m'attendais à en devenir une. J'en étais absolument sûre. Une fois, j'ai cru en être une. J'étais tellement heureuse, et c'était si simple et facile. Quand je me suis réveillée le matin, je m'attendais à être une sainte, mais non, pas du tout. Je ne suis jamais devenue une sainte. Je voudrais tellement en être une, C'est vraiment tout mon désir. Je n'ai jamais rien voulu d'autre. Et ce matin, je me sens capable d'en être une. Oh! j'espère que j'y arriverai. On m'a toujours dit que chacun arrivait à ce qu'il voulait. Je ne sais plus maintenant, mais quand j'étais petite, ça me semblait tout simple. Je savais que je serais une sainte. Quand j'ai vu que ça ne venait pas tout de suite, j'ai cru que c'était seulement parce que ça prenait du temps. Mais maintenant, ça me paraît presque impossible.

— Vous avez votre chance.

— Vraiment? Vous croyez? Non, je ne demande

pas à être encouragée. Ce n'est pas la peine de m'encourager. Ce que je veux, c'est être une sainte. Je veux être une sainte.

— Mais naturellement, vous serez une sainte, dit M. Frazer.

— Oh! non. Probablement pas. Mais si seulement je pouvais être une sainte, je serais parfaitement heureuse.

— Vous avez trois chances contre une d'être une sainte.

— Non, ne m'encouragez pas. Mais si seulement je pouvais être une sainte, si seulement je pouvais être une sainte!

— Comment va votre ami Cayetano?

— Il va guérir, mais il est paralysé. Une des balles a atteint le nerf de la cuisse et sa jambe est paralysée. On ne s'en est aperçu que lorsqu'il a été en état de remuer.

— Peut-être le nerf reprendra-t-il?

— Je fais des prières à cette intention, dit Sœur Cecilia.

— Vous devriez aller le voir.

— Je n'ai envie de voir personne.

— Mais si, vous aimeriez bien le voir, vous le savez. On pourrait le rouler jusqu'ici.

— Entendu.

On l'amena dans la chambre. Sa peau était transparente, il était très mince et ses cheveux noirs étaient trop longs, ses yeux riaient et son sourire découvrait ses dents gâtées.

— Hola, amigo! que tal?

— Comme vous voyez, dit M. Frazer. Et vous?

— En vie, avec une jambe paralysée.

— Pas fameux, fit M. Frazer, mais le nerf peut se régénérer et redevenir comme avant.

— C'est ce qu'on me dit.

— Vous souffrez toujours ?

— Plus maintenant. A un moment donné, ça me rendait fou, là dans le ventre... Je pensais que la douleur à elle seule me tuerait.

Sœur Cecilia les regardait avec satisfaction.

— Elle m'a dit que vous ne vous êtes jamais plaint, dit M. Frazer.

— Il y a tant de monde dans la salle, dit le Mexicain sur un ton d'excuse. Et vous, vous souffrez beaucoup ?

— Oui, pas mal. Mais pas autant que vous. Quand l'infirmière s'en va, je pleure une heure ou deux. Cela me détend. J'ai les nerfs en compote maintenant.

— Vous avez la radio. Si j'avais une chambre personnelle et la radio, je pleurerais et je crierais toute la nuit.

— J'en doute.

— Hombre, si. Cela fait du bien. Mais on ne peut pas le faire quand il y a tant de monde.

— Au moins, dit M. Frazer, vos mains sont intactes, on m'a dit que vous gagniez votre vie avec vos mains.

— Et la tête, dit-il en se touchant le front. Mais la tête ne compte pas tellement.

— Trois de vos compatriotes sont venus ici.

— Envoyés par la police pour me voir.

— Ils m'ont apporté de la bière.

— Elle devait être mauvaise.

— Très mauvaise.

— Ce soir, la police les envoie me chanter une sérénade. — Il rit et puis se toucha le ventre. — Je ne peux pas encore rire. En fait de musiciens, ils sont mortels.

— Et celui qui vous a blessé ?

— Un autre imbécile. Je lui ai gagné 38 dollars aux cartes. Ce n'était pas une raison pour me tuer.

— Tous les trois m'ont dit que vous gagniez beaucoup d'argent.

— Et je suis plus pauvre que les oiseaux.

— Comment ça ?

— Je suis un pauvre idéaliste. Je suis la victime d'illusions. — Il se prit à rire puis grimaça en se tenant le ventre : — Je suis un joueur professionnel, mais j'aime jouer, jouer pour de bon. Jouer petit jeu... c'est de la foutaise. Pour jouer vraiment, il faut avoir de la chance. Je n'en ai pas.

— Jamais ?

— Jamais. Je n'ai absolument pas de chance. Tenez, par exemple, ce cabron qui a tiré sur moi. Est-ce qu'il sait tirer ? Non. Le premier coup, il le tire dans le vide. Le second, un Russe le reçoit. On pourrait croire que c'est de la chance, finalement je reçois deux balles dans le ventre. Lui, il a de la chance. Pas moi. C'est un type qui raterait un cheval même s'il le tenait par la bride. La chance, rien d'autre.

— Je croyais qu'il avait tiré sur vous d'abord et sur le Russe ensuite.

— Non, le Russe d'abord et moi après. Le journal s'est trompé.

— Et pourquoi n'avez-vous pas tiré sur lui ?

— Je n'ai jamais de revolver sur moi. Avec ma veine, si j'avais un revolver, on me prendrait dix fois par an. Je suis un petit joueur de cartes, c'est tout. Il s'arrêta et reprit :

— Quand j'ai gagné un peu d'argent, je joue et quand je joue, je perds. Aux dés, j'ai gagné 3 000 dollars, j'ai fait quitte ou double et j'ai perdu les 6 000. Et avec de bons dés. Plus d'une fois.

— Pourquoi continuer ?

— Si je vis assez longtemps, la chance tournera. J'ai la poisse depuis 15 ans. Si jamais la chance tourne, je deviendrai riche. — Il ricana. — Je suis un bon joueur, vraiment je serais content d'être riche.

— Est-ce la même chose pour tous les jeux?

— Pour tous, et pour les femmes.

Il sourit de nouveau, montrant ses dents noires.

— Vraiment?

— Vraiment.

— Et qu'est-ce qu'on peut y faire?

— Continuer tranquillement et attendre que ça change.

— Mais pour les femmes?

— Aucun joueur n'a de chance avec les femmes. Il se concentre trop. Il travaille la nuit, quand il devrait être avec sa femme. Aucun homme qui travaille la nuit ne peut garder une femme, si cette femme vaut quelque chose...

— Vous êtes un philosophe.

— Non, hombre. Un joueur de petites villes. Une petite ville, puis une autre, une troisième, enfin une grande ville, et tout à recommencer...

— Puis blessé au ventre.

— Ça, c'est la première fois, dit-il. Ça n'est arrivé qu'une fois.

— Je vous fatigue en parlant comme ça? suggéra M. Frazer.

— Non, c'est moi qui dois vous lasser.

— Et la jambe?

— La jambe ne me sert pas beaucoup. Ça ira bien avec ou sans jambe. Je pourrai toujours circuler.

— Je vous souhaite bonne chance, sincèrement et de tout mon cœur, dit M. Frazer.

— Moi aussi, dit-il, et je vous souhaite de ne plus souffrir.

— Ça ira vite maintenant. Ça va déjà mieux. Ça n'a pas d'importance.

— Guérissez vite.

— Vous aussi.

Ce soir-là, dans la grande salle, les Mexicains jouèrent de l'accordéon et d'autres instruments, la gaieté régnait et les soupirs de l'accordéon, le bruit des clochettes et des maroccas et le rythme du tambourin emplissaient les couloirs. Dans cette salle, il y avait un écuyer de rodeo qui était arrivé des Chutes sur « Midnight » par un après-midi d'été poussiéreux et brûlant, au milieu d'une foule curieuse, et maintenant, le dos brisé, il allait apprendre à travailler le cuir et à rempailler les chaises dès qu'il pourrait sortir de l'hôpital. Il y avait un charpentier qui était tombé d'un échafaudage et s'était brisé les deux chevilles et les deux poignets ; il avait atterri comme un chat, mais sans son élasticité. Il pourrait retravailler, mais ce serait long. Il y avait un gamin de 16 ans arrivé d'une ferme avec une jambe cassée, mal réduite, qu'il faudrait recasser. Il y avait Cayetano Ruiz, un joueur de second ordre, avec une jambe paralysée. Au bout du couloir, M. Frazer les entendait rire et s'amuser en écoutant jouer les Mexicains envoyés par la police. Les Mexicains étaient très satisfaits. Ils étaient venus très excités demander à M. Frazer s'ils pouvaient lui jouer quelque chose. Et deux autres soirs, ils revinrent jouer de leur propre chef. La dernière fois qu'ils jouèrent, M. Frazer était couché dans sa chambre, la porte était ouverte et, en écoutant cette mauvaise et bruyante musique, il ne pouvait s'empêcher de réfléchir. Quand ils demandèrent à M. Frazer ce qu'il désirait entendre, il réclama la « Cucaracha » qui possède la légèreté et le charme sinistres de tant de ces airs qui accompagnent les hommes à la mort. Ils jouèrent fort et avec sentiment pour M. Frazer. Cet air-là était supérieur à la plupart de ceux de son espèce, mais l'effet était identique.

En dépit de cette note d'émotion sentimentale,

M. Frazer continua à penser. Généralement, il évitait autant que possible de penser, excepté quand il écrivait, mais, maintenant, il pensait à ces musiciens et à ce qu'avait dit le plus petit.

La religion est l'opium du peuple. Il croyait ça, ce petit taulier dyspeptique. Oui, et la musique est l'opium du peuple ; il n'avait pas pensé à ça, machin chouette « ça monte à la tête ». Et maintenant l'économie politique est l'opium du peuple ; le patriotisme également, en Italie et en Allemagne, est l'opium du peuple. Et les rapports sexuels : est-ce aussi un opium du peuple ? Pour certains, oui, pour une minorité. Mais la boisson est l'opium souverain du peuple, un opium excellent. Bien que certains lui préfèrent la radio, un autre opium du peuple, bon marché celui-là et dont il venait d'user. Et aussi le jeu, opium du peuple s'il en est, et l'un des plus anciens. L'ambition en est un autre, ainsi que la foi en toute espèce de forme de gouvernement.

Ce qu'on voulait, au fond, c'était le minimum de gouvernement, toujours le moins de gouvernement possible. La liberté, en laquelle on croyait maintenant, c'était le nom d'une publication de Mac Fadden. On y croyait, bien qu'on ne lui eût pas encore trouvé de nouveau nom. Mais quel était le vrai ? Quel était le véritable, l'authentique opium du peuple ? Il le savait bien. La réponse s'était envolée, pas très loin, dans cette zone de son esprit qui s'illuminait le soir, après deux ou trois verres ; il ne l'ignorait pas, mais en fait, il s'agissait plutôt d'une illusion. Mais quoi ? Qu'était-ce donc ? Il le savait parfaitement, l'opium du peuple, c'était le pain, bien entendu. S'en souviendrait-il ? Cela conserverait-il un sens quand il ferait jour ? Le pain est l'opium du peuple.

— Écoutez, dit M. Frazer à l'infirmière, quand elle entra. Voulez-vous m'amener ce petit Mexicain, je vous prie ?

— Ça vous plaît ? demanda le Mexicain à la porte.

— Beaucoup.

— C'est une chanson historique, expliqua le Mexicain. C'est le chant de la vraie révolution.

— Écoutez, dit Frazer, lorsque l'infirmière entra. Pourquoi devrait-on opérer les gens sans anesthésique ?

— Je ne comprends pas.

— Pourquoi les opiums du peuple ne sont-ils pas tous bons ? Que voulez-vous en faire du peuple ?

— Il faut le tirer de l'ignorance.

— Ne dites pas de bêtises. L'instruction est un opium du peuple. Vous devriez savoir ça. Vous en avez reçu un peu.

— Vous ne croyez pas à l'instruction ?

— Non, dit M. Frazer. A la connaissance, oui.

— Je ne vous suis pas.

— Bien souvent, je ne me suis pas moi-même avec plaisir.

— Voulez-vous entendre la « Cucaracha » encore une fois ? demanda le Mexicain d'un air inquiet.

— Oui, dit M. Frazer. Rejouez la « Cucaracha ». C'est mieux que la radio.

La révolution, pensait M. Frazer, n'est pas un opium. Le Révolution est une purge ; une extase que seule prolonge la tyrannie. Les opiums sont pour avant et après. Il pensait bien, un peu trop bien.

Ils vont bientôt s'en aller, songeait-il, et ils emmèneront la « Cucaracha » avec eux. Alors, il s'enverrait un coup de tord-boyaux et mettrait la radio, cette radio qu'on pouvait faire jouer sans presque l'entendre.

PERES ET FILS

Il y avait eu, au milieu de la grand-rue de la ville, une pancarte détournant la circulation, mais il était clair que plusieurs voitures avaient déjà passé outre. Aussi, persuadé qu'il s'agissait de travaux maintenant achevés, Nicolas Adams s'engagea dans la rue déserte aux pavés de bois, s'arrêtant aux feux rouges qui rythmaient le trafic réduit du dimanche et qui, l'année suivante, auraient disparu, les frais d'installation n'ayant pas été couverts.

Il roulait sous les arbres touffus de la petite ville ; ces arbres qui sont un peu de vous-même s'il s'agit de votre ville et que vous avez flâné à leur ombre, mais qui, aux yeux d'un étranger, sont seulement envahissants, cachent le soleil et entretiennent l'humidité dans les maisons.

Il dépassa la dernière maison et arriva sur la grand-route en montagnes russes qui filait tout droit entre deux talus de boue rougeâtre, soigneusement nivelés et deux rangées de jeunes taillis.

Il était étranger au pays, mais on était à la mi-automne et il faisait bon rouler à travers cette campagne en regardant autour de soi. La récolte du coton était faite et, dans les clairières, il y avait des carrés de maïs, coupés parfois de longues bandes de sorgho rouge.

Il conduisait lentement, son fils endormi à côté de lui. L'étape du jour était presque achevée et, connaissant la ville où il passerait la nuit, Nick flânait, cherchant à reconnaître les semis de fèves ou de pois au milieu des maïs, la répartition des fourrés et des friches, les chemins menant des maisons et des granges aux champs et aux couverts ; tout en roulant, il chassait en imagination, supputant les possibilités de gîte ou de nourriture des labours pour le gibier ; calculant ses chances de tomber sur une compagnie et le sens probable de son vol.

A la chasse à la caille, il ne faut pas se trouver entre elles et leur gîte habituel quand les chiens les ont senties. Sinon, une fois levées, elles vous piquent dessus, soit en montant en chandelle, soit en vous rasant la tête avec un vrombissement inimaginable. La seule chose à faire est alors de se retourner et de les prendre par-dessus l'épaule dans leur ligne de fuite avant qu'elles ne plongent au fourré, les ailes repliées. Tout en chassant la caille, selon les leçons de son père, Nicolas Adams se mit à penser à lui. Quand il pensait à son père, il évoquait toujours ses yeux avant toute chose. Sa vaste carrure, ses gestes vifs, ses larges épaules, son nez busqué de rapace, la barbe qui couvrait son menton fuyant, il n'y pensait jamais. Mais toujours à ses yeux. Ils étaient profondément enfoncés à l'abri des sourcils, comme un instrument de grande valeur pour lequel eût été conçue une protection spéciale. Ils voyaient beaucoup plus loin et beaucoup plus vite que l'œil humain, et constituaient le véritable don de son père. Sa vue était littéralement égale à celle du mouflon ou de l'aigle. Un jour, Nick se trouvait avec lui sur une des rives du lac — ses propres yeux étaient encore excellents à l'époque — et son père lui dit : « Ça y est, ils ont hissé le drapeau. » Nick ne voyait ni drapeau ni mât. « Là », continuait son père. « Voilà ta sœur Dorothy. Elle tient le drapeau, elle se dirige vers le dock. »

Nick regardait de l'autre côté du lac, et il apercevait la longue ligne boisée du rivage, les hautes futaies qui s'élevaient en arrière, le promontoire qui gardait la baie, les collines déboisées de la ferme et la tache blanche de leur maison, au milieu des arbres, mais il ne distinguait ni mât ni dock, et ne voyait que la ligne blanche de la plage et la courbe de la côte.

— Vois-tu les moutons sur la colline près du promontoire ?

— Oui.

Une tache blanchâtre se détachait sur le gris vert de la colline.

— Je peux les compter d'ici, disait son père.

Comme tous les hommes doués d'une faculté surhumaine, son père était très nerveux. Il était aussi sentimental et comme la plupart des hommes sentimentaux, il avait été tout ensemble cruel et trompé. De plus, il avait été poursuivi par la malchance sans en être tout à fait responsable ; il était mort dans un piège qu'il n'avait aidé qu'à peine à préparer, et à sa manière, chacun l'avait plus ou moins trahi avant sa mort. Les hommes sentimentaux sont si souvent trahis. Nick ne pouvait rien écrire sur son père, il le ferait plus tard, mais le pays des cailles le lui rappelait tel qu'il était, à l'époque où Nick encore enfant lui était très reconnaissant de lui avoir fait connaître deux choses : la pêche et la chasse. Son père était aussi connaisseur dans ces deux domaines qu'il était incompétent en matière sexuelle, par exemple ; et Nick était content qu'il eût été ainsi ; car il faut bien quelqu'un pour vous donner votre premier fusil ou du moins l'occasion d'en posséder un et de s'en servir et il est indispensable de vivre dans un pays de gibier et de poisson, si l'on veut en acquérir l'expérience. Et maintenant, à 38 ans, il avait exactement le même goût pour la pêche et la chasse qu'à sa première sortie avec son père. C'était une passion qui ne s'était jamais relâchée et il était très reconnaissant à son père de l'avoir fait naître en lui.

En ce qui concernait l'autre problème qui laissait son père désarmé, toute l'expérience que l'on devait jamais avoir vous était donnée en une fois et chacun devait découvrir par lui-même ce qu'il avait à apprendre. Peu importait où l'on vivait. Il se rappelait très clairement les deux uniques déclarations de son père à ce sujet. Un jour qu'ils chassaient ensemble, Nick avait tiré sur un écureuil rouge dans un sapin. L'écureuil blessé était tombé et quand Nick l'avait ramassé, il lui avait profondément mordu le gras du pouce.

— Sale petit bougre! avait dit Nick, et il avait écrasé la tête de l'écureuil contre l'arbre. Regarde comme il m'a mordu.

Son père avait regardé et dit :

— Suce bien à fond, et tu mettras de la teinture d'iode en rentrant à la maison.

— Sale petit bougre, avait répété Nick.

— Sais-tu ce que c'est qu'un bougre ? avait demandé son père ?

— On donne ce nom-là à n'importe qui, répondit Nick.

— Un bougre est un homme qui a des rapports avec les animaux.

— Pourquoi ? avait dit Nick.

— Je ne sais pas, fit le père. Mais c'est un crime abominable.

L'imagination de Nick était à la fois excitée et horrifiée et il s'était mis à penser à toutes sortes d'animaux, mais aucun ne lui semblait attirant ni commode. Toute l'initiation sexuelle directe qui lui venait de son père s'était résumée à cet échange d'impressions, exception faite d'une autre conversation. Un matin, Nick avait lu dans le journal que Enrico Caruso avait été arrêté pour pelotage.

— Qu'est-ce que ça veut dire pelotage ?

— C'est un crime des plus abominables, avait répondu son père.

L'imagination de Nick lui décrivait le grand ténor en train de faire quelque chose d'étrange et d'odieux avec une pelote d'épingle à une belle dame qui ressemblait à la photo d'Alma Held collée à l'intérieur des boîtes à cigares. Il avait fini par décider, avec une profonde horreur, que quand il serait assez grand, il tenterait l'expérience à son tour au moins une fois.

Son père avait conclu en déclarant que la masturbation rendait aveugle, fou et finissait par vous tuer ; qu'un homme fréquentant les prostituées attrapait des maladies vénériennes hideuses et que la conduite à tenir était de s'abstenir de tout rapport avec les gens. Par ailleurs, son père avait les plus beaux yeux qu'il eût jamais vus, et Nick l'avait beaucoup aimé pendant longtemps. Maintenant qu'il n'ignorait plus rien du passé, se rappelant même la période antérieure aux mauvais jours, il n'aimait pas se souvenir. S'il écrivait, peut-être serait-il débarrassé de bien des choses. Mais il fallait encore attendre. Il y avait encore trop de vivants. Alors il décida de penser à autre chose. Pour son père, il n'y avait rien à faire, il avait bien souvent retourné le problème dans tous les sens. Le travail magnifique accompli par l'entrepreneur des pompes funèbres sur le visage de son père n'avait rien effacé de son esprit, et tout le reste de l'histoire était très clair, y compris les responsabilités. Il avait félicité l'entrepreneur qui s'était montré tout ensemble fier et faussement satisfait. Mais ce n'était pas l'entrepreneur qui lui avait donné ce dernier visage. Il n'avait fait que certaines retouches étonnantes, certes, mais d'un mérite artistique extrêmement douteux. Le visage s'était modelé de lui-même et pour longtemps. Il s'était façonné très vite au cours des trois dernières années. C'était une histoire très intéressante, mais il y avait encore trop de gens vivants pour pouvoir l'écrire.

Nick avait fait sa propre éducation sexuelle dans les bois de sapins, derrière le camp indien. On y arrivait par une piste qui menait de la maison à la ferme à travers bois puis par la route qui serpentait jusqu'au camp à travers les coupes.

Maintenant encore la sensation de ses pieds nus sur le sol était restée vivace. D'abord venait la piste argileuse semée d'aiguilles de pins à travers les sapins, derrière la maison. Les troncs abattus s'y décomposaient et de longs éclats de bois pendaient comme des javelots d'un arbre foudroyé.

Puis on traversait le ruisseau sur un tronc d'arbre, risquant au moindre faux pas de s'enliser dans la boue noire du marais. On sortait des bois, en franchissant une haie et l'on se trouvait en plein soleil sur la piste dure à travers les chaumes, les oseilles et les bouillons blancs. On laissait à gauche la tourbe craquelée des bords du ruisseau où venaient se nourrir les pluviers. C'était là qu'était bâtie la maison de printemps.

En contrebas de la grange s'élevaient deux tas de fumier, l'un frais et encore tiède, l'autre plus vieux, à la surface recuite et croûteuse. On passait encore une barrière ; on prenait la piste dure et brûlante menant de la grange à la maison, puis un chemin de sable bouillant qui descendait vers les bois et traversait le ruisseau, cette fois sur un pont ; là poussaient ces joncs qui, trempés dans le pétrole, se transforment en torches avec lesquelles on harponne le poisson, la nuit.

Puis, la grand-route s'éloignait vers la gauche en longeant les bois. Elle commençait à grimper et pénétrait dans la forêt. Le sol argileux était frais à l'ombre des arbres. La route s'élargissait alors et sur les bas-côtés s'amassaient les écorces de sapins taillées par les Indiens. Elles étaient empilées en tas bien alignés recouverts d'un toit d'écorce comme des cabanes et les énormes troncs écorcés, nus et jaunes, restaient abattus sur place. Les Indiens les laissaient pourrir sans y toucher, ni même couper les cimes pour leur feu. La tannerie de Boyne-City ne voulait que l'écorce.

L'hiver, ils les halaient sur le lac gelé et chaque année, la forêt s'éclaircissait et les coupes s'élargissaient, brûlées par le soleil, envahies par les mauvaises herbes.

Mais à ce moment-là, la forêt était encore épaisse, une forêt intacte, où les troncs s'élançaient très haut avant de porter des branches. On y marchait sur un sol nu et brun, sans végétation, tapissé d'aiguilles de pins. Même par les journées les plus étouffantes, il y faisait toujours bon.

Ils étaient appuyés tous les trois contre le tronc d'un sapin aussi large qu'un lit. La brise balançait la cime des arbres et la lumière tamisée par les branches posait des taches sur le sol.

— T'as encore envie, Trudy ? demanda Billy.

— Tu veux ?

— Un-hum !

— Alors, viens.

— Non, ici.

— Et Billy ?

— M'en fiche Billy, c'est mon frère.

Un peu plus tard, ils se retrouvèrent assis tous les trois, écoutant un écureuil noir invisible au sommet d'un arbre. Ils attendaient son cri parce qu'en même temps, il remuerait la queue et que Nick tirerait au moindre mouvement entrevu. Il avait un calibre vingt à très long canon et son père ne lui donnait que trois cartouches par jour.

— Salaud-là veut pas bouger, dit Billy.

— Allez, tire, Nicky. Lui fait peur! On verra sauter. Tire encore! dit Trudy.

Pour elle, c'était un long discours.

— Je n'ai plus que deux cartouches, dit Nick.

— Salaud-là! fit Billy.

Ils se rassirent contre l'arbre et s'immobilisèrent. Nick se sentait vide et heureux.

— Eddy raconte il viendra coucher une nuit avec ta sœur Dorothy.

— Quoi?

— Il dit.

Trudy hocha la tête.

— C'est tout il veut, dit-elle.

Eddy était leur demi-frère, et leur aîné, il avait 17 ans.

— Si jamais Eddie Gilby vient la nuit et qu'il essaie seulement de parler à Dorothy, tu sais ce que je lui ferai? Je le tuerai comme ça. — Nick arma son fusil, et presque sans viser, pressa sur la détente, en faisant un trou aussi grand que la main dans la tête ou le ventre de ce bâtard-métis d'Eddie Gilby. — Comme ça, que je le tuerai, comme ça.

— Il ferait bien pas venir alors, dit Trudy.

Elle mit la main dans la poche de Nick.

— Il ferait rudement bien faire gaffe, fit Billy.

— Lui terrible vantard. — Trudy explorait le fin fond de la poche de Nick. — Mais tue pas, tu aurais des tas poisonnements.

— Je le tuerai comme ça, répéta Nick.

Eddie Gilby était étendu par terre, la poitrine arrachée. Nick lui mettait un pied sur le ventre, fièrement.

— Je le scalperai, ajouta-t-il avec joie.

— Non, fit Trudy, c'est dégoûtant.

— Je le scalperai, et j'enverrai le scalp à sa mère.

— Sa mère morte, dit Trudy. Ne tue pas, Nickie, ne tue pas, fais pour moi.

— Et quand je l'aurais scalpé, je le jetterai aux chiens.

Billy était très déprimé.

— Il ferait bien faire gaffe, dit-il, l'air sinistre.

— Ils le boufferont, dit Nick, satisfait du tableau.

Puis après avoir scalpé ce métis renégat, contemplant avec un visage impassible les chiens qui le mettaient en pièces, il bascula en arrière contre l'arbre. Trudy, cramponnée à son cou, le secouait et tout en le secouant, elle l'étouffait à moitié, et criait en pleurant :

— Ne tue pas! Ne tue pas! Non, non, non, Nickie, Nickie, Nickie.

— Qu'est-ce qui te prend?

— Ne tue pas!

— Il faut que je le tue!

— C'est seulement grand'gueule!

— Bon, fit Nickie. Je ne le tuerai pas sauf s'il vient rôder autour de la maison. Lâche-moi.

— Comme ça, ça va, dit Trudy. Alors, toi veux maintenant? Moi, j'ai envie.

— Si Billy s'en va.

Nick avait tué Eddie Gilby, lui avait fait grâce de la vie et maintenant il était vraiment un homme.

— Allez, Billy, va-t'en! T'es toujours sur notre dos. Va te promener.

— Salaud! fit Billy. J'en ai marre. Pourquoi qu'on est venu? Chasser ou quoi?

— Tu peux prendre le fusil. Il reste une cartouche.

— Je veux bien. J'en descendre gros noir, moi.

— Je crierai, dit Nick.

Plus tard, très longtemps après, Billy n'était toujours pas revenu.

— Tu croire qu'on fait un enfant?

Trudy croisa ses jambes brunes, elle était heureuse et elle se frottait contre lui. Il y avait quelque chose en Nick qui était parti, loin, très loin.

— Je ne crois pas, répondit-il.

— Faire des tas d'enfants, on s'en fout!

Ils entendirent Billy tirer.

— Je me demande s'il l'a eu!

— M'est égal, fit Trudy.

Billy apparut derrière les arbres. Il avait le fusil sur l'épaule et tenait un écureuil noir par les pattes de devant.

— Regarde, dit-il, plus gros qu'un chat. Alors vous fini ?

— Où est-ce que tu l'as eu ?

— Là-bas, vu sauter, d'abord.

— Faut que je rentre, dit Nick.

— Non, fit Trudy.

— Il faut que je sois là pour dîner.

— Bon.

— Tu veux chasser demain ?

— Oui.

— Tu peux prendre l'écureuil.

— Merci.

— Tu sors après dîner ?

— Non.

— Comment tu sens ?

— Bien.

— Tant mieux.

— Embrasse-moi la figure, demanda Trudy.

Maintenant, la nuit tombait sur la grand-route, et Nick, au volant de sa voiture ne pensait plus à son père. La fin du jour ne lui rappelait jamais son père. La fin du jour lui avait toujours appartenu en propre et, à ce moment-là, il ne se sentait bien que tout seul. Son père lui revenait à l'esprit avec l'automne, ou au printemps quand les bécassines refaisaient leur apparition dans la prairie, ou quand il voyait des gerbes de maïs, ou un lac, ou un cheval et une carriole, ou s'il apercevait ou entendait des oies sauvages, ou encore s'il se trouvait dans un affût à canards. Il se rappelait le jour où un aigle, entraîné dans un tourbillon de neige, s'était abattu sur un appelant camouflé, et comme la bête avait tenté de se dégager en battant des ailes, les serres prises dans les mailles. Soudain, son père était à ses côtés, dans des vergers déserts, ou des champs fraîchement labourés, dans des fourrés, sur des petites collines, ou bien quand il traversait des chaumes, chaque fois qu'il fendait du bois ou tirait de l'eau, près des moulins ou des pressoirs à cidre, ou des écluses et toujours près des grands feux d'herbes. Son père ne connaissait pas les villes où sa vie s'écoulait. Dès l'âge de 15 ans il n'avait plus rien eu en commun avec son père.

Son père avait la barbe givrée quand il faisait froid et la chaleur le faisait transpirer abondamment. Il aimait travailler au soleil dans la ferme parce qu'il n'y était pas obligé et qu'il aimait les travaux manuels, ce qui n'était pas le cas de Nick. Nick aimait son père mais il détestait son odeur et quand il avait dû porter un jour un sous-vêtement rétréci de son père, ça lui avait donné la nausée, et il l'avait enlevé. Il l'avait caché entre deux pierres dans le marais, et avait prétendu l'avoir perdu. Il avait expliqué à son père son impression quand il le lui avait fait mettre, mais son père avait répondu qu'il venait d'être lavé, et bien lavé. Quand Nick lui avait demandé de le sentir, son père avait reniflé son indignation et affirmé que c'était propre et frais. Et quand Nick était revenu de la pêche en disant qu'il l'avait perdu, on lui avait donné le fouet pour avoir menti.

Ensuite il s'était assis dans le bûcher avec son fusil chargé et armé ; la porte était ouverte et il regardait son père qui lisait le journal, assis sur le porche de la maison.

« Je peux lui faire sauter la cervelle. Je peux le tuer. » Finalement sa colère l'avait abandonné, et il s'était senti un peu écœuré en pensant que son fusil était un cadeau de son père. Alors, il était parti dans l'obscurité vers le camp indien pour se débarrasser de l'odeur. Il n'y avait, dans la famille, qu'une personne dont il aimait l'odeur : une sœur. Avec les autres, il évitait jusqu'au moindre contact. Cette sensibilité s'émoussa quand il se mit à fumer. Autant de gagné. C'était un avantage pour un chien d'arrêt, mais ce n'était d'aucun service pour un homme.

— Qu'est-ce qui se passait, papa, quand tu étais petit et que tu chassais avec les Indiens ?

— Je ne sais pas ; Nick était éberlué. Il n'avait même pas remarqué que le gamin s'était réveillé. Il le vit assis là sur le siège. Il s'était cru seul, mais l'enfant n'avait pas cessé d'être là. Il se demandait depuis combien de temps.

— On partait souvent toute une journée chasser les écureuils noirs, dit-il. Mon père ne me donnait que trois cartouches par jour. Il disait que ça m'apprendrait à chasser et que ce n'était pas bon pour un gosse de tirailler dans tous les coins. J'y allais avec un garçon qui s'appelait Billy Gilby et sa sœur Trudy. Je me rappelle un été... nous sortions presque tous les jours.

— Quels drôles de noms pour des Indiens.

— Oui, n'est-ce pas ? fit Nick.

— Mais, dis-moi, comment étaient-ils ?

— C'étaient des Ojibways, répondit Nick, et ils étaient très gentils.

— Est-ce que c'était agréable d'être avec eux ?

— C'est difficile à dire, répondit Nick Adams.

Fallait-il dire qu'elle avait fait, la première, ce que personne n'avait jamais fait mieux depuis ; fallait-il parler des jambes brunes et charnues, du ventre plat, des petits seins durs, des bras qui enlaçaient si bien, de la langue agile, des yeux plats, du bon goût de la bouche. Fallait-il parler ensuite de la gêne, de l'étreinte, de la douceur, de la moiteur, de la tendresse, de l'étreinte encore, de la souffrance de la plénitude et de cette fin qui ne finissait pas, qui ne finissait jamais et tout d'un coup était là, quand le grand oiseau s'envolait comme une chouette dans le crépuscule ; fallait-il dire que cela n'arrivait qu'en plein jour au milieu des bois avec des aiguilles de pins collées au ventre. Si bien que si l'on passe là où les Indiens ont vécu, on sent encore leur odeur et toutes les bouteilles d'onguents et les mouches qui bourdonnent ne parviennent pas à tuer l'odeur de l'herbe, ni l'odeur de la fumée, ni cette autre qui ressemble à celle de la peau des martres fraîchement mises en caisse. Ni les plaisanteries à leur sujet, ni l'aspect des vieilles squaws ne peuvent en effacer la trace. On n'oublie ni l'odeur douceâtre, qu'ils avaient toujours, ni ce qu'ils faisaient à la fin. Peu importait comment ils finissaient. Ça se terminait toujours de la même façon. Autrefois bien. Maintenant mal.

Revenons à l'autre raison de vivre. Quand on a tiré un oiseau au vol, on les a tous tirés. Ils sont tous différents et leurs vols dissemblables, mais la sensation est la même et le dernier donne autant de plaisir que le premier. Il ne remercierait jamais trop son père pour cela.

— Peut-être ne les aimerais-tu pas ? dit Nick à son fils. Mais je crois que si.

— Et grand-père vivait aussi avec eux quand il était petit, n'est-ce pas ?

— Oui. Quand je lui ai demandé quelle sorte de gens c'était, il m'a dit que beaucoup étaient ses amis.

— Est-ce que je vivrai avec eux ?

— Je ne sais pas, dit Nick, ça dépend de toi.

— Quel âge est-ce que j'aurai quand j'aurai un fusil et que je pourrai chasser tout seul ?

— 12 ans, si je te trouve assez prudent.

— Je voudrais bien avoir 12 ans.

— Tu les auras bien assez tôt.

— Comment était mon grand-père ? Je ne me souviens plus de lui, sauf qu'il m'a donné une carabine à air comprimé et un drapeau américain, quand je suis revenu de France. Comment était-il ?

— C'est difficile de le décrire. C'était un grand chasseur, un pêcheur passionné et il avait de très beaux yeux.

— Était-il plus grand que toi ?

— C'était un bien meilleur tireur, et son père aussi était un grand fusil.

— Je parie qu'il ne tirait pas mieux que toi.

— Oh ! si. Il tirait très vite et très bien. Je préférais le voir tirer plutôt que n'importe qui d'autre. Il était toujours très déçu par mon tir.

— Pourquoi ne va-t-on jamais prier sur la tombe de grand-père ?

— Nous habitons dans une autre région. C'est très loin d'ici.

— En France, ça ne ferait rien. Si on était en France, on irait. Je crois que je devrais aller prier sur la tombe de grand-père.

— On ira un de ces jours.

— J'espère qu'on vivra quelque part où je pourrai aller sur ta tombe, quand tu seras mort.

— On s'arrangera.

— Tu ne crois pas qu'on pourrait être tous enterrés en France. Ce serait chic.

— Je ne veux pas être enterré en France, fit Nick.

— Bon, eh bien, si on trouvait un endroit en Amérique ? Est-ce qu'on ne pourrait pas tous se faire enterrer dans le ranch ?

— C'est une idée.

— Comme ça, je pourrais m'arrêter et prier sur la tombe de grand-père en allant au ranch.

— Tu es vraiment pratique.

— Ça me gêne de penser que je n'ai même pas été une fois voir la tombe de mon grand-père.

— Il faudra y aller, dit Nick. Je vois bien qu'il faudra y aller.

SIMPLE ENQUÊTE

Dehors, la neige dépassait l'appui de la fenêtre et le soleil entrait par la vitre, illuminant une carte sur la cloison de sapin de la cabane. Le soleil était haut, et ses rayons passaient au-dessus de la couche de neige. Une tranchée avait été creusée le long de la cabane du côté de la porte et, à chaque belle journée, la chaleur du soleil qui brillait sur le mur, se réfléchissait sur la neige, et élargissait la tranchée. C'étaient les derniers jours de mars. Le major s'installa à une table contre le mur et son adjudant s'assit à une autre.

Le major avait autour des yeux des cercles blancs laissés par les lunettes noires qu'il portait pour se protéger de la réverbération.

Le reste de sa figure avait été brûlé, puis bronzé, et brûlé de nouveau. Son nez était gonflé et de petits bouts de peau morte pendaient à la place des cloques. Tout en étudiant ses papiers, il trempait les doigts de sa main gauche dans une soucoupe pleine d'huile, puis il étendait l'huile sur sa figure, l'effleurant légèrement du bout des doigts. Il les passait soigneusement sur le bord de la soucoupe pour n'y conserver qu'une mince couche d'huile, et après s'être massé le front et les joues, il se caressait le nez avec beaucoup de précautions.

Quand il eut fini, il se leva, prit la soucoupe et entra dans le réduit où il dormait.

— Je vais faire un petit somme, dit-il à l'adjudant. Dans cette armée, un adjudant n'est pas officier.

— Vous terminerez le travail.

— Oui, signor Maggiore, répondit l'adjudant.

L'adjudant bascula sa chaise en arrière et bâilla. Puis il sortit de la poche de sa vareuse un livre recouvert de papier et l'ouvrit ; il le posa ensuite sur la table et alluma sa pipe. Il se pencha sur la table pour lire et tira une bouffée. Ensuite il ferma le livre et le remit dans sa poche. Il avait trop de paperasseries à expédier. Il n'aurait aucun plaisir à lire, tant qu'il n'aurait pas fini. Dehors, le soleil se cacha derrière une montagne et la lumière disparut du mur, de la cabane. Un soldat entra et enfourna dans le poêle quelques branches de sapin, de longueurs variées.

— Doucement, Pinin, lui dit l'adjudant. Le major dort.

Pinin, un garçon basané, était l'ordonnance du major. Il chargea le poêle en enfonçant les branches de pin avec soin, ferma la porte et retourna dans le fond de la cabane. L'adjudant se remit au travail.

— Tanani! appela le major.

— Signor Maggiore.

— Envoie-moi Pinin.

— Pinin! cria l'adjudant. Pinin entra dans la pièce Le major vous demande.

Pinin traversa la grande salle principale de la cabane jusqu'à la porte entrebâillée du major. Il frappa.

— Signor Maggiore?

L'adjudant entendit la voix du major :

— Entre et ferme la porte.

Le major était étendu sur son lit de camp, la tête appuyée sur son rucksack, qu'il avait bourré de vêtements de rechange pour en faire un oreiller. Sa longue figure brune et huilée était tournée vers Pinin debout à son côté. Ses mains étaient posées sur les couvertures.

— Tu as 19 ans? demanda-t-il.

— Oui, signor Maggiore.

— As-tu déjà été amoureux?

— Que voulez-vous dire, signor Maggiore?

— Amoureux d'une jeune fille?

— Oui, j'ai été avec des filles.

— Je ne te demande pas ça. Je te demande si tu as été amoureux d'une jeune fille?

— Oui, signor Maggiore.

— En es-tu amoureux en ce moment? Tu ne lui écris pas. Je lis toutes tes lettres.

— Je l'aime, dit Pinin, mais je ne lui écris pas.

— En es-tu bien sûr?

— Tout à fait.

— Tanani! dit la major sans hausser le ton. Peux-tu m'entendre?

Aucune réponse ne parvint de la pièce voisine.

— Il n'entend pas, fit le major, et tu es sûr d'aimer cette fille?

— J'en suis sûr.

— Et... le major lui lança un bref coup d'œil, tu es sûr de ne pas être corrompu.

— Je ne sais pas ce que vous voulez dire... corrompu?

— Ça va, dit le major. Inutile de faire le malin.

Pinin regardait par terre. Le major étudia sa figure bronzée, le toisa des pieds à la tête et s'arrêta à ses mains. Puis il continua sans sourire :

— Et tu ne veux vraiment pas... le major s'interrompit.

Pinin regardait par terre.

— Ton plus cher désir n'est pas vraiment...

Pinin regardait toujours par terre. Le major appuya la tête sur son rucksack et sourit. Il était réellement soulagé : la vie dans l'armée était trop compliquée,

— Tu es un bon garçon, fit-il. Tu es un bon garçon. Pinin. Mais ne fais pas le malin et prends garde que quelqu'un d'autre vienne te prendre.

Pinin était toujours debout à côté du lit de camp.

— N'aie pas peur, dit le major. — Il avait croisé les mains sur les couvertures. — Je ne te toucherai pas. Tu peux rejoindre ta section, si ça te fait plaisir. Mais tu ferais mieux de rester à mon service. Tu as moins de chances d'être tué.

— Désirez-vous quelque chose, signor Maggiore?

— Non, dit le major. Va, et continue ce que tu étais en train de faire. Laisse la porte ouverte quand tu sortiras.

Pinin sortit et laissa la porte ouverte. L'adjudant le regarda traverser la pièce et sortit d'un air embarrassé. Pinin était tout rouge et n'avait plus la même démarche que lorsqu'il avait apporté le bois pour le poêle. L'adjudant le suivit du regard et sourit. Pinin rentra avec une nouvelle provision de bois. Le major, couché sur son lit de camp, regardait son casque camouflé et ses lunettes de soleil accrochés à un clou sur le mur. Il entendit Pinin traverser la pièce. « Le petit bougre, pensa-t-il, je me demande s'il ne m'a pas menti. »

UN CANARI VOYAGE

Le train passa en flèche devant une longue maison de pierres rouges, avec un jardin et quatre gros palmiers à l'ombre desquels étaient installés quelques tables. De l'autre côté, c'était la mer. Puis il y eut une trouée creusée dans la pierre rouge et la craie, et la mer ne se montra plus que par intermittences et tout en bas, contre les rocs.

— Je l'ai acheté à Palerme, dit l'Américaine. Nous ne sommes restés à terre qu'une heure et c'était un dimanche matin. L'homme voulait être payé en dollars, alors je lui ai donné un dollar et demi. Il chante vraiment très bien.

Il faisait très chaud dans le train et dans le lit-salon. Pas un souffle d'air n'entrait par la vitre ouverte. L'Américaine tira le store de la fenêtre et cette fois-ci, la mer disparut pour de bon. De l'autre côté, il y avait une vitre, puis le couloir, puis une glace ouverte, et au-dehors des arbres poussiéreux, une route macadamisée et des vignobles tout plats sur un fond de collines gris ardoise.

De la fumée sortait un peu partout des hautes cheminées ; à l'entrée de Marseille, le train ralentit et suivit une voie parmi l'enchevêtrement des rails qui menaient à la gare. Il s'arrêta vingt-cinq minutes à Marseille et l'Américaine acheta le *Daily Mail* et une demi-bouteille d'eau d'Évian. Elle se promena un peu sur le quai, mais sans trop s'éloigner du wagon, car, à Cannes, où il avait douze minutes d'arrêt, le train était parti sans le coup de sifflet rituel, et elle n'avait eu que le temps de monter. L'Américaine était un peu sourde et avait peur de ne pas entendre le coup de sifflet du départ.

Le train quitta la gare de Marseille avec ses voies de triage et ses fumées d'usines, laissant derrière lui les derniers rayons de soleil sur l'eau, la ville et le port entourés de collines rocailleuses. Alors qu'il faisait presque nuit, le train passa devant une ferme en feu au milieu d'un champ. Des voitures étaient arrêtées le long de la route, de la literie et les objets les plus divers étaient éparpillés dans le champ. Beaucoup de gens regardaient la maison brûler. Il faisait noir quand le convoi atteignit Avignon. Des gens montaient et descendaient. Au kiosque, des Français rentrant à Paris achetaient les journaux français du jour. Sur le quai de la gare, il y avait des soldats nègres. C'étaient de grands gaillards en uniforme marron, et leurs visages luisaient à proximité de la lumière. Ils étaient très noirs, et trop grands pour qu'on osât les regarder fixement. Le train quitta la gare d'Avignon, laissant les nègres plantés sur le quai avec un petit sous-officier européen.

Dans le lit-salon, le garçon avait fait descendre les trois lits de la cloison et avait fait les couvertures. L'Américaine ne put fermer l'œil de toute la nuit parce que le train était un rapide qui roulait très vite, et qu'elle avait une peur bleue de la vitesse la nuit. Le lit de l'Américaine était près de la fenêtre. Le canari de Palerme, dans sa cage coiffée d'un rideau, était à l'abri des courants d'air, dans le couloir menant à la toilette du compartiment. Il y avait une lampe bleutée dans le couloir et, toute la nuit, le train roula très vite, et l'Américaine resta allongée sans dormir, attendant la catastrophe.

Au matin, le train approchait de Paris, et l'Américaine sortit de la toilette, l'air frais et dispos malgré sa nuit blanche. C'était une femme entre deux âges, typiquement américaine. Elle découvrit la cage, la suspendit au soleil et se rendit au wagon-restaurant pour le petit déjeuner. Quand elle revint au lit-salon, les lits avaient repris leur place dans le mur et s'étaient retransformés en banquettes, le canari secouait ses plumes au soleil qui entrait par la glace baissée, et le train était tout près de Paris.

— Il adore le soleil, dit l'Américaine. Il va bientôt se mettre à chanter.

Le canari secoua ses plumes et se donna des coups de bec.

— J'ai toujours aimé les oiseaux, dit l'Américaine. Je l'emmène pour ma petite fille. Tenez, le voilà qui chante.

Le canari gazouilla et les plumes de son cou se hérissèrent, puis il se remit à donner des coups de bec dans ses plumes. Le train passa sur une rivière et, après une forêt très bien entretenue, traversa les agglomérations de la grande banlieue. Il y avait des tramways dans les rues et des grands panneaux de publicité pour la Belle Jardinière, le Dubonnet et le Pernod sur les murs qui regardaient la voie. A voir l'aspect du décor qui défilait, on avait l'impression curieuse que l'heure du petit déjeuner n'avait pas encore sonné. Pendant plusieurs minutes, je n'avais pas écouté l'Américaine qui parlait à ma femme.

— Votre mari est-il Américain aussi? demanda-t-elle.

— Oui, dit ma femme, nous sommes tous les deux Américains.

— Je vous croyais Anglais.

— Oh, non!

— Peut-être est-ce parce que je porte des bretelles, dis-je en employant l'expresssion anglaise pour bretelles. J'allais employer le mot américain, mais je m'étais retenu pour conserver mon caractère britannique.

L'Américaine n'avait pas entendu, elle était complètement sourde ; elle lisait sur les lèvres et je lui tournais le dos. J'étais en train de regarder par la fenêtre. Elle continua de parler à ma femme.

— Je suis tellement contente que vous soyez Américaine. Les Américains font d'excellents maris, disait l'Américaine. C'est pour cette raison que nous avons quitté le continent. Voyez-vous, ma fille est tombée amoureuse d'un homme à Vevey. — Elle s'interrompit. — Ils étaient absolument fous l'un de l'autre. — Elle s'arrêta encore. — Naturellement, je l'ai fait revenir.

— Est-ce qu'elle a oublié, maintenant ?

— Je ne crois pas, fit l'Américaine. Elle ne veut rien manger, et ne dort pas. J'ai fait tout mon possible, mais elle semble ne vouloir s'intéresser à rien. Tout lui est égal. Je ne pouvais pas la voir épouser un étranger. Elle s'arrêta. — Quelqu'un, un très bon ami, m'a dit une fois : « Aucun étranger ne peut faire un bon mari pour une Américaine. »

— Non, dit ma femme, probablement pas.

L'Américaine admirait le manteau de voyage de ma femme, et il se trouvait qu'elle avait acheté toutes ses affaires, depuis vingt ans, dans la même maison de couture, rue Saint-Honoré. Ils avaient ses mesures, et une vendeuse qui la connaissait et savait ses goûts, choisissait les robes pour elle et les lui faisait envoyer en Amérique. Elles arrivaient à un bureau de poste de New York, proche de chez elle, et les droits de douane n'étaient jamais exorbitants car ces robes déballées et estimées à la poste même, étaient toujours simples, et sans passementeries dorées ni garnitures qui leur auraient donné une apparence coûteuse. Avant la vendeuse actuelle, nommée Thérèse, il y en avait eu une autre qui s'appelait Amélie. En tout, elle n'en avait pas eu d'autres en vingt ans. Cependant les prix avaient monté. Mais le change, toutefois, comblait la différence. Maintenant, ils avaient aussi les mesures de sa fille. Elle était adulte, et il y avait peu de chance pour qu'elle changeât encore.

Le train arrivait à Paris. Sur les fortifications nivelées, l'herbe n'avait pas repoussé. Des files de wagons attendaient sur les voies — des wagons-restaurants et des wagons-lits en bois marron qui partiraient pour l'Italie à cinq heures, ce soir-là, si le départ de ce train avait toujours lieu à cinq heures. Sur les wagons, on lisait : Paris-Rome. Il y avait également, pour le service de banlieue, des wagons à un étage où les gens s'empilaient jusqu'aux toits à certaines heures (si du moins les choses n'avaient pas changé) et qui défilaient devant les murs blancs et les maisons aux innombrables fenêtres. Rien ni personne n'avait encore absorbé le moindre petit déjeuner.

— Les Américains font d'excellents maris, dit l'Américaine à ma femme. — J'étais en train de descendre les bagages du filet. — Les Américains sont les seuls hommes au monde qu'il faille épouser.

— Depuis combien de temps avez-vous quitté Vevey ? demanda ma femme.

— Il y a deux ans cet automne. C'est pour elle, voyez-vous, que je rapporte le canari.

— L'homme dont votre fille était amoureuse était Suisse ?

— Oui, dit la dame américaine. Il appartenait à une très bonne famille de Vevey. Il allait être ingénieur. Ils s'étaient rencontrés à Vevey. Ils faisaient souvent de grandes promenades ensemble.

— Je connais Vevey, dit ma femme. Nous y sommes passés pendant notre voyage de noces.

— Ah! vraiment ? Cela a dû être délicieux. Naturellement, je n'imaginais pas du tout qu'elle allait s'amouracher de lui.

— C'était un endoit charmant, dit ma femme.

— Oui, dit l'Américaine. C'est exquis, n'est-ce pas ?

— A quel hôtel étiez-vous descendus ?

— Aux « Trois Couronnes », répondit ma femme.

— Oh ! c'est un vieil hôtel si délicieux, dit l'Américaine.

— Oui, dit ma femme. Nous avions une très belle chambre et la campagne était ravissante en automne.

— Vous y étiez à l'automne ?

— Oui.

Le train dépassa trois wagons démolis. Ils étaient éventrés et leur toit était défoncé.

— Regardez, dis-je. Il y a eu un accident.

L'Américaine regarda et vit le dernier wagon.

— Voilà ce que j'ai craint toute la nuit, dit-elle ; j'ai parfois des pressentiments extraordinaires. Je ne prendrai plus jamais un rapide de nuit. Il y a sûrement d'autres trains confortables qui ne roulent pas si vite.

Puis le train entra sous le hangar noirci de la gare de Lyon, s'arrêta et les porteurs s'approchèrent. Je passai les bagages par la fenêtre et nous nous retrouvâmes sur le long quai obscur. L'Américaine se confia à l'un des trois employés de chez Cook qui lui dit : « Un petit instant, Madame, que je cherche votre nom. »

Le porteur amena un chariot et empila les bagages. Ma femme et moi, nous prîmes congé de l'Américaine, dont l'agent de chez Cook avait trouvé le nom sur une feuille dactylographiée qu'il remit dans sa poche.

Nous suivîmes le porteur et son chariot le long du train jusqu'à l'extrémité du quai. A la porte, un homme nous prit nos billets.

Nous rentrions à Paris pour y vivre chacun de notre côté.

IDYLLE ALPESTRE

Il faisait déjà très chaud en regagnant la vallée, aux premières heures de la matinée. Le soleil faisait fondre la neige de nos skis dont le bois commençait à sécher. Dans la vallée, c'était le printemps, mais le soleil était brûlant. Nous rentrions à Galtur par la route, sac au dos et les skis sur l'épaule. Au moment où nous passions devant le cimetière, un enterrement s'achevait. Un prêtre qui sortait du cimetière nous croisa. Je lui dis « Grüss Gott ». Il nous salua de la tête.

— C'est bizarre que les prêtres ne vous parlent jamais, dit John.

— On pourrait croire qu'ils aimeraient dire « Grüss Gott », dis-je.

— Ils ne répondent jamais, dit John.

Nous nous arrêtâmes sur la route pour regarder le croque-mort qui remplissait la fosse de terre fraîche. Un paysan à la barbe noire, chaussé de grandes bottes de cuir, se tenait près de la tombe. Le croque-mort s'arrêta et se redressa. Le paysan aux grandes bottes prit la bêche des mains du croque-mort et continua de combler la tombe — il étalait la terre comme un homme qui étend du fumier dans un jardin. Dans cette lumineuse matinée de mai, ce genre de travail de fossoyeur perdait toute réalité et la mort semblait inimaginable.

— Tu te vois enterré par une journée comme celle-ci ? dis-je à John.

— Ça ne me dirait rien.

— Après tout, dis-je, on doit pouvoir t'éviter ça.

Nous dépassâmes les dernières maisons de la ville pour monter jusqu'à l'auberge. Nous venions de skier pendant un mois dans la Silvretta et c'était bon de se retrouver dans la vallée. La Silvretta est un massif très favorable au ski, mais à l'époque du ski de printemps, la neige n'est bonne que tôt le matin et le soir. Le reste du temps, c'est de la soupe, à cause du soleil. Tous les deux, nous étions fatigués du soleil. Il était impossible de lui échapper. Il n'y avait d'ombre que contre les rochers ou près du refuge installé sous un bloc surplombant la moraine du glacier, et, dans cette ombre, la sueur gelait sous les vêtements. Il n'était pas question de s'asseoir hors du refuge sans lunettes fumées. C'était bien agréable de devenir noir comme un nègre, mais le soleil finissait par être exténuant. On ne pouvait pas se reposer au soleil. J'étais content d'être redescendu et loin de la neige. Le printemps était trop avancé pour rester dans la Silvretta. J'en avais un peu assez de skier. Nous étions restés là-haut trop longtemps. J'avais encore dans la bouche le goût de l'eau de fonte qui tombait du toit de zinc du refuge. Ce goût entrait pour une part dans l'idée que je me faisais du ski. J'étais heureux de penser qu'il existait autre chose que le ski, de me retrouver en bas, loin du printemps artificiel de l'altitude et de passer cette matinée de mai dans la vallée.

L'aubergiste était installé sur une chaise appuyée au mur, à la porte de l'auberge. A côté de lui, était assis le cuisinier.

— Ski Heil! fit l'aubergiste.

— Heil! répondîmes-nous en posant nos skis contre le mur et en nous débarrassant de nos sacs.

— Alors comment était-ce, là-haut? demanda-t-il.

— Schön. Un peu trop de soleil.

— Oui, il y a trop de soleil à cette époque-ci.

Le cuisinier ne bougeait pas. L'aubergiste rentra avec nous, ouvrit la porte de son bureau fermée à clef et nous rapporta notre courrier. Il y avait un paquet de lettres et quelques journaux.

— Si nous prenions de la bière, proposa John.

— C'est ça, et on boira à l'intérieur.

Le propriétaire apporta deux bouteilles. Nous nous mîmes à boire en lisant notre courrier.

— On remet ça, fit John. Cette fois-ci, une jeune fille nous servit. Elle sourit en ouvrant les bouteilles.

— Beaucoup de lettres, dit-elle.

— Oui, beaucoup.

— Prosit! dit-elle, et elle sortit avec les bouteilles vides.

— J'avais oublié le goût de la bière.

— Pas moi, fit John. Au refuge, j'y ai souvent pensé.

— Eh bien, on en a tant qu'on en veut maintenant.

— On ne devrait jamais faire les choses trop longtemps.

— Non. Nous sommes trop restés là-haut.

— Et comment! dit John. Ça ne vaut rien de faire la même chose trop longtemps.

Le soleil entrait par la fenêtre ouverte et brillait à travers les bouteilles de bière posées sur la table. Elles étaient à moitié pleines. Il y avait un peu de mousse à la surface du liquide; une mince couche car il faisait froid. Et cette mousse laissait un anneau blanc quand on versait la bière dans les grands verres. Par la fenêtre ouverte, je regardais la route blanche. Les arbres qui la bordaient étaient couverts de poussière. Au-delà, il y avait un pré vert et une rivière. Le long de la rivière, il y avait des arbres et un moulin à eau. A travers le côté ajouré du moulin, je voyais aller et venir une scie dans une grosse souche. Elle semblait se mouvoir toute seule. Quatre corbeaux se promenaient dans le pré. Un cinquième, perché sur un arbre, semblait faire le guet. Dehors, sur le seuil, le cuisinier se leva de sa chaise et rentra dans le vestibule qui menait à la cuisine. A l'intérieur, le soleil brillait sur la table à travers les verres vides. John était appuyé sur la table, la tête dans les bras.

Par la fenêtre, je vis deux hommes monter les marches du perron. Ils entrèrent dans la buvette. L'un était le paysan barbu aux grandes bottes. L'autre était le croque-mort. Ils s'installèrent à une table sous la fenêtre. La jeune fille entra et attendit devant leur table. Le paysan paraissait ne pas la voir. Il était assis, les mains sur la table. Il portait un vieil uniforme aux coudes rapiécés.

— Qu'est-ce que vous voulez ? demanda le croque-mort.

Mais le paysan n'entendait rien.

— Qu'est-ce que vous prendrez ?

— Un schnapps, répondit le paysan.

— Et un quart de litre de vin rouge, demanda le croque-mort.

La jeune fille leur apporta à boire et le paysan but son schnapps. Il regardait par la fenêtre. Le croque-mort l'observait. La tête de John reposait sur la table. Il s'était endormi.

L'aubergiste entra et s'installa à leur table. Il parla en patois et le croque-mort lui répondit. Le paysan regardait par la fenêtre. L'aubergiste sortit de la pièce. Le paysan se leva. Il sortit de son portefeuille un billet de dix mille couronnes et le déplia. La jeune fille s'approcha.

— Alles ? demanda-t-elle.

— Alles.

— Laissez-moi payer le vin ! disait le croque-mort.

— Alles, répéta le paysan à la jeune fille. Elle mit la main dans la poche de son tablier, en ressortit une poignée de pièces et compta la monnaie. Le paysan sortit. Dès qu'il fut parti, l'aubergiste revint dans la pièce et alla s'asseoir à la table du croque-mort. Ils parlaient en patois. Le croque-mort avait l'air amusé. L'aubergiste dégoûté. Le croque-mort se leva. C'était un petit homme moustachu. Il se pencha à la fenêtre et regarda la route.

— Le voilà qui entre, dit-il.

— Chez Loven ?

— Ja.

Ils se remirent à parler, puis l'aubergiste s'approcha de notre table. C'était un homme de haute taille, assez âgé. Il regarda John endormi.

— Il est très fatigué.

— Oui, nous nous sommes levés tôt.

— Voulez-vous manger de bonne heure ?

— Quand vous voudrez. Qu'est-ce qu'il y a à manger ?

— Tout ce que vous voulez. La jeune fille va vous apporter la carte.

La jeune fille apporta le menu. John s'éveilla.

Le menu était écrit à l'encre sur un papier rigide fixé dans un cadre de bois.

— Voilà le speise-karte, dis-je à John.

Encore à demi endormi, il jeta un coup d'œil. Je demandai à l'aubergiste :

— Voulez-vous prendre un verre avec nous ?

Il s'assit.

— Ces paysans sont de vraies brutes, dit-il.

— Nous avons vu celui-là à un enterrement, en rentrant en ville, lui dis-je.

— C'était l'enterrement de sa femme.

— Ah !

— C'est une brute. Tous les paysans sont des brutes.

— Comment ça ?

— Vous ne me croiriez pas ; vous ne croiriez pas si je vous disais ce que celui-là a fait.

— Eh bien, racontez.

— Vous ne le croiriez pas.

L'aubergiste s'adressa au croque-mort :

— Franz, viens ici!

Le croque-mort s'approcha avec sa petite bouteille de vin et son verre.

— Ces Messieurs descendent de la Wiesbadenerhutte, dit l'aubergiste.

Nous échangeâmes une poignée de main.

— Qu'est-ce que vous prenez? demandai-je.

— Rien, dit Franz en agitant négativement le doigt.

— Un autre quart de litre?

— Si vous voulez.

— Comprenez-vous le patois? demanda l'aubergiste.

— Non.

— Qu'est-ce qui se passe? demanda John.

— Il va nous raconter une histoire sur le paysan que nous avons vu remplir la tombe en rentrant tout à l'heure.

— De toute façon, je ne peux pas comprendre, fit John. Ça va trop vite pour moi.

— Ce paysan-là, commença l'aubergiste, a amené sa femme aujourd'hui, pour qu'on la mette en terre... Elle est morte en novembre dernier.

— Décembre, rectifia le croque-mort.

— Ça n'a pas d'importance... Donc elle est morte en décembre dernier, et à ce moment-là il a prévenu commune.

— Le 18 décembre, précisa le croque-mort.

— De toute façon, il ne pouvait pas l'amener avant la fonte des neiges pour la faire enterrer.

— Il vit de l'autre côté du Paznaun, dit le croque-mort.

— Mais il fait partie de notre paroisse.

— Il ne pouvait vraiment pas la transporter? demandai-je.

— Non. De chez lui, il ne peut venir qu'en skis jusqu'à la fonte des neiges. Alors, aujourd'hui, il l'a amenée pour la faire enterrer, mais quand le prêtre a vu sa figure, il a refusé de la mettre en terre. Allez... Maintenant, vas-y, raconte! dit-il au croque-mort. Parle allemand, pas patois.

— C'était très drôle, la discussion avec le prêtre, dit le croque-mort. D'après la déclaration faite à la commune, elle est morte d'une maladie de cœur. Nous savions bien qu'elle avait le cœur malade. Ça lui arrivait quelquefois de s'évanouir à l'église. Elle n'était pas venue depuis longtemps. Elle ne pouvait pas grimper facilement. Quand le prêtre a découvert sa figure, il a demandé à Olz :

« — Est-ce que ta femme a beaucoup souffert?

« — Non, a fait Olz. Quand je suis rentré à la maison elle était morte sur le lit. »

« Le prêtre l'a regardée de nouveau. Il n'aimait pas ça :

« — Qu'est-ce qui est arrivé à sa figure?

« — Je ne sais pas, dit Olz.

« — Tu ferais mieux de te rappeler », dit le prêtre, et il rabat la couverture.

Olz ne disait rien. Le prêtre le regardait. Olz regardait le prêtre.

« Vous tenez à le savoir?

« Je dois le savoir, dit le prêtre.

— C'est là que ça devient bien, intervint l'aubergiste.

— Écoutez ça, continua Franz.

« — Bon, dit Olz. Quand elle est morte, j'ai fait la déclaration à la commune, et je l'ai mise dans le bûcher, au-dessus des grosses souches. Quand j'ai commencé à me servir des souches, elle était raide et je l'ai appuyée contre le mur. Elle avait la bouche grande ouverte et quand j'entrais dans le bûcher, le soir pour fendre les souches, j'y accrochais la lanterne.

« — Pourquoi as-tu fait ça ?

« — Je ne sais pas, dit Ols.

« — Tu l'as fait souvent ?

« — Chaque fois que j'allais travailler au bûcher, le soir.

« — C'était très mal, dit le prêtre. Tu aimais ta femme ?

« — Ja, je l'aimais, dit Olz, je l'aimais bien. »

— Vous avez tout compris ? demanda l'aubergiste. Vous avez compris toute l'histoire avec sa femme ?

— J'ai entendu.

— Et si on mangeait ? proposa John.

— Commande, toi, dis-je. — Et je demandai à l'aubergiste : — Vous croyez que c'est vrai ?

— Naturellement, c'est vrai, dit-il, ces paysans sont de vraies brutes.

— Où est-il parti ?

— Il est allé boire chez un de mes collègues, chez Lowen.

— Il ne voulait pas boire avec moi, dit le croque-mort.

— Il ne voulait pas boire avec moi, quand il a su, lui, ce qui était arrivé à sa femme, dit l'aubergiste.

— Dis donc, fit John, si on bouffait ?

— Entendu, dis-je.

HISTOIRE BANALE

Il était en train de manger une orange, et en recrachait lentement les pépins. Dehors, il tombait de la neige fondue. Dans la pièce, le radiateur électrique ne semblait donner aucune chaleur. Se levant de sa table de travail, il alla s'asseoir dessus. Comme on se sentait bien! Là enfin, c'était la vie!

Il prit une autre orange. Là-bas, à Paris, Mascart avait mis Danny Frush k. o. au deuxième round. Au fond de la Mésopotamie, il était tombé six mètres de neige. De l'autre côté du monde, dans l'Australie lointaine, les joueurs de cricket anglais faisaient des étincelles. Ça c'était l'Aventure.

Les amis des Arts et des Lettres ont découvert le « Forum », lisait-il. C'est le guide, le philosophe et l'ami de la minorité pensante. Les meilleures nouvelles — leurs auteurs écriront-ils nos grandes réussites de demain?

Vous aimerez ces histoires américaines, simples et chaleureuses, ces tranches de vie au cœur du ranch, dans les logis surpeuplés et dans les demeures bourgeoises, toujours colorées par un humour de bon aloi.

Il faut que je les lise, se dit-il.

Et il continua sa lecture. Les enfants de nos enfants — que faire pour eux? Quel est leur avenir? Nous devons découvrir de nouveaux moyens de nous faire une place au soleil. Y arrivera-t-on par la guerre ou par des méthodes pacifiques ?

Ou bien devrons-nous tous partir pour le Canada ?

Nos convictions les plus profondes — la Science les ébranlera-t-elle ? Notre civilisation. — Est-elle inférieure aux hiérarchies anciennes des valeurs ?

Et pendant ce temps-là, dans les coins reculés de la Jungle suintante du Yucatan, résonnent les haches des ramasseurs de caoutchouc.

— Est-ce que nous voulons de grands hommes — ou les voulons-nous cultivés ? Prenez Joyce, par exemple. Prenez le Président Coolidge. A quel idéal nos étudiants doivent-ils aspirer ? Il y a Jack Britton. Il y a le docteur Henry Van Dyke. Pouvons-nous concilier les deux ? Prenez encore le cas Young Stribling.

Et qu'adviendra-t-il de nos filles qui doivent se réaliser toutes seules ? Nancy Hawthorne est obligée de progresser sans aide dans l'océan de la vie. Courageuse et consciente, elle affronte les problèmes qui se posent à toute jeune fille de 18 ans.

C'était une splendide brochure.

Êtes-vous une jeune fille de 18 ans ? Prenez, par exemple, le cas de Jeanne d'Arc. Prenez le cas de Bernard Shaw. Prenez le cas de Betsy Ross.

Imaginez tout ceci en 1925. Y avait-il une page « risquée » dans l'Histoire Puritaine ? Pocahontas avait-elle une double vie ? Avait-elle le sens de la quatrième dimension ?

La peinture et la poésie modernes sont-elles de l'Art ? Oui, et non. Prenez Picasso, par exemple...

Les vagabonds ont-ils des règles de conduite ? Envoyez votre esprit à l'aventure.

L'Aventure est partout. Les écrivains de « Forum » sont pleins d'à-propos, d'humour et d'esprit. Mais ils n'essaient pas d'éblouir le lecteur et ne sont jamais verbeux.

Vivez la vie surabondante de l'esprit, dilatés par les idées nouvelles, enivrés par l'Aventure et l'Inattendu. Il reposa la brochure.

Et pendant ce temps-là, allongé à plat sur un lit dans une pièce sombre de sa maison de Triana, Manuel Garcia Maera gît avec un drain dans chaque poumon, étouffé par la pneumonie. Tous les journaux d'Andalousie ont consacré des colonnes supplémentaires à sa mort qu'on attendait depuis quelques jours. Pour se souvenir de lui, les hommes et les jeunes gens ont acheté sa photo, en pied et en couleurs, et, à force de regarder les reproductions, ils ont oublié l'image qu'ils conservaient de lui dans leur mémoire. Sa mort soulageait bien des toréadors, parce que dans l'arène, il faisait toujours ce que les autres ne tentaient que rarement. Ils marchaient tous dans la pluie derrière son cercueil ; et ils étaient 147 toréadors à l'accompagner au cimetière où on l'a enterré juste à côté de Joselito. Après la cérémonie, tout le monde s'installa dans les cafés, à l'abri de la pluie, et l'on vendit de nombreuses photos en couleurs de Maera que les hommes roulaient et glissaient dans leurs poches.

MAINTENANT JE ME COUCHE [1]

Cette nuit-là, nous étions couchés par terre, dans la chambre et j'écoutais manger les vers à soie. On les nourrissait dans les casiers pleins de feuilles de mûrier et toute la nuit nous les entendions mâcher dans un froissement de feuilles. Je me refusais de moi-même à dormir, car j'avais depuis longtemps la conviction que si jamais je fermais les yeux dans l'obscurité et me laissais aller, mon âme déserterait mon corps. J'étais dans cet état depuis longtemps, depuis la nuit où j'avais été pris dans une explosion et où j'avais senti mon âme me lâcher, s'en aller, puis revenir. J'essayais de ne jamais y penser, mais depuis ce temps-là, elle s'était mise à m'abandonner toutes les nuits, avant que je tombe endormi et il me fallait faire un grand effort pour la retenir. Bien entendu, maintenant je suis à peu près certain qu'elle ne serait pas réellement partie, mais cet été-là je n'avais aucune envie de tenter l'expérience.

J'avais trouvé différentes façons de m'occuper, pendant ces nuits de veille. Je pensais à une rivière où j'avais pêché la truite quand j'étais gamin, et je la repêchais minutieusement en esprit dans toute sa longueur, regardant sous toutes les souches, inspectant

1. Now I lay me down to sleep. Début d'une prière d'enfant.

tous les coudes des rives, toutes les fosses et les hauts fonds limpides, attrapant parfois une truite, parfois la laissant filer. J'interrompais la pêche à midi pour déjeuner : soit sur un tronc d'arbre jeté en travers du courant, soit en un point surélevé de la rive. Je mangeais toujours très lentement et, tout en mangeant, je regardais la rivière couler à mes pieds. Souvent, les appâts venaient à manquer parce que j'étais parti avec une boîte à tabac qui ne contenait qu'une dizaine de vers. Quand je n'en avais plus, il me fallait en trouver d'autres, et il était quelquefois très difficile de creuser dans la berge de la rivière abritée du soleil par les cèdres, où il n'y avait pas d'herbe, mais seulement une terre spongieuse, dont il était impossible de tirer un ver. Pourtant, je finissais toujours par trouver un appât quelconque, sauf un jour dans le marécage où, n'arrivant pas à trouver la moindre amorce, j'avais dû couper en morceaux une des truites que j'avais prises.

Quelquefois, j'utilisais des insectes trouvés dans les prés marécageux, dans l'herbe ou sous les fougères. Il y avait des scarabées et des bestioles aux pattes semblables à des brins d'herbe, des vers dans les vieilles souches pourries ; des vers blancs avec des têtes brunes aplaties qui ne restaient pas enfilés sur l'hameçon et se réduisaient à rien dans l'eau froide ; des punaises de bois sous les troncs où parfois je trouvais aussi des vers qui disparaissaient dans le sol dès que le tronc se soulevait. Une fois, je me suis servi d'une salamandre que j'avais ramassée sous un vieux rondin. Elle était toute menue, frêle, agile et d'une très jolie couleur, avec des pattes minuscules qui tentaient de se cramponner à l'hameçon. Depuis, je n'ai plus jamais utilisé de salamandre, bien qu'il y en eût beaucoup. Je renonçai de même aux grillons à cause de leur réaction au bout de l'hameçon.

Quelquefois, la rivière traversait une clairière et,

dans l'herbe sèche, j'attrapais des sauterelles et les utilisais comme appâts ; d'autres fois, je les lançais dans la rivière et les regardais nager en tournoyant. Elles étaient entraînées par le courant et disparaissaient, gobées par une truite. Quelquefois, je pêchais quatre ou cinq rivières différentes dans la même nuit, en commençant aussi près que possible de la source et en descendant le courant. Si j'avais fini trop vite et que le temps ne passait pas, je reprenais ma pêche en commençant au déversoir de la rivière dans le lac, pour remonter vers la source et j'essayais de prendre toutes les truites manquées en descendant. Certaines nuits, il m'arrivait aussi d'inventer des rivières ; il y en avait de passionnantes, et je croyais rêver tout éveillé. Je me souviens encore de certaines de ces rivières et crois même y avoir pêché, et les confonds avec des rivières que je connais vraiment. A toutes, je donnais des noms et pour m'y rendre, je prenais le train, faisant parfois des kilomètres à pied avant de les atteindre.

Mais, certaines nuits, il m'était impossible de pêcher. Ces nuits-là, je restais parfaitement éveillé, et je rabâchais indéfiniment mes prières en essayant de prier pour tous ceux que j'avais connus. Cela prenait un temps considérable, car si l'on essaye de se rappeler tous les gens que l'on a connus, en remontant jusqu'au souvenir le plus ancien — pour moi c'était le grenier de la maison où j'étais né, avec le gâteau de mariage de mes parents pendu à l'une des poutres dans une boîte en fer, et des bocaux de serpents et de toutes sortes d'animaux collectionnés par mon père quand il était enfant et conservés dans l'alcool, dont le niveau avait tellement baissé que le dos de certains serpents ou d'autres animaux, exposé à l'air, avait blanchi.

Si donc l'on remonte aussi loin en arrière, on se souvient de bien des gens. Et si l'on prie pour tous en récitant un « Je vous salue Marie », et un « Notre Père » pour chacun, cela prend très longtemps. Finalement, le jour se lève et l'on peut enfin dormir, du moins si on a la possibilité de le faire en plein jour.

Ces nuits-là, j'essayais de me rappeler les moindres incidents de mon existence ; je commençais juste avant mon départ pour la guerre et en remontant en arrière, d'un souvenir à l'autre, je m'aperçus ainsi que je ne pouvais aller au-delà du grenier de la maison de mon grand-père. Je recommençais alors en sens inverse, jusqu'à la guerre.

Je me rappelle qu'après la mort de mon grand-père, nous avons déménagé pour aller habiter une nouvelle maison construite d'après les plans de ma mère. Quantité d'objets qui ne devaient pas être emmenés furent brûlés dans la cour et je me souviens d'avoir vu jeter dans le feu les bocaux du grenier, que la chaleur faisait éclater, tandis que des flammes jaillissaient de l'alcool. Je me souviens aussi des serpents qui brûlaient dans la cour. Mais il ne s'agit là que de choses et non d'êtres humains, et il m'est impossible de préciser qui jeta les objets au feu. Je continuais ainsi jusqu'à ce que j'en arrive aux êtres vivants ; je m'arrêtais alors et me mettais à prier pour eux.

A propos de cette nouvelle maison je me rappelle comme ma mère passait son temps à laver et à tout nettoyer de fond en comble. Un jour où mon père était parti pour la chasse, elle fit le ménage en grand dans le sous-sol et brûla tout ce qui n'aurait pas dû s'y trouver. Quand mon père à son retour descendit de sa carriole et attacha le cheval, le feu brûlait encore sur la route à côté de la maison. Je vins à sa rencontre. Il me tendit son fusil et regarda le feu :

— Qu'est-ce que c'est que ça ? demanda-t-il.

— J'ai nettoyé le sous-sol, mon cher ami, répondit ma mère.

Elle se tenait sur le perron, l'accueillant avec un

sourire. Mon père regarda le feu et heurta quelque chose du pied. Puis, il se pencha et sortit un objet des cendres.

— Va me chercher un râteau, Nick, me dit-il.

Je descendis au sous-sol et revins avec un râteau. Mon père se mit à ratisser les cendres avec beaucoup de soin. Il retira des cendres des haches de pierre, des couteaux de chasse en pierre, des outils destinés à la fabrication des pointes de flèches, des poteries, et une quantité de pointes de flèches. Tous ces objets avaient été noircis et écaillés par le feu. Mon père les recueillit avec le plus grand soin et les étala sur l'herbe près de la route. Son fusil dans l'étui de cuir et ses gibecières étaient toujours dans le gazon où il les avait posés en descendant de sa voiture.

— Va porter le fusil et les gibecières à la maison, Nick, et ramène-moi un journal, dit-il.

Ma mère était rentrée dans la maison. Je pris le fusil qui était lourd à porter et me tapait dans les jambes, les deux gibecières et je me dirigeai vers la maison.

— Prends une chose à la fois, me dit mon père. N'essaie pas d'en porter trop d'un seul coup.

Je posai les gibecières, rentrai le fusil et rapportai un journal que je pris dans une pile qui s'étageait dans le bureau de mon père.

Mon père étala tous les ustensiles brûlés et abîmés sur le journal et les enveloppa.

— Les meilleures pointes de flèches sont fichues, dit-il.

Il rentra dans la maison avec son paquet et je restai dehors sur l'herbe avec les deux gibecières. Je rentrai avec un peu plus tard. Dans ce souvenir apparaissaient deux personnes ; je me mettais donc à prier pour elles deux. Certaines nuits, pourtant, je ne me souvenais même pas de mes prières. Je ne pouvais pas dépasser « sur la terre comme au ciel » et il fallait que je reprenne au début. Je devais alors reconnaître que ma mémoire me trahissait et butait toujours au même point, et qu'il mc fallait renoncer à prier cette nuit-là pour tenter autre chose. Ainsi m'arrivait-il d'essayer de me rappeler par leurs noms tous les animaux de la création, les oiseaux, les poissons, les pays, les villes, puis les différentes espèces de nourriture et le nom de toutes les rues que je connaissais à Chicago et quand je ne pouvais plus me rappeler de rien du tout je me contentais d'écouter. Et je ne me souviens pas d'une nuit où il n'y eût quelque chose à entendre. Si je pouvais avoir de la lumière, je ne craignais pas de dormir car je savais que mon âme ne m'abandonnerait que s'il faisait noir.

Les nuits où je pouvais avoir de la lumière étaient, bien entendu, assez fréquentes. Alors je m'endormais, car j'étais presque toujours très fatigué et j'avais très sommeil. Et je suis sûr aussi qu'il m'est arrivé bien des fois de dormir sans en avoir conscience — mais je n'ai jamais dormi en le sachant, et, cette nuit-là, j'écoutais les vers à soie. La nuit, on peut distinctement entendre manger les vers à soie ; je restais donc étendu les yeux ouverts et je les écoutais.

J'étais seul dans la pièce avec un autre homme et il ne dormait pas non plus. Je l'ai écouté pendant longtemps. Il ne pouvait pas rester aussi immobile que moi, parce qu'il n'avait pas, sans doute, mon entraînement à l'insomnie. Nous étions couchés sur des couvertures étalées sur de la paille et quand il remuait, la paille craquait, mais aucun de nos bruits n'inquiétait les vers à soie qui continuaient à manger avec régularité. Il y avait les rumeurs de la nuit, à sept kilomètres à l'arrière des lignes, mais elles étaient bien différentes des bruits ténus de la pièce obscure.

L'autre homme, étendu dans la pièce, essayait de ne pas bouger. Puis, il se remettait à s'agiter. Je remuais aussi pour qu'il sût que j'étais éveillé. Il avait vécu 10 ans à Chicago. On l'avait enrôlé en 1914 quand il était revenu voir sa famille et on me l'avait affecté comme ordonnance, parce qu'il parlait anglais. Je l'entendais écouter, alors je me retournais de nouveau dans mes couvertures.

— Vous ne pouvez pas dormir, signor Tenente? demanda-t-il.

— Non.

— Moi non plus.

— Qu'est-ce qui ne va pas?

— Je ne sais pas, je ne peux pas dormir.

— Vous vous sentez bien?

— Tout à fait, mais je ne peux pas dormir.

— Voulez-vous que nous bavardions? lui demandai-je.

— Ça oui. Mais de quoi peut-on parler dans cette sacrée turne.

— On n'est pas mal ici.

— Si vous voulez, fit-il, ça peut aller.

— Parlez-moi de Chicago.

— Oh! je vous en ai déjà parlé une fois.

— Racontez-moi comment vous vous êtes marié?

— Ça aussi, je vous l'ai raconté.

— La lettre que vous avez reçue lundi, c'était d'elle?

— Bien sûr. Elle m'écrit tout le temps. Elle se fait du fric là-bas.

— Vous serez bien installés quand vous rentrerez?

— Oh! oui. Elle connaît son boulot. Elle gagne gros.

— Vous ne croyez pas qu'on va les réveiller en parlant?

— Non. Ils ne peuvent pas entendre. Et puis, ils dorment comme des brutes. Moi, je ne suis pas comme ça, fit-il. Je suis nerveux.

— Parlez doucement, dis-je. Cigarette?

On fuma dans le noir avec de grandes précautions.

— Vous ne fumez pas beaucoup, signor Tenente?

— Non, je viens juste de m'arrêter.

— Ma foi, dit-il, ça ne peut pas vous faire de bien et je suppose que ça finira par ne plus vous manquer. Avez-vous déjà entendu dire qu'un homme aveugle ne fume pas parce qu'il ne peut pas voir la fumée ?

— Je n'en crois rien.

— Pour moi, c'est du boniment, dit-il.

— J'ai simplement entendu raconter ça quelque part. Vous savez, ces histoires qu'on entend...

Nous nous étions tus et j'écoutais les vers à soie.

— Vous entendez ces sacrés vers à soie ? demanda-t-il. Vous les entendez mâchonner ?

— C'est curieux, dis-je.

— Écoutez, signor Tenente, est-ce qu'il y a vraiment quelque chose qui vous empêche de dormir ? Je ne vous vois jamais dormir. Vous n'avez pas fermé l'œil une seule nuit depuis que je suis avec vous.

— Je ne sais pas, John, dis-je, j'ai eu une très mauvaise passe au début du printemps dernier et la nuit ça me travaille.

— Exactement comme moi, fit-il. Je n'aurais jamais dû m'embringuer dans cette guerre. Je suis trop nerveux.

— Ça va peut-être s'arranger.

— Mais enfin, signor Tenente, pourquoi vous êtes-vous fourré dans cette guerre ?

— Je ne sais pas, John. A ce moment-là, j'en avais envie.

— Vous en aviez envie, fit-il. En voilà une foutue raison !

— On ne devrait pas parler si fort, dis-je.

— Ils dorment comme des brutes ; d'ailleurs, ils ne comprennent pas l'anglais. Ils ne savent rien. Qu'est-ce que vous allez faire quand ce sera fini et que nous rentrerons aux États-Unis ?

— Je travaillerai pour un journal.

— A Chicago ?

— Peut-être.

— Vous avez déjà lu ce qu'écrit le type qui s'appelle Brisbane ? Ma femme découpe ses articles et me les envoie.

— Bien sûr.

— Vous lui avez déjà parlé ?

— Non. Mais je l'ai aperçu.

— Je voudrais bien faire sa connaissance, à ce type-là. Il écrit rudement bien. Ma femme ne lit pas l'anglais, mais elle achète le journal comme lorsque j'étais à la maison, elle découpe les éditoriaux et la page des sports et me les envoie.

— Vos gosses vont bien ?

— Oh oui ! Une des filles est en quatrième maintenant. Vous savez, signor Tenente, si je n'avais pas les mômes, je ne serais pas votre ordonnance maintenant. Ils m'auraient maintenu au front jusqu'au bout.

— Je suis content que vous les ayez.

— Moi aussi. Ce sont de braves gosses, mais je veux un garçon. Trois filles et pas de garçon. Ça la fout plutôt mal.

— Pourquoi n'essayez-vous pas de dormir.

— Non, je ne peux plus dormir. Je suis trop réveillé, maintenant, signor Tenente. Mais vous savez, ça m'inquiète que vous ne dormiez pas.

— Ne vous en faites pas, John.

— Penser qu'un jeune homme comme vous ne dorme pas.

— Je m'en tirerai. Ça prendra simplement un bout de temps.

— Il faudra bien que vous vous en tiriez. Un homme ne peut pas tenir le coup sans dormir. Est-ce que quelque chose vous tracasse ? Avez-vous des ennuis ?

— Non, John, je ne crois pas.

— Vous devriez vous marier, signor Tenente, comme ça vous ne vous en feriez plus.

— Croyez-vous ?

— Il faut vous marier. Pourquoi ne prenez-vous pas une de ces belles Italiennes bourrées de fric ? Vous pourriez avoir n'importe laquelle. Vous êtes jeune, vous avez de belles décorations et vous êtes beau garçon... Vous avez été blessé deux fois.

— Je ne parle pas assez bien l'italien.

— Vous le parlez très bien... Et puis, qu'est-ce que ça peut fiche, la langue... Vous n'avez pas besoin de leur parler. Épousez-les.

— Je verrai.

— Vous connaissez bien des filles, n'est-ce pas ?

— Bien entendu.

— Bon, eh bien épousez celle qui a le plus d'argent. Avec l'éducation qu'on leur donne ici, elles feront toutes de bonnes épouses.

— Je réfléchirai.

— Non, ne réfléchissez pas, signor Tenente. Allez-y.

— Entendu.

— Il faut qu'un homme se marie. On ne le regrette jamais. Tous les hommes doivent se marier.

— D'accord, lui dis-je. Si nous essayions de dormir un peu.

— Entendu, signor Tenente, je vais essayer. Mais rappelez-vous ce que j'ai dit.

— Je me le rappellerai, dis-je, mais maintenant, tâchons de dormir, John!

— Très bien, dit-il. J'espère que vous dormirez, signor Tenente.

Je l'écoutai s'enrouler dans ses couvertures sur la paille, puis il cessa de remuer. J'entendis sa respiration régulière et il se mit à ronfler. Je l'écoutai longtemps ronfler, puis j'y renonçai pour écouter manger les vers à soie. Ils mangeaient sans jamais s'interrompre, dans un bruissement de feuilles.

J'avais maintenant un nouveau sujet de réflexion. Étendu dans le noir, les yeux ouverts, je pensais à toutes les jeunes filles que j'avais connues en me demandant quel genre d'épouses elles pourraient faire. C'était un problème très intéressant à étudier, et pendant quelque temps il éclipsa la pêche à la truite et interrompit mes prières. Toutefois, je finis par revenir à la pêche, après avoir réalisé que je me souvenais avec précision de toutes les rivières et que j'y trouvais toujours quelque chose de neuf, tandis que les jeunes filles s'estompaient invariablement dans mon esprit. Après quelques évocations, je ne parvenais plus à les imaginer et elles finissaient par s'embrouiller et se ressembler toutes. Je renonçai alors à penser à elles, mais je continuai à réciter des prières. J'ai prié souvent la nuit pour John, et sa classe fut retirée du service actif avant l'offensive d'octobre. J'étais content de le voir partir car il était resté pour moi un sujet de préoccupation. Il vint me voir à l'hôpital de Milan plusieurs mois plus tard et il fut très déçu de ne pas me trouver marié. Je sais qu'il serait très triste s'il savait que, jusqu'ici, je suis resté célibataire. Il allait rentrer en Amérique et il était formel à propos du mariage.

Il savait que ça arrangerait tout.

IL EST NÉ LE DIVIN ENFANT

En ce temps-là, les distances étaient beaucoup plus longues, la poussière soufflait des collines maintenant nivelées, et Kansas City ressemblait beaucoup à Constantinople. Peut-être ne le croyez-vous pas ? Personne ne le croit. C'est pourtant véridique.

Cet après-midi-là, il neigeait et dans le stand d'exposition d'un marchand d'automobiles étincelait une voiture de course tout argentée avec l'inscription : « Dans argent » [1], sur le capot. Je suppose qu'en anglais cela voulait dire : la « danse argentée » ou le « danseur d'argent ». Un peu incertain quant au sens, mais heureux de voir cette voiture et satisfait de ma connaissance d'une langue étrangère, je me mis en route dans la neige. Je revenais à pied du club des Woolf Brothers où, pour Noël et le Thanksgiving Day, on sert des repas gratuits avec de la dinde, et je me rendais à l'hôpital municipal bâti sur une haute colline qui domine les fumées, les maisons et les rues de la ville.

Dans la salle d'attente de l'hôpital, étaient assis deux chirurgiens volants, le docteur Fischer et le docteur Wilcox, l'un devant un bureau, l'autre dans un fauteuil accoté au mur.

1. En français dans le texte.

Doc Fischer était mince et très blond. Il avait une bouche fine, des yeux rieurs et des mains de joueur. Le docteur Wilcox était trapu et brun. Il avait toujours sur lui un manuel : « L'ami et le guide du jeune praticien », qui, consulté sur n'importe quel cas, donnait à la fois symptômes et traitement. Et grâce à son double répertoire, on pouvait trouver les diagnostics à partir des symptômes. Doc Fischer avait suggéré pour les éditions futures une extension de ce répertoire permettant d'obtenir les signes et les symptômes après avoir consulté la liste des traitements à suivre. « Pour servir d'aide-mémoire », disait-il.

Le docteur Wilcox était très chatouilleux à ce sujet, mais il ne pouvait se passer de son livre. C'était un volume relié en cuir souple, dont le format s'adaptait exactement à la poche de son veston ; il l'avait acheté sur le conseil d'un de ses professeurs qui lui avait dit : « Wilcox, vous n'avez rien d'un médecin, et j'ai fait tous mes efforts pour que vous n'obteniez pas votre diplôme. Mais puisque vous êtes maintenant un membre de cette honorable profession, je vous conseille, au nom de l'humanité, de vous procurer un exemplaire du " guide et ami du docteur ", et de l'utiliser. Docteur Wilcox, apprenez à vous en servir. »

Le docteur Wilcox n'avait rien répondu, mais il avait acheté le manuel relié en cuir le jour même. « Eh bien, Horace », dit le docteur Fischer, tandis que j'entrais dans le hall où se mélangeait l'odeur des cigarettes, de la teinture d'iode, du grésil et du radiateur surchauffé.

— Messieurs, dis-je.

— Quoi de neuf sous le soleil? me demanda le docteur Fischer.

Il affectait une certaine outrance de langage qui me semblait le comble de l'élégance.

— La dinde est gratuite chez Woolf.

— Vous avez eu votre part ?

— Largement.

— Y avait-il beaucoup de confrères ?

— Tous. Le personnel au complet.

— Et l'ambiance ? réjouissante ?

— Guère.

— Le docteur Wilcox, ici présent, y a pris une part modérée, dit le docteur Fischer.

Le docteur Wilcox leva les yeux vers lui, puis vers moi.

— Voulez-vous prendre un verre ? demanda-t-il.

— Non, merci, répondis-je.

— N'en parlons plus, fit le docteur Wilcox.

— Horace, dit le docteur Fischer, vous ne m'en voulez pas de vous appeler Horace, n'est-ce pas ?

— Non.

— Cher vieil Horace. Nous venons d'avoir un cas très intéressant.

— Et comment ! dit le docteur Wilcox.

— Vous avez vu le gamin qui était là hier ?

— Lequel ?

— Celui qui voulait devenir eunuque.

— Oui, j'étais là quand il est entré. C'était un garçon de 16 ans. Il est arrivé sans chapeau, il avait l'air très agité et effrayé, mais résolu. Il avait les cheveux bouclés des lèvres assez épaisses... plutôt bien bâti.

— Alors, qu'est-ce qui t'arrive, mon petit ? lui a demandé Wilcox.

— Je veux être castré, a répondu le gamin.

— Pourquoi ? a demandé Doc Fischer.

— J'ai prié. J'ai tout essayé et rien n'y fait.

— Rien n'y fait... à quoi ?

— A ce désir terrible

— Ce que je sens, que je n'arrête pas de sentir. Je prie toute la nuit pour ça.

— Et que se passe-t-il au juste ? demanda le docteur Fischer.

Le gamin le lui expliqua.

— Écoute, mon petit, dit doc Fischer, tu n'as rien d'anormal. C'est comme ça que tu dois être. Il n'y a absolument rien d'anormal à ça.

— C'est mal, dit le gamin. C'est un péché d'impureté. C'est un péché contre le Sauveur notre Dieu.

— Mais non, dit le docteur Fischer. C'est une chose tout à fait naturelle. C'est comme ça que ça doit être et plus tard tu t'estimeras très heureux.

— Oh, vous ne comprenez pas, dit le gamin.

— Écoute... lui dit Doc Fischer, et il se lança dans son explication.

— Non, je n'écouterai pas. Vous ne me forcerez pas à écouter.

— Voyons, écoute, dit doc Fischer.

— Tu n'es qu'un fichu imbécile ! dit le docteur Wilcox au gamin.

— Alors, vous ne voulez pas le faire ? demanda le gamin.

— Faire quoi ?

— Me castrer.

— Écoute, dit le docteur Fischer. Personne ne te castrera. Tu as un corps normal, tu es très bien fait ; tu ne dois pas penser à ça. Si tu es religieux, rappelle-toi que ce n'est pas l'état de péché dont tu te plains, mais des moyens de consommer un sacrement.

— Mais je ne peux rien y faire, dit le gamin. Je prie toute la nuit et même le jour. C'est un péché, un perpétuel péché d'impureté.

— Oh ! va te faire... dit le docteur Wilcox.

— Quand vous parlez comme ça, je ne vous entends pas, a répliqué le gamin avec dignité. Vraiment, vous ne voulez pas le faire ? demanda-t-il au docteur Fischer.

— Non, dit le docteur Fischer, je te l'ai déjà dit.

— Fichez-le dehors, dit le docteur Wilcox.

— Je sortirai, dit le gamin, ne me touchez pas, je m'en vais.

Cela se passait hier vers 5 heures.

— Alors ? dis-je.

— Eh bien, ce matin, à une heure, dit le docteur Fischer, le gamin nous est arrivé ; il s'était mutilé lui-même avec un rasoir.

— Castré ?

— Non, dit le docteur Fischer, il ne savait pas le sens du mot « castrer ».

— Il peut y rester, dit le docteur Wilcox.

— Pourquoi ?

— Hémorragie.

— Notre excellent médecin, ici présent, le docteur Wilcox, mon collègue, consulté, n'a jamais pu trouver ce cas critique dans son bouquin.

— Vous avez bientôt fini ! dit le docteur Wilcox.

— Je n'y mets aucune mauvaise intention, docteur, dit Fischer, en regardant ses mains, ses mains qui, étant donné son empressement à rendre service et son mépris des lois fédérales, lui avaient attiré tant d'ennuis. Horace, ici présent, conviendra que mes paroles n'ont rien d'agressif. C'était une amputation que le gamin avait opérée, Horace.

— Oui, d'accord, mais j'aimerais bien que vous ne me fassiez pas marcher avec ça, dit le docteur Wilcox. C'est vraiment inutile de me faire marcher.

— Vous faire marcher, docteur ?... le jour même de l'anniversaire de la naissance de Notre Sauveur ?...

— *Notre* Sauveur ? Mais n'êtes-vous pas Juif ? demanda le docteur Wilcox.

— En effet, en effet. Je l'oublie toujours. Je n'y ai jamais attaché d'importance. C'est bien gentil à vous de me le rappeler. *Votre* Sauveur, c'est ça. *Votre* Sauveur sans aucun doute, *Votre* Sauveur. Et pour vous faire marcher, on attendra le dimanche des rameaux.

— Vous faites trop le malin, dit le docteur Wilcox.

— Excellent diagnostic, docteur. J'ai toujours trop fait le malin. Beaucoup trop, sans aucun doute. Évitez ça, Horace. Vous n'avez guère de dispositions, mais quelquefois, j'entrevois une lueur. Mais quel diagnostic! — et sans livre.

— Oh! le diable vous emporte, dit le docteur Wilcox.

— Chaque chose en son temps, docteur, dit le docteur Fischer. Chaque chose en son temps. Si ce personnage existe, j'irai certainement lui rendre visite. Je l'ai même déjà aperçu une fois. Un très bref coup d'œil, en vérité. Ie me suis détourné pour ainsi dire instantanément. Et savez-vous ce que ce jeune homme a dit, Horace, quand l'excellent docteur que voici l'a amené? Il a dit: « Oh! je vous avais demandé de le faire. Je vous l'avais demandé tant de fois. »

— Et le jour de Noël... dit le docteur Wilcox.

— Oh! le sens du jour en soi importe peu, dit le docteur Fischer.

— Pour vous peut-être, dit le docteur Wilcox.

— Vous l'entendez, Horace? dit le docteur Fischer. Vous l'entendez? Ayant découvert mon point vulnérable, mon tendon d'Achille, pour ainsi dire, le docteur pousse son avantage.

— Vous faites vraiment trop le malin, dit le docteur Wilcox.

LES CHANGEMENTS DE LA MER

Bien, dit l'homme. Et alors ?

— Non, dit la jeune femme. Je ne peux pas.

— Tu veux dire que tu ne veux pas.

— Je ne peux pas, dit-elle. Je ne veux rien dire d'autre.

— Si. Tu veux dire que tu ne veux pas.

— C'est bon, fit la fille. Comme tu veux.

— Certainement pas comme je veux. Grand Dieu, si seulement c'était comme je veux.

— Ç'a été longtemps comme tu voulais, dit la fille.

Il était tôt et, à l'exception du barman, ils étaient seuls dans le café, assis à une table dans un coin. C'était la fin de l'été ; ils étaient tous les deux bronzés et n'avaient pas l'air à leur place dans Paris. La jeune femme portait un tailleur de tweed. Elle avait une peau douce et veloutée et ses cheveux blonds coupés courts dégageaient admirablement son front. L'homme la regardait.

— Je la tuerai, dit-il.

— Non, je t'en prie, dit-elle. Elle avait de très jolies mains et il les regardait. Elles étaient fines, brunes et très belles.

— Je la tuerai. Je le jure devant Dieu.

— Tu n'en seras pas plus heureux.

— Sérieusement, tu n'aurais vraiment pas pu trouver autre chose ? Tu n'aurais pas pu te fourrer dans un autre genre de pétrin ?

— Apparemment non, répondit la jeune femme. Quelles sont tes intentions ?

— Je viens de te le dire.

— Non, je veux dire *sérieusement.*

— Je ne sais pas. — Elle le regarda et avança la main. — Pauvre vieux Phil, dit-elle.

Il contempla sa main, mais ne fit pas un geste pour la toucher.

— Non, merci, dit-il.

— Est-ce inutile de te dire que je suis désolée ?

— Oui.

— Ou de t'expliquer ce qui m'arrive.

— J'aime mieux ne rien entendre.

— Je t'aime très tendrement.

— Oui, en voilà la preuve.

— Je suis désolée, dit-elle, si tu ne comprends pas.

— Je comprends. C'est bien ça qui m'ennuie. Je comprends.

— Je sais, dit-elle, et c'est encore pire, naturellement.

— En effet, fit-il en la regardant, je n'arrêterai pas de comprendre. Toute la journée et toute la nuit. Toute la nuit, surtout, je comprendrai. Tu n'as pas besoin de t'en faire pour ça.

— Je suis désolée, fit-elle.

— Si c'était un homme.

— Ne dis pas ça. Ça ne pourrait pas être un homme. Tu le sais bien. Tu n'as donc pas confiance en moi ?

— Ça c'est marrant, dit-il. Avoir confiance en toi. Ça c'est vraiment marrant.

— Je suis navrée, dit-elle. C'est tout ce que je peux dire. Mais quand on se comprend, il est inutile de feindre le contraire.

— Non, en effet.

— Je reviendrai si tu as besoin de moi.

— Je n'ai pas besoin dc toi.

Ils restèrent silencieux quelques instants.

— Tu ne crois pas que je t'aime, n'est-ce pas? demanda la fille.

— Ah! Assez de boniments, dit l'homme.

— Vraiment, tu ne crois pas que je t'aime?

— Pourquoi ne me le prouves-tu pas?

— Tu n'étais pas comme ça avant. Tu ne m'as jamais demandé de rien prouver. Ce n'est pas poli.

— Tu es une drôle de fille.

— Mais pas toi. Tu es un chic type et ça me navre de partir et de te laisser.

— Mais tu y es obligée, bien entendu.

— Oui, dit-elle. Il le faut et tu le sais bien.

Il ne dit rien, elle le regarda et avança de nouveau la main. Le barman était à l'autre bout du comptoir. Sa figure était aussi blanche que sa veste. Il les connaissait et pensait que c'était un jeune et beau couple. Il avait vu beaucoup de jeunes et beaux couples se séparer et se reformer de nouveau pour finir mal assez vite. D'ailleurs, il ne pensait pas à ça, mais à un cheval. Dans une demi-heure, il pourrait traverser la rue et savoir si le cheval avait gagné.

— Tu ne voudrais pas être gentil avec moi et me laisser partir? demanda la jeune femme.

— Qu'est-ce que tu crois que je vais faire?

Deux personnes entrèrent et s'installèrent au bar.

— Oui, Monsieur? le barman prit la commande.

— Tu ne pourras pas me pardonner? Quand tu sauras ce qui s'est passé? demanda-t-elle.

— Non.

— Tu ne crois pas que tout ce que nous avons eu et partagé devrait nous aider à nous comprendre?

— Le vice est un monstre aux traits si repoussants, dit le jeune homme avec amertume, que pour... je ne sais plus quoi... il suffit de contempler. Puis nous... etc., etc., puis... — Il ne pouvait pas se souvenir des mots exacts. — Je suis incapable de faire une citation, dit-il.

— Ne parlons pas de vice, dit-elle. Ce n'est pas très poli.

— Perversion, alors...

— James, fit un des clients en s'adressant au barman. Vous avez l'air en pleine forme.

— Vous de même, dit le barman.

— Ce vieux James, dit l'autre client. Vous avez grossi, James.

— Oui, dit le barman, c'est terrible ce que j'engraisse.

— N'oubliez pas le brandy, James, dit le consommateur.

— Non, Monsieur, dit le barman. Faites-moi confiance.

Les deux clients du bar regardèrent le couple attablé, puis se retournèrent de nouveau vers le barman. Il était plus commode de regarder de son côté.

— Je préférerais que tu n'emploies pas de mots pareils, dit-elle. Ce n'est pas nécessaire d'employer un mot comme celui-là.

— Comment veux-tu que j'appelle ça ?

— Tu n'as pas besoin de l'appeler. Tu n'as pas besoin de donner un nom à ça.

— C'est pourtant bien le mot.

— Non, dit-elle. Nous sommes faits de toutes sortes de choses. Tu le savais bien, ça. Tu l'as assez dit.

— Ce n'est pas la peine de le répéter.

— Si, parce que ça t'explique.

— Ça va, fit-il, ça va.

— Tu veux dire que ça ne va pas. Je sais. Ça ne va pas. Mais je reviendrai. Je t'ai dit que je reviendrais. Tout de suite après.

— Mais non.

— Si, je reviendrai.

— Mais non. Pas à moi.

— Tu verras.

— Oui, dit-il, voilà la plaie. Tu finiras par revenir.

— Naturellement.

— Alors, va-t'en.

— Vraiment ? Elle ne pouvait pas le croire, mais sa voix était heureuse.

— Va.

Sa voix résonnait étrangement à ses propres oreilles. Il la regardait... Il regardait la courbe de sa bouche, le modelé de ses pommettes, ses yeux et la naissance de ses cheveux autour du front, près de l'oreille et sur la nuque.

— Non, ce n'est pas vrai. Oh! mon chéri, dit-elle, tu es vraiment trop gentil avec moi.

— Et quand tu reviendras, tu me raconteras.

Sa voix avait un son très étrange, il ne la reconnaissait pas. Elle lui jeta un bref coup d'œil. Il avait quelque chose en tête.

— Tu veux vraiment que je m'en aille ? demanda-t-elle gravement.

— Oui, dit-il sur le même ton. Immédiatement.

Sa voix était changée et sa bouche très sèche. Tout de suite, dit-il.

Elle se leva et sortit très vite, sans se retourner. Il la regarda partir. Il n'était plus le même homme depuis qu'il lui avait dit de partir. Il se leva, ramassa les deux fiches et s'approcha du bar.

— Me voilà un autre homme, James, fit-il au barman. Vous voyez en moi un tout autre homme.

— Oui, Monsieur, fit James.

— Le vice, dit le jeune homme bronzé, est une chose très étrange, James.

Il regarda par la porte et la vit descendre la rue. Il s'aperçut dans la vitre et réalisa qu'il était bien devenu un autre homme. Les deux consommateurs se poussèrent pour lui faire de la place.

— Tenez, mettez-vous là, Monsieur, dit James.

Les deux autres se décalèrent encore un peu pour qu'il pût se mettre à son aise. Le jeune homme se vit dans la glace derrière le bar.

— J'ai dit que j'étais un autre homme, James, dit-il.

En regardant dans la glace, il vit que c'était absolument exact.

— Vous avez une mine magnifique, Monsieur, vous avez dû passer un bien bel été.

ÇA NE RISQUE PAS DE VOUS ARRIVER

L'attaque s'était déclenchée de l'autre côté du champ ; contenue par un barrage de mitrailleuses en provenance du chemin creux et d'un groupe de fermes, elle n'avait rencontré aucune résistance dans la ville et avait atteint le bord de la rivière. A bicyclette, sur la route, obligé de pousser sa machine quand le sol était trop défoncé, Nicholas Adams comprit ce qui s'était passé d'après la position des morts.

Ils étaient allongés, isolés ou en tas dans l'herbe haute des prés et le long de la route. Leurs poches étaient retournées. Ils étaient couverts de mouches. Et près de chaque cadavre ou de chaque amas de cadavres, étaient éparpillés des papiers.

Dans l'herbe et les blés, dans les bas-côtés et par places, en plein milieu de la route, s'étalait un matériel hétéroclite. Une roulante qui avait dû arriver quand tout était calme : des havresacs de peau, des grenades, des casques, des fusils, certains avec les crosses en l'air, les baïonnettes plantées dans le sol — elles avaient pas mal travaillé ces temps derniers. Encore des grenades, des éclats d'obus, des casques, des fusils, des pelles de tranchées, des caisses de munitions, des pistolets lance-fusées avec leurs projectiles épars, des trousses de secours, des masques à gaz et leurs étuis, une mitrailleuse à trépied dans un cercle de douilles vides, avec les bandes sorties de leurs boîtes, et le refroidisseur à eau vidé, la culasse enlevée, les servants étrangement emmêlés, et tout autour, dans l'herbe, toujours les mêmes papiers éparpillés.

Il y avait des livres de messe, des cartes postales représentant la section des mitrailleurs, le sourire aux lèvres, posant comme une équipe scolaire avant le match de fin d'année et, maintenant, ils étaient entassés et gonflés dans l'herbe ; il y avait des cartes de propagande montrant un soldat en uniforme autrichien en train de renverser une femme sur un lit : les personnages avaient une attitude suggestive, le tableau était séduisant et n'avait rien de commun avec le viol véritable où la jupe est rabattue par-dessus la tête de la femme, tandis que pour l'étouffer un camarade s'assied sur sa figure. Il y avait beaucoup de cartes stimulantes qu'on avait évidemment distribuées juste avant l'offensive. Maintenant elles étaient éparpillées parmi les cartes postales pornographiques, les petites photos de filles de campagne prises par des photographes de villages, quelques photos d'enfants et des lettres, des lettres et des lettres. Il y avait toujours beaucoup de papiers autour des morts et cette attaque n'avait pas fait exception.

Ceux-ci étaient des morts récents et personne ne s'était préoccupé d'autre chose que de leurs poches. Nick remarqua que nos morts, ou ceux qu'il présumait tels, étaient étonnamment peu nombreux. Leurs manteaux avaient été ouverts et leurs poches retournées ; leurs positions donnaient une idée précise du style et de l'habileté de l'attaque. La chaleur les avait tous également gonflés, sans distinction de nationalité.

Il était clair que la ville avait été défendue à la fin, de la position du chemin creux. Aucun Autrichien ou presque n'y était tombé. Il n'y avait que trois cadavres dans la rue et les hommes semblaient avoir été abattus dans leur course. Les maisons de la ville avaient été mises en ruine par le bombardement ; la rue était pleine de moellons et de gravats, de poutres arrachées et de débris de tuiles. Il y avait de nombreux entonnoirs dont certains étaient cernés d'une trace jaune laissée par l'ypérite. Le sol était jonché d'éclats d'obus et de shrapnells. La ville était déserte.

Depuis Fornaci, Nick Adams roulait à travers une campagne luxuriante sans avoir rencontré personne. Pourtant, à gauche de la route, il avait aperçu des fusils masqués par un rideau de mûriers. La colonne d'air brûlant montant des canons chauffés par le soleil avait attiré son attention. Il traversa la ville, surpris de la trouver déserte, et en sortit par la route qui suivait la berge en contrebas du fleuve. Au-delà de la ville, la route descendait à travers une plaine dénudée. Nick apercevait les eaux tranquilles du fleuve, la courbe basse de la rive opposée et la terre limoneuse, blanchie par le soleil, des abris creusés par les Autrichiens. Tout était vert et exubérant depuis son dernier passage et la consécration de l'histoire n'avait en rien altéré le cours du fleuve.

Le bataillon était installé sur la gauche le long de la rive. En haut de la berge, on voyait quelques hommes installés dans une série de trous. Nick repéra l'emplacement des mitrailleuses et les fusées de signalisation dans leurs étuis. Dans les trous creusés au flanc de la berge, les hommes dormaient. Personne ne l'arrêta. Il poursuivit sa route et, comme il amorçait un virage dans la boue, un jeune sous-lieutenant, mal rasé, les yeux rouges injectés de sang, lui mit un revolver sous le nez :

— Qui êtes-vous ?

Nick s'expliqua.

— Qu'est-ce qui me le prouve ?

Nick lui montra la tessera avec la photo, son identité et le cachet de la troisième armée. L'autre s'en saisit.

— Je la conserve.

— Certainement pas, dit Nick. Rendez-moi ma carte et écartez ce revolver... Là. Comme ça. Dans l'étui.

— Comment puis-je savoir qui vous êtes ?

— La tessera vous le dit.

— Et si la tessera est fausse ? Donnez-moi cette carte.

— Ne faite pas l'imbécile, dit aimablement Nick. Conduisez-moi à votre commandant de compagnie.

— Je devrais vous envoyer au quartier général du bataillon.

— D'accord, fit Nick. Écoutez, connaissez-vous le capitaine Paravicini ? Le grand avec une petite moustache qui était architecte et parle anglais ?

— Vous le connaissez ?

— Un peu.

— Quelle compagnie commande-t-il ?

— La seconde.

— Il commande le bataillon.

— Bien, fit Nick. — Il était soulagé de savoir que Para allait bien. — Allons au bataillon.

Quand Nick était sorti de la ville, trois fusées avaient éclaté assez haut sur la droite au-dessus d'une des maisons détruites. Depuis, le bombardement s'était interrompu. Mais cet officier avait exactement la figure d'un homme pris sous un bombardement. C'était la même tension et la même voix étranglée. Son revolver agaçait Nick.

— Otez ça de là, dit-il. Il y a toute la rivière entre eux et vous.

— Si je pensais que vous êtes un espion, je vous abattrais sur-le-champ, fit le sous-lieutenant.

— Venez, allons au bataillon, dit Nick.

Cet officier l'exaspérait.

Le capitaine Paravicini, major par intérim, était à sa table dans la cagna qui servait de quartier général. Plus mince et plus Anglais que jamais, il se leva quand Nick le salua.

— Hello, fit-il. Je ne vous reconnaissais pas. Que faites-vous dans cet uniforme ?

— On m'a mis dedans.

— Je suis très content de vous voir, Nicolo.

— Eh bien, vous avez l'air en pleine forme. L'affaire a bien marché ?

— Nous avons fait une attaque remarquable, vraiment remarquable. Je vais vous montrer. Regardez.

Il montra sur une carte comment s'était déroulée l'attaque.

— Je suis venu de Fornaci, dit Nick. J'ai pu voir comment ça s'était passé. C'est un succès.

— C'était extraordinaire. Absolument extraordinaire. Êtes-vous attaché au régiment ?

— Non, je suis censé circuler en montrant mon uniforme.

— Voilà qui est bizarre !

— On suppose que s'ils voient un uniforme américain, ils croiront qu'il en viendra d'autres.

— Mais comment sauront-ils que c'est un uniforme américain ? demanda Paravicini.

— Vous le leur direz.

— Oui, oui. Je vois... Je vais vous donner un caporal pour vous piloter et vous ferez la tournée des lignes.

— Comme un salaud de politicien, fit Nick.

— Vous seriez beaucoup plus distingué en civil.

— Voilà qui serait vraiment chic.

— Avec un chapeau à bords roulés.

— Ou avec un taupé bien velu.

— Je suis censé avoir les poches pleines de cigarettes, de cartes postales et d'objets de ce genre, dit Nick, il me faudrait une musette pleine de chocolat. Et je distribuerais tout ça avec un mot aimable et une tape sur l'épaule. Mais il n'y avait ni cigarettes, ni cartes postales, ni chocolat. Alors ils m'ont simplement dit de circuler.

— Je suis sûr que votre seule apparition remontera le moral de nos soldats.

— Ah! je vous en prie, dit Nick, cette histoire m'embarrasse bien assez comme ça. En principe, j'aurais dû vous apporter une bouteille de brandy.

— En principe, dit Para et il sourit pour la première fois, en découvrant ses dents jaunies. Quelle jolie expression! Voulez-vous un verre de grappa?

— Non, merci, dit Nick.

— Il n'y a pas d'éther dedans.

— J'en ai encore le goût dans la bouche, et le souvenir se fit soudain très précis pour Nick.

— Savez-vous que je ne me suis pas aperçu que vous étiez soûl jusqu'à ce que vous parliez de revenir en camion.

— J'étais fin soûl, dit Nick.

— Moi, je ne peux pas faire ça, dit Para. J'en ai pris une fois à mon premier engagement. Ma toute première affaire. Ça m'a rendu malade comme un chien et j'ai eu horriblement soif.

— Vous n'avez pas besoin de ça.

— Vous êtes beaucoup plus brave que moi pendant une attaque.

— Non, dit Nick. Je me connais, je préfère me soûler. Je n'en ai pas honte.

— Je ne vous ai jamais vu soûl.

— Non, fit Nick. Jamais. Même pas cette nuit en allant de Mestre à Portogrande, quand je voulais dormir et prendre la bicyclette comme couverture et la tirer sous mon menton?

— Ce n'était pas dans les lignes.

— Ne parlons pas de moi, fit Nick. C'est un sujet que je connais trop pour vouloir encore y penser.

— Vous devriez rester ici un moment, dit Paravicini. Faites un petit somme, si vous en avez envie. Ça n'a pas été trop abîmé par les bombardements. Il fait encore trop chaud pour sortir.

— Je suppose que rien ne nous presse.

— Mais comment vous sentez-vous, en vérité ?

— Parfaitement bien, merci.

— Non. Je veux dire sérieusement.

— Je vais très bien. Je ne peux absolument pas dormir sans lumière. Mais c'est tout, maintenant.

— Il aurait fallu vous trépaner. Je ne suis pas docteur, mais j'en suis convaincu.

— Ils ont pensé qu'il valait mieux que ça se résorbe, et ça s'est passé comme ça. Mais qu'y a-t-il donc ? Je ne vous donne pas l'impression d'être fou, j'espère ?

— Vous avez l'air tout à fait en forme.

— C'est la fin de tout, une fois qu'on vous a classé parmi les détraqués, dit Nick. Plus personne n'a confiance en vous.

— A votre place, je ferais un petit somme, Nicolo, dit Paravicini. Bien sûr, ça ne ressemble pas à l'ancien Q. G. mais nous attendons l'ordre de mouvement. Il ne faut pas sortir avec cette chaleur, Nick, c'est stupide. Installez-vous sur cette paillasse.

— Je peux toujours m'étendre un moment, fit Nick.

Il était allongé sur la paillasse. Il était très déçu de se sentir dans cet état et encore plus d'avoir vu le capitaine Paravicini s'en rendre si bien compte. Cet abri-là n'avait pas les dimensions de celui où une section de la classe 1899 était devenue hystérique, à son arrivée au front, pendant le tir de barrage avant l'attaque, le jour où Para, la jugulaire de son casque entre les dents pour garder ses lèvres serrées, avait dû les sortir deux par deux pour leur montrer qu'il n'arriverait rien. Il savait bien qu'ils ne tiendraient pas le coup quand ils seraient dans le bain. Il savait que ce n'était qu'une vaste saloperie — s'il n'est pas foutu de s'arrêter de pleurer, casse-lui la figure pour lui changer les idées. J'en descendrais bien un, mais c'est trop tard maintenant. Les autres seraient encore pires. Casse-lui la gueule. Ils ont repoussé l'attaque à 5 heures 20. Nous n'avons plus que 4 minutes. Casse la figure à cet espèce de con et sors-le à coups de pied au cul. Vous croyez qu'ils marcheront ? S'ils flanchent, descends-en deux et tâche de faire sortir les autres comme tu peux. Surveillez-les, sergent. C'est inutile de partir en avant et de s'apercevoir que rien ne suit. Pousse-les au cul, avancez. Quelle saloperie. Ça va, ça va très bien. Puis, l'œil sur sa montre, de cette voix calme, de cette précieuse voix calme : « Savoia. » Affectant un parfait sang-froid, qu'on n'ait pas le temps de se rendre compte. Impossible de retrouver les siens après la débâcle ; une cité entière avait été enfoncée. C'est pour ça qu'ils avaient flanché. Pour avoir voulu grimper ce glacis de sang-froid, la seule fois où il ne s'était pas dopé. Et à leur retour, la cabane du téléphérique était en flammes, semblait-il, certains des blessés descendirent quatre jours plus tard, d'autres ne descendirent pas, mais nous remontions, et revenions, et redescendions — nous redescendions toujours. Et il y avait Gaby Deslys si étrange que cela paraisse, tout emplumée : vous m'avez appelé poupée chérie, il y a un an, tra la la, vous avez dit que j'étais charmant, tra la la, avec ou sans mes plumes ; la grande Gaby. Et je m'appelle aussi Harry Pilcer, et souvent nous descendions de taxi quand la côte montant à la butte devenait trop raide. Toutes les nuits, il voyait cette colline, quand il rêvait du Sacré-Cœur, blanc et soufflé, comme une bulle de savon. Quelquefois son amie était avec lui, quelquefois avec un autre, et il ne comprenait pas ça.

Mais cela datait des nuits où le fleuve coulait bien plus large et plus lent qu'il n'aurait dû. Et près de Fossalta il y avait une maison basse peinte en jaune entourée de saules, et une étable. Il y avait aussi un canal. Il était passé là mille fois sans l'avoir jamais vue, mais elle était là, toutes les nuits, aussi évidente que la colline. Et il en avait peur. Cette maison lui tenait au cœur plus que toute autre chose et toutes les nuits, il la retrouvait : Il ne pouvait s'en passer mais il en avait peur, surtout quand le bateau flottait dans les saules, sur le canal, mais ses rives ne ressemblaient pas à celles du fleuve. Tout y était moins élevé comme à Portogrande, où ils les avaient vus arriver, oscillant dans les champs inondés. Ils brandissaient leurs fusils au-dessus de leurs têtes et finissaient par s'engloutir dans l'eau sans les lâcher. Qui avait donné l'ordre ? Si ça n'était pas si salement embrouillé, il arriverait à suivre son idée. Voilà pourquoi il se rappelait tant de détails. Il voulait garder le fil et savoir exactement où il en était, puis soudain tout se brouillait sans raison ; maintenant, par exemple, il était là couché sur une paillasse, au quartier général d'un bataillon et Para commandait le bataillon, et il portait cette saleté d'uniforme américain. Il s'assit et jeta un coup d'œil autour de lui. Tout le monde le regardait. Para était sorti. Il se recoucha.

L'aventure de Paris était bien plus ancienne. Il n'en avait pas peur, sauf quand elle était partie avec un autre. Cette crainte de les voir tomber deux fois sur le même chauffeur. C'était ce qu'il appréhendait le plus. Et non pas le front. Maintenant, il ne rêvait plus jamais du front, mais cette frayeur qui tournait à l'obsession, c'était cette longue maison jaune et l'écart changeant des rives du fleuve. Maintenant, il était revenu à ce fleuve, il avait traversé la même ville, et il n'y avait pas de maison. La rivière aussi était différente. Mais alors où était-il allé toutes les nuits ?

Où était le danger ? Et pourquoi s'éveillait-il en nage, angoissé comme jamais il ne l'avait été pendant un bombardement pour une maison, une longue étable et un canal ?

Il s'assit et balança ses jambes avec précaution, elles s'engourdissaient chaque fois qu'elles restaient étendues. A son tour, il dévisagea l'adjudant, les deux agents des transmissions et les deux hommes de liaison auprès de la porte, et il mit son casque camouflé sur sa tête.

— Je regrette l'absence du chocolat, des cartes postales et des cigarettes, dit-il. Néanmoins, je porte l'uniforme.

— Le major revient tout de suite, dit l'adjudant. Dans cette armée, un adjudant n'est pas officier.

— Cet uniforme n'est pas tout à fait correct, leur expliqua Nick, mais il vous en donne une idée. Bientôt il y aura ici des millions d'Américains.

— Vous pensez qu'ils vont envoyer des Américains ici ? demanda l'adjudant.

— Absolument, des Américains deux fois grands comme moi, florissants, des cœurs à toute épreuve, des gars qui dorment la nuit, n'ont jamais été blessés, jamais touchés par un obus, qui n'ont jamais eu la tête démolie, qui n'ont jamais peur, ne boivent pas, fidèles aux fiancées restées au pays, qui n'ont, pour ainsi dire, jamais eu de morpions, des types fumants. Vous verrez ça.

— Vous êtes Italien ? demanda l'adjudant.

— Non. Américain. Regardez l'uniforme. C'est Spagnolini qui l'a coupé, mais il n'est pas tout à fait correct.

— Américain du Sud ou du Nord ?

— Du Nord, fit Nick.

Il sentait que ça venait maintenant. Il serait bientôt calmé.

— Mais vous parlez italien ?

— Pourquoi pas ? Ça vous gêne si je parle italien ? Est-ce que je n'ai pas le droit de parler italien ?

— Vous avez des décorations italiennes ?

— Des rubans et des papiers, c'est tout. Les médailles viendront plus tard. Ou on les donne aux gens pour qu'ils les conservent et les gens s'en vont : ou bien vous les perdez avec vos bagages, mais vous pouvez en acheter d'autres à Milan. Ce sont les papiers qui sont importants. N'en soyez pas jaloux. Vous en aurez aussi si vous restez au front assez longtemps.

— Je suis un vétéran de la campagne d'Érythrée. dit l'adjudant, d'un ton raide. J'ai combattu à Tripoli.

— C'est un honneur de vous avoir rencontré. Nick lui tendit la main. Vous avez dû avoir des rudes journées, j'ai vu vos décorations. Étiez-vous, par hasard, sur le *Carso ?*

— Je viens juste d'être rappelé. Ma classe était trop ancienne.

— Moi, il fut un temps où je n'avais pas l'âge, fit Nick. Mais maintenant je suis réformé.

— Mais pourquoi êtes-vous ici maintenant ?

— Je présente l'uniforme américain, dit Nick. Ne le trouvez-vous pas très représentatif ? Le col est un peu étroit, mais bientôt vous en verrez des millions qui le porteront, ils fourmilleront comme des criquets. La sauterelle voyez-vous, ce qu'on appelle la sauterelle en Amérique, est en réalité un criquet. La vraie sauterelle est petite, verte et relativement inoffensive. Il ne faut cependant pas la confondre avec le criquet de sept ans ou cicada qui émet un son particulier et soutenu, dont je n'arrive pas à me souvenir. J'essaie sans succès de me le rappeler. Je me crois sur le point de l'entendre et il disparaît complètement. Vous voudrez bien m'excuser si j'interromps notre conversation ?

— Va voir si tu peux trouver le major, dit l'adjudant à l'un des agents de liaison. Je vois que vous avez été blessé, dit-il à Nick.

— Oui, un peu partout, fit Nick. Si vous vous intéressez aux cicatrices, je peux vous en montrer de très intéressantes, mais je préférerais parler des sauterelles. C'est-à-dire ce que nous appelons sauterelles, et qui sont, en fait, des criquets. Ces insectes ont, une fois, joué un rôle très important dans ma vie. Peut-être cela vous intéressera-t-il ? Vous pourrez regarder mon uniforme pendant que je parle.

L'adjudant fit un signe au deuxième agent de liaison qui sortit.

— Regardez bien cet uniforme. Spagnolini l'a coupé, vous le savez. Vous pouvez regarder également, dit Nick aux agents des transmissions. En fait, je n'ai pas de grade. Nous dépendons du Consulat américain. Vous pouvez y jeter un coup d'œil sans le moindre inconvénient. Vous pouvez même le regarder de tout près si ça vous amuse. Je vais vous parler du criquet américain. Nous en avons baptisé un le brun moyen. Nous l'avons toujours préféré. C'est lui qui résiste le mieux à l'eau. Les poissons ont un faible pour lui. Les plus grands, qui volent avec un bruit assez semblable à celui que fait un serpent à sonnettes lorsqu'il agite ses sonnettes, ont des ailes aux couleurs éclatantes, les unes rouge vif, d'autres jaunes rayées de noir. Mais elles se réduisent en poussière dans l'eau. Ce sont des appâts minables. Tandis que le brun moyen est un criquet bien en chair, compact et succulent, que je ne saurais trop vous recommander à vous, Messieurs, qui n'en verrez probablement jamais. Mais je dois insister sur ce point : Vous ne ferez jamais une provision de ces insectes suffisante pour une journée de pêche, en les poursuivant à la main ou en essayant de les assommer avec un bâton : c'est un non-sens absolu et une perte de temps totale. Je vous le répète, Messieurs, vous n'arriverez à rien. La bonne technique qu'on devrait enseigner à tous les jeunes officiers dans les cours sur les armes légères, si j'avais mon mot à dire en la matière, et peut-être l'aurai-je un jour, qui sait... c'est l'emploi d'une seine ou filet fait d'un vulgaire tissu de moustiquaire. Deux officiers prennent la pièce de tissu aux extrémités opposées, ou disons, à chaque extrémité, se baissent, saisissent l'extrémité inférieure du filet d'une main, l'extrémité supérieure de l'autre et courent dans le vent. Les criquets entraînés par le vent s'écrasent contre le filet et sont pris dans ses plis. Ça n'a rien de sorcier d'en attraper une grande quantité, et, à mon avis, aucun officier ne devrait circuler sans un métrage de moustiquaire capable de se transformer instantanément en filet à criquets. J'espère m'être bien fait comprendre, Messieurs. Pas de questions ? Si quelque chose vous a échappé au cours de cet exposé, questionnez-moi, je vous en prie, parlez. Rien ? Dans ces conditions, j'aimerais conclure sur ces mots d'un grand soldat et d'un grand homme, Sir Henry Wilson : « Messieurs, ou vous devez gouverner ou vous devez être gouvernés. Permettez-moi de le répéter, Messieurs, il y a une chose dont j'aimerais que vous vous souveniez. Une chose que j'aimerais voir gravée en vous quand vous quitterez cette pièce : Messieurs, ou vous devez gouverner ou vous devez être gouvernés. C'est tout, Messieurs, bonjour. »

Il enleva son casque camouflé, le remit, puis courbant le dos, il sortit de l'abri. Para, accompagné par les deux agents de liaison, arrivait par le chemin creux. Le soleil était brûlant. Nick enleva son casque.

— Il devrait y avoir un système pour mouiller ces trucs-là, fit-il. Je vais tremper celui-là dans la rivière.

Il se mit à grimper le talus.

— Nicolo, appela Paravicini, Nicolo, où allez-vous ?

— En fait, je n'ai pas besoin d'y aller. Nicolo redescendit, le casque dans les mains. C'est un foutu poison sec ou mouillé. Vous portez le vôtre tout le temps ?

— Tout le temps, dit Para. Je serai bientôt chauve. Allons, rentrez.

Une fois à l'intérieur, Para lui dit de s'asseoir.

— Vous savez, ça ne vaut absolument rien ces sacrés machins, dit Nick. Je me rappelle le temps où c'était un soulagement de les avoir les premiers jours, mais je les ai vus trop souvent remplis de cervelle.

— Nicolo, dit Para. Je crois que vous feriez mieux de rentrer. Je pense qu'il vaudrait mieux pour vous de ne pas remonter en ligne jusqu'à ce que vous ayez touché ces approvisionnements. Il n'y a rien à faire pour vous ici. Si vous vous promenez avec quelques produits qui valent une distribution générale, il y aura des rassemblements d'hommes, donc des risques de bombardements. Je ne veux pas de ça.

— Je sais que c'est stupide, dit Nick. Mais ça ne vient pas de moi... j'ai appris que la brigade était là. Alors, j'ai pensé à venir vous voir. Vous ou un autre de mes camarades. J'aurais pu aller à Zenzon ou à San Dona. J'aimerais aller à San Dona pour revoir le pont.

— Je ne veux vous voir circuler par ici sous aucun prétexte, dit le capitaine Paravicini.

— Très bien, fit Nick.

Il sentait que ça revenait.

— Vous me comprenez ?

— Naturellement, fit Nick.

Il essayait de se contenir.

— Toute démarche de ce genre devrait se faire la nuit.

— Bien entendu, fit Nick.

Il savait maintenant qu'il ne pourrait pas se contenir.

— Je commande le bataillon, voyez-vous, dit Para.

— Et pourquoi pas ? demanda Nick. — Ça y était

presque... Ça venait. — Vous savez lire et écrire, n'est-ce pas ?

— Oui, dit Para doucement.

— L'ennui c'est que vous avez un bataillon bigrement petit à commander. Dès qu'il sera renforcé, on vous rendra votre compagnie. Pourquoi n'enterrent-ils pas les morts ? Je les ai vus maintenant. Ça ne m'intéresse plus de les revoir. Ils peuvent les enterrer quand ils veulent, en ce qui me concerne, et ça vaudrait beaucoup mieux pour vous. Ça va tous vous rendre salement malades.

— Où avez-vous laissé votre bicyclette ?

— A l'intérieur de la dernière maison.

— Croyez-vous que ça va aller ?

— Ne vous en faites pas, dit Nick. Je partirai dans un petit moment.

— Étendez-vous un peu, Nicolo.

— Oui.

Il ferma les yeux et au lieu de voir l'homme barbu qui le regardait au-dessus du guidon du fusil, très calme avant de presser la détente, au lieu de l'éclair blanc et du coup de fouet, de la chute à genoux, du flot de sang doux et chaud dans la gorge, craché sur la pierre, tandis qu'ils défilaient devant lui, il vit une longue maison jaune avec une étable basse et la rivière beaucoup plus large qu'elle n'était et plus tranquille.

— Nom de Dieu ! fit-il. Je ferais aussi bien de partir.

Il se leva.

— Je m'en vais, Para, je vais rentrer dans l'après-midi. S'il est arrivé des approvisionnements, je les apporterai ce soir. Sinon, je viendrai la nuit quand j'aurai quelque chose à apporter.

— Il fait encore très chaud pour rouler, dit le capitaine Paravicini.

— Ne vous en faites pas, dit Nick. Ça ira pendant un bon moment maintenant. J'en ai eu une tout à l'heure, mais ce n'était pas terrible. Ça s'est bien passé. Je sais quand ça va m'arriver parce que je me mets à parler terriblement.

— Je vais envoyer un agent de liaison avec vous.

— Non, je vous en prie, je connais mon chemin.

— Vous reviendrez bientôt ?

— Certainement.

— Laissez-moi envoyer...

— Non, dit Nick. Comme marque de confiance.

— Très bien. Ciaou alors.

— Ciaou, dit Nick.

Il repartit par le chemin creux à la recherche de sa bicyclette. Dans l'après-midi, la route serait à l'ombre, au-delà du canal. Elle était bordée d'arbres qui n'avaient pas été touchés par les bombardements. C'était là qu'une fois, au cours d'une marche, ils avaient dépassé le régiment de cavalerie Terza Savoia chevauchant dans la neige avec les lances. L'haleine des chevaux faisait des panaches dans l'air froid. Non, c'était ailleurs. Où était-ce donc ?

« Je ferais mieux d'arriver à cette sacrée bicyclette, se dit Nick. Je n'ai pas envie de me perdre en rentrant à Fornaci. »

LA MÈRE D'UNE TANTE

A la mort de son père, c'était encore un gamin et son manager prit une concession à perpétuité. Mais quand sa mère mourut, le manager se dit que leur passion réciproque allait peut-être se refroidir. Ils étaient très intimement liés ; bien sûr que c'est une tante, vous ne le saviez pas ? Eh bien, voilà, c'est une tante. Son manager ne paya donc le caveau que pour cinq ans.

C'est quand il revint au Mexique, après son voyage en Espagne, qu'il reçut la première sommation. Il y était écrit que c'était le préavis de résiliation, car les cinq années s'étaient écoulées et on lui demandait s'il voulait faire le nécessaire pour prolonger la durée de la concession. Vingt dollars suffisaient pour la concession à perpétuité. Je tenais alors la caisse et lui dis :

— Laisse-moi m'en occuper, Paco.

Mais il refusa et dit qu'il s'en chargerait. C'était sa mère et il voulait s'en occuper lui-même.

Une semaine après, il reçut la deuxième sommation. Je la lus et lui dis que j'avais cru l'affaire réglée. Non, me dit-il. Il n'avait rien fait.

— Laisse-moi m'en occuper, dis-je. Il y a ce qu'il faut dans la caisse.

— Non, dit-il. Personne ne lui dicterait sa conduite.

Il le ferait lui-même en temps utile. A quoi bon dépenser de l'argent d'avance ?

— Bien, dis-je, mais n'oublie pas de t'en occuper.

Il avait à l'époque un contrat pour six combats à 4 000 pesos chacun sans compter le gala. Il se fit plus de 15 000 dollars rien que dans la capitale. Il était radin, voilà tout.

La semaine suivante, la troisième sommation arriva. Je la lui lus également : si le règlement n'était pas effectué le samedi suivant, la tombe de sa mère serait ouverte et les restes jetés dans la fosse commune. Il déclara qu'il s'en occuperait l'après-midi en allant en ville.

— Pourquoi ne veux-tu pas me laisser faire ? lui demandai-je.

— Mêle-toi de ce qui te regarde, dit-il. Ceci, c'est mon affaire et je vais m'en charger.

— Si tu le prends comme ça, n'en parlons plus. Occupe-t'en toi-même.

Il sortit l'argent de la caisse, bien qu'il eût alors sur lui en permanence 100 pesos et plus, et me répéta qu'il allait s'en occuper. Il partit avec l'argent et, bien entendu, je crus l'affaire réglée.

Une semaine plus tard, la lettre vint. Il n'y avait pas eu de réponse au dernier avertissement et le corps de sa mère avait été mis dans la fosse commune.

— Bon Dieu, lui dis-je, tu as dit que tu allais payer et tu as sorti l'argent de la caisse pour le faire, et maintenant, tu vois ce qui est arrivé à ta mère ? Réfléchis un peu, Bon Dieu, ta propre mère dans la fosse commune ! Pourquoi ne m'as-tu pas laissé faire ? J'aurais tout réglé au premier avertissement.

— Ça ne te regarde pas. C'est ma mère.

— Ça ne me regarde pas, d'accord, mais ça te regardait, *toi*. Qu'est-ce qui peut bien couler dans les veines d'un homme qui laisse faire une chose pareille à sa mère? Tu ne mérites pas d'avoir une mère.

— C'est ma mère, dit-il. Elle m'est tellement plus chère maintenant. Je n'aurai plus à me l'imaginer, enterrée seule dans un coin, et toute triste. Maintenant, elle est dans l'air qui m'environne, comme les oiseaux et les fleurs. Désormais, elle sera toujours avec moi.

— Nom de Dieu! Mais qu'est-ce que tu as dans les veines? Je ne veux plus que tu m'adresses la parole!

— Elle est tout autour de moi, dit-il. Plus jamais je ne serai triste, maintenant.

En ce temps-là, il dépensait des sommes folles pour les femmes, il essayait de se faire passer pour un homme et de duper les gens, mais ça restait sans effet sur tous ceux qui le connaissaient un peu. Il me devait 600 pesos et refusait de me payer.

— Pourquoi les veux-tu maintenant? disait-il. Tu n'as donc pas confiance en moi? Nous ne sommes donc pas amis?

— Amis ou pas, confiance ou non, j'ai payé tes notes avec mon argent, pendant ton absence, maintenant j'en ai besoin et tu as de quoi me rembourser.

— Je n'ai pas cet argent.

— Tu l'as! Il est dans la caisse et tu peux très bien me régler.

— J'ai besoin de cet argent pour quelque chose; tu es loin de connaître tous mes besoins d'argent.

— Je suis resté ici tout le temps que tu étais en Espagne, tu m'as autorisé à régler toutes les factures, tous les frais de la maison et tu ne m'as pas envoyé un sou pendant ton absence. J'ai remboursé plus de 600 pesos, et maintenant tu refuses de me rendre cet argent qui m'est nécessaire.

— Je te rembourserai bientôt, dit-il. Mais pour l'instant, j'ai un besoin pressant d'argent.

— Pour quoi?

— C'est mon affaire.

— Pourquoi ne me donnes-tu pas un acompte ?

— Je ne peux pas, dit-il, j'ai trop besoin de cet argent. Mais je te rembourserai.

Il n'avait fait que deux courses en Espagne ; ils ne pouvaient pas le supporter là-bas, ils le perçaient à jour trop vite. Il s'était fait faire sept nouveaux costumes d'arène... et les avait si mal emballés que quatre d'entre eux gâchés par l'eau de mer pendant la traversée, étaient devenus immettables — ceci pour vous donner une idée du personnage.

— Nom de Dieu ! lui dis-je, tu vas en Espagne, tu y restes la saison entière pour deux combats. Tu dépenses en costumes tout l'argent que tu as emporté et tu les laisses si bien ronger par l'eau de mer que tu ne peux plus les porter. Voilà ta saison, et tu me parles de gérer tes affaires... Pourquoi ne me rembourses-tu pas, que je puisse partir ?

— Je veux que tu restes ici, dit-il, et je te paierai. Mais, pour le moment, j'ai besoin de l'argent.

— Tu en as trop besoin pour pouvoir payer une sépulture décente à ta propre mère, hein ?

— Je suis heureux de ce qui est arrivé à ma mère, dit-il. Tu ne peux pas comprendre.

— Fichtre non ! dis-je, paie-moi ce que tu me dois ou je le prendrai dans la caisse.

— La caisse, je vais la garder moi-même, dit-il.

— Pas question.

Ce même après-midi, il vint me trouver en compagnie d'un quelconque crétin, complètement fauché, un pays à lui, soi-disant.

— Voilà un paesano qui a besoin d'argent, me dit-il, pour rentrer chez lui parce que sa mère est très malade.

Ce type-là n'était qu'un pauvre minable, vous comprenez, un moins que rien qu'il n'avait même jamais vu, mais qui était de chez lui, alors il voulait jouer au grand matador avec son compatriote.

— Sors 50 pesos de la caisse, et donne-les-lui, me dit-il.

— Tu viens de me dire que tu n'avais pas d'argent pour me payer et maintenant tu veux donner 50 pesos à ce minable.

— Il est de la même ville que moi, objecta-t-il, et il est dans la mouise.

— Salaud! dis-je en lui donnant les clefs de la caisse. Prends-les toi-même. Je sors.

— Ne te mets pas en colère, dit-il, je te payerai.

Je sortis la voiture pour aller en ville. C'était sa voiture, mais il savait que je la conduisais mieux que lui. Tout ce qu'il faisait, je le faisais mieux que lui et il s'en rendait compte. Il ne savait même pas lire ni écrire. Je voulais voir quelqu'un qui me renseignerait sur les moyens de le forcer à me payer. Il sortit et dit :

— Je t'accompagne, et je vais te rembourser. Nous sommes bons amis. Pourquoi nous disputer?

Nous arrivâmes à la ville, moi au volant. A ce moment, il sortit de sa poche 20 pesos.

— Voilà l'argent, dit-il.

— Enfant de salaud! Chien sans mère! Et je lui dis où il pouvait coller son argent.

— Tu donnes 50 pesos à ce toquard, et tu m'offres ensuite 20 pesos quand tu m'en dois 600... Je ne veux pas toucher un sou de toi. Ton argent, tu sais où tu peux te le mettre!

Je descendis de voiture sans un peso en poche. Je ne savais pas où coucher ce soir-là. Quelque temps après, je suis retourné chez lui avec un ami, pour prendre mes affaires. Depuis, je ne lui ai plus jamais parlé. Cette année, je l'ai rencontré un soir sur la Gran Via, à Madrid ; il allait au Cinéma Callao avec trois amis. Il me tendit la main.

— Hello, mon vieux Roger, me dit-il. Comment

vas-tu ? Il paraît que tu me casses du sucre sur le dos, que tu racontes un tas d'histoires méchantes sur mon compte.

— Tout ce que je dis, c'est que tu n'as jamais eu de mère, lui dis-je.

C'est la pire insulte qu'on puisse faire à un homme en Espagne.

— C'est vrai, fit-il. J'étais si jeune quand ma pauvre mère est morte que j'ai l'impression de n'en avoir jamais eu. C'est bien triste.

Voilà bien les tantes. Rien ne les touche. Rien, absolument rien ne les affecte. Ils dépensent de l'argent pour eux-mêmes ou par vanité, mais ils ne paient jamais. Essayez d'en faire payer un. Je lui ai jeté à la figure tout ce que je pensais de lui, en pleine Gran Via, devant ses trois amis. Et, quand je le rencontre, il continue à me parler exactement comme si nous étions amis. Qu'est-ce qu'un individu pareil peut bien avoir dans les veines ?

UNE LECTRICE ÉCRIT

Elle était assise à sa table, dans sa chambre... devant un journal déplié. Elle ne s'arrêtait que pour regarder par la fenêtre tomber la neige qui fondait en touchant le toit. Elle se mit à écrire cette lettre, sans s'interrompre, sans barrer ou réécrire un seul mot.

Roanoke, Virginie, le 6 février 1933.

« Cher docteur,

« Puis-je me permettre de vous demander un conseil très important — j'ai une décision à prendre et je ne sais pas au juste en qui je peux avoir confiance. Je n'ose pas demander à mes parents — alors je m'adresse à vous — et c'est seulement parce qu'il n'est pas nécessaire que je vous voie, que je peux me confier à vous. Voilà ma situation : en 1929, j'ai épousé un homme qui appartenait à l'armée américaine ; la même année, il a été envoyé en Chine, à Shanghaï — il y est resté 3 ans — puis il est rentré aux États-Unis — il avait été démobilisé quelques mois auparavant et il était revenu chez sa mère à Helena, en Arkansas. Il m'a écrit de le rejoindre — j'y suis allée et je me suis aperçue qu'il suivait un traitement de piqûres. Je me suis, naturellement, renseignée et j'ai appris qu'il se faisait soigner pour une maladie dont je ne sais pas écrire le nom mais c'est quelque chose comme syfilice. Savez-vous de quoi je veux parler — pouvez-vous me dire si je pourrai reprendre la vie commune avec lui, sans danger — je n'ai eu aucun rapport intime avec lui depuis son retour de Chine. Il m'assure qu'il sera complètement guéri quand le médecin aura terminé le traitement. Croyez-vous que ce soit vrai ? — J'ai souvent entendu mon père dire que si l'on était victime de cette maladie, il n'y avait plus qu'à souhaiter la mort — je crois mon père, mais je veux aussi croire mon mari. — Je vous en prie, je vous en supplie, dites-moi ce que je dois faire — j'ai mis une fille au monde pendant que son père était en Chine.

« Je vous remercie d'avance et je m'en remets complètement à vous, votre... »

et elle signa.

Peut-être pourra-t-il me dire ce qu'il faut faire, songea-t-elle. Peut-être me le dira-t-il ? Sur la photo du journal, il a l'air très savant et très intelligent. Tous les jours, il dit aux gens ce qu'il faut faire. Il saura sûrement.

Je ferai tout ce qu'il faudra. Pourtant il y a si longtemps que ça dure... si longtemps. Vraiment longtemps. Mon Dieu, comme il y a longtemps. Je sais très bien qu'il devait aller où on l'envoyait, mais je ne sais pas pourquoi il a été attraper ça. Oh, mon Dieu, j'aurais tellement voulu qu'il ne l'attrape pas. Je m'en fiche de savoir comment il l'a attrapé. Mais Dieu du ciel, j'aurais tant voulu qu'il ne l'attrape pas. Il n'aurait pas dû. Je ne sais pas quoi faire. Si seulement il n'avait pas attrapé de maladie. Je ne sais vraiment pas pourquoi il a fallu qu'il soit malade.

LA CINQUIÈME COLONNE

(Traduit par Marcel Duhamel)

AVANT-PROPOS

La pièce fut écrite durant l'automne et le début de l'hiver 1937, alors que nous attendions une offensive. Trois grandes offensives avaient été projetées pour l'Armée du Centre cette année-là. L'une d'elles était Brunete, qui venait d'avoir lieu. Elle avait débuté brillamment et s'était terminée par une bataille fort sanglante et fort indécise, et nous attendions maintenant les deux autres. Elles ne vinrent jamais ; mais c'est pendant cette attente que j'écrivis La Cinquième Colonne.

Chaque jour, nous étions bombardés par l'artillerie installée au-delà de Leganès et derrière les plis de la colline de Garabitas, et pendant que j'écrivais la pièce, l'Hôtel Florida, où nous vivions et travaillions, reçut plus de trente obus de gros calibre. Alors, si la pièce n'est pas bonne, c'est peut-être pour cela. Mais si elle est bonne, peut-être trente obus y sont-ils pour quelque chose.

Quand on allait au front, distant de quelque douze cents mètres de l'hôtel, à son point le plus proche, le manuscrit était toujours glissé au creux d'un matelas roulé. Quand en rentrant, on le retrouvait intact, c'était très agréable. Il fut terminé, recopié et expédié hors d'Espagne juste avant la pièce de Teruel.

La pièce a été écrite pour être montée, mais son pre-

mier producteur mourut après avoir signé le contrat alors qu'il se rendait en Californie pour choisir la distribution. Un autre signa un deuxième contrat et ne parvint pas à trouver de commandite. En la revoyant, je la trouvai d'une lecture assez attrayante et sans préjuger de ce qu'elle pourrait donner sur scène, je décidai de l'inclure dans le présent recueil. Cela fait une histoire de plus et puis qui sait, quelqu'un sera peut-être tenté de la monter plus tard.

Le titre fait allusion à une déclaration des rebelles espagnols, en automne 1936, selon laquelle ils avaient quatre colonnes qui avançaient sur Madrid et une cinquième colonne de sympathisants à l'intérieur de la ville, chargée de prendre ses défenseurs à revers. Si nombre de membres de la Cinquième Colonne sont morts aujourd'hui, il faut tenir compte du fait qu'ils ont été tués au cours d'une guerre dans laquelle ils étaient tout aussi dangereux et tout aussi déterminés que les soldats des quatre autres colonnes.

Les quatre colonnes avançant sur Madrid exécutaient leurs prisonniers. Lorsque des membres de la Cinquième Colonne étaient capturés dans Madrid, au début de la guerre civile, on les exécutait aussi.

Plus tard, ils devaient être jugés, condamnés à la prison ou envoyés dans des camps de concentration ou encore exécutés, suivant la gravité des crimes commis contre la République. Mais tout au début, on les fusillait. Ils le méritaient, d'après les lois de la guerre, et n'attendaient pas d'autre traitement.

Certains défenseurs fanatiques de la République espagnole — et les fanatiques font souvent plus de tort que de bien à une cause — critiqueront la pièce parce qu'on y admet que des membres de la Cinquième Colonne furent exécutés. Ils diront aussi — et l'ont déjà dit — qu'elle ne montre pas la noblesse et la dignité de la cause du peuple espagnol. Elle ne cherche pas à le faire. Il faudra pour cela maintes pièces et maints romans, et les meilleurs seront écrits une fois la guerre terminée.

La Cinquième Colonne *est tout simplement une pièce sur le contre-espionnage à Madrid. Elle a les défauts d'une histoire écrite en temps de guerre et s'il faut en tirer une moralité, c'est que les gens qui travaillent dans une organisation quelconque n'ont que fort peu de temps à consacrer à la vie de famille. On y trouvera une jeune fille nommée Dorothée mais qui aurait pu tout aussi bien s'appeler Nostalgie. Peut-être vaut-il mieux que vous la lisiez et que je m'arrête d'en parler. Mais, en même temps que des défauts, il se peut que le fait d'avoir été écrite au feu lui ait donné une certaine vitalité. Vous qui la lirez aurez sur ce point une meilleure perspective que moi.*

Ernest Hemingway.

ACTE I

PREMIER TABLEAU

Il est sept heures et demie du soir. Un couloir au premier étage de l'hôtel Florida, à Madrid. Sur la porte de la chambre 109 est accrochée une grande pancarte portant ces mots : « Working, Do not disturb. »

Deux jeunes femmes et deux soldats en uniforme de la Brigade Internationale longent le couloir. Une des jeunes femmes s'arrête et regarde la pancarte.

PREMIER SOLDAT : Viens. On n'a pas toute la nuit devant nous.

JEUNE FEMME : Qu'est-ce qu'il y a d'écrit ?

L'autre couple est passé sans s'arrêter.

SOLDAT : Quelle importance ça a-t-il ce qu'il y a d'écrit ?

JEUNE FEMME : Non, lis-le-moi. Sois gentil. Lis-le moi comme c'est écrit.

SOLDAT : Ça y est, c'est bien ma veine, je tombe sur le genre intellectuel. Malheur ! Je n'ai pas envie de te le lire.

JEUNE FEMME : Tu n'es pas gentil.

SOLDAT : Je ne suis pas censé être gentil (*Il se recule et la regarde d'un air irrésolu.*) Est-ce que j'ai l'air gentil ? Sais-tu d'où je viens ?

JEUNE FEMME : Peu m'importe d'où tu viens. Vous venez tous de je ne sais quel coin affreux et vous y retournez tous. Tout ce que je t'ai demandé, c'était de me lire la pancarte. Si tu ne veux pas, allons-nous-en.

SOLDAT : Je vais te la lire. Ça veut dire : « Occupé. Ne pas déranger. »

La femme a un rire très pointu, très dur.

JEUNE FEMME : Je vais m'en chercher une comme ça pour moi.

Rideau.

DEUXIÈME TABLEAU

Le rideau se relève immédiatement sur le deuxième tableau. Intérieur de la chambre 109. Un lit avec sa table de nuit ; deux chaises recouvertes de cretonne ; une grande armoire à glace et une machine à écrire sur une table. A côté de la machine à écrire, un phono portatif. Un radiateur électrique éclaire la chambre de son vif rougeoiement, et une grande et belle fille blonde est assise sur un des fauteuils et lit, le dos tourné à la lampe qui est à côté du phonographe sur la table. Derrière elle, il y a deux grandes fenêtres aux rideaux fermés. Au mur, une carte de Madrid et, planté devant, un homme d'environ trente-cinq ans, vêtu d'un paletot de cuir, d'un pantalon de velours à côtes, et de bottes très crottées. Sans lever les yeux de son livre, la jeune femme, Dorothée Bridge, dit avec un accent très cultivé :

DOROTHÉE : Il y a une chose que tu pourrais faire, je t'assure, chéri, c'est nettoyer tes bottes avant d'entrer ici.

L'homme, Robert Preston, continue à regarder la carte.

Et ne mets pas tes doigts dessus, chéri, cela fait des taches.

Preston regarde toujours la carte.

As-tu vu Philippe ?

PRESTON : Philippe qui ?

DOROTHÉE : Notre Philippe.

PRESTON, *sans cesser de regarder la carte* : Quand je remontais la Gran Via, *notre* Philippe était chez Chicotes avec cette Mauresque qui a mordu Rodgers.

DOROTHÉE : Il faisait des choses terribles ?

PRESTON, *contemplant toujours la carte* : Pas encore.

DOROTHÉE : Cela ne va sûrement pas tarder. Il déborde d'entrain, de vie...

PRESTON : Et d'eau-de-vie. L'eau-de-vie de chez Chicotes est pourtant bien mauvaise.

DOROTHÉE : Tu as le don de faire les plaisanteries les plus lamentables, chéri. Je voudrais bien que Philippe vienne. Je me rase, chéri.

PRESTON : Cesse de faire la garce, veux-tu ? La garce blasée qui a fait ses études à Vassar.

DOROTHÉE : Je t'en prie, ne m'injurie pas. Je ne me sens pas du tout le genre « Vassar » pour l'instant. Et d'ailleurs on ne peut pas me cataloguer comme le type de la femme qui sort de « Vassar ». Preuve en est que je n'ai rien compris à ce qu'on m'y a enseigné.

PRESTON : Tu comprends quelque chose à ce qui se passe ici ?

DOROTHÉE : Non, chéri, je comprends un tout petit peu en ce qui concerne la Cité Universitaire, mais pas trop. La Casa del Campo, pour moi, c'est du chinois. Quant à Usera et Carabanchel, c'est terrible.

PRESTON : Miséricorde, je me demande parfois pourquoi je t'aime.

DOROTHÉE : Moi aussi, chéri, je me demande pourquoi je t'aime. Je t'assure, vraiment, je trouve cela très déraisonnable. C'est simplement un genre de mauvaise habitude que j'ai prise. Et Philippe est tellement plus amusant, et plus vivant.

PRESTON : Oh! pour être plus vivant, ça, il l'est. Sais-tu ce qu'il faisait hier soir chez Chicotes, avant la fermeture? Il s'était armé d'un de ces crachoirs à pied et il faisait le tour de la salle en bénissant les gens avec. Il les aspergeait avec le contenu, je veux dire. Il avait plus de dix chances contre une de se faire descendre, et je suis modeste.

DOROTHÉE : Mais cela ne lui arrive jamais. Je voudrais bien qu'il vienne.

PRESTON : Il viendra. Il viendra aussitôt que Chicotes aura fermé.

On frappe à la porte.

DOROTHÉE : C'est Philippe. C'est Philippe, mon chéri. (*La porte s'ouvre pour livrer passage au Directeur de l'hôtel. C'est un petit homme brun, replet, qui collectionne les timbres et parle avec un accent extraordinaire.*) Oh! c'est le Directeur!

DIRECTEUR : Comment bous allez, très bien, Monsieur Preston? Comment bous allez, très bien, Mademoiselle? Ye viens jouste de passer voir pour lé cas qué bous abez n'importe quelqué pétite chose dé n'importe quoi qué vous ne mangez. Tout va très bien, tout le monde complètement confortable, hé?

DOROTHÉE : Tout va merveilleusement bien, maintenant que le radiateur est arrangé.

DIRECTEUR : Avec le radiateur toujours c'est perpétuellement des ennuis. L'électricité ès oune science qué que les trabailleurs non né la maîtrisent encore tout à fait. Aussi qué l'électrician il boit jusqu'à mettre sa personne dans un degré d'abrutissement.

PRESTON : Il ne m'avait pas l'air très dégourdi, l'électricien.

DIRECTEUR : Es dégourdi. Mais la boisson. Touyours la boisson. Et rapidement l'incapacité de concentration sur l'électricité.

PRESTON : Alors pourquoi le gardez-vous ?

DIRECTEUR : C'est l'électrician del comité. Franchement ressemble cataclysme. Es maintenant dans le 113 qué boit avec Monsieur Philippe.

DOROTHÉE, *joyeusement* : Alors Philippe est rentré.

DIRECTEUR : Es plus qué rentré.

DOROTHÉE : Que voulez-vous dire ?

DIRECTEUR : Difficile à expliquer devant Mademoiselle.

DOROTHÉE : Téléphone-lui, chéri.

PRESTON : Je ne lui téléphonerai pas.

DOROTHÉE : Alors c'est moi qui le ferai. (*Elle décroche l'appareil du mur et dit :*) Ciento trece. Allô, Philippe ? Non. Venez, vous, je vous en prie. Oui. Très bien. (*Elle raccroche le téléphone.*) Il vient.

DIRECTEUR : Grandement préférable il ne pas vienne.

PRESTON : C'est à ce point ?

DIRECTEUR : Es pire. Es muy incroyable.

DOROTHÉE : Philippe est merveilleux. Toutefois, il faut avouer qu'il sort avec les gens les plus insensés. Pourquoi ? je me le demande.

DIRECTEUR : Yé viens un autre moment. Peut-être possiblement que bous receboir trop de n'importe quoi que bous né pas poubez manger touyours très bienvenu dans la maison qué la famille perpétuelle affamée non né sé peut comprendre absence dé nourriture. Merci bien une autre fois. Au revoir. (*Il sort juste avant l'arrivée de Monsieur Philippe, contre lequel il manque se cogner dans l'entrée. Derrière la porte, on l'entend qui dit :*) Bonjour, Monsieur Philippe.

Une voix grave dit d'un ton très jovial :

PHILIPPE : Salud, Camarade Collectionneur de Timbres. Tombé sur quelques nouvelles émissions rares, ces temps-ci ?

DIRECTEUR, *très calmement* : Non, Monsieur Philippe. Es venir tous des gens de pays muy ordinaires, ces temps-ci. Es oune épidémie dé cinq *cents* dé U. S. A. et trois francs cinquante Francès. Es besoin camarades de Nouvelle Zélande à eux qué sé écrit par poste aérienne.

PHILIPPE : Oh! ils viendront. Seulement, c'est un peu mort en ce moment. Le bombardement a fait du tort à la saison touristique. Viendra beaucoup de délégations quand les choses recommenceront à se tasser. (*A voix basse, d'un ton sérieux :*) Qu'est-ce qui vous tracasse ?

DIRECTEUR : Touyours oune pétit quelqué chose.

PHILIPPE : Ne vous inquiétez pas, tout ça s'arrange.

DIRECTEUR : Suis tourmenté un petit quand même.

PHILIPPE : Ne vous en faites pas.

DIRECTEUR : Faites vous attention, monsieur Philippe.

A la porte apparaît M. Philippe, très grand, très massif, très jovial. Il porte des bottes en caoutchouc.

PHILIPPE : Salud, Camarade-Emmerdeur Preston. Salud, Camarade-ennuyeuse-comme-la-pluie-Bridge. Comment ça va, Camarades ? Que je vous présente un camarade électricien. Entrez, camarade Marconi. Ne restez pas planté là-bas...

Un tout petit électricien, très ivre, portant un bleu de travail crasseux, des espadrilles et un béret bleu, se présente à la porte.

ÉLECTRICIEN : Salud, camarades.

DOROTHÉE : Eh bien!... euh... salud.

PHILIPPE : Et voilà une camarade mauresque. On pourrait dire *la* Camarade mauresque. Presque unique en son genre, la camarade mauresque. Elle est affreusement timide. Entre, Anita.

Entrée d'une grue mauresque de Ceuta. Très brune, mais bien faite, cheveux crépus avec des bouclettes, l'air pas commode, et pas timide du tout.

GRUE MAURESQUE, *sur la défensive* : Salud, camarades.

PHILIPPE : C'est la camarade qui a mordu Vernon Rodgers l'autre fois. Résultat, trois semaines d'hôpital. Morsure du tonnerre de Dieu.

DOROTHÉE : Philippe, mon trésor, vous ne pourriez pas vous arranger pour museler la camarade tant qu'elle restera ici, par hasard ?

GRUE MAURESQUE : Yé souis insultée.

PHILIPPE : La camarade mauresque a appris les langues étrangères à Gibraltar. Endroit charmant, Gibraltar. Il m'y est arrivé une aventure des plus extraordinaires, un jour.

PRESTON : Épargnez-nous-la.

PHILIPPE : Ma parole, mais vous êtes vraiment de mauvais poil, Preston. Vous n'êtes pas d'accord avec la ligne du parti, sur ce point, vous savez. Les figures d'enterrement n'ont plus cours. On peut considérer que nous sommes en ce moment dans une période de jubilation.

PRESTON : A votre place, je ne parlerais pas de choses que je ne connais pas.

PHILIPPE : En tout cas, vous n'avez pas de raisons d'être maussade. Vous n'auriez pas quelques rafraîchissements à offrir à ces camarades ?

GRUE MAURESQUE, *à Dorothée* : Joli chez vous.

DOROTHÉE : Tellement aimable à vous de l'apprécier.

GRUE : Comment vous arranger pour non vous évacuer ?

DOROTHÉE : Oh ! je reste, simplement.

GRUE : Comment manger ?

DOROTHÉE : Pas toujours très bien, mais nous faisons venir des conserves de Paris, par la valise diplomatique.

GRUE : Vous quoi diplomatique ?

DOROTHÉE : Des conserves, vous savez bien. Civet

de lièvre. Foie gras. Entre autres un merveilleux poulet de Bresse de chez Larue.

GRUE : Vous fiche de moi ?

DOROTHÉE : Oh! non. Grands dieux non. Je veux dire nous *mangeons* ces choses-là.

GRUE : Yé manger soupe à l'eau. (*Elle regarde Dorothée d'un air de défi.*) Quoi ça qui se passe ? Vous non contente comment jé être. Vous pensez vous mieux que moi ?

DOROTHÉE : Jamais de la vie. Je suis probablement bien pire ; Preston vous dira que je suis infiniment pire. Mais il est superflu de nous livrer à des comparaisons, vous ne croyez pas ? Enfin, je veux dire, en temps de guerre et travaillant tous pour la même cause, vous comprenez ?

GRUE : Vous arracher les yeux si vous penser ça.

DOROTHÉE, *d'un air suppliant, mais très alanguie.* — Philippe, je vous en prie, occupez-vous de vos amis et veillez à ce qu'ils soient contents.

PHILIPPE : Anita, écoute-moi.

GRUE : Okay.

PHILIPPE : Anita, Dorothée que voici est une femme très charmante.

GRUE : Pas des femmes charmantes là-dedans.

ÉLECTRICIEN, *se levant* : Camarades, me voy.

DOROTHÉE : Que dit-il ?

PRESTON : Il dit qu'il s'en va.

PHILIPPE : Ne le croyez pas. Il dit toujours ça. (*A l'électricien.*) Camarade, il faut que vous restiez.

ÉLECTRICIEN : Camarades, entonces me quedan.

DOROTHÉE : Quoi ?

PRESTON : Il dit qu'il reste.

PHILIPPE : Voilà qui est parlé, mon vieux. Vous n'êtes pas un type à filer à l'anglaise et nous laisser tomber comme ça, hein, Marconi ? Non. On peut compter sur les camarades électriciens pour rester fidèles à leur poste...

PRESTON : Je croyais que c'étaient les facteurs...

DOROTHÉE : Mon chéri, si tu continues à faire des plaisanteries de ce genre, je te quitte, je te le promets.

GRUE : Écoutez. Tout le temps parler. Pas le temps faire autre chose. Quoi on fait ici ? (*A Philippe.*) Toi avec moi, oui ou non ?

PHILIPPE : Tu présentes les choses si crûment Anita...

GRUE : Vouloir une réponse.

PHILIPPE : Eh bien, alors, Anita, je crains qu'elle ne soit d'ordre négatif.

GRUE : Comment ça ? Quoi voulez dire, prendre photo ? Vous prendre moi espionne ?

PHILIPPE : Non, Anita, écoute, sois raisonnable, je voulais simplement dire que je n'étais plus avec toi. Pas pour le moment. C'est-à-dire que pour le moment c'est plus ou moins hors de question entre nous.

GRUE : Non ? Toi non avec moi ?

PHILIPPE : Non, ma toute belle.

GRUE : Toi avec elle ? (*désignant Dorothée d'un signe de tête.*)

PHILIPPE : Il se pourrait que non.

DOROTHÉE : La chose demanderait à être *amplement* discutée, je crois.

GRUE : Okay. Moi lui arrache les yeux.

Elle fait un mouvement vers Dorothée.

ÉLECTRICIEN : Camarades, tengo que trabajar.

DOROTHÉE : Que dit-il ?

PRESTON : Il dit qu'il faut qu'il aille travailler.

PHILIPPE : Oh ! ne faites pas attention à lui. Il lui vient les idées les plus saugrenues, c'est une marotte qu'il a.

ÉLECTRICIEN : Camarades, soy analfabetico.

PRESTON : Il dit qu'il ne sait ni lire ni écrire.

PHILIPPE : Camarade, je le dis, je le dis, mais en

toute sincérité, on en serait tous là si on n'avait pas tous été à l'école. Faut pas te tracasser pour ça, mon vieux.

GRUE : Okay, je suppose, bon, ça va. Derrière el cravate... Chirio... chin-chin, oui, okay, seulement oun chose.

DOROTHÉE : Quoi donc, Anita ?

GRUE : Faut vous enlever pancarte.

DOROTHÉE : Quelle pancarte ?

GRUE : Pancarte sobre la puerta. Tout le temps travail, occupée, pas youste.

DOROTHÉE : Dire que j'ai eu une pancarte comme celle-là sur ma porte depuis le lycée et que ça n'a jamais rien signifié.

GRUE : Vous enlever ?

PHILIPPE : Bien entendu, elle va l'enlever. N'est-ce pas Dorothée ?

DOROTHÉE : Certainement, je vais l'enlever.

PRESTON : De toute façon, tu ne travailles jamais.

DOROTHÉE : Non, chéri, mais j'ai toujours l'intention de travailler et je veux terminer mon article pour la revue dès que je comprendrai un tout petit peu mieux ce qui se passe.

Une explosion retentit dans la rue, suivie du souffle caractéristique d'une « arrivée ». On entend tomber des morceaux de briques et d'acier et un tintement de verre brisé.

PHILIPPE : Ils recommencent à nous arroser.

Il dit cela avec beaucoup de calme et de sang-froid.

PRESTON : Les salauds !

Il dit cela d'un ton plein de ressentiment où l'on sent une pointe de nervosité.

PHILIPPE : Vous seriez bien inspirée en ouvrant vos fenêtres, Bridge, ma fille. Elles n'ont déjà plus de carreaux, et l'hiver approche, vous savez.

GRUE : Vous enlever pancarte ?

Dorothée va à la porte, décroche la pancarte, détachant les punaises à l'aide d'une lime à ongles. Elle la tend à Anita.

DOROTHÉE : Gardez-la. Tenez, prenez aussi les punaises.

Dorothée va fermer l'interrupteur. Ensuite elle ouvre les deux fenêtres. Un bruit strident, semblable à la vibration d'une gigantesque corde de banjo, se fait entendre, en même temps qu'un grondement qui s'enfle rapidement, pareil à l'arrivée d'un train de métro. Puis une troisième déflagration, très forte, suivie cette fois d'un grand fracas de verre cassé.

GRUE : Vous bonne camarade.

DOROTHÉE : Non, je ne suis pas une bonne camarade, mais je voudrais l'être.

GRUE : Pour moi, vous okay.

Elles se tiennent debout, côte à côte, éclairées par la lumière venant du corridor par la porte restée ouverte.

PHILIPPE : En les ouvrant vous leur avez épargné la commotion, cette fois-ci. On entend très bien les obus partir de la batterie. Écoutez le prochain départ.

PRESTON : Je déteste ces maudits bombardements de nuit.

DOROTHÉE : Combien de temps a duré le dernier ?

PHILIPPE : Un peu plus d'une heure.

GRUE : Dorothée, vous croit vaut mieux descendre la cave ?

Un autre accord strident de banjo, un instant de silence et soudain un grondement assourdissant, cette fois beaucoup plus près, et avec le tonnerre de l'explosion, la chambre s'emplit de fumée et de poussière de briques.

PRESTON : J'en ai assez, bon Dieu ! Je descends.

PHILIPPE : Cette pièce jouit d'une excellente orientation, je vous assure. Je pourrais vous montrer, de la rue.

DOROTHÉE : Tout compte fait, je reste là. Attendre ici ou ailleurs que cela vous tombe dessus, c'est pareil.

ÉLECTRICIEN : Camarades, no hay luz!

Il dit cela d'une voix forte et quasi prophétique, se levant brusquement et ouvrant largement les bras.

PHILIPPE : Il dit qu'il n'y a plus de lumière. Entre nous, il devient formidable, le gars. Dans le genre chœur antique d'électriciens grecs. Ou chœur grec d'électriciens antiques... ou chœur électrique grec antique...

PRESTON : Je m'en vais.

DOROTHÉE : Alors, mon chéri, sois gentil d'emmener Anita et l'Électricien.

Ils partent au moment de l'arrivée d'un autre obus. Cet autre obus est vraiment quelque chose.

DOROTHÉE, *tandis qu'ils sont là, écoutant l'avalanche de débris de briques et de carreaux qui suit l'explosion, à Philippe* : Vous êtes sûr que l'orientation de cette chambre est bonne ? Qu'on y est en sécurité ?

PHILIPPE : On y est aussi bien qu'ailleurs. Sincèrement. En sécurité ne serait peut-être pas le terme approprié, mais à vrai dire la sécurité n'est plus un article très demandé de nos jours.

DOROTHÉE : Je me sens en sécurité près de vous.

PHILIPPE : Il faut vous guérir de cela... Très mauvais symptôme.

DOROTHÉE : Mais c'est plus fort que moi.

PHILIPPE : Allons, allons, faites un effort... voilà.

Il se dirige vers la table sur laquelle est posé le phono et met la mazurka de Chopin en mi mineur, opus 33, n° 4. Ils écoutent la musique au rougeoiement du radiateur électrique.

PHILIPPE : C'est très désuet, très menu, mais c'est quand même très beau.

A ce moment retentit le lourd « wang » de banjo des canons qui tirent de la colline de Garabitas. Puis le sifflement de la fusée, le grondement qui enfle jusqu'à devenir assourdissant, et le tonnerre de l'explosion dans la rue, juste devant l'hôtel, dont l'éclair vient illuminer les fenêtres.

DOROTHÉE : Oh! chéri, chéri, chéri!

PHILIPPE, *l'étreignant* : Vous ne pourriez pas trouver un autre mot? Je vous l'ai entendu employer avec tant d'autres gens.

Le timbre d'une voiture d'ambulance résonne. Puis, dans le silence, le phonographe continue à jouer la mazurka, tandis que le

Rideau tombe.

TROISIÈME TABLEAU

Chambres 109 et 110 à l'hôtel Florida. Le soleil entre à flots par les fenêtres grandes ouvertes. Entre les deux fenêtres, il y a une porte, et sur cette porte est fixée une grande affiche de guerre, de manière à obstruer l'ouverture de la porte lorsque celle-ci est ouverte. En ce moment même, elle est ouverte et l'affiche fait office de paravent entre les deux chambres. Il y a un espace d'environ deux pieds entre le bas de l'affiche et le sol. Dorothée Bridge est couchée dans le lit du 109 et dort. Au 110, Philippe Rawlings est assis sur le lit et regarde par la fenêtre. On entend la voix d'un crieur de journaux dans la rue : « El Sol! Libertad! El A. B. C. de Hoy! » le klaxon d'une auto qui passe, puis, dans le lointain, le crépitement des mitrailleuses.

PHILIPPE, *prend le téléphone* : Envoyez-moi les journaux du matin, s'il vous plaît. Oui. Tous. (*Il parcourt la pièce des yeux, puis regarde par la fenêtre. Il contemple un moment l'affiche de guerre qui s'illumine en transparence au clair soleil du matin.*) Non (*Secoue négativement la tête.*) Je n'aime pas ça. Trop tôt le matin. (*On frappe à la porte.*) Adelante. (*Nouveaux coups à la porte.*) Entrez! Entrez!

La porte s'ouvre. C'est le directeur qui apporte les journaux.

DIRECTEUR : Bonjour, Monsieur Philippe. Merci beaucoup. Très bonjour à vous, Monsieur Philippe. Choses terribles hier soir, hé?

PHILIPPE : Choses terribles tous les soirs. Épouvantables. (*Il a un petit rire.*) Voyons voir les journaux.

DIRECTEUR : Ils me donner les mauvaises nouvelles des Asturies. Es presqué fini là-bas.

PHILIPPE, *regardant les journaux* : Oui, mais pas ici.

DIRECTEUR : Non, mais ye sais que *bous*, bous savez.

PHILIPPE : Exact. Dites-moi, quand ai-je pris cette chambre?

DIRECTEUR : Bous ne bous rappelez, Monsieur Philippe? Bous ne bous rappelez hier soir?

PHILIPPE : Non. Je crains bien que non ; tenez, citez-moi un fait quelconque, que je voie si je peux m'en souvenir.

DIRECTEUR, *horrifié* : Bous ne bous rappelez, vraiment?

PHILIPPE, *jovial* : Pas ça! Petit bombardement au début de l'après-midi. Chicotes. Si. Amené Anita ici pour une petite partie de franche et saine rigolade. Pas d'ennuis avec elle, j'espère?

DIRECTEUR, *secouant la tête* : Non, pas avec elle. Monsieur Philippe, bous ne bous rappelez au sujet de Monsieur Preston ?

PHILIPPE : Non. Qu'est-ce qu'il a encore été fabriquer, ce bonnet de nuit. Il ne s'est pas suicidé, j'espère ?

DIRECTEUR : Bous ne bous rappelez le yeter dans la rue ?

PHILIPPE : D'ici ? (*Son regard va du lit à la fenêtre.*) On l'a rètrouvé en bas ?

DIRECTEUR : Non, depuis entrée quand vous venir des Ministério jusqu'à très tard hier soir après pour le communiqué.

PHILIPPE : Très abîmé ?

DIRECTEUR : Points de soutoures. Quelques points de soutoures.

PHILIPPE : Pourquoi n'avez-vous pas empêché cela. Comment avez-vous pu permettre une chose pareille dans un hôtel bien tenu ?

DIRECTEUR : Ensuite vous prendre sa chambre. (*Tristement et d'un ton de reproche.*) Monsieur Philippe, Monsieur Philippe...!

PHILIPPE, *très jovial, mais légèrement déconcerté* : Une journée magnifique, à part ça, vous ne trouvez pas ?

DIRECTEUR : Oh! oui, une journée merveilleusement. Une journée pour pique-nique dans la campagne.

PHILIPPE : Et qu'a fait Preston ? Il est bien bâti, vous savez ? Et tellement lugubre. Il a dû me donner un mal de chien ?

DIRECTEUR : Il est maintenant dans l'autre chambre.

PHILIPPE : Où ?

DIRECTEUR : 113. Botre ancienne chambre.

PHILIPPE : Et moi, je suis ici ?

DIRECTEUR : Oui, Monsieur Philippe.

PHILIPPE : Et qu'est-ce que c'est que cette horrible chose ?

Regardant l'affiche transparente entre les portes.

DIRECTEUR : Es une affiche patriotique très yolie. El sentiment est très bien! Boit seulement l'enbers d'ici.

PHILIPPE : Et qu'est-ce qu'elle couvre? Où est-ce que ça mène?

DIRECTEUR : La chambre de la dame, Monsieur Philippe. A présent bous abez appartement tout à fait comme nouveaux mariés, très heureux ye vienne voir si tout va bien, vous besoin de n'importe quoi en tout cas vous sonnez et me demandez. Félicitations, Monsieur Philippe. Plous qué félicitations absolument.

PHILIPPE : Est-ce que la porte peut se fermer par ici?

DIRECTEUR : Absolument, Monsieur Philippe.

PHILIPPE : Alors mettez le verrou et allez-vous-en. Faites-moi monter du café.

DIRECTEUR : Bien. Okay, Monsieur Philippe. Né soyez pas fâché, par une yournée magnifique comme celle-ci. (*Puis, précipitamment :*) S'il vous plaît, Monsieur Philippe, aussi rappelez la situation del ravitaillement Madrid ; si par hasard trop nourriture de n'importe, y compris tout ce qué possible de pétit conserve tout espèces, toujours à la maison sé demander la pénurie de n'importe quoi. Dans oun famille est maintenant sept personnes y compris Monsieur Philippe, de quoi bous ne boulez croire que ye me permettre le luxe, oune belle-mère. Tout, elle mange. Tout lui est bon, à elle. Également un fils de dix-sept ans. Autrefois champion de natation. Comment s'appelle brasse. Bâti comme ça. (*Il gesticule pour montrer une poitrine et des bras énormes.*) Si c'est manger? Monsieur Philippe, bous né poubez croire. Es un champion aussi de manger. Si bous boyiez. Et c'est seulement deux des sept.

PHILIPPE : Je vais voir ce que je peux trouver. Il faut que j'aille chercher dans ma chambre. Si on me demandait, faites sonner ici.

DIRECTEUR : Merci, Monsieur Philippe. Bous abez un cœur grand comme la rue. Es dehors pour bous boir deux camarades.

PHILIPPE : Faites-les entrer.

Durant tout ce temps, dans l'autre chambre, Dorothée Bridge dort à poings fermés. Elle ne s'est pas réveillée pendant le début de la conversation entre le Directeur et Philippe ; elle a seulement un peu remué dans le lit. Maintenant que la porte est fermée au verrou, on ne peut rien entendre d'une chambre à l'autre.

Entrée de deux Camarades en uniforme des B. I.

1er CAMARADE : C'est bon. Il a filé.

PHILIPPE : Comment ça, il a filé ?

1er CAMARADE : Il est parti, voilà tout.

PHILIPPE, *très vite* : Comment ça s'est passé ?

1er CAMARADE : Je vous le demande.

PHILIPPE : Pas de ça ! (*Se tournant vers le deuxième camarade, d'une voix sèche.*) Alors ?

2e CAMARADE : Il est parti.

PHILIPPE : Et où étiez-vous ?

2e CAMARADE : Entre l'ascenseur et l'escalier.

1er CAMARADE : C'est bon. Il a filé.

PHILIPPE, *au 1er Camarade :* Et vous ?

1er CAMARADE : Dehors, devant la porte toute la nuit.

PHILIPPE : Et à quelle heure avez-vous quitté ces postes ?

1er CAMARADE : Jamais.

PHILIPPE : Feriez bien de réfléchir. Vous savez ce que vous risquez, n'est-ce pas ?

1er CAMARADE : Je regrette beaucoup, mais il est parti, un point c'est tout.

PHILIPPE : Oh ! non, ce n'est pas tout, mon garçon. (*Il prend l'appareil téléphonique et demande un numéro.*) Novente siete zero zero. Oui. Antonio ? S'il vous plaît. Oui. Il n'est pas encore là ? Non. S'il vous plaît, envoyez ramasser deux hommes au N° 113 à l'hôtel Florida. Oui. S'il vous plaît. Oui (*Il raccroche.*)

1er CAMARADE : Et on a rien fait d'autre que...

PHILIPPE : Prenez votre temps. Je vous préviens qu'il faudra que votre histoire tienne debout.

1er CAMARADE : Il n'y a pas d'histoire autre que ce que je vous ai dit.

PHILIPPE : Prenez votre temps. Ne vous affolez pas. Asseyez-vous simplement et réfléchissez. N'oubliez pas que vous l'aviez ici, dans cet hôtel. Et qu'il ne pouvait passer devant vous inaperçu. (*Il lit les journaux. Les deux Camarades restent plantés là, l'air renfrogné. Sans les regarder.*) Asseyez-vous, mettez-vous à votre aise.

2e CAMARADE : Camarade, nous...

PHILIPPE, *rejetant le journal pour en prendre un autre* : Je vous ai dit de ne pas employer ce mot. Il sonne mal dans votre bouche.

1er CAMARADE : Camarade Commissaire, nous tenons à dire...

PHILIPPE : Gardez-le pour vous.

1er CAMARADE : Camarade Commissaire, il faut que vous m'écoutiez.

PHILIPPE : Je vous écouterai plus tard, n'ayez crainte, mon petit ami, je vous écouterai. Quand vous êtes entré, vous m'avez fait l'effet d'en avoir gros sur la conscience.

1er CAMARADE : Camarade Commissaire, écoutez-moi, je vous en prie. Il faut que je vous dise.

PHILIPPE : Vous laissez se sauver un homme que je voulais. Vous laissez se sauver un homme dont j'avais besoin. Vous laissez se sauver un homme qui va tuer.

1er CAMARADE : Camarade Commissaire, je vous en prie.

PHILIPPE : Je vous en prie est une expression inattendue dans la bouche d'un soldat.

1er CAMARADE : Je ne suis pas un soldat de métier.

PHILIPPE : Quand vous endossez l'uniforme, vous êtes un soldat.

1er CAMARADE : Je suis venu me battre pour un idéal.

PHILIPPE : Comme c'est beau! Et maintenant je vais vous dire quelque chose. Vous venez vous battre pour un idéal, admettons ; et vous prenez peur pendant une attaque. Le bruit vous déplaît, par exemple, ou autre chose, et des gens se font tuer — et tout cela ne vous dit rien qui vaille — et puis vous avez peur de mourir, alors vous vous tirez un coup de revolver dans la main ou dans le pied pour pouvoir foutre le camp en vitesse, parce que vous n'en pouvez plus. Eh bien! on vous fusille pour ça, et ce n'est pas votre idéal qui pourra vous sauver, mon vieux.

1er CAMARADE : Mais je me suis bien battu. Je ne me suis pas fait de blessure volontaire.

PHILIPPE : Je n'ai pas dit cela. J'essayais simplement de vous expliquer quelque chose, mais il semble que je ne me fasse pas bien comprendre. Je pense, comprenez-moi bien, à ce que va faire l'homme que vous avez laissé échapper, et comment je pourrai de nouveau le tenir à ma merci dans un endroit aussi agréable et aussi pratique avant qu'il ne tue quelqu'un. Comprenez-vous? J'avais grand besoin de lui, et grand besoin de le tenir vivant. Et vous l'avez laissé filer.

1er CAMARADE : Camarade Commissaire, si vous ne me croyez pas...

PHILIPPE : Non, je ne vous crois pas, et je ne suis pas un commissaire. Je suis un policier. Je ne crois rien de ce que j'entends, et très peu de choses de ce que je vois. Vous croire? Non mais vous vous faites des illusions. Non, mon vieux, vous êtes mal tombé.

Il faut que je tâche de savoir si vous l'avez fait exprès. Ça ne m'amuse pas d'envisager cela. Et j'aime autant penser à autre chose. (*Il se verse à boire.*) Et si vous étiez malin, vous feriez comme moi. Et si vous ne l'avez pas fait exprès, le résultat est le même. En ce qui concerne le devoir, je ne connais qu'une chose : *il faut qu'il soit accompli* et, en ce qui concerne les ordres, je ne connais qu'une chose : *il faut qu'ils soient obéis*. Je pourrais, si j'en avais le temps, vous expliquer que discipline égale bonté, n'était le fait que je ne sais pas très bien expliquer les choses.

1er CAMARADE : Je vous en prie, Camarade Commissaire.

PHILIPPE : Employez encore une fois cette expression et vous allez me mettre en colère.

1er CAMARADE : Camarade Commissaire...

PHILIPPE : La ferme! Je suis très mal élevé, vous m'avez compris? A force d'être obligé d'employer les bonnes manières, j'en ai par-dessus la tête. Et ça me rase. Il va falloir que je vous parle devant mon patron. Et finissez-en avec vos Commissaire par-ci et Commissaire par-là. Je suis un flic. Tout ce que vous pouvez me dire maintenant, c'est zéro pour moi. N'oubliez pas que s'il y a des coups de pied au cul, c'est moi qui prends dans cette histoire. Si vous ne l'avez pas fait exprès, à votre place, je ne me tracasserais pas outre mesure. Mais j'ai besoin de le savoir, comprenez-vous. J'ai une idée : si vous ne l'avez pas fait exprès, on partage. (*On frappe à la porte.*) Adelante.

La porte s'ouvre sur deux Gardes d'Assaut en uniforme bleu, casquette plate, armés de fusils.

1er GARDE : A sus ordenes, mi commandante.

PHILIPPE : Emmenez ces deux hommes à Seguridad. J'y passerai plus tard pour leur parler.

1er GARDE : A sus ordenes.

Le 2e Camarade fait un mouvement vers la porte. Le Garde d'Assaut passe ses mains le long de ses flancs pour voir s'il est armé.

PHILIPPE : Ils sont armés tous les deux. Désarmez-les et emmenez-les. (*Aux deux Camarades :*) Bonne chance. (*Il dit ceci d'un ton sarcastique.*) Espérons que vous vous en sortirez sans dommage.

Les quatre hommes sortent et l'on entend leurs pas dans l'entrée. Dans l'autre chambre, Dorothée Bridge remue dans son lit, s'éveille, bâille et, tout en s'étirant, appuie sur la sonnette qui pend à la tête du lit. On entend sonner. Philippe entend, lui aussi. On frappe à sa porte.

PHILIPPE : Adelante.

C'est le Directeur, très bouleversé.

DIRECTEUR : Sé arrête deux Camarades.

PHILIPPE : Très mauvais camarades. Un, en tout cas. L'autre, possible qu'il n'y ait rien à lui reprocher.

DIRECTEUR : Monsieur Philippe, trop ébénements qué se passent près de vous en cé moment. Yé vous le dis en ami. Tâchez de faire que tout c'est plus calme ici. Es muy mauvais, trop des choses qui arriber tout le temps.

PHILIPPE : Oui. J'imagine. Et avec ça il fait un temps superbe, hein ? Ce n'est pas votre avis ?

DIRECTEUR : Je vais vous dire ce que bous faire. Bous devez faire un your comme ça une excursion avec pique-nique dans la campagne.

Dans la chambre contiguë, Dorothée Bridge a passé une robe de chambre et mis ses pantoufles. Elle disparaît dans la salle de bains et en sort en se brossant les cheveux. Elle a de très beaux cheveux. Elle s'assied sur le lit, près du radiateur électrique, et continue à les brosser. Sans maquillage, elle paraît très jeune. Elle sonne encore une fois et une femme de chambre ouvre la porte. C'est une petite vieille d'environ soixante ans, en tablier et blouse bleus.

FEMME DE CHAMBRE : Se puede?

DOROTHÉE : Bonjour Petra.

FEMME DE CHAMBRE : Buenas dias, Senorita.

Dorothée se glisse dans le lit et Petra pose le plateau du petit déjeuner sur le lit.

DOROTHÉE : Petra, il n'y a pas d'œufs?

PETRA : No, Senorita.

DOROTHÉE : Vous avez déjeuné, Petra?

PETRA : No, Senorita.

DOROTHÉE : Allez chercher une tasse et prenez vite un peu de café. Dépêchez-vous.

PETRA : J'en prendrai quand vous aurez fini, Senorita. Est-ce que ça a bombardé très fort ici, hier soir?

DOROTHÉE : Oh! c'était magnifique.

PETRA : Senorita, vous dites vraiment des choses effrayantes.

DOROTHÉE : Mais je vous assure, Petra, *c'était* magnifique.

PETRA : A Progresso, dans mon quartier, il y a eu six tués au même étage. On les sortait ce matin. Tous les carreaux partis dans la rue. Il n'y aura plus de carreaux pour cet hiver.

DOROTHÉE : Ici, nous n'avons *personne* de tué.

PETRA : Est-ce que le Senor veut son petit déjeuner maintenant?

DOROTHÉE : Le Senor n'est plus ici.

PETRA : Il est parti au front?

DOROTHÉE : Oh! non. Il ne va jamais au front. Il en parle seulement dans ses articles. Il y a *un autre* Senor ici.

PETRA : Qui, Senorita?

DOROTHÉE, *joyeusement* : Monsieur Philippe.

PETRA : Oh! Senorita, c'est affreux.

Elle sort en pleurant.

DOROTHÉE, *la rappelant* : Petra! Petra!

PETRA, *résignée* : Oui, Senorita?

DOROTHÉE : Voyez si Monsieur Philippe est levé.

PETRA : Bien, Senorita.

Petra vient à la porte de Philippe et frappe.

PHILIPPE : Entrez.

PETRA : La Senorita fait demander si vous êtes levé.

PHILIPPE : Non.

PETRA, *allant à l'autre porte* : Le Senor dit qu'il n'est pas levé.

DOROTHÉE : Dites-lui de venir prendre son petit déjeuner, Petra, s'il vous plaît.

PETRA, *à l'autre porte* : La Senorita vous demande de venir prendre le petit déjeuner, mais il y en a déjà si peu...

PHILIPPE : Dites à la Senorita que je ne prends jamais de petit déjeuner.

PETRA, *à l'autre porte* : Il dit qu'il ne prend jamais de petit déjeuner, mais moi je sais qu'il mange plus de petit déjeuner que trois personnes.

DOROTHÉE : Oh! Petra, il est tellement insupportable. Dites-lui simplement de ne pas faire l'idiot et de venir ici, je vous prie.

PETRA, *à l'autre porte* : Elle dit venez.

PHILIPPE : La vertu de ce mot! (*Il passe une robe de chambre et enfile des pantoufles.*) Elles sont un peu justes. Doivent être à Preston. Belle robe de chambre, par contre. Pourrais lui proposer de la lui racheter.

Il ramasse les journaux, frappe en poussant la porte et pénètre dans l'autre chambre.

DOROTHÉE : Entrez! Ah! vous voilà!

PHILIPPE : Mais dites-moi, vous ne croyez pas que nous en prenons un peu à notre aise avec les règles de la bienséance ?

DOROTHÉE : Philippe, ne soyez pas stupide, mon chéri. Où étiez-vous ?

PHILIPPE : Égaré dans une chambre inconnue.

DOROTHÉE : Comment avez-vous échoué là ?

PHILIPPE : Aucune idée.

DOROTHÉE : Vous ne vous rappelez pas au moins quelque chose, si peu que ce soit ?

PHILIPPE : Je me souviens vaguement de je ne sais quel fatras à propos de quelqu'un que j'aurais flanqué dehors.

DOROTHÉE : C'est Preston.

PHILIPPE : *Réellement ?*

DOROTHÉE : Oui, on ne peut plus *réellement.*

PHILIPPE : Faut le ramener. Très mal élevé ce que j'ai fait là.

DOROTHÉE : Oh ! non, Philippe. Non, il est parti pour de bon.

PHILIPPE : Terrible, cette expression : pour de bon.

DOROTHÉE, *résolument* : Pour tout de bon.

PHILIPPE : Encore pire. Ça me sonne les horrores.

DOROTHÉE : Les horrores ? Qu'est-ce que c'est que ça, mon chéri ?

PHILIPPE : Quelque chose dans le genre du summum de l'horreur : l'aurore de l'horreur ou l'horreur de l'aurore, vous savez bien... Elle est là, elle n'est plus là... Vous la voyez, vous ne la voyez plus... Elle vous guette peut-être au coin de la rue...

DOROTHÉE : Vous l'avez eue ?

PHILIPPE : Oh ! oui, j'ai tout eu. Le pire que je puisse me rappeler, c'est une section de fusiliers marins... Surgissait tout d'un coup au milieu de ma chambre.

DOROTHÉE : Philippe, venez vous asseoir ici. (*Philippe s'assied sur le lit avec beaucoup de légèreté.*)

Philippe, vous allez me promettre quelque chose. Vous ne pouvez pas continuer ainsi à simplement boire sans avoir de but dans la vie et sans jamais faire quoi que ce soit de vraiment valable. Vous n'allez pas vous contenter d'être un fêtard.

PHILIPPE : Un fêtard, à Madrid ?

DOROTHÉE : Mais oui, un pilier de bar... Chicotes... Miami, les Ambassades, le Ministério, l'appartement de Vernon Rodgers et cette horrible Anita. Quoique en réalité, le pire de tous soit les Ambassades. Philippe, il ne faut pas, vous me le promettez, n'est-ce pas ?

PHILIPPE : Qu'y a-t-il d'autre ?

DOROTHÉE : Il y a tout. Vous pourriez faire quelque chose de sérieux et de propre. Vous pourriez faire quelque chose de brave, de calme, qui ait une valeur. Savez-vous ce qui arrivera si vous continuez tout bonnement à vous traîner de bar en bar en compagnie de ces gens abominables ? Vous vous ferez tuer. L'autre soir, on a tué un homme chez Chicotes. C'était affreux.

PHILIPPE : Quelqu'un que nous connaissons ?

DOROTHÉE : Non, simplement un pauvre diable qui s'amusait à arroser tout le monde avec un fly-tox. Et quelqu'un a mal pris la chose et l'a abattu. Je l'ai vu et je vous assure que c'était très déprimant. Il a été tué très subitement et il était là, couché sur le dos, lui qui était si gai, et juste un instant auparavant. On a gardé tout le monde là pendant deux heures, et la police humait le revolver de tous les gens ; il n'y avait plus moyen de se faire servir à boire. On ne l'a pas recouvert et il a fallu montrer nos papiers à un homme assis à une table juste à côté du corps allongé, et c'était *très* démoralisant, Philippe. Et puis il avait des chaussettes tellement sales, et ses souliers étaient complètement éculés en dessous, et il n'avait pas le moindre sous-vêtement.

PHILIPPE : Pauvre type. Ce que l'on boit à l'heure actuelle, c'est du vrai poison. Ça rend les gens complètement fous.

DOROTHÉE : Mais, voyons, Philippe, rien ne vous oblige à être comme cela. Rien ne vous oblige à aller chercher des histoires et, qui sait, aller vous faire tirer dessus. Vous pourriez faire quelque chose d'intéressant dans le genre politique ou dans le genre militaire.

PHILIPPE : Ne me tentez pas, ne me rendez pas ambitieux. (*Un silence.*) Ne m'ouvrez pas des horizons.

DOROTHÉE : Ce que vous avez fait l'autre soir avec le crachoir est une chose abominable. Chercher à provoquer de la bagarre, là-bas, chez Chicotes. Car vous cherchiez tout bonnement à la provoquer, tout le monde l'a dit.

PHILIPPE : Et qui est-ce que je provoquais ?

DOROTHÉE : Je ne sais pas. Qu'importe, d'ailleurs. Vous ne devez pas chercher à provoquer qui que ce soit.

PHILIPPE : Non, je ne devrais sans doute pas. Les ennuis viennent probablement assez vite sans encore aller les chercher.

DOROTHÉE : Ne soyez pas si pessimiste, chéri, alors que nous venons de commencer notre vie ensemble.

PHILIPPE : Notre... ?

DOROTHÉE : Notre vie ensemble, Philippe, vous n'avez pas envie d'avoir une existence longue, heureuse, paisible, dans un coin comme Saint-Tropez, ou, vous savez bien, un coin comme *était* Saint-Tropez, et faire de longues promenades, nous baigner, avoir des enfants et être heureux, et tout ? *Sincèrement*, je veux dire, vous n'avez pas envie que cela cesse ? Je veux dire, vous savez bien... la guerre et la révolution ?

PHILIPPE : Et aurons-nous le « Daily Mail », version continentale, pour le petit déjeuner, avec de la brioche et de la confiture de fraises ?

DOROTHÉE : Mon chéri, nous aurons des œufs au jambon et vous pourrez lire le « Morning Post », si vous préférez. Et tout le monde nous donnera du « M'sieu dame ».

PHILIPPE : Le « Morning Post » vient de cesser de paraître.

DOROTHÉE : Oh! Philippe, vous êtes tellement désespérant. Je voulais que nous ayons une vie heureuse. Vous n'avez pas envie d'avoir des enfants? Ils iraient jouer au cerceau et aux petits bateaux dans le jardin du Luxembourg.

PHILIPPE : Et on pourra leur montrer sur la carte. Vous savez... ou même sur une mappemonde. « Mes enfants »; on appellera le garçon Derek, le nom le plus affreux que je connaisse. On lui dira : « Derek, voilà le Wangpoo. Maintenant, suis mon doigt et je te montrerai où est papa. » Et Derek dira : « Oui, maman. Est-ce que j'ai déjà vu papa? »

DOROTHÉE : Oh! non, ça ne se passera pas comme ça. Nous vivrons tout simplement quelque part où ce sera charmant, et vous écrirez.

PHILIPPE : Quoi?

DOROTHÉE : Ce que vous voudrez. Des romans, des articles, et peut-être un livre sur la guerre.

PHILIPPE : Serait joli, comme livre. On pourrait faire ça avec... euh... vous savez bien... des illustrations.

DOROTHÉE : Ou bien vous pourriez étudier et écrire un livre sur la politique. Les livres sur la politique se vendront éternellement, m'a dit quelqu'un.

PHILIPPE, *souriant* : J'imagine.

DOROTHÉE : Vous pourriez étudier et écrire un livre sur la dialectique. Il y a toujours un marché pour tout ce qui paraît sur la dialectique.

PHILIPPE : Réellement?

DOROTHÉE : Seulement, Philippe, mon chéri, il

vous faut d'abord vous y mettre ici même, tout de suite, faire quelque chose qui en vaille la peine, et cesser une fois pour toutes ces histoires de noce et toutes ces bêtises.

PHILIPPE : Je l'avais lu dans un livre, mais je n'en avais vraiment jamais fait l'expérience. Est-il vrai que le premier soin d'une Américaine, quand elle s'intéresse à un homme, c'est d'essayer de lui faire lâcher quelque chose ? Vous voyez ce que je veux dire... Vadrouiller, se piquer le nez, ou fumer du tabac de Virginie, ou porter des guêtres, ou chasser, ou quelque chose d'idiot ?

DOROTHÉE : Non, Philippe. Mais c'est que vous êtes un problème compliqué pour n'importe quelle femme.

PHILIPPE : Je l'espère bien.

DOROTHÉE : Et je ne veux pas vous voir lâcher quelque chose. Je veux vous voir entreprendre quelque chose.

PHILIPPE : Bravo !

Il l'embrasse.

DOROTHÉE : C'est promis ? Et maintenant, prenez votre petit déjeuner.

PHILIPPE : Il faut que je retourne donner quelques coups de téléphone.

DOROTHÉE : Philippe, ne partez pas.

PHILIPPE : Je reviens dans un instant, chérie. Et je vous promets d'être tellement sérieux.

DOROTHÉE : Vous savez ce que vous avez dit ?

PHILIPPE : Bien entendu.

DOROTHÉE : Vous avez dit : chérie.

PHILIPPE : Je savais que c'était infectieux, mais j'ignorais que ce fût contagieux. Pardonnez-moi, chère.

DOROTHÉE : Chère est un mot gentil, aussi.

PHILIPPE : Au revoir, alors... euh... mon ange.

DOROTHÉE : Mon ange, oh ! mon chéri !

PHILIPPE : Au revoir, camarade.

DOROTHÉE : Camarade. Oh! et vous aviez dit chérie, avant.

PHILIPPE : Camarade est un mot qui a son poids. Je suppose que je ne devrais pas le galvauder. Je le retire.

DOROTHÉE, *avec ravissement* : Oh! Philippe, vous faites des progrès en politique.

PHILIPPE : Dieu tout-puissant... euh! enfin je veux dire, quel que soit le personnage qu'il est d'usage d'invoquer, venez à notre secours.

DOROTHÉE : Ne blasphémez pas. C'est effrayant ce que cela porte la guigne.

PHILIPPE, *précipitamment et avec un sourire un peu forcé* : Au revoir, chérie, très chère, cher ange.

DOROTHÉE : Vous ne m'appelez pas camarade?

PHILIPPE, *en sortant* : Non. C'est que, vous comprenez, j'ai fait des progrès en politique.

Il passe dans l'autre chambre.

DOROTHÉE, *sonne Petra, lui parle, s'installe confortablement sur les oreillers* : Oh! Petra, il est tellement vivant, tellement, comment dire... tonique, et tellement enjoué. Mais il ne fait rien. Il est censé expédier des dépêches à je ne sais quel idiot de journal de Londres, mais à la Censura, on prétend qu'il n'envoie pour ainsi dire rien. Il est si vivifiant après Preston, toujours en train de parler de sa femme et de ses enfants. Qu'il y retourne, à sa femme et à ses enfants, s'il est si pressé de les retrouver. Je parie qu'il n'ira pas. Ces hommes à femmes et à enfants, il faut les voir dans une guerre. C'est un argument qui leur sert quand ils ont envie de coucher avec quelqu'un et, après, ils vous assomment avec. Je dis bien, *assomment.* Je ne sais pas comment j'ai pu supporter Preston si longtemps. Et il est tellement lugubre. S'attend toujours à voir tomber la ville et Dieu sait quoi encore, et toujours à regarder la carte. Être toujours à regarder la carte est une des habitudes les plus exaspérantes que puisse contracter un homme. N'est-ce pas, Petra ?

PETRA : Je ne comprends pas, Senorita.

DOROTHÉE : Oh! Petra, je me demande ce qu'il fait en ce moment.

PETRA : Rien de bon.

DOROTHÉE : Petra, ne parlez pas comme cela, vous êtes une *défaitiste.*

PETRA : Non, Senorita, je n'ai pas de politique. Je travaille, c'est tout...

DOROTHÉE : Eh bien, vous pouvez partir maintenant, parce que je crois que je vais dormir encore un tout petit moment. J'ai tellement sommeil, et je me sens si bien, ce matin...

PETRA : Qué vous dormir bien, Senorita.

Elle sort et ferme la porte. Dans l'autre chambre, Philippe répond au téléphone.

PHILIPPE : Oui, bien. Faites-le monter. (*On frappe à la porte et un Camarade en uniforme des B. I. entre. Il salue d'un air martial. Jeune homme brun, beau garçon, d'environ 23 ans.*) Salut, Camarade. Entrez.

CAMARADE : C'est la Brigade qui m'envoie. J'avais ordre de me présenter à vous à la chambre 113.

PHILIPPE : La chambre a changé. Vous avez un double de l'ordre de mission ?

CAMARADE : C'est un ordre verbal.

Philippe décroche l'appareil, demande un numéro.

PHILIPPE : Dos zéro uno cinco. Allô, Haddock ? Non, Haddock. Hake à l'appareil. Oui. Hake. Parfait, Haddock. (*Il se tourne vers le Camarade.*) Comment vous appelez-vous, Camarade ?

CAMARADE : Wilkinson.

PHILIPPE : Allô, Haddock. Avez bien envoyé un

Camarade du nom de Wilkinson au Pêcheries Booth? Parfait. Merci bien. Salud. (*Raccroche, se tourne vers le Camarade et lui tend la main.*) Content de vous voir, Camarade. Alors, de quoi s'agit-il?

CAMARADE : Je suis à vos ordres.

PHILIPPE : Ah! (*Il a l'air d'hésiter beaucoup à propos de quelque chose.*) Quel âge avez-vous, Camarade?

CAMARADE : Vingt ans.

PHILIPPE : Vous vous êtes payé du bon temps, dans la vie?

CAMARADE : Je ne suis pas là pour me payer du bon temps.

PHILIPPE : Non, bien entendu. Simple question. (*Il s'interrompt. Puis se départit de sa réserve et parle d'un ton très militaire.*) Maintenant, il faut que je vous dise une chose. Dans l'affaire qui nous occupe, il faut que vous soyez armé pour renforcer votre autorité. Mais vous ne devez faire usage de vos armes sous aucun prétexte. Sous aucun prétexte. Vous m'avez bien compris?

CAMARADE : En cas de légitime défense non plus?

PHILIPPE : En aucune circonstance.

CAMARADE : Et quelles sont les consignes?

PHILIPPE : Descendez et allez faire un tour. Ensuite, revenez ici, prenez une chambre et faites-vous inscrire. Quand vous aurez la chambre, entrez me voir en passant, et dites-moi quel numéro vous avez, et moi je vous dirai ce qu'il faudra faire. Il faudra que vous passiez la plus grande partie de la journée dans votre chambre, aujourd'hui. (*Il s'interrompt.*) Faites une bonne promenade. Pourriez prendre un verre de bière. Il y a de la bière aujourd'hui chez Aguilas.

CAMARADE : Je ne bois pas, Camarade.

PHILIPPE : C'est très bien. Parfait. Nous autres de la vieille génération, portons comme cela quelques souillures lépreuses que la vie nous a laissées, et qu'il serait difficile à présent d'effacer. Mais vous êtes un exemple pour nous. Et maintenant, allez-y.

CAMARADE : Bien, Camarade. (*Il salue et sort.*)

PHILIPPE, *après son départ* : Très dommage, oui, très dommage. (*Le téléphone sonne.*) Oui, lui-même. Très bien. Non. Je regrette. Plus tard. (*Il raccroche. Nouvelle sonnerie.*) Oh! allô. Oh! je suis désolé, je vous assure. Mais voulez-vous que l'on remette cela à un peu plus tard? Non? C'est parfait, mon vieux. Eh bien, venez, qu'on liquide cette histoire. (*On frappe à la porte.*) Entrez! (*Preston entre. Il a un pansement sur un sourcil et ne paraît pas très fringant.*) Je regrette sincèrement, vous savez.

PRESTON : Qu'est-ce que cela change? Vous vous êtes conduit d'une manière tout à fait dégoûtante.

PHILIPPE : Exact. Et maintenant, que puis-je faire? (*Très net.*) J'ai dit que je regrettais.

PRESTON : Vous pourriez commencer par ôter ma robe de chambre et mes pantoufles.

PHILIPPE, *les ôtant* : Parfait. (*Il les lui tend, avec une pointe de regret.*) Vous ne voudriez pas me vendre la robe de chambre, par hasard? Très beau tissu.

PRESTON : Et maintenant, allez-vous-en de chez moi.

PHILIPPE : Vous tenez absolument à recommencer toute cette histoire?

PRESTON : Si vous ne sortez pas, je sonne et je vous fais jeter dehors.

PHILIPPE : Alors, sonnez. (*Preston sonne, Philippe entre dans la salle de bains. On l'entend barboter. On frappe à la porte : le Directeur entre.*)

DIRECTEUR : Rien ne va bien?

PRESTON : Vous allez appeler la police, et faire expulser cet homme de chez moi.

DIRECTEUR : Monsieur Preston, yé fait faire la femme de chambre immédiatement botre bagage. Bous serez très confortablement el N° 114. Bous savez bien,

Monsieur Preston, que c'est pas des choses que se faire de appeler la police dans un hôtel. Quelle première chose la police il dit ? Qui c'est ça boîte à lait condensé, hein ? Qui c'est ça boîte à corn-beef, hein ? Qui c'est ça accaparement de réserves de café dans cet hôtel ? Qu'est-ce que ça veut dire toute ce sucre dans l'armoire ? Qui c'est ça trois bouteilles de whisky, hein ? Qu'est-ce que ça se passe, ici ? Monsieur Preston, né jamais dans les affaires pribées mêler la police. Monsieur Preston, ye fais appel à bous.

PHILIPPE, *de la salle de bains* : Qui c'est ça trois sabonettes, hein ?

DIRECTEUR : Bous boyez, Monsieur Preston ? Dans une affaire pribée, l'autorité publique toujours il interprète de trabers les choses. Es une légalité que défendre de aboir toutes ces choses. Es une sébère légalité contre toutes les espèces de accaparement. Es de la police une erreur.

PHILIPPE, *de la salle de bains* : Qui c'est ça trois bouteilles d'eau de Cologne, là-dedans, hein ?

DIRECTEUR : Bous boyez, Monsieur Preston ? Abec toutes mes meilleures bolontaires, ye n'ai pas possible de introduire la police.

PRESTON : Oh ! allez au diable, dans ce cas, tous les deux. Faites transporter mes bagages au 114, puisqu'il en est ainsi. Vous êtes le dernier des pleutres, Rawlings. N'oubliez pas que je vous l'ai dit.

PHILIPPE, *de la salle de bains* : Qui c'est ça quatre tubes de crème à raser ? Hein ?

DIRECTEUR : Monsieur Preston ! *Quatre* tubes ! Monsieur Preston !

PRESTON : Vous ne faites que mendier de la nourriture. Je vous en ai donné tant et plus. Faites mes bagages, et qu'on les déménage.

DIRECTEUR : Très bien, Monsieur Preston, mais une chose seulement. Lorsque, contre toutes volontaires exerce une infime pétition pour la nourriture ne souhaitant qué surabondantes quantités...

PHILIPPE, *de la salle de bains, s'étranglant à force de rire* : Comment ? Comment ?

DIRECTEUR : Ye dis à Monsieur Preston ye seulement pétitionner quantités non indispensables et alors seulement sur la base de famille de sept. Écoutez, Monsieur Preston, possède ma belle-mère — cétte superflue — maintenant dans sa tête une dent qu'elle subsiste. Bous comprenez. Seulement une dent. Mange tout abec, et le déguste. Quand elle part, dois moi acheter appareil complet et des dents aussi du haut en bas, et qu'il est propre à manger des choses plus élevées. Es propre pour les *beefsteak*, es propre pour les côtelettes, es propre pour lé comment sé dit, el salamillo. Tous les soirs, ye vous yure, Monsieur Preston, yé demande comment se porte vieille femme, la dent ? Tous les soirs ye pense que si elle part, qu'est-ce que sé fait de nous ? Fourni de complète dentition aussi du haut et du bas ne subsiste plus assez à Madrid pour l'armée des chevaux. Ye vous assure, Monsieur Preston, jamais bous ne voir femme pareille. Une telle superflue. Monsieur Preston, bous ne poubez disposer une petite boîte de n'importe quelle sorte de surabondant ?

PRESTON : Obtenez-le de Rawlings, c'est votre ami.

PHILIPPE, *sortant de la salle de bains* : Chez moi, Camarade Collectionneur de timbres, surabondant une boîte de singe.

DIRECTEUR : Oh ! Monsieur Philippe, vous abez un cœur plus grand que l'hôtel.

PRESTON : Et deux fois plus sale.

Il sort.

PHILIPPE : Il m'en veut beaucoup.

DIRECTEUR : Vous enlebez la yeune femme. Le met fou furieux. Le remplit de comment s'appelle ? de jaunisse ?

PHILIPPE : C'est ça. Exactement. Il est tout simplement torturé par une jaunisse féroce. Essayé un bon coup de l'en guérir hier soir. Rien à faire.

DIRECTEUR : Dites-moi, Monsieur Philippe, dites-moi une chose. Combien la guerre durer ?

PHILIPPE : Longtemps, je le crains.

DIRECTEUR : Monsieur Philippe, c'est terrible bous entendre dire cette chose. Es maintenant une année. Es pas amusant, bous sabez.

PHILIPPE : N'y pensez pas. Tâchez simplement de durer.

DIRECTEUR : Bous faites attention et aussi durer, vous, Monsieur Philippe, faites plus attention. Ye sais. Ne croyez pas que ye ne le sais pas.

PHILIPPE : N'en sachez pas trop. Et sur ce que vous savez, bouche cousue, compère, hein ? C'est comme ça qu'on fera du bon travail tous les deux.

DIRECTEUR : Mais prenez la prudence, Monsieur Philippe.

PHILIPPE : Pour ce qui est de durer, je dure. Prenez un verre ?

Il verse un whisky et y ajoute de l'eau.

DIRECTEUR : Yamais ye ne touche à l'alcool. Mais écoutez, Monsieur Philippe. Prenez plus de prudence. Au cent cinq és très mauvais. Au cent sept és très mauvais.

PHILIPPE : Merci. Oui, je sais. Seulement maintenant j'ai perdu ce que j'avais au 107. Ils l'ont laissé filer.

DIRECTEUR : Au cent quatorze es seulement un imbécile.

PHILIPPE : Exact.

DIRECTEUR : Hier soir sé voulu entrer dans le cent quatorze pour bous, fait semblant se tromper. Ye sais.

PHILIPPE : C'est pourquoi je n'étais pas là. J'avais mis quelqu'un à surveiller l'imbécile.

DIRECTEUR : Monsieur Philippe, bous faites très

attention. Bous voulez ye mette à la porte la serrure Yale, la grosse serrure ? Très très solide modèle ?

PHILIPPE : Non, la grosse serrure ne changerait rien. Ce genre d'affaires ne se traite pas avec des grosses serrures.

DIRECTEUR : Boulez quelque chose d'espécial, Monsieur Philippe ? N'importe quoi ye puisse ?

PHILIPPE : Non, rien de spécial. Merci de vous être débarrassé de cet idiot de journaliste de Valence qui voulait une chambre ici. On a déjà suffisamment d'imbéciles comme ça dans la maison, vous et moi compris.

DIRECTEUR : Mais ye le peut loger plus tard, si bous boulez. Lui ai dit aboir pas de chambre, le prébénir. Si les choses se tassent, possible le loger plus tard, Monsieur Philippe, bous prendre soin de bous-même, je bous dis. Bous comprenez.

PHILIPPE : Je tiens assez bien le coup. Quelquefois seulement je me sens un moral assez bas.

Pendant ce dialogue, Dorothée Bridge s'est levée, est allée dans la salle de bains, s'est habillée et est revenue dans la chambre. Elle s'assied à la machine à écrire, puis elle se lève et met un disque sur le gramophone (c'est la Ballade en la bémol mineur, op. 47, de Chopin). Philippe entend la musique.

PHILIPPE, *au Directeur* : Excusez-moi un instant, voulez-vous ? Vous allez déménager ses affaires ? Si on venait me demander, faites attention, je vous prie.

DIRECTEUR : Ye dire à la femme de chambre qué fait le déménagement.

Philippe va frapper à la porte de Dorothée.

DOROTHÉE : Entrez, Philippe.

PHILIPPE : Permettez que je reste un instant boire un verre ici ?

DOROTHÉE : Bien sûr, voyons.

PHILIPPE : Deux choses que je voudrais vous demander de faire.

Le disque s'est arrêté. Dans l'autre chambre, on voit que le Directeur est parti et que la femme de chambre est entrée et a fait un tas des affaires de Preston sur le lit.

DOROTHÉE : Quelles sont-elles, Philippe ?

PHILIPPE : L'une, c'est de déménager de cet hôtel, et l'autre, c'est de retourner en Amérique.

DOROTHÉE : Vous êtes d'une impudence... d'une impertinence rare ! Ma parole, vous êtes pire que Preston.

PHILIPPE : C'est on ne peut plus sérieux ce que je vous demande là. Les deux choses.

DOROTHÉE : Et moi qui commençais seulement à être heureuse avec vous, Philippe, ne dites pas de bêtises. Je vous en prie, mon chéri, ne dites pas de bêtises.

Sur le seuil de l'autre chambre, on aperçoit le jeune camarade Wilkinson en uniforme des B. I. debout dans l'ouverture de la porte.

WILKINSON, *à la femme de chambre :* Le camarade Rawlings ?

FEMME DE CHAMBRE : Entrez et asseyez-vous. Il a dit de l'attendre.

Wilkinson s'assied sur une chaise, le dos à la porte. Dans l'autre pièce, Dorothée a remis le disque sur le phonographe. Philippe soulève le diaphragme et l'écarte, et le disque continue à tourner sans arrêt sur son plateau.

DOROTHÉE : Vous disiez que vous vouliez boire. Tenez.

PHILIPPE : Je ne veux pas boire.

DOROTHÉE : Que se passe-t-il, chéri ?

PHILIPPE : Vous savez que je suis très sérieux, en ce moment ; il faut que vous partiez d'ici.

DOROTHÉE : Je n'ai pas peur du bombardement, vous le savez très bien.

PHILIPPE : Il ne s'agit pas du bombardement.

DOROTHÉE : Eh bien, alors, qu'est-ce que c'est, mon chéri ? Vous n'êtes pas bien avec moi ? Je voudrais que vous soyez très heureux ici.

PHILIPPE : Qu'est-ce que je pourrais bien faire pour vous forcer à vous en aller ?

DOROTHÉE : Rien, je ne m'en irai pas.

PHILIPPE : Je vais vous faire déménager au Victoria.

DOROTHÉE : Vous ne ferez rien de semblable.

PHILIPPE : Si je pouvais seulement vous parler.

DOROTHÉE : Mais qui vous en empêche ?

PHILIPPE : Il m'est impossible de jamais parler à qui que ce soit.

DOROTHÉE : Mais, mon chéri, vous faites tout simplement de l'inhibition. Un psychanalyste vous arrangerait cela tout de suite. C'est facile et c'est très passionnant.

PHILIPPE : Vous êtes incurable. Mais vous êtes très belle. Je vais tout simplement vous faire déménager de force.

Il remet l'aiguille sur le disque et remonte le gramophone.

PHILIPPE : Je dois vous paraître sinistre, je m'en excuse.

DOROTHÉE : C'est probablement votre foie, tout simplement, chéri.

Tandis que le gramophone marche, on voit quelqu'un s'arrêter devant la porte de la chambre dans laquelle travaille la femme de chambre, et où le Jeune Homme est assis. L'Homme porte un béret et un trench-coat ; il s'appuie contre le montant de la porte pour affermir sa main et tire une balle d'un Mauser au canon long, dans la nuque du Jeune Homme. La femme de chambre pousse un cri strident : « Aïe ! », puis part à sangloter dans son tablier. Philippe, dès qu'il entend la détonation, pousse Dorothée vers le lit et court à la porte, tenant un revolver dans sa main droite. Il ouvre la porte, et de là, inspecte prudemment les deux côtés du couloir, puis il tourne le coin et pénètre dans la chambre. En le voyant avec son revolver, la femme de chambre recommence à brailler.

PHILIPPE : Ne soyez pas ridicule. (*Il avance vers la chaise où est affalé le cadavre, relève la tête et la laisse retomber.*) Les salauds! Les immondes salauds!

Dorothée l'avait suivi à la porte, il la pousse dehors.

PHILIPPE : Allez-vous en!

DOROTHÉE : Philippe, qu'est-ce que c'est?

PHILIPPE : Ne le regardez pas, c'est un mort, quelqu'un l'a tué.

DOROTHÉE : Qui l'a tué?

PHILIPPE : Il s'est peut-être suicidé. Cela ne vous regarde pas. Allez-vous-en. Vous n'avez donc jamais vu de mort? Je croyais que vous étiez correspondant de guerre, ou quelque chose de ce genre? Allez, sortez d'ici et allez pondre un article. Ceci ne vous regarde pas. (*Il commence à jeter sur le lit tout ce qu'il trouve sur les étagères de l'armoire.*) *Toutes* les boîtes de lait, *tout* le corned-beef. *Tout* le sucre. *Tout* le saumon en conserve. *Toute* l'eau de Cologne. *Tout* le savon en supplément. Enlevez ça. Il faut appeler la police.

Rideau.

ACTE II

PREMIER TABLEAU

Une chambre au Q. G. de Seguridad. Elle est meublée d'une simple table de bois, nue, sauf la lampe à abat-jour vert. Les fenêtres sont toutes fermées et ont toutes leurs volets clos. Derrière la table est assis un petit homme dont le visage aux lèvres minces, au nez en bec d'aigle, a un aspect ascétique. Il a des sourcils très épais. Philippe est assis sur une chaise près de la table. L'homme à la tête d'oiseau de proie tient un crayon à la main. Sur une chaise, devant cette même table, un homme est assis. Il pleure. De profonds sanglots le secouent tout entier. Antonio (l'homme à la tête d'oiseau de proie) l'observe avec beaucoup d'intérêt. C'est le premier camarade de l'Acte I, troisième tableau. Il est nu-tête, sans tunique, et ses bretelles qui tenaient l'ample pantalon flottant des B. I., pendent le long de son pantalon.

Au lever du rideau, Philippe est debout et regarde le 1er Camarade.

PHILIPPE, *d'une voix lasse* : Il y a encore une chose que je voudrais vous demander.

1er CAMARADE : Ne me la demandez pas, je vous en supplie, ne me la demandez pas. Je ne veux pas que vous me la demandiez.

PHILIPPE : Vous étiez endormi ?

1er CAMARADE, *un sanglot* : Oui.

PHILIPPE, *d'une voix très lasse, d'un ton dénué d'expression* : Vous connaissez la sanction pour cela ?

1er CAMARADE : Oui.

PHILIPPE : Pourquoi ne l'avoir pas dit tout de suite, de façon à nous épargner toutes ces histoires ? Je ne vous aurais pas fait fusiller pour cela. Maintenant vous m'avez déçu. Vous croyez que c'est pour s'amuser que les gens en fusillent d'autres ?

1er CAMARADE : J'aurais dû vous le dire, j'avais peur.

PHILIPPE : Ouais, vous auriez dû me le dire.

1er CAMARADE : Je vous assure, c'est vrai, Camarade Commissaire.

PHILIPPE, *à Antonio, froidement* : Vous croyez qu'il s'était endormi ?

ANTONIO : Comment le saurais-je ? Voulez-vous que je le questionne ?

PHILIPPE : Non, Mi Coronel. Ce sont des renseignements que nous voulons. Pas une confession. (*Au 1er Camarade.*) Écoutez-moi. A quoi rêviez-vous en vous endormant ?...

1er CAMARADE, *réprime ses sanglots, hésite, puis se décide* : Je ne me rappelle pas.

PHILIPPE : Essayez, allons. Prenez tout votre temps, je veux simplement être sûr, comprenez-vous. Et ne cherchez pas à mentir, je le saurai si vous mentez.

1er CAMARADE : Maintenant, je me rappelle. J'étais debout, j'avais mon fusil entre les jambes quand je me suis adossé au mur, et je me rappelle... (*un sanglot.*) Dans mon rêve, je... je croyais que c'était mon amie et qu'elle était en train de me faire... de me faire... quelque chose de drôle, je ne sais pas ce que c'était. C'était simplement en rêve.

Un sanglot.

PHILIPPE, *à Antonio* : Vous êtes convaincu, maintenant ?

ANTONIO : Je ne comprends pas tout à fait.

PHILIPPE : Oh ! j'imagine que personne ne le comprend vraiment tout à fait ; en tout cas, moi il m'a convaincu. (*Au 1er Camarade.*) Comment s'appelle votre amie ?

1er CAMARADE : Alma.

PHILIPPE : Très bien. Quand vous lui écrirez, dites-lui que vous lui devez une fière chandelle. (*A Antonio.*) En ce qui me concerne, vous pouvez l'emmener. Il lit le « Travailleur », il connaît Joe North, il a une amie qui s'appelle Alma, il est bien noté à la Brigade, il s'est endormi et a laissé filer un personnage qui a tué un garçon nommé Wilkinson en le prenant pour moi. La seule chose à faire, c'est de lui donner du café très fort pour l'empêcher de s'endormir et veiller à ce qu'il ne mette pas son fusil entre ses jambes. Écoutez, Camarade, je regrette de vous avoir traité un peu durement dans l'exercice de mes fonctions.

ANTONIO : J'aimerais poser quelques questions.

PHILIPPE : Écoutez, Mi Coronel. Si je n'étais pas expert en ce genre de chose, vous ne m'auriez pas laissé continuer si longtemps. Ce garçon est très bien. Vous savez parfaitement que nul d'entre nous n'est *exactement* ce que vous appelleriez *très* bien. Mais ce garçon est relativement très bien. Il s'est endormi, voilà tout, et dites-vous bien que je n'ai rien de la statue de la justice. Je travaille simplement pour vous, pour la cause, pour la République et une chose et l'autre. Et nous avions jadis en Amérique un Président qui s'appelait Lincoln et qui commuait les peines de mort des sentinelles surprises à dormir, vous savez... Alors, si vous le voulez bien, nous allons en quelque sorte commuer sa peine. Il appartient au Bataillon Lincoln, comprenez-vous, et c'est un très bon Bataillon. C'est un Bataillon tellement épatant et qui a fait des choses tellement bien que cela vous fendrait le cœur, bon Dieu! si j'essayais de vous les raconter. Et si j'en faisais partie, j'aurais l'impression d'être quelqu'un de bien et j'en serais fier, au lieu de me sentir tel que je suis, à faire ce que je fais. Mais je n'en fais pas partie, comprenez-vous? Je suis une espèce de flic de 2e ordre qui essaie de se faire passer pour un journaliste de 3e ordre. Mais écoutez-moi bien, Camarade Alma... (*Se tournant vers le prisonnier.*) Si jamais je vous reprends à vous endormir pendant le service quand vous travaillez pour moi, c'est moi personnellement qui vous exécuterai, vous m'avez compris? Vous pouvez l'écrire à Alma.

ANTONIO *sonne, deux Gardes d'Assaut entrent :* Emmenez-le. Vous vous exprimez d'une façon très confuse,

Philippe, mais vous avez un certain crédit à épuiser parmi nous.

1er CAMARADE : Merci, Camarade Commissaire.

PHILIPPE : On ne dit pas merci dans une guerre. Car ceci est une guerre. On n'y dit pas merci. Mais il n'y a pas de quoi, comprenez ? Et quand vous écrirez à Alma, dites-lui que vous lui devez une fière chandelle.

Le 1er Camarade sort avec les Gardes d'Assaut.

ANTONIO : Oui, et maintenant... Cet homme qui s'est échappé de la chambre 107 et a abattu ce garçon à votre place, qui est cet homme ?

PHILIPPE : Oh! je ne sais pas. Le Père Noël, peut-être. Il porte un numéro. Ils ont numéroté A de un à dix, B de un à dix, C de un à dix et ils vous tuent les gens et vous font sauter un tas de choses et dans l'ensemble font tout ce dont vous devez avoir les oreilles rebattues. Et vraiment ils se donnent énormément de peine et finalement n'arrivent pas à grand-chose. Mais ils tuent un tas de gens qu'ils ne devraient pas tuer. L'ennui, c'est qu'ils ont tellement bien manigancé leur affaire d'après les données du vieil A. B. C. cubain, qu'à moins de mettre la main sur quelqu'un du dehors avec qui ils sont en combinaison, ça ne rime à rien. C'est exactement comme de couper la tête des furoncles au lieu d'écouter le programme publicitaire du dépuratif Richelet. A part cela, ne craignez pas de m'interrompre si je deviens par trop obscur.

ANTONIO : Et pourquoi n'avoir pas pris des forces suffisantes pour vous assurer de la personne de cet homme ?

PHILIPPE : Parce que je ne peux pas me permettre d'ébruiter la chose et donner l'alerte à d'autres qui nous sont infiniment plus précieux. Celui-ci n'est qu'un tueur.

ANTONIO : Oui. Il reste beaucoup de fascistes dans une ville d'un million d'habitants, et ils travaillent du dedans. Ceux qui en ont le courage. Nous devons bien en avoir vingt mille d'actifs ici.

PHILIPPE : Plus. Le double. Mais quand on les attrape, ils ne parlent pas. Sauf les politiciens.

ANTONIO : Les politiciens. Oui, les politiciens. J'ai vu un politicien par terre, là dans ce coin, qui était incapable de se lever au moment de partir. J'ai vu un politicien traverser cette pièce à genoux pour venir mettre ses bras autour de mes jambes et m'embrasser les pieds. Je le voyais là, en train de larmoyer sur mes bottes, alors qu'il lui était si simple de mourir. J'en ai vu mourir beaucoup, et jamais je n'ai vu un politicien mourir proprement.

PHILIPPE : Je n'aime pas les voir mourir. C'est très bien, je suppose, si on aime ça. Mais moi je n'aime pas ça. Quelquefois je me demande comment vous pouvez tenir le coup. Dites-moi, qui est-ce qui meurt bien ?

ANTONIO : Vous le savez. Ne faites pas le naïf.

PHILIPPE : Oui. Je dois le savoir, sans doute.

ANTONIO : Moi, je saurais mourir. Je ne demande l'impossible à personne.

PHILIPPE : Vous êtes un spécialiste. Dites-moi, Tonio, qui est-ce qui meurt bien ? Allez-y, dites-le. Allez-y. Fera du bien de parler de votre métier. En parler, comprenez ? Et sans qu'on s'en doute, insensiblement, ça s'oublie. Simple, vous ne trouvez pas ? Dites-moi comment ça se passait durant les premiers jours de l'insurrection.

ANTONIO, *avec une certaine fierté* : Vous tenez à le savoir ? Des personnes bien définies, je veux dire ?

PHILIPPE : Non. Je connais une ou deux personnes bien définies. Je veux dire par classe, en quelque sorte.

ANTONIO : Les fascistes, les vrais fascistes, les jeunes ? Très bien. Parfois avec énormément d'allure. Ils se trompent, mais ils ont beaucoup d'allure. Les soldats, oui ; la majorité bien. Les prêtres, toute ma vie je suis contre.

L'Église lutte contre nous. Nous luttons contre l'Église. Depuis des années, je suis socialiste. Nous sommes le plus ancien parti révolutionnaire d'Espagne. Mais... pour mourir... (*Il a ce mouvement rapide de la main, cette triple secousse du poignet qui est, en Espagne, un geste de suprême admiration.*) Pour mourir ? Les prêtres ? Fantastiques ; comprenez-moi, de simples prêtres, je ne veux pas dire des évêques.

PHILIPPE : Eh ! dites-moi, Antonio. Quelquefois il a dû se produire des erreurs, hein ? Quand vous étiez forcé de faire vite, peut-être ? Ou encore des erreurs tout court, nous sommes tous sujets à l'erreur, je viens justement d'en faire une hier. Dites-moi, Antonio, y a-t-il eu des erreurs ?

ANTONIO : Oh ! oui, certainement. Des erreurs, oh, oui. Des erreurs, oui, oui. Erreurs très graves, un très petit nombre.

PHILIPPE : Et comment sont mortes les erreurs ?

ANTONIO : Toutes très bien.

PHILIPPE : Ah ! (*C'est le bruit que pourrait faire un boxeur recevant un violent coup au corps.*) Et ce métier que nous faisons là. Vous savez bien, quel est ce nom ridicule qu'on lui a donné ? Contre-espionnage. Ça ne vous porte jamais sur les nerfs.

ANTONIO, *simplement* : Non.

PHILIPPE : Chez moi, les nerfs prennent depuis déjà pas mal de temps.

ANTONIO : Mais vous ne le faites que depuis peu.

PHILIPPE : Douze vacheries de mois, mon garçon... dans ce pays. Et avant ça, Cuba. Déjà été à Cuba ?

ANTONIO : Oui.

PHILIPPE : C'est là que j'ai été embrigadé, aspiré dans cette histoire.

ANTONIO : Comment avez-vous été aspiré ?

PHILIPPE : Oh ! des gens ont commencé à se fier à moi qui auraient dû avoir plus de bon sens, sans doute, et justement parce qu'ils auraient dû avoir plus de bon sens, voilà que je me suis mis à devenir en quelque sorte digne de la confiance qu'ils mettaient en moi. Enfin, vous voyez ce que je veux dire, pas exagérément digne de confiance, rien de forcé, mettons modérément digne de confiance. Et puis on vous fait un peu plus confiance et vous vous en tirez convenablement. Alors vous comprenez, on se met à y croire. Et, finalement, je suppose qu'on en arrive à aimer cela. J'ai vaguement l'impression que je ne m'explique pas très clairement.

ANTONIO : Vous êtes un brave garçon. Vous faites du bon travail. Tout le monde vous fait confiance.

PHILIPPE : Trop, sacré bon Dieu! Et puis, je suis fatigué, en ce moment, je me tracasse. Savez-vous ce que je voudrais? Eh bien! je voudrais ne plus jamais en tuer un seul de ces enfants de salauds, et peu m'importe lequel ou pour qui, aussi longtemps que je vivrai. Je voudrais n'être plus jamais obligé de mentir, savoir avec qui je suis, quand je me réveille. Je voudrais pouvoir me réveiller tous les matins dans le même endroit, pendant une semaine d'affilée. Je voudrais épouser une jeune fille qui s'appelle Bridge, et que vous ne connaissez pas. Mais ne vous offusquez pas si je dis son nom, c'est parce que cela me fait plaisir de le prononcer, et je voudrais l'épouser parce qu'elle a les plus longues, les plus douces et les plus fines jambes du monde, et puis rien ne me force à l'écouter parler si ce qu'elle dit ne tire pas à conséquence. Mais je serais curieux de savoir de quoi les gosses auraient l'air.

ANTONIO : C'est la grande blonde qui est avec le correspondant?

PHILIPPE : Ne parlez pas d'elle sur ce ton; ce n'est pas du tout une grande blonde avec je ne sais quel correspondant. C'est mon amie. Et si je parle trop ou si je vous ai fait perdre un temps précieux, eh bien! ne craignez pas de me couper. Vous savez, je suis un personnage tout à fait extraordinaire, car je parle non seulement le français et l'espagnol, ce qui est courant, mais surtout l'anglais ou l'américain indifféremment. Suis né dans l'un, élevé dans l'autre. C'est mon gagne-pain, d'ailleurs.

ANTONIO, *avec douceur* : Je sais. Vous êtes fatigué, Philippe.

PHILIPPE : Bridge me ressemble, mais je ne sais pas si elle parle l'américain. Vous comprenez, elle a appris son anglais à l'école au contact de lords, du type vulgaire ou littéraire, mais cela même est drôle, comprenez-vous ? J'aime simplement l'entendre parler. Ce qu'elle dit m'importe peu. Je vais mieux, je suis détendu à présent, vous voyez ! Je n'ai rien bu depuis le petit déjeuner, et je suis beaucoup plus soûl que lorsque je bois, ce qui est mauvais signe. Est-ce qu'il est permis à un de vos agents de se détendre un peu, Mi Coronel ?

ANTONIO : Vous devriez aller dormir. Vous êtes exténué, Philippe, et vous avez beaucoup de travail à faire.

PHILIPPE : C'est vrai, je suis crevé et j'ai beaucoup de travail à faire. J'attends de rencontrer un camarade chez Chicotes. Du nom de Max. J'ai, et je n'exagère pas, beaucoup de travail à faire. Max, que vous connaissez, je crois, et qui peut montrer quel homme distingué il est, n'a que des prénoms, alors que je m'appelle Rawlings, exactement comme quand j'ai commencé, ce qui vous prouve bien que je n'ai pas fait beaucoup de chemin dans ce métier... Où en étais-je ?

ANTONIO : A propos de Max.

PHILIPPE : Max. C'est cela, Max. Eh bien ! il a un peu de retard à l'heure qu'il est. Cela fait une quinzaine de jours qu'il navigue, disons, pour éviter toute confusion, qu'il *circule* derrière les lignes fascistes. C'est sa spécialité. Et il dit, et il ne ment pas... moi je mens. Mais pas en ce moment. En tout cas je suis très fatigué, comprenez et avec ça je suis dégoûté de ce travail, et je suis nerveux comme un crétin, parce que je suis inquiet et je ne m'inquiète pas facilement.

ANTONIO : Continuez. Ne soyez pas fantasque.

PHILIPPE : Il dit, c'est-à-dire *Max* dit — et où est-il en ce moment, je donnerais beaucoup pour le savoir, bon Dieu! — qu'il a repéré un endroit — un poste d'observation, vous voyez ça d'ici. Vois où ça tombe, et dis quand c'est à côté. Un de ceux-là. Bref, il dit que le chef de l'Artillerie de siège allemande qui bombarde la ville y vient, et aussi un ravissant politicien. Vous voyez ça d'ici... une pièce de musée. Il y vient aussi. Et *Max* pense, et moi je pense qu'il déménage. Mais il pense plus clairement. Moi je pense plus rapidement, mais lui pense plus clairement. Que nous pouvons escamoter ces citoyens-là. Maintenant écoutez-moi bien, Mi Coronel, et coupez-moi tout de suite... personnellement, je trouve tout cela un peu romanesque, mais *Max* prétend, et il est allemand, donc très pratique, et il irait aussi volontiers derrière les lignes fascistes que vous iriez vous faire raser ou ce que vous voudrez, disons. Eh bien, il prétend que c'est parfaitement réalisable, alors moi, j'ai pensé... — et je suis quelque peu soûl d'être resté si longtemps sans rien boire — que nous pourrions en quelque sorte ajourner les autres projets que nous avions envisagés, temporairement, et tâcher de vous amener ces deux bonshommes-là. Je ne crois pas que l'Allemand vous soit d'une très grande utilité pratique, mais sa valeur d'échange est considérable, assurément, et puis ce projet a l'air en quelque sorte de séduire Max. Mettez cela au compte du nationalisme, si vous voulez mon avis. Mais si nous prenons l'autre citoyen dont je vous parlais, là vous tenez quelque chose, Mi Coronel. Parce qu'il est tout à fait formidable, je dis bien formidable. Il est, comprenez-moi, du dehors. Mais il sait qui est *dedans* la ville, et alors vous vous arrangez pour qu'il soit bien en voix et vous savez qui est *dedans.* Parce qu'ils sont tous en rapport avec lui. Je parle trop, n'est-ce pas ?

ANTONIO : Philippe.

PHILIPPE : Oui, Mi Coronel !

ANTONIO : Philippe, maintenant vous allez aller chez Chicotes vous soûler comme un bon garçon. Et faites votre travail, et appelez-moi au téléphone quand vous aurez du nouveau.

PHILIPPE : Et qu'est-ce que je dois parler, Mi Coronel, le français, l'anglais ou l'américain ?

ANTONIO : Ce qu'il vous plaira. Ne faites pas de bêtises, mais partez maintenant, je vous en prie, parce que nous sommes bons amis ; j'ai beaucoup d'amitié pour vous, mais j'ai beaucoup à faire. Dites-moi, c'est vrai à propos de ce poste d'observation ?

PHILIPPE : Ouais !

ANTONIO : Quelle histoire !

PHILIPPE : Très fantaisiste, n'oubliez pas. Terriblement, *terriblement* fantaisiste, Mi Coronel.

ANTONIO : Partez, je vous prie, et mettez-vous en campagne.

PHILIPPE : Et je parle français, anglais ou américain ?

ANTONIO : Qu'est-ce que c'est que cette histoire ? Partez.

PHILIPPE : Dans ce cas, je parlerai anglais, je mens tellement mieux en anglais. Bon sang, c'est pitoyable.

ANTONIO : Partez ! Partez ! Partez ! Partez !

PHILIPPE : Oui, Mi Coronel. Merci pour cette petite conversation si instructive. Maintenant, je vais chez Chicotes. Salut, Mi Coronel.

Il salue, regarde sa montre et s'en va.

ANTONIO, *du bureau, le regarde partir. Puis sonne. Deux Gardes d'Assaut entrent. Ils saluent* : Maintenant allez donc chercher cet homme que vous avez emmené tout à l'heure, j'ai à lui parler un petit moment seul à seul.

Rideau.

DEUXIÈME TABLEAU

Une table de coin au bar de chez Chicotes. C'est la première table à droite en entrant. La porte et la fenêtre sont protégées, jusqu'aux trois quarts de leur hauteur à peu près, par des sacs de sable.

Philippe est assis à une table avec Anita. Un garçon s'approche.

PHILIPPE : Il reste encore de ce whisky en fût ?

GARÇON : Rien d'authentique, à part le gin.

PHILIPPE : Il est bon, le gin ?

GARÇON : C'est du jaune, de chez Booth. Ce qui se fait de mieux.

PHILIPPE : Avec de l'angustura.

ANITA : Alors tu aimes plus ?

PHILIPPE : Non.

ANITA : Tu fais grosse blague avec la grosse blonde.

PHILIPPE : Quelle grosse blonde ?

ANITA : La grande grosse blonde. Grand cheval, grosse comme une meule de foin.

PHILIPPE : Blonde comme les blés.

ANITA : Tu fais la blague. Grosse la femme, grosse la blague.

PHILIPPE : Qu'est-ce qui te la fait voir si grosse ?

ANITA : Grosse ? Comme un tank est grosse. Attends-toi lui donner le bébé. Grosse. Est camion Studebaker.

PHILIPPE : Ça devient très joli, ce mot, comme tu le prononces.

ANITA : Oui. Je préfère que tous les autres mots anglais que je connais. Studebaker est merveilleux. Pourquoi ne pas aimer ?

PHILIPPE : Je ne sais pas, Anita. Tu comprends... tout change.

Il consulte sa montre.

ANITA : Avant, toi ça plaît bien. Es toujours le même.

PHILIPPE : Je le sais.

ANITA : Te plais avant. Te plais encore. Es seulement besoin essayer.

PHILIPPE : Je sais.

ANITA : Quand c'est avoir quéq'chose bon, c'est mauvais quitter. Es une grosse femme ennuis terribles. Ye connais. C'est longtemps que ye suis là-dedans.

PHILIPPE : Tu es une chic fille, Anita.

ANITA : Es à cause toute le monde critique parce ye morde Monsieur Vernon la fois, là ?

PHILIPPE : Non. Absolument pas.

ANITA : Moi ye te dis que ye donne beaucoup pour ne pas faire ça.

PHILIPPE : Oh ! personne ne s'en souvient plus.

ANITA : Tu sais porqué ye fais ? Tout le monde sait que ye mordu, mais personne jamais demande pourquoi.

PHILIPPE : Pourquoi c'était ?

ANITA : Il veut prendre trois cents pesetas dans mon bas. Qu'est-ce que ye fais, alors ? Dire vas-y, sers-toi ? Non, ye mordu.

PHILIPPE : Tu as bien fait, en plus.

ANITA : Tu croire ? Sûr ?

PHILIPPE : Oui.

ANITA : Oh ! Es vraiment mignon, toi. Dis donc, tu vas pas faire blague maintenant avec la grosse blonde ?

PHILIPPE : Tu sais, Anita, je crains fort que si, je crains fort que ce soit précisément ça l'ennui. J'ai envie de faire une blague décidément colossale. (*Il appelle le garçon, regarde sa montre. Au garçon.*) Quelle heure avez-vous ?

GARÇON, *regarde la pendule au-dessus du bar, puis la montre de Philippe.* : La même que vous.

ANITA : Pour être colossale, ce sera.

PHILIPPE : Tu n'es pas jalouse ?

ANITA : Non. C'est seulement ye déteste. Hier soir ye essayé être amis. Ye dis okay tout le monde camarade. S'amène grand bombardement. Peut-être tout le monde tué. Doit êt' tout le monde camarades avec les uns les autres. Enterrez la hache. Pas êt' égoïste. Pas êt' orgueilleuse ! Aimer l'ennemi comme un soi-même. Toute cette connerie.

PHILIPPE : Tu étais formidable.

ANITA : Tous ces trucs-là ne durent pas plus qu'une nuit. Le matin je réveille, et pas plus tôt ouvert l'œil que ye *déteste* cette femme toute la journée.

PHILIPPE : Il ne faut pas, tu sais.

ANITA : Qu'est-ce qu'elle veut avec toi ? Elle prend un homme juste comme toi cueille une fleur. Elle tient pas. Elle cueille juste pour mettre dans sa chambre. Tu plais à elle juste parce que tu es grand aussi. Écoute. Moi tu me plais quand même tu es un petit nain.

PHILIPPE : Ah ! ah ! ah !... Anita. Non, doucement, là.

ANITA : Écoute bien. Tu me plais quand même tu sois malade. Tu me plais quand même tu sois laid et tout desséché. Tu me plais quand même tu sois bossu.

PHILIPPE : Les bossus portent chance.

ANITA : Tu me plais quand même tu sois un bossu qui porte la *guigne*. Tu me plais quand même tu n'as pas d'argent. Toi en veux ? Moi en faire.

PHILIPPE : C'est à peu près la seule chose que je n'ai pas encore essayée dans ce maudit métier.

ANITA : Ye blague pas. Ye souis sérieux. Philippe, laisse-la tranquille. Reviens toi où que tu connais, c'est okay.

PHILIPPE : Je suis désolé, mais je ne peux pas, Anita.

ANITA : Essaie-toi seulement. C'est pas changement. Te plaît avant, te plaît encore maintenant. Toujours marche comme ça quand un homme est un homme.

PHILIPPE : Mais je change, moi, comprends-tu ? C'est indépendant de moi.

ANITA : Tu ne changes. Ye te connais bien. Ye te connais longtemps déjà. Tu n'es pas le genre d'homme qui change.

PHILIPPE : Tous les hommes changent.

ANITA : Es pas vrai. Fatigué, oui. Bon. Veut partir, oui. Courir ici, là, oui. Se mettre en colère, oui. Maltraite, oui. Change ? Non, seulement recommencer autres habitudes. Es une habitude, point c'est tout. Tout de suite le même chose avec n'importe.

PHILIPPE : Je comprends ce que tu veux dire. Oui, c'est juste. Mais vois-tu, c'est un peu le fait de tomber comme cela sur quelqu'un de chez soi, de sa propre race, et ça vous bouleverse.

ANITA : Es pas de ta même race. Es pas comme toi. Es une autre race de gens.

PHILIPPE : Non, c'est la même origine. La même famille.

ANITA : Dis donc, elle t'a rendu maboul, la grosse blonde ? C'est bientôt que tu sais plus que tu dis. Es pas plus comme toi que le sang de la peinture. Ils ressemblent. Boîte de sang, boîte de peinture. Okay. Mets la peinture en dedans le corps, place du sang. Qu'est-ce que ça fait ? Femme américaine !

PHILIPPE : Tu es injuste envers elle, Anita, je t'accorde qu'elle est paresseuse, enfant gâtée, assez stupide et terriblement fabriquée. Malgré cela, elle est très belle, bonne, très séduisante, plutôt innocente, et tout à fait brave.

ANITA : Okay. Belle ? Qu'est-ce que tu as faire avec belle quand y en a marre ? Ye te connais. Bonne ? Okay ; se peut devenir mauvaise. Séduisante ? Oui. Séduisante comme le serpent avec les lapins. Innocente ? Fais rigoler. Ah ! Ah ! Ah ! Es innocente tant qué pas prouver coupable. Brave ? Fais encore une fois rigoler si y avais de la rigolade qui reste. Brave ? Très bien, ye rigole. Oh ! Oh ! Oh ! Qu'est-ce tu fais tout le temps cette guerre si tu même pas voir qu'est-ce qui est ignorance et qu'est-ce qui est brave ? Brave ? Mon chose.

Elle se lève de table et se donne une claque sur le derrière.

PHILIPPE : Tu es terriblement dure pour elle.

ANITA : Dure pour elle ? Ye voudrais jeter une grenade dans le lit qu'elle dort dedans en ce moment. Ye te le dis sincère. Hier soir, j'ai essayé toutes ces trucs-là. Tout ce sacrifice. Tout ce grand cœur. Maintenant yai un sentiment vrai, *solide*, ye déteste.

Elle sort.

PHILIPPE, *au garçon* : Vous n'avez pas vu un camarade des Brigades Internationales venir me demander ici ? Un nommé Max. Un camarade qui a le visage comme cassé à partir d'ici ? (*Il passe la main à travers son visage à la hauteur de la bouche.*) Un camarade à qui il manque les dents de devant ? Avec les gencives comme noircies là où on l'a brûlé avec un fer rouge ? Et une cicatrice là ? (*Il passe son doigt tout le long de sa mâchoire inférieure.*) Vous n'avez pas vu ce camarade ?

GARÇON : Il n'est pas venu ici.

PHILIPPE : Si vous voyez ce camarade, voulez-vous lui dire de passer à l'hôtel ?

GARÇON : Quel hôtel ?

PHILIPPE : Il saura quel hôtel. (*Fait un pas vers la sortie et se retourne.*) Dites-lui que je suis sorti à sa recherche.

Rideau.

TROISIÈME TABLEAU

Même décor qu'au troisième tableau du Ier. Les deux chambres communicantes 109 et 110 à l'hôtel Florida. Il fait sombre au-dehors et les rideaux sont tirés. Il n'y a personne au 110 et la chambre est dans l'obscurité. Le 109 est brillamment illuminé, à la fois par la lampe de bureau sur la table, l'éclairage principal du plafond et une lampe de chevet fixée à la tête du lit. Le radiateur électrique et le poêle électrique sont tous deux allumés. Dorothée Bridge en sweater à col roulé, jupe de tweed, bas de laine et bottes jodhpur, s'affaire, armée d'une casserole à long manche, au-dessus de la plaque chauffante du poêle électrique. A travers les rideaux fermés perce un lointain crépitement de fusillade. Dorothée Bridge appuie sur la sonnette. On n'entend pas la sonnerie. Elle appuie de nouveau.

DOROTHÉE : Oh ! ce maudit électricien de malheur ! (*Elle va à la porte et l'ouvre.*) Petra ! Petra !

On entend les pas de la femme de chambre dans le vestibule. Elle paraît à la porte.

PETRA : Oui, Senorita ?

DOROTHÉE : Où est l'électricien, Petra ?

PETRA : Vous ne le saviez pas?

DOROTHÉE : Non. Quoi? Il faut absolument qu'il vienne m'arranger cette sonnette!

PETRA : Il ne peut pas venir, Senorita, il est mort.

DOROTHÉE : Que dites-vous?

PETRA : Il a été touché hier soir quand il est sorti dans le bombardement.

DOROTHÉE : Il est sorti dans le bombardement?

PETRA : Oui, Senorita. Il avait bu un petit peu, et il est sorti pour rentrer chez lui.

DOROTHÉE : Le pauvre petit bonhomme!

PETRA : Oui, Senorita, c'est tellement triste!

DOROTHÉE : Comment a-t-il été tué?

PETRA : Quelqu'un a tiré sur lui d'une fenêtre, je ne sais pas. C'est ce qu'on m'a dit.

DOROTHÉE : Qui pouvait bien tirer sur lui d'une fenêtre?

PETRA : Oh! ils tirent toujours par les fenêtres sur les gens, ceux de la cinquième colonne, ceux qui nous attaquent à l'intérieur de la ville.

DOROTHÉE : Mais quel intérêt auraient-ils à le tuer? Ce n'était qu'un pauvre petit ouvrier.

PETRA : Ils ont bien vu à ses vêtements que c'était un ouvrier.

DOROTHÉE : Naturellement, Petra...

PETRA : C'est pour ça qu'ils l'ont tué. Ce sont nos ennemis. Même à moi aussi. Si je me faisais tuer, ils seraient contents. Ils se diraient que ça fait une ouvrière de moins.

DOROTHÉE : Mais c'est *effrayant.*

PETRA : Oui, Senorita.

DOROTHÉE : Mais c'est terrible. Vous prétendez qu'ils tirent sur les gens quand ils ne savent même pas qui ils sont.

PETRA : Oh! oui, ce sont nos ennemis.

DOROTHÉE : Ce sont des gens affreux.

PETRA : Oui, Senorita.

DOROTHÉE : Et qu'allons-nous faire pour un électricista ?

PETRA : On en cherchera un autre demain. Mais maintenant ils seraient tous fermés. Vous ne devriez peut-être pas faire brûler tant de lampes, Senorita, et alors peut-être que le plomb ne sautera pas. Allumez seulement ce qu'il vous faut pour voir clair.

Dorothée éteint tout, sauf la lampe de chevet.

DOROTHÉE : Maintenant je n'y vois même plus pour faire cuire ce gâchis. Cependant je suppose que cela vaut mieux. Sur la boîte, on ne disait pas s'il fallait le faire cuire ou non. Ce sera probablement épouvantable.

PETRA : Qu'est-ce que vous faites cuire, Senorita ?

DOROTHÉE : Je ne sais pas, Petra, il n'y avait pas d'étiquette dessus.

PETRA, *jetant un coup d'œil sur la casserole* : Cela ressemble à du lapin.

DOROTHÉE : Ce qui ressemble à du lapin, c'est du chat. Mais je ne crois pas qu'ils prendraient la peine de mettre du chat dans une boîte et de l'expédier tout là-bas de Paris par bateau. Ce n'est pas votre avis ? Naturellement, il se peut qu'on l'ait mis en boîte à Barcelone pour l'envoyer à Paris par bateau, et de là qu'on l'ait expédié par avion. Croyez-vous que ce soit du chat, Petra ?

PETRA : Oh ! si c'est fabriqué à Barcelone, on ne peut pas savoir ce que c'est !

DOROTHÉE : Oh ! j'en ai assez de tout ça. Tenez, Petra, cuisez-le, vous.

PETRA : Bien, Senorita. Qu'est-ce que je dois mettre dedans ?

DOROTHÉE, *prenant un livre et se dirigeant vers la lampe de chevet pour s'étendre sur le lit* : Mettez ce que vous voudrez. Ouvrez une boîte de n'importe quoi.

PETRA : C'est pour Monsieur Philippe ?

DOROTHÉE : S'il vient.

PETRA : Monsieur Philippe n'aimerait pas manger n'importe quoi. Il vaudrait mieux faire attention à ce qu'on met pour Monsieur Philippe. Il a une fois jeté tout le plateau du petit déjeuner par terre.

DOROTHÉE : Pourquoi, Petra ?

PETRA : A cause de quelque chose qu'il avait lu dans le journal.

DOROTHÉE : Ça devait être Anthony Eden, probablement. Il ne peut pas sentir Eden.

PETRA : Oui, mais on ne fait pas des choses violentes comme ça. Je lui ai dit qu'il n'avait pas le droit. *No hay Derecho.* Je lui ai dit.

DOROTHÉE : Et qu'est-ce qu'il a fait ?

PETRA : Il m'a aidée à tout ramasser, et après ça, il m'a donné une claque là, pendant que j'étais baissée. Senorita, je n'aime pas le savoir dans l'autre chambre, c'est un homme qui n'a pas le même culturel que vous.

DOROTHÉE : Je l'aime, Petra.

PETRA : Senorita, je vous en supplie, ne faites pas ça ! Vous n'avez pas fait sa chambre et fait son lit depuis sept mois comme moi. Il est mauvais. Je ne dis pas qu'il n'est pas bien, autrement, mais il est mauvais.

DOROTHÉE : Vous voulez dire qu'il est pervers ?

PETRA : Non. Pas perverse. Perverse, c'est sale. Il est très propre. Il prend des bains sans arrêt, même avec l'eau froide. Même par le temps le plus froid il se lave les pieds. Mais il n'est pas bon, Senorita.

DOROTHÉE : Mais voyons, Petra, il m'a rendue plus heureuse que quiconque ne l'a jamais fait.

PETRA : Senorita, ce n'est rien cela.

DOROTHÉE : Comment, ce n'est rien ?

PETRA : Chez nous, tout le monde peut faire cela.

DOROTHÉE : Vous n'êtes qu'une nation de matamores et de vantards. Va-t-il encore falloir que je subisse vos histoires de conquistadores et tout ce qui s'ensuit ?

PETRA : Je voulais seulement dire qu'ici, c'est regardé

comme une chose mauvaise. Un homme bien, il a ça aussi, peut-être, un homme vraiment bien comme celui à qui j'étais mariée, oui il a ça. Mais *tous* les mauvais, ils l'ont, cette chose.

DOROTHÉE : Vous voulez dire qu'à *les entendre*, ils l'ont ?

PETRA : Non, Senorita.

DOROTHÉE, *intriguée* : Comment alors, ils ont vraiment... ?

PETRA, tristement : Oui, Senorita.

DOROTHÉE : Je n'en crois pas un mot. Et vous pensez que Monsieur Philippe est *vraiment* mauvais ?

PETRA, *en toute sincérité* : Effroyablement !

DOROTHÉE : Oh ! Où peut-il bien être ?

On entend un bruit de lourdes bottes dans le couloir. Philippe et trois camarades en uniforme des B. I. entrent au 110. Philippe fait de la lumière. Philippe est nu-tête, trempé, les cheveux en désordre. L'un des Camarades est Max, l'homme à la gueule fendue. Il est couvert de boue et dès qu'ils entrent dans la chambre, il s'assied à califourchon sur une chaise, devant la table, le menton appuyé sur le bras portant le dossier. Il a un visage stupéfiant. Un des autres Camarades porte à la bretelle un mousqueton automatique, et l'autre un long Mauser parabellum dans un étui en bois fixé à la jambe.

PHILIPPE : Vous allez me barrer le couloir de chaque côté de ces deux chambres. Si quelqu'un me demande, c'est vous qui me l'amènerez. Combien de camarades avez-vous en bas ?

LE CAMARADE AU MOUSQUETON : Vingt-cinq.

PHILIPPE : Voici les clés du 108 et du 111. (*Il en remet une à chacun.*) Ouvrez les portes et tenez-vous sur le seuil, à l'intérieur, de façon à pouvoir surveiller le couloir. Non, prenez chacun une chaise et installez-vous à l'intérieur, d'où vous pourrez faire le guet. C'est bon, allez-y, camarades.

Ils saluent et sortent. Philippe s'approche du Camarade au visage mutilé. Il lui met la main sur l'épaule. La salle s'est rendu compte depuis un moment déjà qu'il est endormi, mais Philippe n'en sait rien.

PHILIPPE : Max. (*Max, réveillé, regarde Philippe et sourit.*) Ça été très dur, Max?

Max le regarde et, de nouveau, sourit en secouant la tête.

MAX : Nicht zu schwer.

PHILIPPE : Quand vient-il?

MAX : Les soirs de grand bombardement.

PHILIPPE : Et où?

MAX : Sur le toit d'une maison, tout en haut de la route d'Estramadure. Il y a une petite cour.

PHILIPPE : Je croyais qu'il venait à Garabitas.

MAX : Moi aussi.

PHILIPPE : Et quand donne encore grand bombardement?

MAX : Ce soir?

PHILIPPE : Quand?

MAX : Viertel nach zwölf.

PHILIPPE : Vous êtes sûr?

MAX : Vous devriez voir les obus. Tout est là, étalé, prêt. Aussi ils sont minables pour des soldats. Si moi je n'avais pas cette tête-là, j'aurais pu rester à manœuvrer un canon. Peut-être même ils m'auraient mis à l'État-Major.

PHILIPPE : Où avez-vous changé l'uniforme? Je suis allé chercher après vous dans deux ou trois endroits.

MAX : Dans une maison de Carabanchel. Il y en a plus de cent qui sont inoccupées dans ce coin, on n'a que l'embarras du choix. Cent quatre, je crois, entre nos lignes et les leurs. Là-bas, ça c'est bien passé. Les soldats étaient tous jeunes, c'est seulement si un officier avait vu mon visage. Un officier saurait d'où viennent ces têtes-là.

PHILIPPE : Et maintenant ?

MAX : Je crois on y va ce soir. Pourquoi attendre ?

PHILIPPE : Comment c'est ?

MAX : Un bourbier.

PHILIPPE : Combien vous en faut-il ?

MAX : Vous et moi. Ou quel que soit celui que vous enverrez avec moi.

PHILIPPE : Moi.

MAX : Parfait ! Maintenant, il y aurait moyen de prendre un bain ?

PHILIPPE : Bien sûr ! Allez-y !

MAX : Et je dors un petit moment ?

PHILIPPE : Quelle heure le départ ?

MAX : Vers neuf heures et demie.

PHILIPPE : Alors allez dormir.

MAX : Vous m'appellerez ?

Il va à la salle de bains. Philippe sort de la chambre, ferme la porte et frappe au 109.

DOROTHÉE, *du lit* : Entrez !

PHILIPPE : Bonsoir, chérie.

DOROTHÉE : Bonsoir.

PHILIPPE : En train de faire la cuisine ?

DOROTHÉE : J'étais en train de la faire, mais ça m'a rasée. Tu as faim ?

PHILIPPE : Férocement.

DOROTHÉE : C'est là dans la casserole. Tourne l'interrupteur et laisse-le réchauffer.

PHILIPPE : Qu'est-ce que tu as, Bridge ?

DOROTHÉE : D'où viens-tu ?

PHILIPPE : Sorti en ville, c'est tout.

DOROTHÉE : Quoi faire ?

PHILIPPE : Faire un tour, c'est tout.

DOROTHÉE : Tu m'as laissée seule toute la journée.

Depuis que ce pauvre garçon a été tué à côté, ce matin, tu m'as laissée seule. J'ai attendu ici toute la journée. Personne n'est même venu me voir de toute la journée, à part Preston, et il s'est montré tellement désagréable que j'ai dû le prier de s'en aller. Où as-tu été ?

PHILIPPE : Oh! je me suis balladé un peu.

DOROTHÉE : Chicotes ?

PHILIPPE : Oui.

DOROTHÉE : Et tu as vu cette horrible Mauresque ?

PHILIPPE : Ah! oui, Anita. Elle avait un message!

DOROTHÉE : Elle est inénarrable. Tu peux le garder son message!

Philippe a pris la louche et a versé sur une assiette un peu du contenu de la casserole ; il y goûte.

PHILIPPE : Ma chère! Qu'est-ce que c'est ?

DOROTHÉE : Je ne sais pas.

PHILIPPE : Eh bien! eh bien! Voilà qui est joliment bon. C'est toi qui l'as confectionné ?

DOROTHÉE, *confuse et rougissante* : Oui. Ça te plaît ?

PHILIPPE : J'ignorais que tu savais faire la cuisine.

DOROTHÉE, *timidement* : Vraiment, Philippe ?

PHILIPPE : Ma chère, c'est tout simplement exquis. Mais qui t'a donné l'idée de mettre du hareng mariné dedans ?

DOROTHÉE : Oh! Damnée soit cette maudite Petra! C'est donc ça qu'il y avait dans l'autre boîte qu'elle a ouverte.

On frappe à la porte. C'est le Directeur. Le Camarade au mousqueton le tient fermement par le bras.

CAMARADE AU MOUSQUETON : Le camarade que voilà dit qu'il veut vous voir.

PHILIPPE : Merci, camarade. Faites-le entrer.

Le Camarade au mousqueton lâche le Directeur et salue.

DIRECTEUR : C'est rien, absolument, Monsieur Philippe. Passant le vestibule avec supersensibilité de l'odorat produite par la faim, dépisté odore de cuisine et arrêté. Instantané empoigné el camarade. Aucune importance, Monsieur Philippe. Absolument rien. Ne tourmentez-bous pas. *Buen provecho*, Monsieur Philippe. Mangez bien, Madame.

PHILIPPE : Vous êtes tombé à pic. J'ai là quelque chose pour vous. Tenez.

Lui tend la casserole, l'assiette, la fourchette, la louche, des deux mains.

DIRECTEUR : Non. Ye ne peux pas.

PHILIPPE : Camarade Philatéliste, c'est un ordre!

DIRECTEUR : Non, Monsieur Philippe. (*Les prenant.*) Ye ne peux pas. Bous me arrachez les larmes, jamais ye ne peux. C'est trop!

PHILIPPE : Camarade, plus un mot!

DIRECTEUR : Vous faites mon cœur fondre dans l'ingratitude, Monsieur Philippe, du plus de mon cœur le profond, je vous remercie.

Il sort, tenant l'assiette d'une main, la casserole de l'autre.

DOROTHÉE : Philippe, je suis désolée.

PHILIPPE : Si tu n'y vois pas d'inconvénient, je prendrai un petit verre de whisky avec un peu d'eau. Et tu pourrais ouvrir une boîte de singe et hacher un oignon.

DOROTHÉE : Mais je ne peux pas supporter l'odeur d'oignon, Philippe chéri!

PHILIPPE : Il y a des chances pour que cela ne nous incommode pas cette nuit.

DOROTHÉE : Tu veux dire que tu ne vas pas rester là?

PHILIPPE : J'ai à sortir.

DOROTHÉE : Pourquoi?

PHILIPPE : Avec les copains.

DOROTHÉE : Je sais ce que cela signifie.

PHILIPPE : Ah oui ?

DOROTHÉE : Oui. Je ne le sais que trop.

PHILIPPE : Effroyable, n'est-ce pas ?

DOROTHÉE : C'est odieux ! Cette façon que tu as de gâcher ton temps et ta vie, je trouve cela odieux et stupide.

PHILIPPE : Moi si jeune et si plein d'avenir...

DOROTHÉE : Tu es dégoûtant de sortir ce soir, quand nous pourrions rester ici et passer une soirée charmante comme hier.

PHILIPPE : C'est la bête qui est en moi, que veux-tu.

DOROTHÉE : Mais voyons, Philippe, pourquoi ne pas rester ? Tu peux boire aussi bien ici, ou faire tout ce qui te plaira. Je serai gaie et je ferai marcher le phono. Je boirai aussi, au risque d'avoir mal à la tête après. Nous amènerons un tas de gens, si tu as envie de voir un tas de gens. Il y aura du bruit, ce sera plein de fumée · enfin, tout ce que tu aimes. Tu n'as pas be chercher cela dehors, Philippe.

PHILIPPE : Viens ici m'embrasser.

Il la prend dans ses bras.

DOROTHÉE : Et ne mange pas d'oignons, Philippe. Si tu ne manges pas d'oignons, je me sentirai plus sûre de toi.

PHILIPPE : Très bien. Je ne mangerai pas d'oignons. As-tu de la sauce tomate ?

On frappe à la porte. C'est encore le Camarade au mousqueton avec le Directeur.

CAMARADE AU MOUSQUETON : Voilà ce camarade qui est encore revenu !

PHILIPPE : Merci, camarade. Laissez-le entrer.

Le Camarade au mousqueton salue et sort.

DIRECTEUR : Suis yuste venir vous dire très bien sait prend' la plaisanterie, Monsieur Philippe. Qué c'est avoir okay le sens de l'humour. (*Tristement.*) Es pas la nourriture le moment de blaguer avec. Non plus que es à la gâcher, peut-être, sé bien réfléchir. Mais ce n'est rien. Ye encaisse la plaisanterie.

PHILIPPE : Prenez ces deux boîtes-là, tenez.

Il lui donne deux boîtes de corned-beef, qu'il prend dans l'armoire.

DOROTHÉE : A qui appartient ce corned-beef ?

PHILIPPE : Oh! c'est le tien, je suppose.

DIRECTEUR : Merci, Monsieur Philippe. Bonne plaisanterie, sûr certain. Ha. Aussi revient cher, peut-être bien, oui. Mais merci, Monsieur Philippe. Merci, bous aussi, Mademoiselle.

Il sort.

PHILIPPE : Écoute, Bridge. (*Il la prend par la taille.*) Il ne faut pas m'en vouloir si je suis en rogne, ce soir.

DOROTHÉE : Mon chéri, mais tout ce que je demande, c'est que tu restes là. Je voudrais que nous ayons une sorte de foyer, au moins. C'est gentil, ici. Je pourrais arranger ta chambre et la rendre agréable.

PHILIPPE : Elle faisait un peu fouillis, ce matin.

DOROTHÉE : Je l'arrangerais de manière qu'elle te plaise à habiter. Tu pourrais avoir un fauteuil confortable et des rayons à livres, une bonne lampe pour lire, et des photos. Je t'assure, je pourrais l'arranger très gentiment. Je t'en prie, reste ici ce soir, et vois comme on est bien.

PHILIPPE : Demain soir.

DOROTHÉE : Pourquoi pas ce soir, chéri ?

PHILIPPE : Oh! ce soir est encore un de ces soirs où l'on se sent envie de sortir, de vadrouiller à droite et à gauche, et de voir des gens. Et d'ailleurs, j'ai un rendez-vous.

DOROTHÉE : A quelle heure ?

PHILIPPE : Minuit et quart.

DOROTHÉE : Alors, viens après.

PHILIPPE : Entendu.

DOROTHÉE : Viens à n'importe quelle heure.

PHILIPPE : Tu veux... ?

DOROTHÉE : Oui, s'il te plaît.

Il la prend dans ses bras, lui caresse les cheveux, lui renverse la tête et l'embrasse. D'en bas, on entend des exclamations et des chants. Puis les Camarades entonnent « Le Partisan ». Ils le chantent en entier.

DOROTHÉE : C'est une très jolie chanson.

PHILIPPE : Tu ne sauras jamais combien il est beau, ce chant.

Les Camarades chantent « Bandera Rossa ».

PHILIPPE : Tu connais celui-ci ?

Il est maintenant assis près d'elle sur le lit.

DOROTHÉE : Oui.

PHILIPPE : Les hommes les mieux que j'aie jamais connus sont morts pour cette chanson.

Dans l'autre pièce, on voit le Camarade au visage mutilé qui dort. Durant leur conversation, il a fini de prendre son bain, a séché ses vêtements, en a fait tomber la boue et s'est étendu sur le lit. La lumière brille sur son visage pendant qu'il dort.

DOROTHÉE, *à côté de Philippe sur le lit :* Philippe, Philippe, je t'en prie, Philippe.

PHILIPPE : Tu sais, je n'ai pas tellement envie de faire l'amour, ce soir.

DOROTHÉE, *déçue :* C'est très bien. C'est parfait ! Mais je voudrais simplement que tu restes là ce soir. Que tu restes là et que tu passes un moment paisible, intime, en famille.

PHILIPPE : Il faut que je sorte ; vraiment, je t'assure.

En bas, les Camarades chantent le chant du Komintern.

DOROTHÉE : C'est cet air-là qu'on joue toujours aux enterrements.

PHILIPPE : Pardon, on le chante aussi en d'autres occasions.

DOROTHÉE : Philippe, je t'en prie, ne pars pas!

PHILIPPE, *debout :* Écoute, ouvre tes deux fenêtres avant de te coucher, veux-tu ? Tu n'aimerais pas avoir tous tes carreaux cassés s'il y avait un bombardement aux environs de minuit ?

DOROTHÉE : Ne pars pas, Philippe. Je t'en supplie, ne pars pas!

PHILIPPE : Salud, Camarada.

Il ne salue pas. Il passe dans l'autre chambre. En bas, les Camarades ont repris le « Partisan ». Philippe, au 110 regarde dormir Max. Puis il s'approche pour le réveiller.

PHILIPPE : Max!

Max se réveille instantanément, regarde autour de lui, cligne des yeux à la lumière, puis sourit.

MAX : L'heure ?

PHILIPPE : Oui. Buvez quelque chose ?

MAX, *se lève en souriant, et tâtant ses bottes qui sont restées à sécher devant le radiateur électrique :* Avec joie. (*Philippe verse du whisky dans les deux verres et s'apprête à prendre la carafe d'eau.*) Ne le gâchez pas avec l'eau.

PHILIPPE : Salud!

MAX : Salud!

PHILIPPE : Allons-y!

En bas, les Camarades chantent « L'Internationale ». Au moment où le rideau tombe, Dorothée Bridge est affalée sur le lit, au 109, les bras autour des oreillers. Aux tressautements des épaules, on voit qu'elle pleure.

Rideau.

QUATRIÈME TABLEAU

Même décor que le tableau précédent, mais à 4 h 30 du matin. Les deux chambres sont dans l'obscurité et Dorothée Bridge est endormie dans son lit.

Max et Philippe dans le couloir ; Philippe ouvre la porte du 110 et allume. Ils se regardent. Max secoue la tête. Ils sont l'un et l'autre couverts de boue, au point d'être presque méconnaissables.

PHILIPPE : Eh bien, ce sera pour une autre fois.

MAX : Je suis désolé.

PHILIPPE : Ce n'est pas votre faute. Voulez prendre votre bain le premier ?

MAX, *la tête dans ses mains :* Allez-y, prenez-le. Je suis trop fatigué.

Philippe entre dans la salle de bains. Puis en sort.

PHILIPPE : Il n'y a pas d'eau chaude. Seule raison que nous ayons d'habiter ce satané piège à rats, c'est l'eau chaude, et voilà qu'il n'y en a pas !

MAX, *d'une voix ensommeillée :* Je suis très triste de rater. J'étais certain qu'ils viendraient. Mais ils ne sont pas venus.

PHILIPPE : Enlevez vos vêtements, et tâchez de dormir. Vous êtes un magnifique sacré nom de Dieu d'officier éclaireur, vous le savez très bien. Personne ne pourrait faire ce que vous avez fait... Ce n'est pas votre faute s'ils ont décommandé le feu d'artifice.

MAX, *vraiment totalement exténué, à bout :* J'ai trop sommeil. J'ai tellement sommeil que j'en suis malade.

PHILIPPE : Allez, je vais vous coucher.

Il lui ôte ses bottes et l'aide à se déshabiller. Puis il le culbute sur le lit.

MAX : Le lit est bon. (*Il prend l'oreiller dans ses bras et écarte largement les jambes.*) Je dors sur le ventre, comme ça ma figure ne fait peur à personne, le matin.

PHILIPPE, *de la salle de bains :* Prenez tout le lit. Je crèche dans une autre chambre.

Philippe va dans la salle de bains, et on l'entend éclabousser l'eau. Il en sort en pyjama et en robe de chambre, ouvre la porte communicante, se glisse sous l'affiche, s'avance vers le lit et entre dedans.

DOROTHÉE, *dans le noir :* Chéri, il est tard ?

PHILIPPE : Aux alentours de cinq.

DOROTHÉE, *très endormie :* Où as-tu été ?

PHILIPPE : En visite.

DOROTHÉE, *toujours réellement endormie :* Tu as été à ton rendez-vous ?

PHILIPPE, *roulant sur lui-même dans le lit, de manière à se trouver dos à dos avec elle :* L'homme n'est pas venu.

DOROTHÉE, *d'une voix très ensommeillée, mais impatiente d'annoncer la nouvelle :* Il n'y a pas eu de bombardement, chéri.

PHILIPPE : Bravo!

DOROTHÉE : Bonne nuit, chéri.

PHILIPPE : Bonne nuit! (*Par la fenêtre ouverte, on entend le pop-pop-pop-pop lointain d'une mitrailleuse. Ils sont couchés, silencieux tous les deux, quand on entend Philippe qui dit :*) Bridge, tu dors ?

DOROTHÉE, *endormie pour de bon :* Mon chéri ? Pas si...

PHILIPPE : Je voudrais te dire quelque chose.

DOROTHÉE, *voix ensommeillée :* Oui, mon très cher grand amour.

PHILIPPE : Je voudrais te dire deux choses. J'ai les horrores, et je t'aime.

DOROTHÉE : Oh! pauvre Philippe!

PHILIPPE : Je ne le dis jamais à personne quand j'ai une crise d'horrores, et je ne dis jamais à quiconque que je l'aime. Tu m'as entendu te le dire ? Mais je t'aime, comprends-tu ? Tu m'entends ? Tu m'entends te le dire ?

DOROTHÉE : Mais voyons, moi je t'aime tout le temps. Et j'aime te sentir, c'est merveilleux, un peu comme une tempête de neige, si la neige n'était pas froide et ne fondait pas.

PHILIPPE : Je ne t'aime pas le jour. Je n'aime rien pendant le jour. Écoute, il faut que je te dise encore autre chose : voudrais-tu te marier avec moi ou rester avec moi tout le temps, et me suivre où j'irais, et être vraiment ma compagne, ma fille ? Je l'ai dit, tu vois.

DOROTHÉE : Chéri, je voudrais me *marier* avec toi.

PHILIPPE : Ouais. Je dis de drôles de choses, la nuit, tu ne trouves pas ?

DOROTHÉE : Je voudrais que l'on soit mariés, travailler dur et avoir une belle vie. Je ne suis pas aussi sotte que je peux en avoir l'air, tu sais... sinon, je ne serais pas ici. Et je travaille quand tu n'es pas dans les parages. Admettons que je ne sache pas faire la cuisine. Normalement on peut toujours prendre une cuisinière. Oh! toi, tiens, je t'aime, toi et tes larges épaules, ton allure de gorille et ta drôle de frimousse.

PHILIPPE : Elle sera encore beaucoup plus drôle, ma frimousse, quand j'en aurai terminé avec toute cette histoire.

DOROTHÉE : Tes « horrores » vont mieux, mon chéri ? Tu as envie de m'en parler ?

PHILIPPE : Oh! laisse-les donc aller au diable. Il y a si longtemps que je les ai qu'elles me manqueraient si je ne les avais plus. Attends que je te dise encore une chose (*Il le dit très lentement.*). Je voudrais t'épouser, et que nous partions, loin de tout ceci. L'ai-je vraiment dit, simplement comme cela ? Tu m'as entendu le dire ?

DOROTHÉE : Eh bien, mon chéri, c'est entendu, nous allons le faire.

PHILIPPE : Non, nous ne le ferons pas. Tu vois, même comme cela, couché dans la nuit, je m'en rends compte.

Mais j'aime à le dire. Oh! je t'aime, je t'aime, nom de Dieu de nom de Dieu! Et tu as le plus admirable corps du monde, nom de Dieu! Et je t'adore, en plus. Tu as entendu ce que je viens de dire?

DOROTHÉE : Oui, mon trésor, mais ce n'est pas vrai au sujet de mon corps. C'est simplement un corps pas mal, c'est tout, mais j'aime à te l'entendre dire. Parle-moi de tes horrores et peut-être s'en iront-elles?

PHILIPPE : Non. Chacun a les siennes, et on ne tient pas à les passer aux autres.

DOROTHÉE : Veux-tu qu'on essaie de dormir, mon doux, mon grand chéri, mon vieux blizzard?

PHILIPPE : Voilà qu'il fait presque jour, et que je reviens à la raison.

DOROTHÉE : Je t'en prie, essaie de dormir.

PHILIPPE : Écoute-moi, Bridge, que je te dise quelque chose d'autre. Voilà le jour.

DOROTHÉE, *prise au jeu :* Oui, chéri?

PHILIPPE : Si tu veux que je m'endorme, Bridge, alors donne-moi un coup de marteau sur le crâne.

Rideau.

ACTE III

PREMIER TABLEAU

Époque : cinq jours plus tard. L'après-midi. Les chambres 109 et 110 au Florida. Même scène qu'au troisième tableau du 2e acte, sauf que la porte est ouverte entre les deux chambres. Le bas de l'affiche, détaché, flotte librement, et dans la chambre de Philippe, il y a un vase de chrysanthèmes sur la table de nuit. Des casiers à livres ont été aménagés sur le mur de droite, le long du lit, et les fauteuils sont recouverts de cretonne. Il y a des rideaux aux fenêtres, de la même cretonne, et un couvre-lit sur la couverture blanche.

Tous les vêtements sont soigneusement pendus à des cintres et Petra est en train de ranger dans le placard trois paires de bottes appartenant à Philippe, bien cirées et brillantes. Au 109, Dorothée essaie devant la glace une cape de renards argentés.

DOROTHÉE : Petra, s'il vous plaît, venez voir!

PETRA, *relevant son corps usé, après avoir posé les bottes :* Oui, Senorita ? (*Petra fait le tour et va frapper à la porte d'entrée du 109, qu'elle ouvre en même temps. Joignant les mains.*) Oh! Senorita, c'est merveilleux!

DOROTHÉE, *regardant dans la glace par-dessus son épaule :* Elle n'est pas bien, Petra. Je ne sais pas ce qu'ils ont pu y faire, mais ça ne va pas!

PETRA : Je la trouve ravissante, Senorita!

DOROTHÉE : Non, il y a quelque chose qui ne va pas dans le haut du col. Et je ne parle pas assez bien l'espagnol pour l'expliquer à cet idiot de fourreur. C'est vraiment un idiot.

On entend des pas dans le couloir. C'est Philippe. Il ouvre la porte du 110 et son regard fait le tour de la pièce. Il enlève son manteau de cuir, le jette sur le lit, puis fait voler son béret en direction du portemanteau qui se trouve dans un coin de la chambre. Il le rate. Il s'assied sur une des chaises en cretonne et tire ses bottes. Il les laisse toutes droites s'égoutter au milieu du parquet, tandis qu'il s'avance vers le lit. Il ramasse son cuir et le lance sur un fauteuil où il s'étale. Ensuite il s'étend sur le lit, tire les oreillers de leurs taies pour les empiler sous sa tête et allume la lampe de chevet. Il baisse le bras, ouvre la double porte de la petite commode-table de nuit, en tire une bouteille de whisky, en verse dans un verre qui avait été placé à dessein, le fond en l'air, sur le goulot de la carafe d'eau, et met de l'eau dedans, non sans éclabousser. Tenant le verre de la main gauche, de l'autre il prend un livre sur l'étagère. Il se couche, reste un moment étendu sans bouger, puis hausse les épaules et se tortille, mal à l'aise. Finalement, il tire de dessous sa ceinture un revolver qui le gênait et le pose à côté de lui sur le couvre-lit. Il remonte les genoux, boit un petit coup, le premier, et commence à lire.

DOROTHÉE, *de sa chambre :* Philippe, Philippe chéri ?

PHILIPPE : Oui.

DOROTHÉE : Viens ici, veux-tu ?

PHILIPPE : Non, ma chère.

DOROTHÉE : J'ai quelque chose à te montrer.

PHILIPPE, *lisant :* Apporte-le ici.

DOROTHÉE : Très bien, je viens, chéri.

Elle regarde une dernière fois la cape sous la glace. Elle est très belle dedans, et le col va parfaitement. Elle se présente sur le seuil, fière de se montrer avec la cape et pour se faire admirer, elle tourne lentement sur elle-même, avec autant de grâce et d'élégance qu'un mannequin de grand couturier.

PHILIPPE : Où est-ce que tu as eu ça ?

DOROTHÉE : Je l'ai acheté, chéri.

PHILIPPE : Avec quoi ?

DOROTHÉE : Des pesetas.

PHILIPPE, *froid* : Très joli.

DOROTHÉE : Elle ne te plaît pas ?

PHILIPPE, *les yeux fixés sur la cape* : Très joli.

DOROTHÉE : Qu'y a-t-il, Philippe?

PHILIPPE : Rien.

DOROTHÉE : Tu veux donc que je n'aie *rien* de bien à me mettre?

PHILIPPE : Cela ne regarde strictement que toi.

DOROTHÉE : Mais, mon chéri, elle est tellement bon marché. Les renards n'ont coûté que douze cents pesetas pièce.

PHILIPPE : Autrement dit cent vingt jours de paie pour un homme des Brigades. Voyons voir. Ça fait quatre mois. Je ne crois pas en connaître un seul qui ait tiré quatre mois sans être blessé... ou tué..

DOROTHÉE : Mais voyons, Philippe, je ne vois pas en quoi les Brigades ont à intervenir dans cette histoire. J'ai acheté des pesetas à cinquante le dollar à Paris.

PHILIPPE, *froidement* : Vraiment?

DOROTHÉE : Oui, chéri. Et pourquoi n'achèterais-je pas des renards si j'en ai envie? Il faut bien que quelqu'un les achète. Ils sont là pour être vendus, et ils reviennent à moins de vingt-deux dollars la peau.

PHILIPPE : Magnifique, n'est-ce pas? Combien y a-t-il de renards?

DOROTHÉE : Douze, à peu près. Oh! Philippe, ne sois pas fâché.

PHILIPPE : La guerre ne te réussit pas mal, dis donc! Comment t'es-tu débrouillée pour passer des pesetas?

DOROTHÉE : Dans une boîte d'Odorono.

PHILIPPE : Odorono... oh! oui... Et est-ce que l'Odorono leur a enlevé toute leur odeur?

DOROTHÉE : Philippe, tu es terrifiant avec ta morale.

PHILIPPE : Oui, je suppose que je suis terrifiant avec mon sens moral économique. Je ne crois pas que même l'Odorono, ou comment s'appelle cet autre produit charmant qu'utilisent les femmes, Lanoline, c'est bien ça ? puisse blanchir ces pesetas de la bourse noire.

DOROTHÉE : Si tu persistes à être désagréable à ce sujet, je te quitte.

PHILIPPE : Parfait.

Dorothée se dirige vers la porte, mais là, elle se retourne, implorante.

DOROTHÉE : Ne sois pas désagréable pour cela, sois simplement raisonnable ; tu devrais être content que j'aie une aussi jolie cape. Sais-tu ce que je pensais quand tu es entré ? Je pensais à ce que nous pourrions faire exactement à cette heure-ci à Paris.

PHILIPPE : A Paris ?

DOROTHÉE : Il va bientôt faire nuit ; justement nous avons rendez-vous au bar du Ritz et je porte cette cape. Je suis là, assise, et je t'attends. Tu entres en pardessus croisé clair, comme en portent les officiers de la garde, très ajusté, un chapeau melon et une canne.

PHILIPPE : Tu as encore été lire ce magazine américain, Esquire. Ce n'est pas fait pour être lu, tu sais. On est censé regarder les illustrations, c'est tout.

DOROTHÉE : Tu commandes un whisky Perrier et moi, je prends un champagne cocktail.

PHILIPPE : Ça ne me plaît pas.

DOROTHÉE : Quoi ?

PHILIPPE : Ton histoire. Si tu tiens absolument à faire des rêves éveillés, ne me mets pas dedans, veux-tu ?

DOROTHÉE : C'est seulement *un jeu*, chéri.

PHILIPPE : Oui ? Eh bien, je ne joue plus.

DOROTHÉE : Mais tu jouais, avant, chéri. Et c'était merveilleusement amusant.

PHILIPPE : Je n'en suis plus, tu peux me rayer.

DOROTHÉE : Mais ne sommes-nous pas amis ?

PHILIPPE : Oh! si ; on se fait toutes sortes d'amis pendant la guerre.

DOROTHÉE : Mon chéri, je t'en supplie, cesse! Ne sommes-nous pas amants?

PHILIPPE : Ah! ça! Oh! mais bien sûr. Naturellement. Pourquoi pas?

DOROTHÉE : Mais n'allons-nous pas partir vivre ensemble, passer des jours délicieux et être heureux? Comme tu le dis toujours, la nuit?

PHILIPPE : Non. Pas en dix millions de vacheries d'années! Ne crois jamais un mot de ce que je dis la nuit. C'est infernal comme je mens la nuit.

DOROTHÉE : Mais pourquoi ne pourrions-nous pas faire ce que tu dis que nous ferons, la nuit?

PHILIPPE : Parce que je suis dans quelque chose où il ne s'agit pas simplement de continuer à vivre ensemble, à passer des jours délicieux et à être heureux.

DOROTHÉE : Mais pourquoi pas?

PHILIPPE : Principalement parce que j'ai découvert que tu étais trop occupée. Secundo, parce que tout cela n'a qu'une importance très relative, en comparaison d'une foule d'autres choses.

DOROTHÉE : Mais tu n'es *jamais* occupé?

PHILIPPE, *il sent qu'il en dit trop, mais il continue néanmoins* : Non. Mais dès que tout ceci sera terminé, je suivrai des cours pour me former le caractère et me débarrasser de toute espèce d'habitude anarchique que j'ai pu contracter. On me remettra probablement à travailler avec des pionniers, ou quelque chose comme cela.

DOROTHÉE : Je ne comprends pas.

PHILIPPE : Et le fait que tu ne comprennes pas, et que tu ne pourras jamais comprendre, c'est la raison même pour laquelle nous n'allons pas continuer à vivre ensemble, à passser des jours délicieux, etc.

DOROTHÉE : Oh! c'est pire que la Tête de Mort.

PHILIPPE : Au nom du Ciel, qu'est-ce que c'est que celà, la Tête de Mort?

DOROTHÉE : C'est une société secrète, à laquelle appartenait dans le temps un homme que j'ai eu le flair de ne pas épouser. C'est très noble, très élevé, très méritoire, et on vous admet, et on vous dévoile tout, juste avant le mariage, et quand on m'a eu tout dévoilé, j'ai annulé le mariage.

PHILIPPE : Voilà un excellent précédent.

DOROTHÉE : Mais ne pourrions-nous pas continuer comme cela pour le moment, tant que nous sommes là, et que nous nous avons mutuellement, je veux dire, si cela ne doit pas durer toujours... et être gentils et tirer le maximum de ce que nous avons, sans amertume ni méchanceté.

PHILIPPE : Si tu veux.

DOROTHÉE : Je veux.

Elle s'est avancée depuis la porte et s'est tenue près du lit durant la conversation. Philippe lève la tête pour la regarder, puis se lève, la prend dans ses bras, la tient étroitement serrée et la dépose sur le lit, renards argentés et tout.

PHILIPPE : Ils sont très soyeux et doux au toucher.

DOROTHÉE : Ils ne sentent pas mauvais, hein?

PHILIPPE, *le visage sur son épaule, enfoui dans les renards* : Non, ils ne sentent pas mauvais. Et c'est merveilleux de te sentir sous la fourrure. Et je t'aime, je m'en fous, je t'assure. Et il n'est que cinq heures et demie de l'après-midi.

DOROTHÉE : Et tant que nous l'avons, à nous d'en profiter, pas vrai?

PHILIPPE, *sans retenue* : C'est vraiment magnifique comme sensation. Je suis content que tu les aies achetés.

Il la tient étroitement serrée contre lui.

DOROTHÉE : Et nous pouvons en profiter maintenant, juste pendant ce petit moment que nous avons à nous ?

PHILIPPE : Oui, profitons-en.

On frappe à la porte, et le bouton tourne pour donner accès à Max. Philippe se lève. Dorothée reste assise sur le lit.

MAX : Je dérange. Oui ?

PHILIPPE : Non, pas du tout. Max, je vous présente une camarade américaine. Camarade Bridge. Camarade Max.

MAX : Salud, Camarade.

Il s'avance vers le lit où Dorothée est toujours assise et tend la main. Dorothée la lui serre et détourne la tête.

MAX : Vous êtes occupé ? Oui ?

PHILIPPE : Non, pas du tout. Prenez un verre, Max ?

MAX : Non, merci.

PHILIPPE, *en espagnol* : Hay novedades.

MAX, *en espagnol* : Algunas.

PHILIPPE : Vous ne voulez pas prendre un verre ?

MAX : Non, merci beaucoup.

DOROTHÉE : Je ne veux pas vous déranger, je vais m'en aller.

PHILIPPE : Ce n'est pas nécessaire.

DOROTHÉE : Tu repasseras plus tard, peut-être ?

PHILIPPE : Exactement. (*Au moment où elle sort, Max dit très poliment.*) Salud, Camarade.

DOROTHÉE : Salud.

Elle ferme la porte entre les deux chambres avant de sortir par l'entrée normale.

MAX, *dès qu'ils sont seuls* : C'est une camarade ?

PHILIPPE : Non.

MAX : Vous l'avez présentée comme telle.

PHILIPPE : Simple façon de parler. On appelle tout

le monde camarade, à Madrid. Tous censés travailler pour la même cause.

MAX : Ce n'est pas une bonne façon de parler.

PHILIPPE : Non, sans doute. Il me semble me rappeler avoir fait la même réflexion un jour.

MAX : Cette jeune femme, vous l'appelez Britche ?

PHILIPPE : Bridge.

MAX : Est-ce qu'elle est une chose sérieuse pour vous ?

PHILIPPE : Sérieuse ?

MAX : Oui, vous savez ce que je veux dire.

PHILIPPE : Oh ! je n'irai pas jusque-là. Elle serait plutôt comique. Dans un certain sens.

MAX : Vous passez beaucoup de temps avec elle ?

PHILIPPE : Assez.

MAX : Un temps qui appartient à qui ?

PHILIPPE : A moi.

MAX : Jamais le temps que vous consacrez au Parti ?

PHILIPPE : Mon temps est tout entier au Parti.

MAX : C'est bien ce que je veux dire. Je suis heureux que vous compreniez si vite.

PHILIPPE : Oh ! je comprends très vite.

MAX : Ne vous fâchez pas pour une chose qui n'est pas directement vous ou moi.

PHILIPPE : Je ne suis pas fâché. Mais je ne suis tout de même pas censé être un foutu moine.

MAX : Philippe, Camarade, vous n'avez jamais été le genre foutu moine.

PHILIPPE : Non ?

MAX : D'ailleurs personne n'attend cela de vous, jamais.

PHILIPPE : Non.

MAX : C'est uniquement une question de ce qui pourrait gêner votre travail. Cette jeune femme, d'où vient-elle ? Quels sont ses antécédents ?

PHILIPPE : Demandez-le-lui.

MAX : Il va donc falloir que je le fasse.

PHILIPPE : N'ai-je pas toujours fait consciencieusement mon travail ? Quelqu'un a-t-il eu à s'en plaindre ?

MAX : Pas jusqu'à présent.

PHILIPPE : Et qui s'en plaint, maintenant ?

MAX : Moi, je m'en plains, maintenant.

PHILIPPE : Oui ?

MAX : Oui, j'aurais dû vous trouver chez Chicotes. N'étant pas là, vous auriez dû me laisser un mot. J'arrive chez Chicotes, à l'heure. Vous n'êtes pas là. Il n'y a pas de mot. Je viens ici, et je vous trouve avec... ner ganzen ménagerie de renards argentés dans les bras.

PHILIPPE : C'est une chose dont vous n'avez jamais envie ?

MAX : Oh ! si, toujours j'en ai envie.

PHILIPPE : Et qu'est-ce que vous faites vous ?

MAX : Quelquefois, quand j'ai le temps, et que je ne suis pas trop fatigué, je trouve quelqu'un qui veut bien me donner un petit quelque chose, en regardant de l'autre côté.

PHILIPPE : Et vous en avez tout le temps envie ?

MAX : J'aime énormément. Je ne suis pas un saint.

PHILIPPE : Il existe des saints.

MAX : Oui. Et d'autres qui n'en sont pas. Seulement, je suis toujours très occupé. Et maintenant, nous allons parler d'autre chose. Ce soir nous retournons là-bas.

PHILIPPE : Parfait.

MAX : Vous voulez aller ?

PHILIPPE : Écoutez, je veux bien admettre ce que vous avez dit sur la jeune femme, mais ne soyez pas insultant à mon égard. Ne prenez pas des airs supérieurs pour ce qui est du travail.

MAX : C'est une fille bien ?

PHILIPPE : Oh, très ! Il est possible qu'elle ne vaille

rien et qu'elle me prenne mon temps, comme vous dites, et tout ce qui s'ensuit, mais elle est absolument probe et droite.

MAX : Vous êtes sûr? Il ne faut pas oublier que je n'ai jamais vu autant de renards.

PHILIPPE : C'est une sacrée idiote, et tout ce que vous voudrez, mais elle est aussi droite que moi!

MAX : Et vous, vous l'êtes toujours, droit?

PHILIPPE : Je l'espère. Cela se voit quand on ne l'est plus?

MAX : Oh! oui.

PHILIPPE : Alors, dites-moi de quoi j'ai l'air?

Il se plante devant la glace et se regarde d'un air méprisant.

MAX : Vous avez l'air aussi droit qu'on peut l'être.

PHILIPPE : Vous voulez aller la questionner au sujet de ses antécédents, et tout ce qui s'ensuit ?

MAX : Non.

PHILIPPE : Elle a le même passé et les mêmes antécédents que toutes les jeunes Américaines assez fortunées qui viennent en Europe. Elles sont toutes pareilles : le scouting, le collège, une famille avec de l'argent, plus ou moins qu'elles n'en avaient avant, généralement moins maintenant, les hommes, les liaisons, les avortements, les ambitions, et finalement elles se marient et s'établissent, ou bien ne se marient pas et s'établissent. Elles ouvrent des boutiques ou travaillent dans des boutiques ; il en est qui écrivent, d'autres jouent d'un instrument quelconque, certaines font du théâtre, d'autres du cinéma. Elles ont quelque chose qui s'appelle la Ligue des Juniors, je crois, dont s'occupent les vierges. Tout cela pour le bien public. Celle-ci écrit. Pas mal du tout, d'ailleurs, quand elle n'est pas trop flemmarde. Parlez-lui-en si vous voulez. Mais je vous préviens que cela n'a rien de très passionnant.

MAX : Cela ne m'intéresse pas.

PHILIPPE : J'aurais cru que cela vous intéressait, pourtant.

MAX : Non. Je réfléchis, et je vous abandonne tout ça.

PHILIPPE : Vous m'abandonnez tout quoi?

MAX : Tout ce qui concerne cette fille. Pour en faire l'usage qu'il convient.

PHILIPPE : A votre place, je n'aurais pas trop confiance en moi.

MAX : J'ai confiance en vous.

PHILIPPE, *amèrement* : Je ne m'y fierais pas trop. Parfois j'en ai assez, bon sang, de tout ce foutu business. Dans ces moments-là, je hais ce métier.

MAX : Bien entendu.

PHILIPPE : Oui. Et maintenant, essayez de me justifier. J'ai tué ce sacré bon dieu de petit Wilkinson l'autre jour. Uniquement par négligence. Vous n'allez pas me dire le contraire?

MAX : Là, vous dites des absurdités. Mais vous n'avez pas été aussi prudent qu'il l'aurait fallu.

PHILIPPE : C'est ma faute s'il a été tué. Je l'ai laissé là, dans ma chambre, dans mon fauteuil, avec la porte ouverte. Ce n'était pas là que j'avais l'intention de l'utiliser.

MAX : Vous ne l'avez pas laissé là exprès. Il ne faut plus penser à cette chose, maintenant que c'est fini.

PHILIPPE : Non. Tout simplement un traquenard tendu par la négligence.

MAX : Il aurait probablement été tué plus tard, de toute façon.

PHILIPPE : Oh! oui. Bien sûr. Ça arrange tout, n'est-ce pas? C'est magnifique. Et ça non plus je ne le savais pas, sans doute?

MAX : Je vous ai déjà vu être de cette humeur-là. Je sais que vous irez mieux, bientôt.

PHILIPPE : Oui. Mais vous savez comment je serai quand j'irai mieux ? J'aurai une douzaine de verres dans le corps, et je serai avec une putain quelconque. Très genre joyeux drille, je serai. C'est bien cela que vous entendez par « aller mieux » pour moi ?

MAX : Non.

PHILIPPE : J'en ai soupé. Savez-vous où je voudrais être ? Dans un coin comme Saint-Tropez, sur la Riviera, à me réveiller le matin sans qu'il y ait cette saloperie de guerre, avec un café crème et du vrai lait dedans... de la brioche avec de la confiture de fraises, et un œuf plat au jambon, tout sur le même plateau.

MAX : Et la fille ?

PHILIPPE : La fille aussi. Et comment qu'elle serait là, bon dieu ! Renards argentés, et tout.

MAX : Je vous disais bien qu'elle était mauvaise pour vous.

PHILIPPE : Ou bonne pour moi. Ça fait tellement longtemps que je fais ce truc, que j'en ai jusque-là, bon dieu ! De tout le bordel !

MAX : Vous le faites pour que *tout le monde* puisse avoir un bon petit déjeuner comme cela. Vous le faites pour que *personne* n'ait plus jamais faim. Vous le faites pour que les hommes n'aient plus à craindre la maladie ou la vieillesse, pour qu'ils puissent vivre et travailler dignement et pas comme des esclaves.

PHILIPPE : Oui. Bien sûr. Je sais.

MAX : Vous savez pourquoi vous le faites, et s'il vous arrive d'avoir une petite défaillance, je le comprends.

PHILIPPE : Celle-ci était de taille, et il y a longtemps que ça couvait. Depuis le jour où j'ai vu la fille. Vous ne pouvez pas savoir l'effet qu'elles vous font.

Un hurlement strident annonce l'arrivée d'un obus qui éclate dans la rue. On entend pleurer un enfant. C'est d'abord un braillement prolongé, puis de petits cris espacés, brefs, aigus, ténus. Des gens courent dans la rue. Un autre obus arrive. Philippe a ouvert toutes grandes les fenêtres. Après l'éclatement, on entend de nouveau les gens galoper dans la rue.

MAX : Vous le faites pour que cela cesse à tout jamais.

PHILIPPE : Les porcs! Ils ont calculé leur coup pour que ça coïncide avec la sortie des cinémas.

Un autre obus arrive et explose, et l'on entend un chien fuir en hurlant dans la rue.

MAX : Vous entendez? On le fait pour tous les hommes. On le fait pour les enfants. Et parfois, on le fait même pour les chiens. Entrez voir la jeune fille un moment, maintenant. Elle a besoin de vous, maintenant.

Un autre obus arrive dans un long sifflement d'ouragan, et fait explosion, dehors, dans la rue. Il n'y a pas de galopades ni de bruit après celui-ci.

MAX : Maintenant, je me repose un petit moment. Allez la trouver maintenant.

PHILIPPE : Très bien. Volontiers. Tout ce que vous voudrez. Je fais ce que vous me dites de faire.

Il se dirige vers la porte et l'ouvre, quand se produit un nouveau long sifflement qui enfle, s'effile dans la chute, et puis l'explosion, au-delà de l'hôtel, cette fois.

MAX : Ce n'est qu'un petit bombardement. Le grand est pour ce soir.

Philippe ouvre la porte de l'autre chambre. A travers la porte on entend Philippe qui dit d'une voix sourde :

PHILIPPE : Bonsoir, Bridge. Comment vas-tu?

Rideau.

DEUXIÈME TABLEAU

L'intérieur d'un poste d'observation d'artillerie, dans une maison bombardée, en haut de la route d'Estramadure.

Il est situé dans la tour de ce qui fut une maison très prétentieuse, et l'on y accède par une échelle remplaçant l'escalier circulaire en fer forgé, qui a été démoli et qui pend, tordu et démantelé. On aperçoit l'échelle posée contre le mur et, en haut, le derrière du poste d'observation, qui fait face à Madrid. Il fait nuit et les sacs qui bouchent les fenêtres ont été retirés, mais par-delà les fenêtres, tout est noir, car les lumières de Madrid sont éteintes. Sur les murs, il y a des cartes d'État-Major grand format, avec les positions marquées par des punaises de couleur et des bouts de laine, et sur une table carrée est posé un téléphone de campagne. Face à l'étroite ouverture pratiquée dans le mur, à droite de la table, se trouve un téléphone de marque allemande à long tube, simple, très grand modèle, avec une chaise à côté. Il y a un télémètre à double tube, de dimensions ordinaires, face à l'autre ouverture et à la base duquel est placée une chaise. A droite de la pièce, il y a une autre table carrée. Au pied de l'échelle se tient une sentinelle, la baïonnette fixée au fusil, et au sommet de l'échelle, dans la pièce, avec juste assez d'espace pour se tenir debout avec son fusil et sa baïonnette, se tient une autre sentinelle. Au lever du rideau, on voit la scène ainsi décrite, avec les deux sentinelles à leur poste. Deux si-

gnaleurs sont penchés sur la plus grande table. Après le lever du rideau, la lumière des phares d'une voiture vient illuminer le pied de l'échelle, au bas de la tour. Elle se fait de plus en plus forte, au point d'aveugler la sentinelle.

SENTINELLE : Éteignez vos phares!

Les phares continuent à briller, projetant leur aveuglante clarté dans les yeux de la Sentinelle.

SENTINELLE, *lève son fusil et l'arme avec un cliquetis sec* : Éteignez vos phares!

Elle dit cela très lentement, d'une voix claire et dangereusement nette, et il est évident qu'elle va faire feu. Les phares s'éteignent, et trois hommes, dont deux en uniformes d'officiers, l'un fort et corpulent, l'autre plutôt mince et vêtu avec élégance, avec des bottes de cheval qui brillent à la clarté de la lampe électrique que porte le gros homme, et un civil, traversent la scène, venant de la gauche où ils ont laissé leur voiture en coulisse : ils s'avancent vers l'échelle.

SENTINELLE, *donnant la première moitié du mot de passe* : La Victoire...

OFFICIER MINCE, *sec et dédaigneux* : ...A ceux qui la méritent.

SENTINELLE : Passez.

OFFICIER MINCE, *au civil* : Tenez, montez là-haut.

CIVIL : Je suis déjà venu.

Tous trois grimpent à l'échelle. En haut de l'échelle, la Sentinelle, voyant l'insigne sur le képi de l'officier fort et corpulent, présente les armes. Les Signaleurs restent assis à leurs téléphones. Le Gros Officier s'avance à la table, suivi du Civil et de l'Officier aux bottes étince-

lantes, qui de toute évidence est son aide de camp.

LE GROS OFFICIER : Qu'est-ce qui se passe avec ces Signaleurs ?

AIDE, *aux Signaleurs* : Eh bien, qu'est-ce que vous attendez pour vous mettre au garde-à-vous ? Fixe! Qu'est-ce qui vous prend ? (*Les Signaleurs se mettent au garde-à-vous sans empressement.*) Repos!

Les Signaleurs se rassoient. Le gros Officier étudie la carte. Le Civil regarde dans le télémètre et ne voit rien, dans le noir.

CIVIL : Le bombardement est pour minuit ?

AIDE, *s'adressant au Gros Officier* : A quelle heure commence-t-on le feu, mon général ?

GROS OFFICIER, *avec l'accent allemand* : Vous barlez drop!

AIDE : Je m'excuse, mon général. Vous plairait-il de jeter un coup d'œil sur ceci ?

Il lui tend une poignée d'ordres de service dactylographiés et attachés ensemble. Le Gros Officier les prend et y jette un coup d'œil. Les rend.

GROS OFFICIER, *d'une voix épaisse* : Che les connais. C'est moi qui les ai égrits.

AIDE : Très juste, mon général. J'ai pensé que peut-être vous désireriez les vérifier.

GÉNÉRAL : Che les ai férifiés!

Un des téléphones sonne. Un Signaleur à la table le prend et écoute.

SIGNALEUR : Oui. Non. Oui, Très bien. (*Il fait un signe de tête au général.*) Pour vous, mon général.

Le général prend le téléphone.

GÉNÉRAL : Allô. Oui. C'est cela. Êtes-vous un impécile ? Non. Lisez fos ordres. Par salves veut dire par salves. (*Il raccroche et regarde sa montre. A l'aide.*) Quelle heure avez-vous ?

AIDE DE CAMP : Minuit moins une, mon général.

GÉNÉRAL : J'ai affaire à des crétins, ici. Vous ne pouvez pas prétendre commander là où il n'y a pas de discipline. Des Signaleurs qui restent assis à leur table quand un général entre. Des brigadiers d'artillerie qui demandent qu'on leur explique les ordres. Quelle heure avez-vous dit qu'il était ?

AIDE DE CAMP, *regardant sa montre* : Minuit moins trente secondes, mon général.

SIGNALEUR : La Brigade a téléphoné six fois, mon général.

GÉNÉRAL, *allumant un cigare* : Quelle heure ?

AIDE DE CAMP : Moins quinze, mon général.

GÉNÉRAL : Quoi moins quinze quoi ?

AIDE DE CAMP : Minuit moins quinze secondes, mon général.

Juste à ce moment, l'on entend les canons. C'est un bruit très différent de celui des arrivées d'obus. Il y a d'abord un craquement sec, bang, bang, comme un coup de baguette sur un tambourin devant un micro, ensuite, un whish... whish... whish de fusée et chu... chu... chu... chu... chu... lorsque les obus s'éloignent, le tout suivi des explosions dans le lointain. Une autre batterie plus proche et plus bruyante commence à tirer, puis toutes déclenchent sur toute la ligne leur martèlement sourd. Les coups se succèdent avec rapidité, et l'air est plein du fracas que font les projectiles au départ. Par la fenêtre ouverte on voit maintenant se profiler les toits de Madrid, illuminés par les éclairs. Le Général regarde par-dessus l'épaule du Civil. Le Civil est au télémètre à tubes couplés. L'Aide regarde par-dessus l'épaule du Civil.

CIVIL : Grands dieux que c'est beau !

AIDE : Nous allons en tuer un tas, ce soir. Ces salauds

de Marxistes ! Avec ça, on les prend dans leurs tanières.

CIVIL : Le voir avec cela, c'est magnifique.

GÉNÉRAL : Cela vous va ?

Il ne détourne pas son regard du télémètre.

CIVIL : C'est merveilleux. Combien de temps cela va-t-il durer ?

GÉNÉRAL : Nous leur en donnons une heure. Ensuite dix minutes sans rien. Puis encore quinze minutes.

CIVIL : Il ne tombera pas d'obus dans le quartier de Salamanque, n'est-ce pas ? C'est là que sont presque tous les nôtres ?

GÉNÉRAL : Il en tombera quelques-uns.

CIVIL : Mais pourquoi ?

GÉNÉRAL : Erreurs des batteries espagnoles.

CIVIL : Pourquoi des batteries espagnoles ?

GÉNÉRAL : Les batteries espagnoles sont moins bonnes que les nôtres.

Le Civil ne répond rien et le bombardement continue, bien que les batteries n'aient pas la même vitesse de tir qu'au début. On entend un sifflement strident qui enfle, puis un tonnerre ; c'est un obus qui vient de s'écraser juste à proximité du poste d'observation.

GÉNÉRAL : Les voilà qui répondent un petit peu.

Il n'y a pas de lumière dans le poste, à l'instant présent, à part les éclairs des canons et la lueur de la cigarette de la Sentinelle qui fume au pied de l'échelle. En l'observant, on voit cette lueur décrire un demi-cercle dans le noir, puis il se produit un bruit lourd, mat, clairement perçu par les spectateurs, au moment où la Sentinelle tombe. On entend deux coups sourds. Un autre obus arrive avec le même sifflement strident, et l'éclair de l'explosion permet de distinguer deux hommes qui grimpent à l'échelle.

GÉNÉRAL, *du télémètre* : Appelez-moi Garabitas.

Le Signaleur sonne. Sonne une deuxième fois.

SIGNALEUR : Désolé, mon général. Il n'y a plus de fil.

GÉNÉRAL, *à l'autre Signaleur* : Branchez-moi avec la Division.

SIGNALEUR : Je n'ai plus de fil, mon général.

GÉNÉRAL : Envoyez quelqu'un chercher la coupure!

SIGNALEUR : Bien, mon général.

Il se lève dans l'obscurité.

GÉNÉRAL : Qu'est-ce qu'il fait, à fumer, cet homme-là ? Qu'est-ce que c'est que cette armée sortie de la figuration de Carmen!

On voit la cigarette de la Sentinelle du haut de l'échelle décrire une longue parabole en direction du sol, comme si elle l'avait jetée, et l'on entend le bruit lourd d'un corps qui tombe. Le faisceau d'une lampe électrique illumine les trois hommes au télémètre et les deux Signaleurs.

PHILIPPE, *qui a déjà franchi la porte, en haut de l'échelle. A voix basse, très calme* : Haut les mains et ne cherchez pas à jouer les héros, sinon je vous fais sauter la tête!) *Il tient à la main une courte mitraillette qu'il avait en bandoulière en montant à l'échelle.*) Tous les cinq, vous m'avez compris ? En l'air, j'ai dit, espèce de grosse larve! (*Max tient une grenade de la main droite, la lampe de la gauche.*)

MAX : Faites un bruit, bougez, et tout le monde est mort. Compris ?

PHILIPPE : Qui voulez-vous ?

MAX : Seulement le gros et le monsieur de la ville. Ficelez-moi les autres. Vous avez aussi du bon chatterton ?

PHILIPPE : Da

MAX : Voyez. Nous sommes tous Russes. Tout le monde est Russe à Madrid! Dépêche-toi de coller bien les bouches, Tovarich, parce qu'il faut que je jette ce truc avant de partir. Tu comprends. J'ai déjà enlevé la cuiller.

Juste avant la chute du rideau, au moment où Philippe s'avance sur eux avec sa courte mitraillette, on voit les têtes blêmes des hommes dans le faisceau de la lampe électrique. Les batteries tirent toujours. D'en bas, et de l'autre côté de la maison, on entend crier : « Éteignez cette lumière ! »

MAX : Tout de suite, soldat, dans une petite minute!

Rideau.

TROISIÈME TABLEAU

Au lever du rideau, l'on retrouve la pièce de l'acte II, premier tableau, au Q. G. de Seguridad. Antonio, du Commisariat de Vigilancia, est assis de l'autre côté de la table. Philippe et Max, crottés, les vêtements en lambeaux et dans un état pitoyable, ont pris place sur les deux chaises. Philippe a encore la mitraillette en bandoulière. Le civil du poste d'observation, son béret parti, son trench-coat déchiré dans le dos jusqu'au col, une manche pendante est debout devant la table, encadré par deux gardes d'assaut.

ANTONIO, *aux deux Gardes d'Assaut* : Vous pouvez aller! (*Ils saluent et sortent à droite, en traînant leurs fusils. A Philippe.*) Qu'est devenu l'autre?

MAX : Il était trop lourd et ne voulait pas marcher.

ANTONIO : Ç'aurait été une capture sensationnelle.

PHILIPPE : Ces choses-là ne se font pas comme au cinéma.

ANTONIO : Quand même, si on avait pu l'avoir!

PHILIPPE : J'vais vous faire un petit topo, et vous n'aurez qu'à l'envoyer chercher là-bas.

ANTONIO : Oui?

MAX : C'était un soldat, et jamais il n'aurait parlé. J'aurais aimé faire son interrogatoire, mais c'est perdre son temps, ce genre de choses.

PHILIPPE : Quand nous aurons fini ici, je vous dessinerai une petite carte et vous pourrez le faire chercher. Personne ne l'aura changé de place. On l'a abandonné dans un petit coin tout à fait propice.

CIVIL, *clame d'une voix démente* : Vous l'avez assassiné!

PHILIPPE, *méprisant* : Taisez-vous!

MAX : Je vous le promets. Jamais il n'aurait parlé. Je connais ce genre d'homme.

PHILIPPE : Vous comprenez, nous ne nous attendions pas à trouver ces deux « sportsmen » en même temps. Et l'autre spécimen était d'une taille peu commune, et finalement, il ne voulait plus avancer. Il a fait une sorte de grève sur le tas. Et je ne sais si vous avez jamais essayé de venir de là-bas en pleine nuit. Il y a deux ou trois coins très bizarres. C'est pourquoi, vous comprenez, on n'avait vraiment pas le choix dans cette foutue histoire.

CIVIL, vociférant : Alors, vous l'avez assassiné! Je vous ai vus.

PHILIPPE : Du calme, du calme. Personne ne vous a demandé votre avis.

MAX : Vous voulez de nous, maintenant?

ANTONIO : Non.

MAX : Je pense que j'aime mieux m'en aller. Ces choses, c'est trop à se rappeler.

PHILIPPE : Vous avez besoin de moi ?

ANTONIO : Non.

PHILIPPE : Soyez sans crainte. Vous obtiendrez toutes les listes, les emplacements, tout. C'est ça qui dirigeait toute l'affaire.

ANTONIO : Oui.

PHILIPPE : Et n'ayez pas peur qu'il ne parle pas. C'est le genre liant.

ANTONIO : C'est un politicien. Oui. J'ai fait la conversation avec beaucoup de politiciens.

CIVIL, *hystérique* : Jamais vous ne me ferez parler! Jamais! Jamais! Jamais!

Max et Philippe se regardent. Philippe a un sourire ironique.

PHILIPPE, *très calmement* : Vous parlez en ce moment. Vous ne l'avez pas remarqué ?

CIVIL : Non! Non!

MAX : Si vous permettez, je m'en vais.

PHILIPPE : Moi aussi, je vais filer.

ANTONIO : Vous ne voulez pas rester pour l'entendre ?

MAX : S'il vous plaît, non.

ANTONIO : Ce sera très intéressant.

PHILIPPE : Je passerai demain.

ANTONIO : Je voudrais beaucoup que vous restiez.

MAX : S'il vous plaît. Si cela ne vous ennuie pas. Je vous demande comme une faveur.

CIVIL : Qu'est-ce que vous allez me faire ?

ANTONIO : Rien. Simplement que vous répondiez à mes questions.

CIVIL : Jamais je ne parlerai!

ANTONIO : Oh, si, vous parlerez!

MAX : S'il vous plaît. Je m'en vais maintenant.

Rideau

QUATRIÈME TABLEAU

Même décor qu'au premier acte, 3e tableau. C'est la fin de l'après-midi. Au lever du rideau, l'on voit les deux chambres ; celle de Dorothée Bridge est dans le noir. Celle de Philippe est éclairée, rideaux tirés. Philippe est étendu à plat-ventre sur le lit. Anita est assise sur une chaise, au bord du lit.

ANITA : Philippe!

PHILIPPE, *sans tourner la tête ni regarder de son côté :* Qu'y a-t-il?

ANITA : Je t'en prie, Philippe.

PHILIPPE : Tu me pries de bon dieu de quoi?

ANITA : Où est le whisky?

PHILIPPE : Sous le lit.

ANITA : Merci. (*Elle regarde sous le lit. Puis se met à quatre pattes pour chercher et disparaît à moitié.*) Pas trouvé.

PHILIPPE : Alors vois le placard. Il y a encore quelqu'un qui est venu nettoyer.

ANITA, *va au placard et l'ouvre. Elle en inspecte soigneusement l'intérieur.*

PHILIPPE : Tu es un vrai petit furet, tiens. Viens ici.

ANITA : Ye veux trouver un whisky.

PHILIPPE : Cherche dans la table de nuit.

Anita se dirige vers la table de nuit près du lit et ouvre la porte. Elle exhibe une bouteille de whisky, va chercher un verre dans la salle de bains, y verse du whisky et ajoute de l'eau de la carafe près du lit.

ANITA : Philippe. Bois, ça ira mieux.

Philippe s'assied sur le lit et lève les yeux sur elle.

PHILIPPE : Bonjour, Beauté Noire. Par où es-tu entrée ici ?

ANITA : Par la clé passe-partout.

PHILIPPE : Eh bien.

ANITA : Ye pas te voir. Ye suis terrible inquiète. Ye viens ici on me dire l'est dedans. Ye frappe la porte. Non répondu. Ye frappe encore. Non répondu. Ye dis ouvrir moi la clé passe-partout.

PHILIPPE : Eh bien ! Et on a ouvert ?

ANITA : Ye dis que tu envoies moi chercher.

PHILIPPE : Et c'est vrai?

ANITA : Non.

PHILIPPE : C'est très aimable à toi d'être venue, tout de même.

ANITA : Philippe est toujours avec la grosse blonde ?

PHILIPPE : Je ne sais pas. Je ne sais plus très bien où j'en suis à ce propos. Les choses ont l'air de se compliquer en un sens. Toutes les nuits, je lui demande de m'épouser, et tous les matins je lui dis que je n'en pense pas un mot. Je crois que, probablement, cela ne pourra pas continuer ainsi. Non. Cela ne peut continuer ainsi.

Anita s'assied près de lui, lui donne de petites tapes sur la tête et lui caresse les cheveux.

ANITA : Gros cafard, toi hein ? Ye sais.

PHILIPPE : Tu veux que je te confie un secret ?

ANITA : Oui.

PHILIPPE : Jamais ça n'a été plus mal.

ANITA : Es un désappoint. Croyais-moi tu racontes comment tu attrapes tous les gens de la Cinquième Colonne.

PHILIPPE : Je ne les ai pas attrapés. Seulement pris un homme. Répugnant spécimen, à part ça.

On frappe à la porte. C'est le Directeur.

DIRECTEUR : Excusez profondément si perturbation...

PHILIPPE : Eh ! Eh ! Tâchez que ça reste dans les limites de la décence, il y a des dames, ici.

DIRECTEUR : Ye veux seulement entrer voir si toute chose il est en ordre. Contrôler de yeune femme agissements possibles, dans le cas de absence ou incapacité de. Aussi désire offrir plus sincères et plus chaleureuses salutations et félicitations admirables exploit d'éclat de contre-espionnage conséquemment publication journaux du soir arrêter trois cents membres Cinquième Colonne.

PHILIPPE : Il y a eu ça dans les journaux?

DIRECTEUR : Avec détails des arrestations de toutes les sortes de répréhensibles employés à tirer le fusil, comploter les assassinats — sabotages — communiquer avec l'ennemi, toutes les formes de *délices*.

PHILIPPE : De délices?

DIRECTEUR : Oui. De crimes. Crimes se dit aussi en Francès délices. D. E. L. I. T. S.

PHILIPPE : Et tout cela est dans les journaux?

DIRECTEUR : Absolument, Monsieur Philippe.

PHILIPPE : Et qu'ai-je à voir là-dedans?

DIRECTEUR : Oh, tout le monde sait que bous occupez de poursuite ce genre d'enquêtes.

PHILIPPE : Comment l'a-t-on su, au juste?

DIRECTEUR, *d'un ton de reproche :* M. Philippe. Es Madrid. A Madrid, tout le monde, il sait toutes les choses avant leur arribée. Après arribée es quelquefois discussions concernant quel auteur est braiment. Mais avant arribée le monde entier sait clairement qui doit. Ye offre félicitations maintenant afin de précéder reproches des yamais contents qui demandent : « Ah! ah! Seulement 300. Où c'est les autres? »

PHILIPPE : Ne soyez pas si lugubre. A part ça, j'imagine qu'il va falloir que je m'en aille maintenant.

DIRECTEUR : Monsieur Philippe, ye pensé à tout cela et ye viens ici faire sorte de quoi espérer résulter une proposition excellente. Si vous partez es superflu emporter produits conserbes comme bagages.

On frappe à la porte. C'est Max.

MAX : Salud, camarades.

TOUS : Salud.

PHILIPPE, *au Directeur* : Laissez-moi, maintenant, Camarade Collectionneur de timbres. Nous pourrons parler de cela plus tard.

MAX, *à Philippe* : Wie gehts ?

PHILIPPE : Gut. Pas trop gut.

ANITA : Okay. Ye prends bain ?

PHILIPPE : Plus que Okay, chérie. Mais laisse la porte fermée, veux-tu ?

ANITA, *de la salle de bains* : C'est eau chaude.

PHILIPPE : Bon signe. Ferme ta porte, s'il te plaît.

Anita ferme la porte. Max s'approche du lit et s'assied sur une chaise. Philippe est assis sur le lit, les jambes pendantes.

PHILIPPE : Besoin de quelque chose ?

MAX : Non, camarade. Vous étiez là-bas?

PHILIPPE : Oh oui. Je suis resté tout au long. Depuis A jusqu'à Z. Tout. Ils avaient besoin d'un renseignement alors on m'a rappelé.

MAX : Comment était-il ?

PHILIPPE : Lâche. Mais pendant un bout de temps ça ne sortait que bribes par bribes.

MAX : Et ensuite ?

PHILIPPE : Oh, ensuite, il s'est décidé à manger le morceau, et à une telle vitesse que le sténographe n'arrivait pas à le suivre. J'ai le cœur bien placé, vous savez.

MAX, *sans paraître avoir entendu cette dernière remarque :* Je vois dans le journal à propos des arrestations. Pourquoi publie-t-on des choses pareilles ?

PHILIPPE : Je ne sais pas, mon garçon ? Pourquoi ? Je vous pose la question.

MAX : C'est bon pour le moral. Mais c'est aussi très bon de prendre tout le monde. Est-ce qu'ils ont apporté le... euh...

PHILIPPE : Ah oui, le cadavre, vous voulez dire ? Ils

l'ont ramené de là où nous l'avions laissé, et Antonio l'a fait placer sur une chaise dans le coin et je lui ai mis une cigarette dans la bouche et l'ai allumée, et c'était rigolo comme tout. A part que la cigarette ne voulait pas rester allumée, bien entendu.

MAX : Je suis heureux de n'avoir pas été forcé de rester.

PHILIPPE : Moi, je suis resté. Et puis je suis parti. Et puis, je suis revenu. Ensuite, je suis parti et on m'a rappelé. Je suis resté là-bas jusqu'à il y a une heure de cela, et maintenant, j'en ai fini. Pour aujourd'hui, du moins. Fini mon travail de la journée. Autre chose à faire demain.

MAX : Nous avons fait un très bon travail.

PHILIPPE : Aussi bon que nous l'avons pu. C'était très brillant et très spectaculaire, et il y avait probablement pas mal de trous dans le filet, si bien qu'une grosse partie de la prise est passée au travers. Mais on redonnera un autre coup de filet. Vous serez forcés de m'envoyer ailleurs, par exemple, je ne vaux plus rien ici. Trop de gens savent ce que je fais. Et *pas* parce que je parle. Ça se trouve comme ça, voilà tout.

MAX : Il y a beaucoup d'endroits à envoyer. Mais vous avez encore du travail ici.

PHILIPPE : Je sais. Mais embarquez-moi le plus tôt possible, voulez-vous ? Je commence à avoir les nerfs à fleur de peau.

MAX : Et que devient la jeune femme dans l'autre chambre ?

PHILIPPE : Je vais rompre avec elle.

MAX : Je ne demande pas cela.

PHILIPPE : Non. Mais tôt ou tard vous me le demanderiez. Cela ne sert à rien de me cajoler. On est bon pour 50 ans de guerres non déclarées et j'ai signé pour la durée totale. Je ne me rappelle pas quand ça s'est passé, mais j'ai bel et bien signé.

MAX : Nous l'avons tous fait. Il n'est pas question de

signer ou pas. Il n'est pas nécessaire de parler avec amertume.

PHILIPPE Je ne suis pas amer. Je veux simplement ne pas me raconter d'histoires. Ni permettre à des choses de s'accrocher en moi, là où rien ne devrait avoir de prise. Celle-ci commençait à être bien ancrée. Enfin, maintenant, je sais comment guérir ça.

MAX : Comment?

PHILIPPE : Je vais vous montrer comment.

MAX : N'oubliez pas, Philippe, que je suis gentil.

PHILIPPE : Oh! mais bien sûr. Moi aussi, je suis gentil. Vous devriez me voir à l'œuvre, un de ces jours.

Pendant cette conversation, on voit s'ouvrir la porte du 109, et Dorothée Bridge entre. Elle allume, enlève son manteau de ville et met la cape de renards argentés. Debout devant la glace, elle tourne et se regarde. Elle est très belle ce soir. Elle va mettre la Mazurka de Chopin au phono, et s'assied près de la lampe de chevet un livre à la main.

PHILIPPE : La voilà. Elle vient de rentrer, comment appelle-t-on cet endroit, au foyer.

MAX : Philippe, camarade, vous n'êtes pas forcé. Je vous le dis vraiment, je ne vois pas de signes qu'elle gêne votre travail en aucune façon.

PHILIPPE : Non, mais moi, j'en vois. Et vous ne tarderiez à en voir vous-même, et bougrement vite.

MAX : A vous d'en juger, comme je vous l'ai déjà dit. Mais n'oubliez pas d'être gentil. Pour nous à qui on fait des choses épouvantables, la gentillesse chaque fois que cela est *possible*, est de la plus grande importance.

PHILIPPE : Moi aussi, je suis très gentil, vous savez. Oh! et comment que je suis gentil! C'est fou!

MAX : Non, je ne vous connais pas comme un homme gentil. Je voudrais que vous le soyez.

PHILIPPE : Attendez-moi ici, voulez-vous?

Philippe sort et frappe au 109. Il la pousse après avoir frappé et entre.

DOROTHÉE : Bonsoir, mon amour.

PHILIPPE : Bonsoir. Tu vas bien ?

DOROTHÉE : Je vais très bien et je suis très heureuse maintenant que tu es là. D'où viens-tu ? Tu n'es pas venu la nuit dernière. Oh ! je suis si contente que tu sois là.

PHILIPPE : Tu as quelque chose à boire ?

DOROTHÉE : Oui, mon chéri.

Elle lui prépare un whisky à l'eau. Dans l'autre chambre, Max, assis sur une chaise, s'absorbe dans la contemplation du radiateur électrique.

DOROTHÉE : Où as-tu été, Philippe ?

PHILIPPE : Faire un tour, simplement. Jeter un coup d'œil pour voir si tout allait bien !

DOROTHÉE : Comment ça allait ?

PHILIPPE : Bien, dans un sens. Moins dans un autre. Ça doit se balancer dans l'ensemble.

DOROTHÉE : Et tu n'es pas forcé de sortir, ce soir ?

PHILIPPE : Je ne sais pas.

DOROTHÉE : Philippe, mon amour, que se passe-t-il ?

PHILIPPE : Il ne se passe rien.

DOROTHÉE : Philippe, partons. Rien ne me retient ici. J'ai envoyé trois articles. On pourrait aller dans ce petit coin de Saint-Tropez, la saison des pluies n'est pas encore commencée et ce serait charmant là-bas quand il n'y a personne. Après, on pourrait aller aux sports d'hiver.

PHILIPPE, *méchamment* : Oui, et ensuite en Égypte, et on serait heureux, et on ferait l'amour dans tous les hôtels, avec mille petits déjeuners qui monteraient sur des plateaux durant les mille matins des trois années à venir ; ou quatre-vingt-dix pendant les trois prochains mois ; ou quel que soit le temps que tu mettrais à en avoir assez de moi, ou moi de toi. Et on ne ferait rien d'autre que s'amuser. On habiterait au Crillon, ou au Ritz, et, en automne, au moment de la chute des feuilles au bois, quand il ferait sec et froid, on se ferait conduire à Auteuil en voiture pour le steeple-chase, et on se réchaufferait à ces gros braseros du paddock, en les voyant prendre le saut de la rivière, franchir le bullfinch et le vieux mur de pierre. C'est ça. Et faire un saut au bar pour prendre un champagne cocktail et retourner en voiture dîner chez Larue, et les week-ends en Sologne à tuer le faisan. Oui, oui, c'est cela. Et prendre l'avion pour Nairobi et ce bon vieux club Mathaïga, et, au printemps, un brin de pêche au saumon. Oui, oui, c'est cela. Et toutes les nuits coucher ensemble, c'est cela.

DOROTHÉE : Oh! chéri, imagine comme ce serait merveilleux! Tu es sûr d'être assez riche ?

PHILIPPE : Je l'étais. Jusqu'à ce que je me sois mis dans cette histoire.

DOROTHÉE : Et nous ferons tout cela, et Saint-Moritz aussi ?

PHILIPPE : Saint-Moritz ? Ne sois pas vulgaire. Kitzbühel, tu veux dire. On rencontre toutes sortes de gens à Saint-Moritz.

DOROTHÉE : Mais rien ne nous forcerait à les fréquenter, chéri. Tu pourrais couper court. Et nous ferons vraiment tout cela ?

PHILIPPE : Tu en as envie ?

DOROTHÉE : Oh! mon chéri!

PHILIPPE : Aimerais-tu aussi aller en Hongrie, un de ces prochains automnes ? On peut y louer un domaine à très bon marché, en ne payant que le gibier que l'on tue. Et sur les plaines du Danube, on trouve des masses d'oies sauvages. Et connais-tu Lamu, où il y a cette grande plage blanche, avec les dhows couchés sur le flanc dans le sable, et le vent du soir dans les palmiers ? Ou encore, pourquoi pas Malindi, où l'on fait du surfboard sur la plage avant la mousson du nord-est, si fraîche, et pas de pyjama... et pas de draps la nuit. Tu aimerais Malindi ?

DOROTHÉE : J'en suis sûre, Philippe.

PHILIPPE : Est-ce que tu as déjà été danser au Sans-Souci, à La Havane, un samedi soir, dans le patio, sous les palmiers royaux ? Ils sont gris et montent comme des colonnes, et l'on passe toute la nuit là à jouer aux dés, ou à la roulette, et l'on revient en voiture avec le jour, prendre son petit déjeuner à Jaimanitas. Et tout le monde se connaît, et c'est très agréable et très gai.

DOROTHÉE : Nous pourrons y aller ?

PHILIPPE : Non.

DOROTHÉE : Pourquoi pas, chéri ?

PHILIPPE : Tu peux y aller si tu veux. Je te ferai un itinéraire.

DOROTHÉE : Mais pourquoi n'irions-nous pas ensemble ?

PHILIPPE : Tu peux y aller. Mais moi j'ai été dans tous ces endroits, et je les ai laissés loin derrière moi. Et là où je vais maintenant, je vais seul, ou avec d'autres qui y vont pour les mêmes raisons que moi.

DOROTHÉE : Et moi, je ne peux pas y aller ?

PHILIPPE : Non.

DOROTHÉE : Et pour quelle raison ne puis-je pas y aller, quel que soit cet endroit ? Je pourrais apprendre et je n'ai pas peur.

PHILIPPE : Une des raisons, c'est que je ne sais pas où c'est. Et une autre, c'est que je ne veux pas t'emmener.

DOROTHÉE : Pourquoi ?

PHILIPPE : Parce que tu es inutile. je t'assure. Tu n'as pas d'éducation, tu es inutile. Tu es sotte et tu es paresseuse.

DOROTHÉE : Les autres choses, possible. Mais je ne suis pas inutile.

PHILIPPE : Pourquoi n'es-tu pas inutile ?

DOROTHÉE : Tu le sais ou devrais le savoir. (*Elle pleure.*)

PHILIPPE : Ah! oui. *Ça.*

DOROTHÉE : C'est tout ce que cela représente pour toi?

PHILIPPE : C'est une commodité qu'il ne faut pas payer trop cher.

DOROTHÉE : Alors, je suis une commodité?

PHILIPPE : Oui, une très séduisante commodité. La plus belle que j'aie jamais eue.

DOROTHÉE : Parfait. Je suis contente de te l'entendre dire. Et je suis contente qu'il fasse jour. Et, maintenant, sors d'ici, espèce de vaniteux, de prétentieux ivrogne, espèce de fier-à-bras, de poseur, de vantard ridicule. Va donc, eh! commodité! Il ne t'est jamais venu à l'idée que toi aussi tu en étais une, de commodité? Une commodité qu'on ne devrait pas payer trop cher.

PHILIPPE, *riant :* Non. Mais je comprends très bien ta manière de voir.

DOROTHÉE : Eh bien c'est ce que tu es. Une méchante, une mauvaise commodité. Jamais à la maison, dehors toute la nuit. Sale, crasseux, désordonné. Tu es une terrible commodité. Ce qui me plaisait, c'était uniquement le paquet dans lequel elle était enveloppée, c'est tout. Je suis contente que tu partes.

PHILIPPE : Vraiment?

DOROTHÉE : Oui, *vraiment.* Toi et ta commodité. D'abord, tu n'avais pas besoin d'énumérer tous ces endroits s'il n'était pas question qu'on y aille jamais.

PHILIPPE : Je te fais toutes mes excuses. Ce n'était pas gentil.

DOROTHÉE : Oh! ne sois pas non plus gentil. Tu es effrayant quand tu es gentil. Il n'y a que les gens gentils qui devraient se permettre d'être gentils. Tu es horrible quand tu es gentil. Et tu n'avais pas besoin de me dire tout cela pendant le jour.

PHILIPPE : Je suis désolé.

DOROTHÉE : Oh! ne sois pas désolé. Tu te montres sous ton plus mauvais jour, quand tu es désolé! Je ne peux pas te *supporter* désolé. Fais-moi le plaisir de sortir.

PHILIPPE : Eh bien! au revoir.

Il la prend dans ses bras, pour l'embrasser.

DOROTHÉE : Et ne m'embrasse pas. Tu vas m'embrasser, et tout de suite tu vas te lancer dans les commodités. Je te connais. (*Philippe la tient étroitement serrée et l'embrasse.*) Oh! Philippe! Philippe! Philippe!

PHILIPPE : Au revoir.

DOROTHÉE : Tu... tu... tu ne veux pas la commodité?

PHILIPPE : Trop cher pour moi.

Dorothée se dégage d'un mouvement du buste.

DOROTHÉE : Alors, va-t'en, dans ce cas.

PHILIPPE : Au revoir.

DOROTHÉE : Oh! va-t'en!

Philippe sort et entre dans sa chambre. Max est toujours assis sur la chaise. Dans l'autre chambre, Dorothée sonne la femme de chambre.

MAX : So?

Philippe reste debout et contemple le poêle électrique. Max fixe lui aussi le poêle électrique. Dans l'autre chambre, Petra est apparue à la porte.

PETRA : Oui, Senorita? (*Dorothée est assise sur le lit. Elle a la tête droite, mais les larmes coulent sur ses joues. Petra s'avance vers elle.*) Qu'est-ce qu'il y a, Senorita?

DOROTHÉE : Oh! Petra, il est mauvais comme vous me l'aviez dit. Il est mauvais, mauvais, mauvais. Et comme une pauvre imbécile, je croyais que nous allions être heureux. Mais il est mauvais.

PETRA : Oui, Senorita.

DOROTHÉE : Oh! mais l'ennui, Petra, c'est que je *l'aime.*

Petra se tient debout à côté du lit, près de Dorothée. Au 110, Philippe se tient debout devant la table de nuit. Il se verse un whisky et l'additionne d'eau.

PHILIPPE : Anita!

ANITA, *de l'intérieur de la salle de bains :* Oui, Philippe.

PHILIPPE : Anita, sors dès que tu auras fini de prendre ton bain.

MAX : Je m'en vais.

PHILIPPE : Non. Restez donc là.

MAX : Non. Non. Non. Je vous en prie, je m'en vais.

PHILIPPE, *d'une voix très sèche, sans timbre :* Anita est-ce que le bain était chaud?

ANITA, *de la salle de bains :* Es bain délicieuse.

MAX : Je m'en vais. Je vous prie... je vous prie, je m'en vais.

Rideau.

DU MÊME AUTEUR

Aux Éditions Gallimard

CINQUANTE MILLE DOLLARS.

L'ADIEU AUX ARMES.

LE SOLEIL SE LÈVE AUSSI.

LES VERTES COLLINES D'AFRIQUE.

MORT DANS L'APRÈS-MIDI.

EN AVOIR... OU PAS.

DIX INDIENS suivi de LES NEIGES DU KILIMANDJARO.

PARADIS PERDU suivi de LA CINQUIÈME COLONNE, *nouvelles de théâtre.*

LE VIEIL HOMME ET LA MER. (« 1000 Soleils » : *illustrations de Marc Berthier*. Folio Junior : *illustrations de Bruno Pilorget, n° 435.*)

POUR QUI SONNE LE GLAS.

PARIS EST UNE FÊTE.

AU-DELÀ DU FLEUVE ET SOUS LES ARBRES.

ŒUVRES ROMANESQUES, tomes I et II.

EN LIGNE.

ILES À LA DÉRIVE.

E. H. APPRENTI REPORTER.

LES NOUVELLES DE NICK ADAMS.

LE BON PETIT LION.

LE TAUREAU FIDÈLE.

88 POÈMES.

LETTRES CHOISIES *(1917-1961)*.

L'ÉTÉ DANGEREUX, *chroniques.*

LE JARDIN D'ÉDEN.

Enfantimages

LE BON PETIT LION. *Illustrations d'Enrica Agostinelli.*

LE TAUREAU FIDÈLE. *Illustrations de Michael Foreman.*

Impression Brodard et Taupin
à La Flèche (Sarthe),
le 6 mai 1991.
Dépôt légal : mai 1991.
1er dépôt légal dans la collection : juin 1980.
Numéro d'imprimeur : 1339E-5.

ISBN 2-07-036175-9 Imprimé en France.

52536